U0165787

閱讀文學經典

周　慶　華
王　萬　象　著
董　恕　明

五南圖書出版公司 印行

在文學經典的國度裡鑄光

　　年輕時，看書經常是胡亂翻翻，遇有麗詞佳句就摘錄下來隨意賞玩，很少想到要進一步去追究什麼「文學」、「藝術」、「美感」一類東西；但看著看著卻發現這些被我忽略的東西一直糾纏不去，以至又不得不開啟另一種「自我理性成長之旅」，試著找尋可以化解困境的良方。而這一路走來「問道」、「求索」、「開悟」等等，不意已經有二十幾年的歷史了。

　　現在雖然不再困折於原先所遇到的一些問題，但看到像麥克奈爾在他的《臉》一書中所說的「從蘇格拉底到偵探小說家錢德勒筆下的惡棍，每個人都為美而心折。古羅馬詩人奧維德稱美是『諸神的贈禮』，全世界的人都在追求美的魔力。美一直是道讓人屏息的謎，它的光彩奪目，讓許多藝術家動容。科學已經告訴我們，美是多種元素構成的奇怪之物，非大部分人所能理解；研究人員現今仍在探索美為何有如此大的力量，美到底是什麼東西？」這樣的話，還是會怦然心動！這不是說我自己也有類似的迷惑，而是說真真不明白這世上為什麼有那麼多人在為美而痴狂！

　　如果可能，我會嘗試從文學的角度來解釋這種現象。文學是以詩為代表的，而詩在根源上有西方人所說的「詩性的思維」這一美感特徵。換個較「貼切」一點的說法，詩性的思維，就是野蠻人的思維；而野蠻人的思維，就是非邏輯的思維。這種非邏輯的思維的極致，可以到哲學論說者所會批判的「範疇的誤置」地

步。如「時間的熾熱一直持續到睡眠為止」、「她拳頭般的臉緊握在圓形的痛苦上死去」、「無色的綠思想喧鬧地睡覺」、「她的瞳中溢出一顆哀怨」、「寄給你一個紫羅蘭色的記憶」等等，它們雖然不合邏輯規則，卻各自創造了一個新的世界。而這種創新，也就是美感的最大的來源。後來隨著人類「理性」逐漸發達而有小說、戲劇的興起；但它們所染上太多文明的色彩（包括不斷強化邏輯結構在內），卻離原始的創意越遠。所幸從進入二十世紀以來，文學人很快的厭棄科技文明而重新召回原始的心靈，所展開的一系列有關現代的前衛派和後現代的超前衛派的創新表現，不知道風靡了多少「久受禁錮而亟思高翔」的心靈。這與其說是文學的魅力，不如說是創意美的魅力。也正因為有這創意美的魅力存在，文學藝術終於要被人一再的耽戀著。

相較於西方這種特具「暴發力」的強烈美感形態，中國傳統文學一向以溫和澹緩的抒情為主就少了那麼一點「野蠻」氣勢；但從近代以來因為敵不過西方文化的「衝擊」和「侵蝕」，國人也逐漸學起了西方人的思維模式而開始要展現大有別於傳統的異質色彩。這條路不論是否走得顛躓滿眼，都已經是走定了；倘若還有所謂的「歧出」或「別異」的餘地，那麼大概就是融會古今中外的技藝而出新意這一「不二法門」了。而這正好可以從經典性的作品入手，探驪得珠，重現光華。換句話說，閱讀文學經典是走向「開新」的第一步，最後則要以能夠不斷創發為新的文學經典為歸宿。這在內文中都有詳細的交代，文學同好們無妨細為品嚐。

由三個人合寫的書，自然會有筆調、理路不盡一致的地方；

但對於文學必須持續昌明的懷抱卻沒有兩樣。這得感謝王萬象、
董恕明二位教授願意跟我分享他們的文學心得，才有本書的撰寫
構想和實踐。至於五南圖書出版公司的惠予出版，更要致謝；尤
其是總編輯王秀珍小姐的賞識鼓勵以及責任編輯王兆仙小姐、謝
麗恩小姐等的美化版面，特別讓人感念！如果說進程上大家終究
得在文學經典的國度裡鑄光，那麼這些有緣人都先植入了火種；
在影影綽綽中引我看見了他們熱愛出版的衷情和文學被關懷的前
景。

周慶華

聆聽那遠年的回聲

　　我始終相信閱讀文學作品，就是在面對整個世界，同時也面對自己。文學應該是有聲音的，特別是那些年代久遠的經典之作，總會有作者個人情性、時代家國風雲、自然與社會百態的聲音交響在裡頭，而我們在這端聆聽那遠年的回聲，彷彿也聽到了自己內心深處的召喚，因為我們都是在此歷史的長流中載浮載沉。文學經典所展現的藝術世界，可以讓我們古今參照中西對比，讀者與作者的情感和智慧藉由文本交流激盪，掩卷沉思之際，透過文學作品所傳遞的經驗之知，自然會令人對宇宙人世有不同的看法。其實，絕大部分的文學作品可說是自發性的生命書寫，作者的心路血痕既留存於字裡行間，也劃在讀者的眉宇心田，如能認真去體會了悟箇中意涵，定當有所收穫，而這也就是文學意義與價值之所在。

　　先說說自己的生命意識和浪漫情懷，也許對文學欣賞的心理定勢不無幫助吧！想起我那段年少輕狂的歲月，一向只活在自己的情性中，而浪漫襟懷竟似那未繫之舟，東飄西盪無人左右，縱然岸旁有鳥語花香，也沒有什麼可以令人駐足稍停，彷彿流浪是我彼時唯一的選擇。難忘那年初暑的文期酒會，在幽藍星空下朦朧的月光裡，頂樓陽台上的詩酒音韻，歌聲笑語不斷直到天明。然而，如今這一切都已成往事了，紅樓前的草原坐臥冥想，茶與哲學的激辯話題早已隨風飄散，在跌盪的晚鐘裡消隱逸失。然而，歲月依前靜好如斯，現世大抵還算安穩，可這些年的急景凋顏恍若一夢，人世的幾多聚散離合，也像極了那飄浮不定的白雲，從這個地方到那個地方，一張張熟悉又陌生的臉孔，一襲襲明亮又

依稀的身影，在那無數流過的季節裡，終亦須漸漸淡入蟄伏於記憶的深坑內。

我的尋夢情結竟是如此的糾葛纏繞，好像長春藤蟠踞在斑剝的心之危牆。似這般飄泊離散的遊子精魂，歷經了十載的天涯霜雪，在華麗的世紀末餘暉裡，終於也悄然歸來臺灣小島，棲止於旭日光照的東南海隅。太平洋的彼岸和此岸，中有浩森的海水和我年輕時的夢想，那端繫的是沙漠的邊城土桑，這端牽的是自然的故鄉寶桑，而多少夕顏星芒從此馳逝沉潛，卻織就起一幅記憶的百衲圖。砂城的天空總是碧藍如洗，午後窗外樹影搖曳，跌盪的鐘聲杳入青冥，人來人往幾陣喧騰過後，還是會復返初始的貞定靜好。斷絮心事竟如轉蓬，就讓這悠長綿延無涯涘的時間，暫且停格在新世紀晷儀的第四個刻度上吧！留住這仍有微風和晚雲趺坐矮牆草地的島國黃昏。如此憶夢說文一番，雲淡風清也過了半天，生活中總有百無聊賴的時候，無以自處只好尋思二三情事，諸多的歡樂暢達悲傷沉痛，恰似一陣雲煙過眼，只今徒令痴人夢中說夢，翻用自喜寧恆在夢。這心志結想的夢境固然讓人沉酣眷戀，但正如同追憶中的繁華靡麗，不惟倏忽幽深幻邈，亦且流轉隨緣自在，也就無所謂是非得失了。

在這個文學徬徨失所的年代，網路文字垃圾氾濫成災，大部分學生對純文學作品早已興趣缺缺，又加上高等教育強調技用，像「閱讀文學經典」這類課程的經營更是煞費苦心。這幾年來我從事文學教學工作，與學生閱讀討論著一部又一部的經典之作，總能不斷地把握認取作者的性情感受與修辭意象，也用以印證自己少年時代對文學的執著追求。「是誰傳下這詩人的行業，黃昏裡掛起一盞燈」，鄭愁予是這麼說的，也許我當不成燃燈人，但總可以為學生挑選籌燈，傳遞這份文學經典讀解時應有的審美感受吧！作家鑿文刻字無非就是要書寫五彩繽紛的大千世界，讀者藉由文本尋求對生命和世界的共振共感。少年十五二十時，雖然

時間的馬車奔馳如電，還好它是站在年輕人這邊的，他們會在流金歲月中淬勵成長，我衷心祝禱年輕學子們，現在閱讀文學經典作品，將來進而能手握五彩筆陶寫性情，並找到屬於自己的靈魂窗口，振翅飛翔在文學的流星花園，一窺那浮世光景人間璀璨。

　　對我來說，閱讀中國傳統文學經典，真可謂是「沈浸醲郁，含英咀華」。中國傳統文學經典呈現出千姿萬態的風采格調，其間名家固然輩出，或抒情或敘事或論說，作品情思蘊藉深婉，表達技巧十分熟練，在在值得我們學習效法。文學作品的美感須透過語言藝術形式來表現的，文從字順尚不足以傲人，有了清通還要多姿才好。文學經典可以「陶鈞文思，澡雪精神」，鍛字鍊句以求鎔經鑄史，乃至於篇章結構之經營，情境氛圍之渲染，審美經驗之傳釋等，無不需要我們細心體會。經典文學泰半篇章是思苦憶甜之作，其中不乏個人的自我探索、情愛體悟、四時感興、空間漫步以及物趣描摹等。就內容構思而言，抒寫自我成長及情感歷程的則是情感真摯，娓娓道來低迴無盡，十分細膩深刻動人。寫景敘事狀物的，不外以小見大以少總多，不但納須彌於芥子，半瓣花上亦能寄寓人情。若從文學的藝術構成來看，在遣詞造句技巧和謀篇布局方面，文字須洗淨凝鍊、意象修辭要豐腴繁複，語法講求圓熟自然，篇章結構尚嚴實縝密，銜接照應當以靈活生動為依歸。

　　無論如何，生命的憤怒與喧囂總歸於沉寂，一切的一切終將虛化，有人獨身赤裸飄然曠野，在詭譎的夢境中尋訪失落的靈魂。面對生命的恐慌和情愛的空無，或許閱讀文學經典可以令你釋懷，從中得到一些啟發吧！愛情是文學作品中的一個重要主題，中國古代的詩詞及戲曲小說著墨甚多，也為我們留下許多精彩的篇章。然而，至情為何物？真愛在哪裡？情與愛之間究竟又有多少關懷與摯誠？多少歡愉與悲戚？多少惋惜與猜疑？多少期許與等待？多少不捨與缺憾？我們活在一個愛情與友誼日益敗亡圯壞的世界，

科學和道德主義只把情愛降低至性慾的層面，在個人主義及人人
平等原則的前提下，我們也將浪漫之愛轉化成一紙法律契約書。
關於愛情的本質，我們不再知道如何就表象世界去從事後設思考，
並且輕忽真正的愛的能力。而我們亟須追回喪失了的感覺與想像
力，不惟是愛情與文學得以存在的根由，亦是人之所以異於禽獸
的地方。我們日漸貧瘠的感情完全肇因於我們對愛情已然詞窮，
緣此，我們必須對愛情文學經典努力研讀，冀能重新激發美善的
想像力，提升我們的知識與愛情視野，才能了解愛情的多樣面貌
和精神義蘊，融合古典的深情與現代的浪漫，以供他日個人經驗
之參考。最後，我也希望讀者能聽出眾絃寂寂後那悠揚的清音，
在歷史的幽谷中迴響不已。

悠悠的時代暗影裡星星閃爍

若說「開始是出於相當程度的無知，結束是終於一種無以名狀的感謝」，用同樣的方式去看待「經典」，是不是也不失為一條進路？

去年夏天，當我仍陷在離開東海的困頓時，東大（多巧，改名後的「臺東大學」和東海有一樣的簡稱）的周慶華老師，邀了王萬象老師和我，問我們有沒有意願，共同合作寫一本「閱讀文學經典」的專書……周老師更是擬出了具體的框架和細目，使這一切看來不是在紙上談兵。我看著那些雁列的條目，雖然知道所學相當有限，但心想若能老實的按表操課做去，應不至於走到什麼荒山野嶺莫知所終之處。特別是我所負責執筆的「中國現當代文學經典」單元，正好可以把我從撰寫博士論文後的泥淖中抽離出來，重溫一個自己一直感興趣的「舊夢」。

只是愈是擁有念念不忘的好夢，劈頭而來的現實便愈殘酷。我不得不承認，單純出於一種說不清楚的喜歡，就輕易應承下來的允諾，正是個不折不扣的白日夢。想想那個時代的人說話的方式：可以激切，可以淡遠，可以義無反顧打出斷瓦殘垣，也可以一步一回首造出小橋流水，他們為什麼會做出這種選擇而不是那種？至於那些令他們念茲在茲的個人與群體，從肉體到精神出現的疑義，是一種先天的殘缺，或後起的病症，該開上西式的藥單或是中式的處方？最終，他們在當時的疾言厲色、苦口婆心、循循善誘甚至是喃喃自語，是不是已經遇著了這樣或那樣的回聲，往來穿梭交會在時空的長廊？我相信在各種豐美而真誠的靈魂裡，的確可以捕捉和創造出許多色彩繽紛的夢，但我顯然只能待在一

種無色的夢中，載浮載沉。

　　轉眼來到今夏，校園裡的蟬聲漸歇，在東海那些火一般燃燒的鳳凰木，應該也鬧夠了吧？七月某日，周老師、王老師和我，把各自的「成品」交出來，做最後統稿的工作。這段「寫作業」的日子，我是早已在「知識」的陣仗中，走到強弩之末、黔驢技窮的地步了，那夢的盡頭又是什麼——我不會說，和經典相遇是一場艱難的跋涉，事實上，只要上路了，不管哪一天，在哪一條道上，終是會遇見；我也不認為，一個人即使一輩子，無緣得見旁人心中的經典，他便永不可能發現，或成就出屬於自己的經典；我更不贊成，一部「真正的」經典，會築起銅牆鐵壁，拒人於千里之外……看樣子那些我以為「並非如此」的種種，還可以再繼續繁衍孳生下去，儘管這很可能又會是我誤闖的一場夢。

　　還是先讓那些始終受寵或注定寂寞的作品，都有機會從封塵的書架上、迷離的夢境中走出來。攤開書頁，正如翻開了一個時代，我們可以嘗試著進入書中的情境，更可以就待在自己身處的當下，也想一想我們的問題。或許，就在那悠悠無聲的時代暗影裡，聽見星星，始終在閃爍著他們的惑與不惑……

董恕明

目次

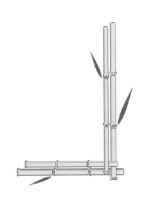

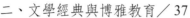

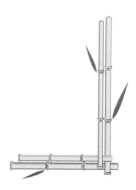

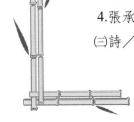
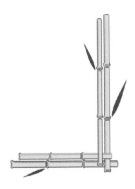

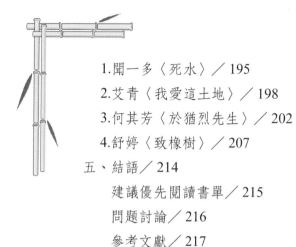

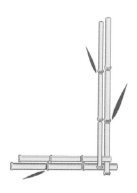

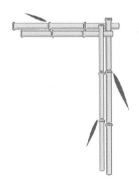

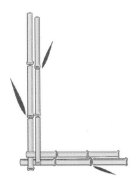
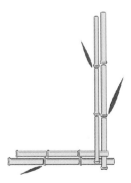

一、經　典

　　「發現」似乎是一件隨時可能且特別稀奇的事；而整個世界儼然就在等待它來粧點異彩。好比嫻熟掌故的子貢突然發現商紂並不是一個大暴君：「紂之不善，不如是之甚也。是以君子惡居下流，天下之惡皆歸焉」（邢昺，1985：173）；一個世居武陵的漁夫沿溪捕魚而無意中發現了桃花源，裡頭「男女衣著，悉如外人；黃髮垂髫，並怡然自樂……（但）問今是何世？乃不知有漢，無論魏晉」（陶淵明，1982：4）；《愛麗絲夢遊奇境記》中的愛麗絲在日夢中被白兔子引著驚奇的發現許多古怪滑稽的事物〔加樂爾（L. Carroll），1990〕；愛因斯坦鑽研科學意外的發現相對論而寫下舉世稱頌的 $E=MC^2$ 公式（小暮陽三，2002）等等，都讓人感覺「發現」這件事是多麼奇妙美好，簡直就是平凡生活裡的唯一不平凡際遇。這一點如果轉移到「主動」搜尋上，那麼我們也會發現這個世界已經存在了一個難以撼動的東西，它的名字就叫做「經典」。

　　或許有人會認為發現經典和發現一些可以給世界增添光彩的事

物，彼此並不能相提並論。這種質疑自有它的正當性而無可厚非；但我們得知道當經典已經或正要在歷史上取得「文化正統」地位的時候，這種發現就不是兒戲。它會開始改變我們的認知習慣，同時也要涉外去爭取發言權，而使得看似簡單的事情逐漸複雜了起來。這種情況有點像混沌理論所喻示的：「假如我們沒有敏銳地和周遭互動，並充分探討掩藏在他人抽象概念之下可能的內在複雜性，那麼它潛在涵義最可能和我們原先認定的有所不同、甚至和說話者自以為要表達的意思有所出入。而混沌理論幫助我們處理這類情境；因為它顯示了我們試圖控制或界定的現實，其實處處潛藏著細微差異和模糊地帶，而這才是真實人生的世界。混沌理論證明了原本顯然微不足道、無關宏旨的瑣事，卻有可能隨著事態發展而扮演影響全局的重要角色。而由於我們對微妙細節處投注心血，才得以走入充滿想像的空間，讓生活更深刻、更和諧」〔布睿格（J. Briggs）等，2000：17〕。因此，發現經典可能要比發現其他什麼新鮮的事物更貼近我們的認知需求以及產生更多且久遠的效應。

這就得從經典是「如何的被發現」談起。大體上，經典並不是先驗存在的對象，它是逐漸被發現而形成的。這在傳統中國，可以考索的約略有「經，徑也。如徑路無所不通，可常用也」、「典，鎮也。制法所以鎮定上下，其等有五也」等泛指古代聖哲的彝訓或古代帝王的制法所著錄而成的文獻（劉熙，1988：875）；而這通常用來指稱《詩》、《書》、《禮》、《樂》、《易》、《春秋》等書籍。但由於上述這些書籍是先被製作而經典（或單稱經）一名隨後才被援用定義，以至當有不同見解出現時，就會重新加以限制經典的指涉對象（如從較早期的五經而演變到後來的六經、七經、九經、十一經、十二經、十三經、十四經等等就是）（蔣伯潛，1969；劉百閔，1970；李威熊，1988），甚至其他系統的書籍也會被崇奉者擬比而逕稱為經典（如道教徒就把《老子》、《莊子》稱為《道德經》、《南華真經》；而其他百工所撰作且以經典稱名的如《山海經》、《水經》、

《星經》、《花經》、《禽經》、《茶經》、《酒經》等等，也有這個意味），從此經典就又帶有「衍生式發現」的意涵。而在西方，經典（canon，或譯作典律、正典）則是通見於基督教系的教會規條和文學的準則等等：「『典律』（經典）一詞譯自 canon 一字。此字一般用來指稱基督教系的教會規條以及上自古埃及下至現代造型藝術的比率準則。文學上（廣義）則首見於西元前第二世紀的『亞歷山卓典籍』，當中羅列荷馬等古希臘宗師以為各文類楷模」（陳東榮等主編，1995：315）。顯然這也是源於指稱一些既成的文獻而後發的名號，它一樣以「後驗發現」的性質存在，而使得「經典」一詞在中西方都有著「再生文化」的催化作用。

二、閱讀經典

雖然如此，所謂的催化文化再生，它卻不見得是一個絕對的正面性命題。理由是：經典都是在一個特定脈絡存在；而在不同脈絡會有不同的限定（包括名稱和對象選擇等）。雖然這種不同的限定一旦經過「約定俗成」或「強行制定」就會在一個社群或歷史性的生活團體裡傳承遞衍，但「前後」或「異系統」的經典命名權和指涉權的競爭卻難免會消耗一部分的文化力。所謂「當代文化暨藝術評論家佛格森曾經說過：『有經典，就有排除』。於是當有人用『經典』來指稱他們的偏好時，另外的人對自己的偏好遂有了被排除的巨大威脅感，『經典』和『非經典』之間的差異性偏好，也就被拉高到本質性的層次上……同樣的道理，當代法國思想家波底奧在《文化生產的場域》裡，就說得更清楚了。他指出『經典』或『正典』的決定，乃是一種『神聖化的競爭』，對另外的人則可稱之為『要求被承認的鬥爭』。有些人或團體企圖保持和延續，有些人或團體則追求斷裂、差異或改變。大家都想要把自己的偏好神聖化，競爭起來難免會出現擬神聖的

自鳴正義」（南方朔，2001：306～307），就是指這種情況。換句話說，經典命名權和指涉權的競爭，在「本質」上就是要排除或削弱敵對經典觀的正當性，一場混戰且相互毀棄的悲劇演出就無從免除。

再換個角度看，經典背後所存在的神聖化的競爭，能夠藉由它來保留催化文化再生的「一線生機」，是靠各自的認同者群起護持而輾轉發揮傳習功能所授予的；而這就有了「閱讀經典」的理論和實際的需求。所謂閱讀經典的理論需求，是指閱讀經典是保證一個特定脈絡的經典確定的必經程序；而所謂閱讀經典的實際需求，則是指閱讀經典勢必也要期待它的實現才能滿足認同者的接受渴望。一般都認為閱讀是一種文化活動（曾祥芹等主編，1992：289～290；韓雪屏，2000：5～7；洪材章等主編，1992：6～7）；而這種活動也被推許為可以「對民族傳統的保存、傳播，對社會風氣的開創、形成，對民族精神和愛國精神的啟迪、發揚」等起著其他形式所不能替代的莫大的作用（洪材章等主編，1992：7）、甚至還有「閱讀本身就是文化：是文化的繼承，是文化的傳遞，更是文化的再創造」（韓雪屏，2000：44）這類斬釘截鐵的說詞。如果順著這個語脈來推，那麼一定少不了會得出以經典為閱讀對象更能展現這一發揚文化或再創造文化成效的結論。這麼一來，閱讀經典就要成了一個「附加」或「連帶」式的命題。但因為經典有特定脈絡的限定，所以閱讀經典又不得不在命題性上顯現出它的「普遍性」匱乏。這樣的矛盾現象，究竟要怎麼看待？

這個問題，我們不妨這樣因應解決：從認識論的立場來看，閱讀經典這種命題要成立，必須先有閱讀經典的普遍需求，但實際上經典本身只存在被限定中；而這種限定未必會提升到需要「絕對」看待的地步，以至接續的相關閱讀要成為一個普遍性的命題，就得等待其他條件（如權威介入或相互妥協之類）都足夠了才有可能。於理當然是這樣，但它不免忽略了下列幾個「事實」：首先，閱讀經典可以在相對上成立，因為在一個特定社群或歷史性的生活團體裡可能有閱讀經

典的需求；其次，基於相互攻錯的理由，也可以把閱讀經典抬高到比較文化的層次來看待而特准它存在；再次，閱讀經典在一個眾論說「競求表現」的情境裡，也無不可以自我展現一種「理論建構」的魅力。因此，我們仍然可以保有閱讀經典的論述權；而在必要的時候重新賦予閱讀經典的命題特性。這樣閱讀經典在命題性上所顯現的「普遍性」匱乏，就可以轉由相對的再生文化理想來填補，從而確立起一種「想望」式的閱讀經典的命題。如果還有需要自我標誌的，那麼它大概就是在「終極」上得隨著權力意志而轉移向度及其可能的方法變易。這是一切話語運作的「通例」〔麥克唐納（D. Macdonell），1990；佛思（S. K. Foss）等，1996〕，閱讀經典這一話語形態的樹立自然也不例外。

三、經典與閱讀

　　把閱讀經典當成一種想望，在內裡上還得解決一個話語序列的問題。也就是說，閱讀經典可以是經典「先」而閱讀「後」，也可以是閱讀「先」而經典「後」。這兩種現象分據話語光譜的兩端，可以顯現相當程度的張力。前者，不妨用「經典與閱讀」標題，以便顯示經典和閱讀二者之間的主從關係；而後者，也不妨用「閱讀與經典」標題，以便顯示經典和閱讀二者之間的主從易位情況。現在就先談「經典與閱讀」的部分。

　　從閱讀經典這一話語形態來看，它所內蘊的「經典」和「閱讀」已經先是各為一種話語了；差別只在連結它們的過程中有所謂「孰先孰後」或「主從別義」的問題而已。而我們知道，話語相對應的英語是 test 或 discourse，它指的是任何書面的或口頭的在內容和結構上組合成為一個整體的文字材料或言語。換句話說，話語是大於句子且可以分解的言語單位（王福祥，1994：46～68）。稍早，它曾被用來區

分文類的依據;後來,則被引進思想和政治的分析中,特別是後結構主義學家傅柯(M. Foucault)所從事的一系列知識考掘的工作。大致上,話語的基本單位是陳述:陳述方式的構成影響著話語的整體表現,「當中的關鍵環節是:(1)誰在說話,他憑什麼權力說話?(2)說話者所憑藉的制度地點,也就是使他的話語獲得合法性和應用對象的來源;(3)說話者和各種對象領域的關係。在這些環節中,說話並非是我們所能看到的純淨狀態的思想或經驗;在它的背後,是一個緊密多重關係的網絡」(張文軍,1998:71)。用傅柯的話來說,話語是一個社會團體根據某些成規,將它的意義傳播確立於社會中,並為其他團體所認識交會的過程。因此,我們所接觸的各種政教文化、醫農理工的制度和機構以及思維行動的準則等等,都可以說是形形色色的「話語運作」的表徵(傅柯,1993:93~131)。而它的實質性結構,就是權力:

> 「話語」是現代和後現代社會將人作為「主體」來進行組構和規定的一條最具特權的途徑。用當今流行的話來說,「權力」透過它分散的制度化中介使我們「主體化」:這就是說它使我們成為「主體」,並使我們服從於控制性法則的統治。這法則為我們社會所授權,並給人類自由劃定了可能的、允許的範疇(這就是說它「擺布」著我們)。實際上,我們甚至可以假定,權力影響著我們反抗它所採取的形式。
> 〔蘭特利奇(F. Lentricchia)等編,1994:77〕

依照這個觀念,權力之外並不存在本質的自我;同樣的,對權力任何特定形式的反抗(也就是對任何散布的「真理」的反抗),也是依賴於權力,而不是某些有關自由或自我的抽象範疇。換句話說,我們所生存的世界,就是一個話語運作的場域,而權力則為該場域終極的主體(周慶華,1999:227~228)。

根據這一點,經典這種話語要比閱讀這種話語「優先」陳列,那

麼這裡面就有一些「微旨」得設法將它化隱為顯才行：首先，這是在表明經典話語塑造者的權力凌駕企圖。以通常的形式來說，權力是一種影響他人或支配他人的力量〔開普樓（T. Caplow），1986；郎恩（D. H. Wrong），1994；劉軍寧，1992〕；而當經典話語塑造者還沒有能夠執行這種影響力或支配力的時候，他就只能在心中存有該想望而已。而即使是這樣，他的片面要求閱讀者呼應以索得「回饋」（也就是受他的影響或支配）承諾的企圖心依然會超過一切。其次，經典話語的權威性原只在自我的脈絡裡有效（也就是以滿足邏輯要求來顯示本身的「合理性」）；但當它要擴及對閱讀者的普適性約制時，就會有一些不自覺的躁進式「狂想」孳生出來。好比上個世紀「賓州州大經典教育的主要推動者派迪就是個主要的美國主義者，它要『建設一個教育上的門羅主義，讓美國人讀美國文學』，『以防杜隨著一次大戰而造成社會的目無法紀』。而哥倫比亞大學經典課程的開創者霍克士，他當時任教務長，就認為課程的設計『在於讓我們社會裡的毀滅元素得以消音』，並『使學生能夠面對挑釁高尚及良好政府的聲浪』，『讓他們成為民主社會裡安全的公民』」（南方朔，2001：309～310），就是一個鮮明的例子。這很難說是「經典話語之害」，只能大略當它是一個「勢不可免」的現象。其次，經典話語終究要取得「主導性」，才能顯現它強力塑造的必要性；這樣隨後的閱讀就只能被迫無條件的認同接受。而這種無條件的認同接受所會產生的效應，大體就是再生文化中的「延續、發揚傳統」一類蹊徑的規模。這在某種程度上，可以視為社群或歷史性的生活團體在維繫自己的命脈上所不得不採行的策略。至於它跟前二者稍有不搭調的地方（也就是經典話語塑造者的權力凌駕企圖未必跟再生文化的理想有必然的邏輯關聯；而經典話語塑造者的躁進式狂想也未必跟再生文化的理想可以取得絕對的協調），那是內質和表象的差異以及話語本身的正當性歧出所致（前者指外顯的再生文化蹊徑的規模難免也要有內在的權力意志作為終極的促動力；後者指容有基進排外的純化主義表

現），嚴格的說並沒有什麼妨礙。

　　縱是如此，一種經典話語在爭取相對優勢的過程中，也可能逐漸暴露出本身「開新」無力的危機。就像十七世紀西方以「笛卡兒理性主義為哲學基礎，片面發展文藝復興時期關於美學的理性見解，崇尚古典藝術和美學」的古典主義，只「重視形式而輕視內容。認為只有新鮮的語言而無新鮮的思想。崇尚古典模式和法規，輕視感情，排斥一切新鮮的內容和情趣，貶低不合古典法則的傳奇敘事詩和新興的抒情詩……它還提倡『風雅』、『高尚』等，要求表現王公貴族；排斥『粗獷』、『野蠻』等，反對表現平民」（王世德主編，1987：437～438）所塑造的經典話語，就不只是會有「政治上或社會上的偏見」（南方朔，2001：310），更可能造成「妨礙社會進步或傷害社會中其他團體的利益」（陳東榮等主編，1995：28），而給人類文化的發展帶來負面的變數。要改善這種情況，也許就得等待另一種「主動出擊」式的新閱讀觀介入。

四、閱讀與經典

　　在以經典為主而閱讀為從的話語情境中，再生文化的功能很可能就會像上述那樣漸呈萎縮而不再有突進的機會。倘若調整為以閱讀為主而經典為從，情況也許就會大為改觀；而所謂「情況也許就會大為改觀」，並不表示經典原有的「神聖性」會被淡化（甚至取消）了，而是說經典從此可以有「新的轉換」，並且能夠比較「自由」的找尋自己所要的寬廣發展空間。而這可以形成一個「閱讀與經典」的新課題。

　　「閱讀與經典」的題稱雖然在語意上較為貼近於閱讀經典命題的原始需求，但它一樣要有多一點的分辨和說明，才能彰顯出閱讀經典的「主動性」意涵。這可以分兩方面來說：第一，閱讀經典仍維持傳

統的符應式接受模式，只是它可以做一些選擇（而不全然被經典所牽制）。所謂「文學典律的存在有賴於文學『公器』的推動和維繫。所謂的公器，未必具有嚴密明確的職權組織，但多少具有專業獨攬、權威公信的特性。姑且合併『機構』、『體制』等詞彙的部分涵義譯為『公器』。所謂的公器又有直接、間接兩面：直接面由開創至守成，統括文學流派運動、出版業、批評和理論工作、修史和教學；間接面涵蓋的主要範圍當然是政權，或是以意識形態、思潮等形式發揮影響力的反政權。兩面之中，教學的公器化或機構化、體制化最為深刻，也最受政權所左右。文學典律的成立和更易，是經由文學公器藉助標榜／漠視、響應／孤立、鞏固／削弱之類正／反選擇並進的行為而正當化、通則化乃至教條化、至尊化的結果。受到反面行為壓制的，是前一代的典律，或是同時期但無法讓新生代典律兼併整合的競爭對手和零散個體」（陳東榮等主編，1995：315～316），這雖然提到相關的選擇背後自有一些「公器」（文中僅以文學公器為例）在起決定性的作用，但它的「選擇權」本身並未遭到剝奪，還是可以看出閱讀經典在以閱讀為主的情況下的主動面。這樣經典變成閱讀的「選項」；而有愈多的選項，就愈顯示文化傳統的「豐富性」以及經典存在的「活潑性」。

　　第二，閱讀經典轉為基進的創造式接受模式，將經典內化為閱讀所限定。也就是說，經典只存在閱讀中；而閱讀一旦有強烈的企圖心要去限定經典，那麼有關閱讀經典的「主動性」意涵就可以獲致充分的顯現。例如撰寫《西方正典》的卜倫（H. Bloom，或譯作布魯姆）所做的：他雖然知道「正典」並無統一性或穩定性的結構，而僅僅是「在眾多相互搏鬥以求存留下去的文本當中做選擇」的一個結果，但他卻忍不住要尊奉莎士比亞的作品為西方正典的核心，並以它作為評判標準而考量它和其他作家作品的關係〔包括一些影響莎士比亞的作家（如喬賽、蒙田等）的作品以及受莎士比亞影響的作家（如米爾頓、約翰生、歌德、易卜生、喬伊斯、貝克特等）的作品、甚至企圖

拒斥莎士比亞的作家（如托爾斯泰、佛洛依德等）的作品等〕；同時
對於多元文化論和女性主義、馬克思主義、拉岡學派、新歷史主義、
解構主義、符號學派等嘗試瓦解傳統正典地位的學說就謔稱它們為
「憎恨學派」或「啦啦隊員」（殊不知它們也正在樹立新的正典）
（卜倫，1998），這就明顯受制於新創典律觀念而為權力意志所「合
謀」的具體情況。因此，有人所做的「正典者，歷代『公認』的經典
著作是也。這原本似乎天經地義的觀念，近年受到學術界嚴格的質疑
和批判。因為經典的形成，有太多政治、種族、性別、權力等因素介
入。反對者認為所謂西方的經典只能代表歷史上歐洲白種男人的偏
見：所謂美學，不過是特定階層人士的喜好。然而，對傳統的挑戰，
其實正說明了傳統的根深蒂固以及它在文化演進發展中的關鍵地位。
想要真正了解一種文化，認識它的重要思想或人文特色，閱讀它的經
典著作、分辨它們的背景脈絡，仍舊是不二法門」（卜倫，1998：彭
鏡禧序 10）這類企圖為布氏「圓說」的舉動，所宣告的不是什麼正
典真有它的重要性，而是權力意志促使它顯得重要且必須予以凸出而
可以成為大家期約的對象。類似的情況，在歷來所見的文學或經典文
學的爭議以及試圖樹立某些文學典範的文學史著作中，也都能讓人清
晰的感受到（彭品光編，1977；尉天驄編，1978；葉石濤，1987；彭
瑞金，1991；陳義芝主編，1999；劉大杰，1979；鄭振鐸，1999；胡
適，1988；蘇光文等，1996；黃修己，1997；黃偉宗等，1998；劉登
翰等，1993；公仲等，1989；趙遐秋等主編，2002）；它們在選材和
解讀上所顯現的「競勝」心理或「權威」心態，無不印證了經典約定
在沒有意外的狀況下將會一再的成為閱讀者的一種影響或支配情結這
一論點（周慶華，2003：138〜145）。在這種情況下，經典就成了一
種「預存」或「隱存」式的存在；只要閱讀有意圖將它期約化，它就
會翩然出現。

　　這同樣也會遭遇相異定見者發動「神聖化的競爭」而重演前面所
說的那些故事；但它的可能的全方位「能動性」，卻可以不斷給文化

帶來「新生」的力量（也就是只要閱讀有所限定經典，就有可能開啟一種新的視野，從而挑激、活絡文化的生成機制）。而照理說，「閱讀與經典」和「經典與閱讀」在未確定經典的地位之前，彼此都是只有可能性而同一意涵；只有已經確定經典的地位之後，彼此才會因為選擇的有無而得以分別開來。這時「經典與閱讀」題稱所隱含的信息就是相沿成習的固定式經典話語為閱讀所不得不選擇的對象（如中國傳統官定的《詩》、《書》、《禮》、《樂》、《易》、《春秋》等「經」籍，為中國傳統讀書人所必讀；而西方一神教所編訂的《聖經》及其相關的典籍，也為西方一神教信徒所必讀之類）；而「閱讀與經典」題稱所隱含的信息則是非固定式的經典話語開放為閱讀所自由選擇、甚至容許將所閱讀的對象期約為新的經典話語（詳前）。而後者（指將所閱讀的對象期約為新的經典話語），正是在最切近的意義上可以作為閱讀經典一事的「昇華」指稱。

五、經典與閱讀經典

　　談論經典和閱讀經典的課題，無非都是在為發展文化著想（雖然內裡仍然預設著權力意志）。它的已經存在或將要存在的典範性，都是塑造一個歷史傳統的重要憑藉。如果說歷史傳統是指從過去延續到現在的事物或指一條世代相傳的事物變體鏈〔按：前者可以算是傳統一詞最基本的意涵，它包括一個社會在特定時刻所繼承的建築、紀念碑、景觀、雕塑、繪畫、音樂、書籍、工具以及保存在人們記憶和語言中的所有象徵建構；而後者則可以算是傳統一詞較特殊的意涵，它圍繞一個或幾個被接受和延續的主題（如宗教信仰、哲學思想、藝術風格、社會制度等）而形成的一系列變體〕〔希爾斯（E.Shils），1992；沈清松編，1995〕。那麼經典的發現或限定就是確保這種歷史傳統可以被一再「彰顯」的最大資源；它無疑的具有構成一個社會創

造再創造的文化密碼和給人類生存帶來了秩序及意義等功能（周慶華，1996：213～214）。而從文化規模的建立來說，也的確需要一些具有典範性的東西作為基礎，才可能宏偉格局而冀其發展無礙。

　　依據孔恩（T. S. Kuhn）《科學革命的結構》一書的說法，典範是指常態科學所遵守的範式：「我所謂的『典範』，指的是公認的科學成就，在某一段時間內它們對於科學家社群來說是研究工作所要解決的問題和解答的範例」（孔恩，1989：38）。雖然這種典範可以被革命取代，但所出現的新典範又是另一個秩序化局面的開始。這在經典的「轉移」上也是同樣的道理；所以才會有人有「典律的意義一直在改變，適用的對象和範圍也一直在改變、擴大，唯一不變的是它所蘊含的權威性和規範性」（陳東榮等主編，1995：23）這樣的「經典性」不變而「經典意涵」可變的論斷。而從常情來看，整個文化體制的運作，如何也難以擺脫對經典的依賴。所謂「必讀經典乃經制度化的知識；透過歷史的程序，人們去蕪存菁，將斷代和文類觀念交叉使用，建立一套代表各個時期、各個文類的必讀經典。其他不說，有了必讀經典，我們才能牽繫各學科（如中國文學、英美文學或比較文學）於不墜；而各學系所的必讀書目和必修科目也不妨視之為維護必讀經典的具體措施。就廣義說，循阿諾德的文化觀，社會菁英早年受過必讀經典的薰陶，因此能同心一德，領導群倫，創造美好融洽的社會」（陳東榮等主編，1995：1），正鮮活的點出這一信息。

　　由此也可見，經典的出現，就是為了造就那種可以操縱文化體制運作的典範性；而閱讀經典的倡議則是在符應這種典範性或準備重新建立類似的典範性。因此，任何的經典話語及其指涉的對象，只要能夠禁得起考驗（也就是可以徵得許多同時空或異時空的人的認同追隨），它就有可能在歷史上熠熠生輝。有位論者提到「經典除了跟權力有關外，更重要的是必須有它本身的自在價值。義大利文學家卡爾維諾曾寫過一篇文章〈為何要讀經典？〉，他指出經典有它的豐富性和恆久性，它能碰觸到人類的各種恆久且終極的問題，它不會讓人只

讀一次就釋手。任何人文藝術的著作，如果不能掌握到這些品質，縱使硬抬成經典，很快地仍會遭遇到另一個真正的考驗，那就是所謂的『遺忘期』」（南方朔，2001：312～313），他所要表達的大略就是這個意思。而我們閱讀接受該經典話語所指涉的對象，則不啻是在確立自己的位置以及探尋可能的出路；至於還能夠有效的重新構設一種經典話語來限定新的經典對象，那就更見「積極」再生文化的功效而可以被奉為「新的典範」了。

建議優先閱讀書單

➤ 卜倫著、高志仁譯（1998），《西方正典》，臺北：立緒。

➤ 孔恩著、王道還編譯（1989），《科學革命的結構》，臺北：遠流。

➤ 阿德勒等著、郝明義等譯（2003），《如何閱讀一本書》，臺北：商務。

➤ 佛思等著、林靜伶譯（1996），《當代語藝觀點》，臺北：五南。

➤ 李達三等主編（1990），《中外比較文學研究》，臺北：學生。

➤ 希爾斯著、傅鏗等譯（1992），《論傳統》，臺北：桂冠。

➤ 周慶華（1996），《文學圖繪》，臺北：東大。

➤ 周慶華（1999），《佛教與文學的系譜》，臺北：里仁。

➤ 周慶華（2003），《閱讀社會學》，臺北：揚智。

➤ 南方朔（2001），《在語言的天空下》，臺北：大田。

➤ 陳東榮等主編（1995），《典律與文學教學》，臺北：中華民國比較文學學會等。

➤ 傅柯著、王德威譯（1993），《知識的考掘》，臺北：麥田。

➤ 劉軍寧（1992），《權力現象》，臺北：商務。

➤諾德曼著、劉鳳芯譯（2000），《閱讀兒童文學的樂趣》，臺
　北：天衛。

問題討論

一、經典的出現代表了什麼意義？

二、閱讀經典和文化的發展有什麼關聯性？

三、「經典與閱讀」和「閱讀與經典」各自的理路又如何？

四、閱讀經典的「昇華」意義在哪裡？

五、如何才能夠重新樹立經典觀？

- 卜倫著、高志仁譯（1998），《西方正典》，臺北：立緒。
- 小暮陽三（2002），《圖解基礎相對論》，臺北：世茂。
- 公仲等（1989），《臺灣新文學史初稿》，南昌：江西人民。
- 孔恩著、王道還編譯（1989），《科學革命的結構》，臺北：遠流。
- 王世德主編（1987），《美學詞典》，臺北：木鐸。
- 王福祥（1994），《話語語言學概論》，北京：外語教學與研究。
- 布睿格等著、姜靜繪譯（2000），《亂中求序──混沌理論的永恆智慧》，臺北：先覺。
- 加樂爾著、趙元任譯（1990），《愛麗絲夢遊奇境記》，臺北：水牛。
- 佛思等著、林靜伶譯（1996），《當代語藝觀點》，臺北：五南。
- 邢昺（1982），《論語正義》，十三經注疏本，臺北：藝文。
- 李威熊（1988），《中國經學發展史論》，臺北：文史哲。
- 沈清松編（1995），《詮釋與創造》，臺北：聯經。
- 希爾斯著、傅鏗等譯（1992），《論傳統》，臺北：桂冠。
- 周慶華（1996），《文學圖繪》，臺北：東大。
- 周慶華（1999），《佛教與文學的系譜》，臺北：里仁。
- 周慶華（2003），《閱讀社會學》，臺北：揚智。
- 郎恩著、高湘澤等譯（1994），《權力──它的形式、基礎和作用》，臺北：桂冠。
- 胡適（1988），《白話文學史》，臺北：遠流。
- 南方朔（2001），《在語言的天空下》，臺北：大田。

- 洪材章等主編（1992），《閱讀學》，廣州：廣東教育。
- 張文軍（1998），《後現代教育》，臺北：揚智。
- 尉天驄編（1978），《鄉土文學討論集》，臺北：遠景。
- 陳東榮等主編（1995），《典律與文學教學》，臺北：中華民國比較文學學會等。
- 陳義芝主編（1999），《臺灣文學經典研討會論文集》，臺北：聯經。
- 陶淵明（1982），《搜神後記》，臺北：木鐸。
- 開普樓著、章英華等譯（1986），《權力遊戲──人類三角關係》，臺北：桂冠。
- 麥克唐納著、陳墇津譯（1990），《言說的理論》，臺北：遠流。
- 傅柯著、王德威譯（1993），《知識的考掘》，臺北：麥田。
- 彭品光編（1977），《當前文學問題總批判》，臺北：青溪新文藝學會。
- 彭瑞金（1991），《臺灣新文學運動四○年》，臺北：自立晚報社。
- 黃修己（1997），《中國現代文學發展史》，北京：中國青年。
- 黃偉宗等（1998），《中華新文學史》，廣州：廣東高等教育。
- 曾祥芹等主編（1992），《閱讀學原理》，洛陽：河南教育。
- 葉石濤（1987），《臺灣文學史綱》，高雄：文學界雜誌社。
- 趙遐秋等主編（2002），《臺灣新文學思潮史綱》，臺北：人間。
- 劉熙（1988），《釋名》，增訂漢魏叢書本，臺北：大化。
- 劉大杰（1979），《中國文學發展史》，臺北：華正。
- 劉百閔（1970），《經學通論》，臺北：國防研究院。
- 劉軍寧（1992），《權力現象》，臺北：商務。
- 劉登翰等（1993），《臺灣文學史》，福州：海峽文藝。
- 蔣伯潛（1969），《經學纂要》，臺北：正中。
- 鄭振鐸（1999），《插圖本中國文學史》，北京：北京。

‧韓雪屏（2000），《中國當代閱讀理論與閱讀教學》，成都：四川
　教育。

‧蘇光文等（1996），《二十世紀中國文學發展史》，重慶：西南師
　範大學。

‧蘭特利奇等編、張京媛等譯（1994），《文學批評術語》，香港：
　牛津大學。

第2章　閱讀文學經典

一、所謂的閱讀文學經典

　　閱讀經典的具體化，就是實際的閱讀相關的經典。而依照當今知識的劃分，這種實際閱讀相關的經典還得加上學科的限制詞，才能有所指稱。換句話說，所謂的閱讀經典，必須具體化為閱讀某一學科的經典，它的語意才有認知上的完整性。因此，我們可以為經典加上「文學」這一個限制詞，而使它落實為具體情境中的一個能夠檢證的命題。

　　根據前章的說法，經典的出現是為了造就可以操縱文化體制運作的典範性；而閱讀經典的倡議則是在符應這種典範性或準備重新建立類似的典範性。但加上「文學」這一限制詞後，就必須在「比照」辦理之餘還得有多一點的說明才行。也就是說，所謂的閱讀文學經典，既然要以文學為限制對象，那麼「究竟是何緣故」以及「文學本身又是什麼東西」等問題就得一併予以解決，才可能完滿一個命題的建構。

　　這不妨從「文學本身又是什麼東西」談起。文學，顧名思義是「文章之學」。而文章所以能夠成為一門學問，是因為它有「指涉外

物」和「指涉自我」的差異所造成的。所謂「指涉外物」，是指構成
文章的語言有指涉語言以外的東西，包括具體的事物、抽象的情思和
神祕的體驗（冥契）等等。如：

> 「虛擬真實」，也有人稱「虛擬實境」……也就是藉由電腦
> 模擬產生的虛構三度空間環境，利用先進的電腦技術，使人們的
> 聽覺、視覺和觸覺跟電腦產生互動，親眼目睹各種虛擬影像，親
> 耳聆聽近似現實環境中的各種聲音，形成逼真的臨場感。
> （溫世仁等，1999：143～144）

> 懷疑論最認為顛撲不破的證據是：如果我們願意對某物的判
> 斷是準確的，那麼我們必定需要一個證據來做這樣的斷定；然而
> 如果要這一根據是正確無誤的，那麼它又需要一個證據，而這個
> 根據又另需要根據。如此下去，假定不是推到無窮的話，那麼一
> 定需要根據互相循環；這兩樣都是不能成立的。因此，我們是不
> 可能有真理和確實的認識的。
> （趙雅博，1965：56）

> 路德說：「有一天，一個隱修士不斷地念『我信罪之赦』這
> 句《聖經》中的字句，我對《聖經》忽然得到一種全新的了解，
> 並且我立刻覺得自己好像重生了；就好像我發現樂園的門大大敞
> 開了。」
> 〔瑞達（M. Rader），1984：104〕

這些例子就分別指涉人利用電腦科技所創設的虛擬實境（屬具體的事
物）、懷疑論者對真理和真實的窮究質疑（屬抽象的情思）和一神教
信徒如獲重生似的深沉感悟（屬神祕的體驗）等，都可以讓人知曉語
言的指涉外物作用。而所謂「指涉自我」，是指構成文章的語言除了
有指涉語言以外的東西，它還有自我指涉的現象。這種自我指涉的現
象，是說該語言會不斷地吸引人去注意它本身的表現（而不是它所指
涉的東西）。如「無色的綠思想喧鬧地睡覺」、「她拳頭般的臉緊握

在圓形的痛苦上死去」〔查普曼（R. Chapman），1989：1～2〕這類語句，就讓人頗堪玩味它的刻意製造矛盾的「無指性」（也就是語句本身既「無色」，又是「綠」；睡覺是安靜，卻「喧鬧」；痛苦無形狀，怎會出現「圓形」，這都無法以常理予以解釋）（周慶華，2001：141）。又如「母狐狸嘲笑母獅子一次只生一隻。『只一隻，』母獅子回答說，『卻是隻獅子。』」、「一個號兵被敵人捉住了，大叫道：『各位，請別殺我，我除了吹喇叭以外，什麼事也沒有做，更沒有殺人。』於是敵人說：『就因為這樣你才非死不可；你自己雖然不打仗，但你會叫大家來打仗。』」〔伊索（AEsop），1999：119、141〕這類敘述，也讓人相當驚異於它善用「擬人對比」和「整體象徵」的技巧（前者指前則敘述用擬人且對比的手法凸顯出「優質化自我的需求」意涵；後者指後則敘述用整體來象徵「看不見的權謀」這一暴力美學）（周慶華，2002：286～288）。而就因著這些矛盾語、擬人、對比、象徵等等的「著色」，使得語言開始脫離交際「實用」的範圍而邁向自主「審美」的旅程。而比較前後兩種情況（指語言的指涉外物和語言的指涉自我），大家很快就會發現後者「獨樹一幟」，的確可以好好加以探討處理而構成一種學問。這種學問，就是「文章之學」；而「文學」正是它的簡稱。

　　有關文學所以能夠自成一個領域這一點，二十世紀初在俄國興起而後傳遍世界各地的形式主義，有滿「貼切」的說明：「從語言學觀點看……語言最普通的功能應該是表達、傳播思想情感和交換、溝通意見，就是所謂『傳訊』或『溝通』的功用。但這顯然並非文學語言的特點；因為『傳訊』的功能只是『實用語言』的特徵。從另一方面看，如果以詩的語言為文學語言的代表，一般直覺會以為文學語言的特徵是以『意象』代替平鋪直敘的語言……但意象在實用語言（或科學論文的語言）其實也俯拾皆是，意象並非文學語言的專利。佘格洛夫斯基在〈以機杼為藝術〉一文中指出：『問題並不在意象本身。詩人所以為旁人所不及者，端賴他對意象乃至於一般語言材料所做的安

排錯置，也就是所謂的機杼（或手法）的設想和安置』。佘氏認為文學語言有它的自主性，並不為『表達思想』、『抒發情感』而服務；『意象』也只是諸多『手法』中的一項而已」。形式主義學者認為「手法」（技巧）主要功用是在「增強我們對文字經驗的感受和注意。文學語言既然有它的自主性而功用不在直接表達『思想』或發抒『情感』，那麼它的安排取決應該另有標準（也就是『標新立異』或『反熟悉化』一類手法的純熟運用）」（高辛勇，1987：17～18）。雖然如此，文學在很多時候也被當作是所有具備審美特徵的作品的總稱，而將它原來該有的「文章之學」意涵隱藏在裡面；這樣文學就直接代表著一種靜態性質的學科區劃（而不再擁有正在「等待大家來探討處理」的動態吸力）。但不論如何，文學終究有別於科學、哲學、宗教等等逕自表露「事物」、「情思」、「體驗」等意涵的對象（也就是文學除了可以表現「事物」、「情思」、「體驗」等意涵，還會特別表現自己的藝術技巧而給人帶來審美享受）；而所謂的閱讀文學經典，自然也就不同於閱讀科學經典、閱讀哲學經典、閱讀宗教經典等等。

二、為什麼要閱讀文學經典

　　閱讀文學經典，理當也跟閱讀其他經典一樣，可以有「符應」式的閱讀和「新創」式的閱讀。這兩種閱讀訴求，都可以用來解說閱讀文學經典「究竟是何緣故」的問題。換句話說，符應式的閱讀本身，是為了延續、發揚文學傳統；而新創式的閱讀本身，則是為了重新塑造文學傳統，它們都體現了閱讀文學經典的「必要條件」。至於符應式的閱讀者和新創式的閱讀者各自所要藉以滿足權力意志的部分，則又是閱讀文學經典所不可或缺的「充分條件」，而跟前者合而共構了一個有關閱讀文學經典的「經典性場景」。

　　縱是如此，這裡也還有一個問題存在：就是「為什麼是文學而不是其他」？這就觸及另一個重點了。也就是說，我們所以要選擇「文學」作為閱讀的對象，它除了必須連到「經典性」來談，更根本的是要自我說服文學本身的「可利用性」。這一點，也許有人會認為文學可以帶動其他的諸如政治、經濟、道德、甚至是宗教上的觀點：「想像文學顯然總是會帶引讀者去做各種各樣的事。比起論說性作品，有時候一個故事更能帶動一個觀點（在政治、經濟、道德上的觀點）。歐威爾的《動物農莊》和《一九八四》都強烈地攻擊極權主義；赫胥黎的《美麗新世界》則激烈地諷刺科技進步下的暴政；索忍尼辛的《第一個圈圈》告訴我們許多瑣碎、殘酷又不人道的蘇聯官僚政治問題，那比上百種有關事實的研究報告還要驚人。那樣的作品在人類歷史上被查禁過許多次，原因當然很明顯。懷特曾經說過：『暴君並不怕嘮叨的作家宣揚自由的思想，但他害怕一個醉酒的詩人說了一個笑話而吸引了全民的注意力。』」〔阿德勒（M. J. Adler）等，2003：224～225〕、「福樓拜和普魯斯特一樣，把文學視為宗教。文學使福樓拜的生活充滿意義並富挑戰性；它使福樓拜有所尊崇並有所自豪。文學使福樓拜高高凌駕於世俗之上；它幫助福樓拜把握生活，也幫助他正視死亡。福樓拜的例子說明，現代人也可以藉助文學的力量來建立一種新的宗教。這種宗教將填補由於基督教的衰落而造成的空白；這種宗教不以上帝、聖書或神誡為基礎，而以哲學、心理學和文學藝術為基礎」〔寒哲（L. J. Hammond），2001：52〕。但所帶動的這些政治、經濟、道德、甚至宗教上的觀點，除了顯示「文學可以有多種用途但又不專門」，其餘就不知道文學還有什麼「獨特性」可說。因此，再回到文學所以要被命名為文學的情境來看，「審美」特徵才是文學作為一種語言藝術而必須被強力標榜的對象。所謂「閱讀故事和小說的主要目的，並不是要採取實際的行動。想像文學可以引導出行動，但卻非必要，因為它們是屬於純藝術的領域。而所謂的『純』藝術，並不是因為『精緻』或『完美』，而是因為作品的本身就是一

個結束，不再跟其他的影響有關。就如同愛默生所說的，美的本身就是存在的唯一理由」（阿德勒等，2003：225）、「一般來說，文學的目的和藝術的目的一樣，是讓人們生活得更愜意美好、更豐富有趣。藝術使人們快樂，藝術使人們興奮；它不必有教育作用，也不必有道德、宗教、政治或哲學的意義。一個作曲家不用他的音樂教育人，偉大的文學家也不用他們的文學教育人」（寒哲，2001：42）等等，就大略的道出了這一消息。而順著這個脈絡，我們還可以繼續思考「人為什麼離不開文學的審美」這一問題。

如果我們把人類所創的知識分成認知性的（如科學、哲學等）、規範性的（如道德、宗教等）和審美性的（如文學、藝術等）三大類型（姚一葦，1985；周慶華，2003），那麼文學就是屬於審美性的知識範疇。這種審美性的知識即使不是人人所已經具備的，至少也是人人所可以勉力一試去充實的。而充實了這種審美性的知識，除了自己受用而藉以為美化人生，還有機會晉身為「文人圈」中的一分子而獲得實現文化理想和遂行權力意志的場域（否則所有的文化理想和權力意志只能「徒然存在」而無處可以試煉遂行）。而所謂的「文人圈」，相對於「大眾圈」來說，它具有主導文化的演變動向和掌控文學的交流系統等能耐：

> 每個社會群體都有它的文化需求以及屬於它的文學。這樣的社群可以是一種性別，也可以是一個年齡層或一個社會階層；比如女性文學、兒童文學、工人文學等等。這些文學各自掌有獨特的交流系統……掌有最明確文學性質的社群，就是文化團體；這一類「文人雅士」也就是眾所皆知文學概念的起源。這些文人們起初是在一種封閉的「種姓階層」裡自成天地，即使迄今也仍不同化於某個社會階級或層次，甚至不跟任何社會職業團體為伍。我們可以將文人的定義，當作是那些受過相當的智識培育及美學薰陶，既有閒暇從容閱讀、手頭又足夠寬裕以經常購買書籍，因而有能力做出個人文學判斷的人士們……過去這個文人群體指的

就是貴族，而漸漸跟有文化修養的中產階級聲息相通；這個有文化修養的中產階級，它的文化養成的據點就是舊制的中學教育。現今這個群體又接納了智力勞動者；當中從事教育的人士尤其成為主力，另有藝術勞動者和極少數受初級教育或現代教育所栽培的體力勞動者。這就是我們所稱的「文人圈」：聚集了絕大多數的作家們；而且也吸收了從作家到大學文史研究員，從出版商到文學批評家等文學活動所有的參與人士。這些「搞」文學的人全都是文人，因而他們的文學活動又是在一個內部封閉的交流圈中流轉運作……相對於文人圈，則有「大眾圈」的發行系統。通常大眾圈讀者所受的教育還不足以掌握理性判斷和詮釋能力，僅能粗具一種直覺的文學鑑賞力；而工作環境和生活條件並不利於進行閱讀或養成閱讀習慣，甚至收入也不容許他們經常購買書籍。這些讀者有的是小中產階級；卻有更多是上班族、勞動者和農民。比起文人圈的讀者，他們不論在份量上、類型上以至於品質上都有著同等的文學需求；可是這些文學需求卻得依賴他們社群的「外部」來滿足，他們本身沒有任何手段來使作家或出版商等文學成品的負責人了解他們的反應。

〔埃斯卡皮（R. Escarpit），1990：91～93〕

因此，作為一個文學愛好者，自然就可以多了一個實現文化理想和遂行權力意志的場域。而這在其他領域不容易「求表現」的情況下，文學這個領域也就成了不二選擇而可以給予「高度價值」的肯定。換句話說，除非一個人別有能耐，不然試著在文學領域尋求發展（包括純作閱讀批評和轉為創作的能手等），終究也可以像其他領域中的人一樣找到「安身立命」的途徑。

三、閱讀文學經典所要具備的條件

至於閱讀文學經典究竟需要具備什麼樣的條件,這就得從閱讀的訴求、閱讀的形式以及閱讀所要作用的情境等層面來說。在閱讀的訴求方面,如果是「符應」式的閱讀,那麼只要循著前人所框限的文學經典範圍去做甄辨選定而後設法領會它的「經典」特徵,大體上就完成了一件閱讀文學經典的初步工作;如果是「新創」式的閱讀,那麼就得額外備齊可以跟人進行「神聖化的競爭」的本錢,一方面敢於「力排眾議」,一方面還要「理據充足」。而後面這一點,就可以連到閱讀的形式來談。

閱讀的形式,嚴格的說也「沒有一定的形式」。像有人所歸納出來的「閱讀是解釋」(挖掘閱讀對象所蘊含的特定意義)、「閱讀是溝通」(閱讀者和閱讀對象的互動)、「閱讀是改寫」(閱讀者依自己的需求對閱讀對象進行任意的增刪)、「閱讀是構造」(對閱讀對象的語義轉換或再編碼)和「閱讀是顯現價值」(把閱讀對象所蘊含的價值呈現出來)等等(王先霈等主編,1999:149~151),就頗為普遍且分歧。還有即使把閱讀限定在「理解」上,而這理解所要求的「懂」某些話語或「了解」某人的意思,也始終多現歧見〔如前者就有:⑴是能執行命令;⑵是能做預言;⑶是能使用適當的語言;⑷是一種共同行動的合作;⑸是一種問題的解決;⑹是能做適當的反應;⑺是能做適當的估計等(徐道鄰,1980:48~51);而後者也有:⑴是想到某人所想到;⑵是向某人所說的起反應;⑶是向某人所指的發生感情;⑷是向某人本身發生感情;⑸是假定某人在想什麼;⑹是假定某人是要求什麼等(李安宅,1978:60)〕;更何況另有一種影響焦慮下的基進性的理解呢〔布魯姆(H. Bloom),1990;1992〕!從「新創」式的閱讀角度來看,後面這種基進性的理解似乎比較能夠展

現「新創」的意涵，因為它一向以「反影響」的姿態出現。而所謂「反影響」，轉用在創作上，指的是被影響者對影響者的「反動」或「抗拒影響」，它包括了各種嘲諷仿作（如戲謔、反設計、歪曲模仿等）（劉介民，1990：242）。這種對前人影響的反動，在同一傳統的作家中最為嚴重，嚴重到使一些學者認為「詩的影響已經成了一種憂鬱症或焦慮原則」（布魯姆，1990：6）。但焦慮反倒激起詩人的獨創性，而發展出六種抗拒方式以為解脫：(1)故意誤讀前人；(2)補充前人的不足；(3)切斷跟前人的連續；(4)青出於藍而更甚於藍；(5)詩人澡雪精神，孤芳自賞，以跟前人不同；(6)孤芳自賞既久，使人誤解藍出於青（張漢良，1986：56）。這在其他文類作家身上，情況也相仿。雖然這種「反影響」也被看作「在一國文學中新出現的趨勢及信仰，常常受外來模式的激發，以對抗本國盛行的理論和實踐」或「以對外國作品的創造性誤解來闡揚新觀點」〔李達三等主編，1990：436～452；鄭樹森，1986：6～8。按：前者用來說明二十世紀初中國新文學運動的發展，也有幾分的貼切；而後者則被認為是原來限於本國的「影響焦慮」所刺激出來的，如意象主義大將龐德（E. Pound）對中國詩及中國文字結構的誤解、超現實主義大師布魯東（A. Breton）將自動寫作跟佛洛伊德（S. Freud）的潛意識理論硬攀親戚（被後者譏為「強作解人」）等等都是〕，而可以提供比較文學研究一個新的觀點，但重要的是它能夠作為解釋文學發展中的創造、更新和突破的依據（周慶華，1996：195～211）。

　　不論如何，閱讀的形式一旦有所確立，它就一定是看閱讀所要作用的情境而做最後的裁決。因此，真正重要的是閱讀所要作用的情境。這一點，在文學批評史上有一個著名的案例，那是李察茲（I. A. Richards）於1929年出版的《實用批評》一書所記載的：李察茲在英國劍橋大學教書時，曾經做過一個實驗，給他的本科生一些除去標題和作者姓名的詩，然後讓他們進行評論。結果學生的判斷五花八門：久受尊重的詩人價值大跌，佚名之輩卻受到讚揚。李察茲在審察這些

有種種缺憾的解讀結果時，一面指出每一篇的偏差所在，一面提供一個「比較正確」的詮釋，最後提出「夠資格的讀者」這個觀念。李察茲這項舉動，事後招致不少批判的聲音。當中比較嚴厲的，如：

> （在這個個案裡）李氏所扮演的角色當然是「夠資格的讀者」了。李氏究竟有沒有資格做個「夠資格的讀者」，我們往深一層去想，一定會發現：未必。但就這個個案的情況看來，無疑他的表現證實了他比他的學生較能接近作品的原意。但他所以能如此，當中最重要的原因是：他有了歷史的意識，就是(1)他掌握了詩人生存和創作空間某程度的歷史的認識，他的學生則被剝削了這方面的知識……(2)他掌握了語言的歷史面貌，如看出來某些字句是十八世紀的，某些是十九世紀的，某些形式和風格只能因怎樣一個詩人在怎樣一種歷史環境下才可以出現。

（葉維廉，1988：23）

然而，在我看來，這個研究項目中遠為令人感興趣的一個方面，而且顯然是李察茲本人沒有看到的一個方面，恰恰是：在這些意見的具體差異下，竟然存在著如此一致的無意識的價值標準。閱讀李察茲的學生對文學作品的闡述，人們會驚奇於他們自發地分享的認識和詮釋習慣：他們期待文學應該是什麼，他們把什麼作為一首詩的假定前提，以及他們想從這首詩中獲得什麼滿足。實際上，這一點都不令人奇怪：因為這一試驗的所有參加者據說都是上層或中上層階級的白人青年，是受過私人教育的二〇年代的英國人，他們對於一首詩會發生怎樣的反應遠非僅僅取決於純「文學」因素。他們的批判反應跟他們更廣泛的成見和信仰深纏在一起。但這並非過失：任何批判反應都有這種糾纏；因此根本就沒有「純」文學批評判斷或詮釋這麼一回事情。如果有人應受責備的話，那麼就是李察茲自己。作為一個年輕的、白種的、中上層階級、男性的劍橋大學導師，他無力將他本人分享的那種利害關係結構對象化，因而就無法充分認識到價值中局部的、「主

觀的」差異是在一個具體的、社會地結構起來的認識世界的方式
之內活動的。

〔伊格頓（T. Eagleton），1987：18〕

這類批判，並非沒有道理；只是它們都忽略了李察茲和他的學生也只
不過是各自衡量所要作用的情境而採取的一種閱讀策略而已（在李察
茲來說，是為了顯示他是一個老師的身分而必須克盡「指導」的責
任；而在李察茲的學生來說，則是為了呼應老師的「開放」性命題而
窮盡所能的去解讀評判以為回饋罷了），當中的權力意志〔在李察茲
方面還有比他的學生要有多一點的文化理想（不論該文化理想是否可
稱道）〕才是它的終極依據。因此，依照上述的理路，任何人在閱讀
文學經典過程中所要具備的條件，就不外是確定自己的立場（採「符
應」式閱讀或「新創」式閱讀）、預估所要作用的情境和依便選擇有
效的閱讀形式等識見的培養及其踐行毅力。至於其他有關文學接受所
需的知解和感悟能力以及文學風尚變遷的敏銳察覺等等，則又是當中
的「餘事」。

四、本書的體例

　　閱讀永遠是一種體制性的，它所受特定群體的制約是沒有人能夠
擺脫且可以自鑄偉貌的（周慶華，2003）。因此，有心人要尋求突破
的空間，也就有相當的難度。不過，試著從事「局部」的創新，仍然
是有可能的。所謂「長久以來，學者一直不斷發現閱讀莎士比亞《哈
姆雷特》的新方法（還有波特女士的《兔子彼得的故事》以及懷特的
《夏綠蒂的網》）。事實上，區分最重要文學的東西，可能是它從讀
者那裡產生新的詮釋能力。柯爾摩德主張，讓文學文本成為經典的是
『一種對於適應的開放，而讓它們在無窮盡的各種配置之下常保鮮

活』。讓它們鮮活，並促使我們不斷思考它們的，是我們能夠不斷以新的方式閱讀它們，持續注意它們之中至今還未思考過的意義的可能性……儘管如此，我相信典範的概念仍然是有用的，因為它促使我們去思考為何有些書天生就比別的書要好。思考的過程、作為人的過程，幾乎總是在評斷某些東西優於其他東西……普爾夫斯、羅哲爾斯及索特爾提供最後一種為什麼我們必須知道那些是經典文本的理由：『一群文本……已經被那些形成共同經驗一部分的社群組織給取消了。這些社群組織已經挑選它們，當作餘興的時候閱讀。每一次遇到那些文本，就會幫忙把一位個別讀者更深入地帶進一個特別的讀者團體當中……文本和讀者藉著這種過程，已經發展出一組彼此有關的連結。因而適應進入這種傳統的作家，就會製作出和該共同文學組相當具有間接關聯的文本』。知道典範文本不僅幫助我們了解其他文本，它也把我們帶到跟其他讀者一塊兒，並使我們進入跟他們的對話」〔諾德曼（P.Nodelman），2000：217～220〕，指的應該就是這個意思。而本書的撰寫，大體上也是秉持這個理念的。

　　雖然所區分的「閱讀中國傳統文學經典」、「閱讀中國現當代文學經典」和「閱讀臺灣現當代文學經典」等三個領域在各自撰寫者的評估中各有取徑上的差異，但都無妨於對文學經典所能產生的審美和文化功效的「念茲在茲」。而由於這主要是要跟剛要或初次踏入文學門檻的同好分享經驗，所以在撰寫上儘量以「綱舉目張」和「明白曉暢」為原則。前二章是總論，分別就經典、閱讀經典和閱讀文學經典等相關的課題做一些必要的分疏；而後三章是分論，分別就中國傳統文學經典、中國現當代文學經典和臺灣現當代文學經典等的認定及其範圍、閱讀方法以及實際閱讀舉隅等做一些討論展示。當中有關中國傳統文學經典部分，會儘量含括詩、詞、戲曲、小說等類型；而中國現當代文學經典和臺灣現當代文學經典部分，則僅限於詩、散文、小說等類型（現代戲劇純屬綜合性藝術，則不便予以討論），這是古今文類區分不同而必須有的權宜處理。至於沒有涵蓋外國文學經典部

分，那是因為「合寫」的人選難覓的緣故；不過，在本書中會常舉西方的文學理念來對觀，稍稍可以彌補這一方面的不足。

如果還有可以補充說明的，那麼大概就是此處的論說所內蘊的另一個相應的理念：就是有些東西即使是已經成為歷史的，也還沒有過去，我們都活在歷史中。換句話說，人類的過去、現在和未來是一個不可分割的整體；而要展望未來的道路，就必須透徹了解過去所走過的每一腳步。因此，「歷史的終結」是不可能的，也是無法想像的。如果真的有「歷史的終結」，那麼它表示「現在」也失去了；而失去了「現在」，也就失去了「我們」自己（失去任何意義和價值）（周慶華，2000：50～51）。因此，真誠的面對可以面對的文學經典，也就是重新規劃人生未來的一個契機。這對任何人來說，都是可以有意義的；而對本身所屬的文化傳統來說，也是可以增價的。

建議優先閱讀書單

➡ 王夢鷗（1976），《文藝美學》，臺北：遠行。

➡ 王德威（1991），《閱讀當代小說》，臺北：遠行。

➡ 史都瑞著、張君玫譯（2002），《文化消費與日常生活》，臺北：巨流。

➡ 布魯姆著、徐文博譯（1990），《影響的焦慮——詩歌理論》，臺北：久大。

➡ 古德曼著、洪月女譯（2001），《談閱讀》，臺北：心理。

➡ 艾坡比等著、薛絢譯（1996），《歷史的真相》，臺北：正中。

➡ 呂正惠主編（1991），《文學的後設思考——當代文學理論家》，臺北：正中。

➡ 周華山（1993），《意義——詮釋學的啟迪》，臺北：商務。

➡ 周慶華（2002），《故事學》，臺北：五南。

➡ 周慶華（2004），《文學理論》，臺北：五南。

➡ 姚一葦（1985），《藝術的奧祕》，臺北：開明。

➡ 埃斯卡皮著、葉淑燕譯（1990），《文學社會學》，臺北：遠
　　流。

➡ 陳義芝主編（1998），《閱讀之旅》，臺北：聯經。

➡ 曼古埃爾著、吳昌杰譯（1999），《閱讀地圖》，臺北：商務。

➡ 羅賓遜著、蘇絢譯（1999），《美學地圖》，臺北：商務。

問題討論

一、文學經典是怎麼出現的？

二、我們為什麼要閱讀文學經典？

三、閱讀文學經典需要具備什麼條件？

四、「創新」式的閱讀文學經典如何可能？

五、閱讀文學經典和文化創造有什麼關係？

・王先霈等主編（1999），《文學批評術語辭典》，上海：上海文藝。

・布魯姆著、徐文博譯（1990），《影響的焦慮——詩歌理論》，臺北：久大。

・布魯姆著、朱立元等譯（1992），《比較文學影響論——誤讀圖示》，臺北：駱駝。

・伊索著、吳憶帆譯（1999），《伊索寓言》，臺北：志文。

・伊格頓著、聶振雄等譯（1987），《當代文學理論導論》，香港：旭日。

・李安宅（1978），《意義學》，臺北：商務。

・李達三等主編（1990），《中外比較文學研究》，臺北：學生。

・阿德勒等著、郝明義等譯（2003），《如何閱讀一本書》，臺北：商務。

・周慶華（1996），《文學圖繪》，臺北：東大。

・周慶華（2000），《文苑馳走》，臺北：文史哲。

・周慶華（2001），《作文指導》，臺北：五南。

・周慶華（2002），《故事學》，臺北：五南。

・周慶華（2003），《閱讀社會學》，臺北：揚智。

・姚一葦（1985），《藝術的奧祕》，臺北：開明。

・查普曼著、王晶培審譯（1989），《語言學與文學》，臺北：結構群。

・高辛勇（1987），《形名學與敘事理論——結構主義小說的分析方法》，臺北：聯經。

- 徐道鄰（1980），《語意學概要》，香港：友聯。
- 埃斯卡皮著、葉淑燕譯（1990），《文學社會學》，臺北：遠流。
- 張漢良（1986），《比較文學理論與實踐》，臺北：東大。
- 寒哲著、胡亞非譯（2001），《西方思想抒寫》，臺北：立緒。
- 瑞達著、傅佩榮譯（1984），《宗教哲學初探》，臺北：黎明。
- 溫世仁等（1999），《媒體的未來》，臺北：大塊。
- 葉維廉（1988），《歷史、傳釋與美學》，臺北：東大。
- 趙雅博（1965），《哲學概論》，臺北：中華。
- 劉介民（1990），《比較文學方法論》，臺北：時報。
- 鄭樹森（1986），《文學理論與比較文學》，臺北：時報。
- 諾德曼著、劉鳳芯譯（2000），《閱讀兒童文學的樂趣》，臺北：天衛。

閱讀中國傳統文學經典

一、閱讀文學經典的必要

　　在這似乎已經母語化、孤島化了的臺灣，本土意識挾政治力劍拔弩張，中國傳統文化價值日漸式微，值此人心紛亂、脆臲不安的時局，倡行閱讀古代文學經典則為孔亟之事。高等學府向來重理工輕人文，功利實用的思想支配大眾，大學固有之博雅理念與高尚的人文精神，在學院內恐怕早已蕩然無存。時代環境既如此不堪聞問，文學生態丕變自是意料中事，而在電腦科技的強力衝擊之下，網路上文本一經數位化後，流動的繆思暢行無阻於虛擬的空間，文學讀寫的遊戲規則大幅更改，文學板塊鬆動移位不再穩固如昔。尤其甚者，在標奇立異的後工業科技時代裡，世人但知隨波逐流趨新就俗，偏偏大部分的文學作品總以「輕薄短小」為尚，巧思有餘博奧不足，在歷史文化的觀照、哲學意味的體悟、藝術審美效果方面是很難引人入勝的。不管暢銷排行榜或流行閱讀如何影響人心，但吾人深信堅持經典文學的品味，毋寧是一種對人的本質的自我確證，因為有些東西像生存價值、

意義認知、情境想像，唯獨文學可以提供我們深刻思考的媒介。

　　事實即便是如此，我們仍有必要談談為何需要以及如何閱讀文學經典，儘管此舉違逆了當代社會的主流思潮，陽春白雪曲高恐難免和寡。雖則冰刃現實不利人文理念的發展，可是文學能使人「窮賤易安、幽居靡悶」，提供一份靜定安住亂世的力量，讓我們於心物有所感應之際，抒發一己情思馳騁自家襟懷。再次，韓愈於〈進學解〉亦嘗言：「沈浸醲郁，含英咀華；作為文章，其書滿家」（謝冰瑩等注譯，1997：584）。其意為吾人涵泳在經典的醲郁裡，品味文章的精華微旨，然後思慮再三將之寫成著作，日積月累堆滿了整個屋子。於此韓愈訓示我們要努力進德修業，無須擔心將來的出路如何，只要潛心研討古代典籍中的意蘊，厚植自己的學養，日後定能經世致用。而中國古代的文學經典便是飽含醲郁英華的文化極品，在內容和形式上都經得起時間的考驗，多多閱讀這些偉大的著作，是可以振聾發聵使人茅塞漸開的。

　　眾所周知，中國人文經典的閱讀攸關至極，教育的功能本在使人變得文明，而人文典籍蘊含著我們全面性經驗的結晶，其中包含聖哲先賢對大千世界的思考挖掘，果能沉浸於醲郁的古代經典，日夕浸潤其間吟詠諷誦之，則我們的心靈情性和道德修養都將有所轉化。論者嘗指出閱讀經典可以汲取古人的智慧，藉此開拓培養自己的人生視野，亦可從經典中學習對價值的理性判斷，打破簡單而固定的思維模式，接觸並了解一些我們平常無法想像到的問題（龔鵬程，1999a：17～22），進而學習「對人本身，對人間社會的理解與掌握，對美善的品味與體認，對信仰、價值的承諾與執著」（金耀基，2003：181）。上述這些經典閱讀的好處正是大學人文教育的重要內涵，而閱讀文學經典適足以積累人文知識，滋養豐潤莘莘學子的知情意，不斷強化他們內在的感受能力，造就通達知常的博雅之士。然而，學校教育愈來愈不重視經典閱讀，又加上聲訊光影逐漸取代語言文字，以圖像為主的流行閱讀竟如瘟疫般，癱瘓我們的語言文字和思想精神，

給予人的只不過是庸俗的感官刺激，無法令我們面對生存情境做一嚴肅而深刻的思考。但從另一方面來說，在這沸沸揚揚的時代裡，如果我們可以一卷在握沉吟終日，經典文學的閱讀將使人變得安靜沉穩，而親炙高文典冊也可以抗瘟去俗，讓我們遠離心靈的貧乏虛浮，因此我們需要重返文學經典閱讀之鄉。

中外經典鉅著教育可以提供我們一個「價值反思」的典型，除了追求專業知識技能之外，我們還得學習人生自處之道，認識永恆遍存的絕對價值，進而統整出極具縱深的文化視野，以曲辨生命之玄思。如果我們直接研讀經典原著，可以讓我們洞悉人類的心靈世界、明白知情意的深邃內涵，探究真善美聖的全人理念（吳瑞妍，1995：51～71）。經典鉅作是中國文化的靈泉活水，如何從古籍中汲取先人的智慧，在現代生活裡實踐完整「全人」的理想，允為教育工作的當務之急。其實自古迄今，中國便有諸多蘊含人文價值的經典鉅著，在多元共生的後現代情境中，設若吾人能對古典做批判性的解讀，涵攝於其學殖光華及人文價值，應能培養出面對當今社會的學習能力。中國人文經典的價值是毋庸置疑的，但其影響力之大小，端賴我們如何從經典中汲取養分，拆解並且活化這些永恆的智慧，在現代生活中加以實際運用，果真從中受到先人的啟發一二，便能使自我身心安頓、逍遙自在（孔維勤，2003：9～32）。職是之故，本章所要探討的主題如下：(1)文學經典與博雅教育；(2)中國傳統文學經典的認定及其範圍；(3)怎樣閱讀中國傳統文學經典；(4)實際閱讀舉隅。

二、文學經典與博雅教育

二十一世紀初，由於高科技與知識經濟日益蓬勃發展，現代人已經迷失在物慾、色慾與權力慾等諸多的競逐之中，心靈層面則愈顯空虛、苦悶、孤寂，只知一味外求而無視於自我生命存在的意義價值，

必然會導致精神官能方面的壓力和病痛。在這個文學徬徨失所的時代，網路垃圾文字早已氾濫成災，我們為什麼還需要閱讀文學經典作品？接近文學經典、了解文學經典，對於我們人生的價值判斷有何助益？有人認為文學可以使「看不見的東西被看見」（龍應台，2000：3），也有人認為文學可以提供一種頗具詩意的生存方式：「溢盈了才能，但卻仍舊詩意地，人，就如此棲止在大地上」。海德格引荷爾德林〈論詩之本質〉的話，並指出我們的實存基本上是詩意的，在這紛紛擾擾的生命旅途中，竟能「詩意地居住」（to dwell poetically），傳遞宇宙自然的訊息，為諸神與萬物的本質命名（鄭樹森，1984：20）。海德格如此深刻且深具現象學色彩的闡釋，一語道破了詩與人之生存其間必然的關係，對他而言，文學不是現實世界的粧點品，亦絕非聊供娛情遣興之物，而是一種近乎先驗本質的存在意義，它是能描繪出詩意世界的偉大景觀。文學能引領人歸於本真的生活狀態，從勞績到詩意，從有限到無限，超越現實的精神桎梏，達到絕對的自由狀態，就此論者亦嘗指出：

> 在海德格看來，人類無論有多少勞績，還只是一種有限的世界，而人類應該衝出這有限的世界，達於無限，詩意的棲居，不是讓每個人都去寫詩、每個人都去幻想，這樣的理解是表面的。海德格認為，詩創造實存，詩言說無。無，不是沒有，無是無限。無限是什麼？無限就是對有限超越中的一種自由狀態，而這種自由只能存在於精神世界。
> （傅道彬等，2002：4）

傑出的文學作品是偉大心靈的產物，其情、理、事、態雖展露萬殊，要以描繪出整幅人生的圖畫為鵠的。就文學的教育效果而言，其影響力之深遠廣大，在個人情操的培養方面，可說是居功厥偉。文學是作者憑藉語言文字來表達情感思想，並巧妙地傳達給讀者，文本具有興發感動的潛能，召喚讀者的情感與想像，所以文學最大的影響來

自於它的感染力，其潛移默化之功端視作者與讀者胸臆之際真實情感的交流、作品對讀者可能有的人格陶冶、以及讀者自己人生視野的拓寬等等。職是之故，我們對文學作品的浸染修習，應該是情感道德教育的重要部分，在深廣長久的參照淬煉中，在風簷展讀存思懷想之餘，人生固然可以藝術化，情操自亦能堅硬一如磐石。尤其甚者，中國古代文學經典對大學生來說，更是不可輕忽的知識淵藪與藝術寶藏，不管其主修專業為何，如欲造就一有教養的人才，就必須深諳自己的傳統文學經典，俾能了解本民族的審美趣味，培養較高的語文表達能力。中國古代的偉大作家在構思立意、謀篇布局、鍛字煉句、技巧風格等諸多方面，均積累了相當厚實的經驗，足堪後人切磋琢磨加以學習，而我們閱讀傳統文學經典，就是要在鉅製鴻裁中抉微探幽，深切感受其藝術之美，亦能洞悉其章法之妙，從而在怡情悅性的審美體驗中具澡雪精神，增加自我在心靈與情操方面的涵養。

　　眾所周知，文學作品所展現出來的是一個知情意具足的世界。不可否認，文學作品常常訴諸幽渺荒唐之言，作者借他人杯酒澆自己胸中塊壘，也許脫離了純粹的認知作用，卻能為我們帶來真實的意義感受，喚起我們的想像與美感，其最終展現的仍為理至、事至、情至之語。就「全人教育」的目標而言，學生對文學作品多元地審美讀解，適足以闡發精神上的絕對價值，通往真善美聖的生命境界。雖則文學頗類莊子〈逍遙遊〉裡所言的「無所用之」，其客觀目的常受制於客觀環境，但究其實，文學的價值就在於它本身的「無用」。「無用之用，是為大用」，在審美主體對客觀物境的精神觀照中，人始得內心的通脫舒活，也才能體現出生命存在的意義。不管在這新科技時代「工具理性」如何凌駕一切，我們可以肯定文學對人生及社會存有一種「美感價值」的文化功能，而中國文學經典博奧深美，知情意的內涵隨處涉及人文知識的基本層面，其非功利性的美感價值，其對情感與想像之注重，似乎可作為大學博雅教育研讀探究的對象。與此相關，文學作品可以提供我們生活上的問題思考，論者曾指出其重點有

以下四項，頗值得吾人參考：情意的開發、詮釋人生能力的培養、創意的養成、美感經驗的涵養（廖玉蕙，2001：112～119）。純就文學教育的方法而言，我們不能只注重對文本意思的理解，而缺乏對作品整體意境的分析，必須多探索文本使人興發感動的潛能，試圖理解藝術化的情感經緯，導引學生對具體情境的自我投入，如此方可從作品中培育人文關懷，鍛鍊美學趣味和修養，有助於鑑賞豐約華美的文學作品，賦予文學作品特有的實存意義。

這是一個眾荷喧譁、多元共生的時代，從比較文學的立場來看，在現今跨國跨文化的前提之下，我們也應該努力尋求文學教育的「共同美學據點」（Common Aesthetic Grounds）和「共同的文學規律」（Common Poetics），用以解讀詮釋人類共通的心靈，達到對「人的主體性」的通盤理解（張隆溪，1998：53～64）。而對這種人文精神的掌握，跨學科的多元詮釋，以及個人如何依違於中國與西方、傳統與現代之間，蕭麗華教授有如下的看法：「基於學科整合與人文主義教育的立場，我國通識教育之推展不應只是西方教育理論的移植，而應注重中國傳統文化的內涵，使通識教育更能植基於中國傳統文化，同時也促使中國人文精神能具現代化意義」（蕭麗華，1997：127～138）。這樣一種通古變今、調和中西的態度，也和另一位人文學者所言大致吻合：「原來傳統不妨『現代性』的闡發，人文與科技原是一胎所生，因此，在強調『現代性』、『應用性』、『生活化』、『普世化』的同時，如何陶冶人文素養，如何在師生互動之間塑造確實、合理而可行的價值理念，實在需要主其事者善用民主自由的推動力，而把與人相關的人文內涵予以全般顯豁、一體展開」（葉海煙，1999：303）。我們姑且不論中國傳統文化的精髓意蘊，單就中國文學的博雅精神而言，其所構設的多層次教學內涵，例如在語文、文學、文化和精神（生命）方面，結合了諸多學科知識，無不涉及知情意的人性潛能，適足以彰顯出通識教育的真正價值，因為「通識教育強調超出實用功利的人文知識，注意人才的全面培養，而文藝

所培育之美感對通識教育有極重要意義」（張隆溪，1998：53）。

　　文學藝術的境界如同我們的人生一樣廣大深邃，我們如何超越日常生活的限制，擺脫板滯庸俗與委瑣靡頓，找尋極富詩意的棲居方式，王夫之曾說過：「能興者謂之豪傑」。正是要我們注意審美感興與體驗的重要性（周憲，2002：241～265）。而關於審美感興與體驗的能力問題，《論語・先進》篇就記載了一段頗富文學情趣的對話，孔子在讓他的弟子們「盍各言爾志」後，對以禮治國的幾位未置可否，獨獨對曾點那番詩意盎然的言論深表贊同與欣賞：「莫春者，春服既成，冠者五六人，童子六七人，浴乎沂，風乎舞雩，詠而歸」。如果我們能捨棄眼前的現實功利目的，在文學藝術作品的涵養之中，我們的視野和胸襟能更加寬廣，對人的心思能更為細膩敏銳，情感和想像力能更為豐富，這些也許是我們達到高深人生境界的有效途徑之一。文學藝術的美感教育固然可使我們超凡脫俗，亦且能令吾人在潛移默化之中，獲致情感的淨化和教育，深深影響著我們對世事人生的態度看法，同時也塑造形成我們的人格特質、精神價值以及倫理觀念等等（張隆溪，1998：53～64）。

　　再者，文學作品帶給我們的影響力不可低估，經過我們內心重新創造的真實世界，遠比既有的事實或現象更令人魂牽夢縈，甚且可能引導出某些行動來，於此，齊邦媛則認為「文學最大的影響，恐怕是個人的情操方面」（齊邦媛，1998：115）。齊教授進而言之，「『情操』就比較屬於個人的修養，強調個人的自由和出於內心涵養的判斷，表現出某種哲學深度。我總是認為情操才能使一個人的生命展現出深度和意義」（齊邦媛，1998：116）。在這樣一個紛擾、動盪、多變的世界裡，我們的情緒十分不安，文學是否可以提供一個感情的抒發管道？我想是可以的。文學的影響力無遠弗屆，其潛移默化之功端賴作者與讀者胸臆之際真實情感的交流，以及視野的拓寬。在文學作品裡，作者常常觸及生活情趣與生命境界，「有了境界，便有了感情，有了感情，便有了情操，這份情操不對任何人負責，只作自

己的觀照，進而當為處世準則」（齊邦媛，1998：126）。眾所周知，文學作品所展現出來的是一個知情意具足的世界。文學是語言的藝術，騷人墨客常常絞盡腦汁，希冀憑藉文字表情達意，一攄其鬱抑之襟懷，或描繪普遍共有之人生形相。一方面作者借助具體的形象，來表達抽象的思想感情，通過文學藝術品的感染力和美感作用影響讀者，而在另一方面，讀者於欣賞時儘可以有不同的觀念或理想，但無論如何，總會依據文本來建構屬於自己的文學意義。因此，「一千個讀者就有一千個莎士比亞」，在文學的解讀過程中，讀者受到文本的召喚，調動自己的情感智慧、生活經驗和想像力，雖則悖離了文本既有的意義，然卻能重新構成我們合目的性的心象，各人都是以自己的理想方式與材料，去賦予文學作品特定的意義。

關於審美感興與審美體驗的問題，朱光潛先生談到「人生的藝術化」時，就曾採用阿爾卑斯山路上的標語說：「慢慢走，欣賞啊！」其實，藝術本身就是一種情趣活動，「『覺得有趣味』就是欣賞。你是否知道生活，就看你對於許多事物能否欣賞。欣賞也就是『無所為而為』。在欣賞時人和神仙一樣自由，一樣有福」（朱光潛，1993：124～125）。此外，身為美學大師的及門弟子，齊女士又舉例說明朱先生是如何以境教來開啟學生，顯示出情操的培養對一個人是多麼地重要：「另外一次去與朱老師小聚，那時是秋天，進老師家的院子時，發現地上鋪滿了厚厚的葉子，走在軟軟沙沙的梧桐葉上面，一位男同學拿了大掃把就要掃，只見老師急忙大喊，不可以掃！我好不容易存了一庭的葉子。這個反應引起我們內心的讚嘆，也許這就是境界的啟發！他說：雨夜裡聽雨打葉聲，會覺得人生至此別無他求，這裡面就蘊含了無形的教育」（齊邦媛，1998：125～126）。藝術審美過程注重個人感受和領悟，文學的鑑賞亦不外乎此，除了傳授賞讀經典文學的方法之外，我們認為美感經驗的交流相當重要，文學教師對宇宙自然的審美體驗，應該也是學生記取追認的好榜樣。而在通識課程的人文藝術領域中，如此深刻體驗的境教卻常常為人所忽略，殊不知

自然環境對我們的影響極大，日昇、月沉、花開、葉落，在時間的推移中，季節更迭星象流轉，無一不對我們宣示著宇宙自然的奧祕。

文學創作也像愛情人生的經營一樣，大有癡人在夢裡說夢的意味，總是悲歡交集憂樂相續，只能隨緣且喜地添絲加絮粧點幻境一番而已。而閱讀文學經典總須以自身的情感想像來印證，尤其是生活中的經驗可以幫助我們體會其審美意境。舉例來說，前幾年正值「雲門舞集」來臺東慈善義演，西馬隆颱風恰巧也趕上湊熱鬧，是夜縣立體育場可說雨驟風緊，可我等不欲錯過這等罕見的藝術盛會，遂仍偕同妻女前往觀賞。翌日據報載約有五千名觀眾，大都身著黃色塑膠衣外加雨傘，在風雨中或坐或站或蹲，共同觀賞「水月」這場世紀初的戶外公演。當其時，我置身於「風雨如晦」的情境裡，對舞臺上跌盪幻化的翩翩身影，尚且不甚明瞭其象徵意旨，更遑論體會它的審美精神。然而卻因觸目盡是傷懷念遠的雨絲風片，恣意飄灑在鎂光燈下的青綠草地上，直如天風海雨逼人而來，其濛濛景致悽愴夐遼已極，難免令人頓生佗傺之感。雖說「鏡花水月總成空」，然於風雨中觀「雲門」之「水月」，記取的恐怕不是這種禪悟語，而在緬懷似水流年顛躓平生後，久久無法忘卻的是生命中的蕭瑟疏落，竟像那時光迴廊裡斑剝殆盡的記憶顏彩，成垛枯葉般堆疊在早已布滿塵埃的眉間心上。前幾年已跨入「不惑」的門檻，徒增馬齒未長智慧，對生命中諸多戒慎疑懼未嘗稍減，而此刻微近中年的心情，好似在天地逆旅人世浮舟中，聽得瀟瀟暮雨如斯，斷雁又黯黯催過西風，真是年華綺夢，頑靈雖仍健在，亦須堪驚此身之悠悠晃晃了。

有鑑於此，我們可以說經典文學傳達某種深沉的生命經驗，超越萬象流轉直指事物的核心，而作品提供給我們的這種感發力量，可以召喚我們共通的情感和記憶，引領審美主體與文本和作者對話，像這種由經驗之知所獲得的審美通感，絕非科學的實證主義所能拘限得了。為什麼我們的博雅教育要強調閱讀文學經典呢？已故芝加哥大學校長赫欽斯博士（Dr. R. Hutchins）指出，大學四年教育的重點應該

擺在人文教育，而人文教育的核心就是勤讀聖賢書（Great Books），大學生如未能親炙經典一番，長久寢饋於偉大文化傳統的鉅製鴻裁，又怎能算是受過教育的人！因為他們「不但知識甚狹，胸襟亦狹，在本行上略有成就，就不可一世，旁若無人」。果若這些「狹士」能多讀聖賢書，則可收潛移默化之功，定能薰陶後天的氣質，改善人我齟齬的關係。赫欽斯博士認為讀過聖賢書的好處，就是有了硬底子真功夫，讀其他書就會有別的門徑，也更容易讀懂其他的著作（吳魯芹，1980：107～127）。然而，在另一方面，古人雖云「讀聖賢書所為何事」，但皓首窮經不見得就為了道德上的準繩，於此卜倫（H. Bloom）也曾說過：

> 如果閱讀西方正典是為了要養成我們的社會、政治或私人的道德價值，我相信我都會變成自私自利的惡魔。在我看來，閱讀如果是為了某種意識形態，那根本不算是閱讀。領受了美學的力量，我們便能學習怎麼和自己說話、怎麼承受自己。莎士比亞或賽萬提斯、荷馬或但丁、喬賽或哈伯來真正的功用是促進一個人內在自我的成長。廁身正典深入閱讀不會讓一個人更好或更壞，也不會讓一個公民更有用或更有害。心靈與自己的對話本不是一樁社會現實。西方正典唯一的貢獻是它適切地運用了個人自我的孤獨，這份孤獨終歸是一個人與自身有限宿命的相遇。
>
> （卜倫，1998：41）

基於以上的認識，我們深信文學作品的閱讀欣賞，只要課程妥善規劃安排，課堂教學的方式得當，師生的意見交流對話無礙，正可提供學生多元的通識內涵價值。如此一來，文學教學已經超脫出純粹語言認知的層面，而進入文化精神生命的層面，讓學生從藝術審美的世界，來體認真實客觀世界的侷限性。由於閱讀文學經典乃是孤獨之旅，在途中吾人用生命來面對生命的實質互動，確定一些人生信念和價值觀，而擅於文學靈魂的探索者，總能藉由經典閱讀引發自我的人

文思考，無關乎個人的道德修養，只是必須學著面對自己的孤獨，因為對他而言，「以想像構設的文學就是他鄉，得以稍減孤寂之苦。我們之所以閱讀，不僅是因為看不盡大千世界，也是因為友誼如此脆弱，易於凋零散佚，因時空阻隔，人心蒙塵，家庭與感情的牽絆而消退」（卜倫，2002：5）。對卜倫而言，閱讀文學作品的心理定勢，竟如同《紅樓夢》裡所說的「反認他鄉是故鄉」，現實人生難免有諸多的缺憾限制，但在想像文學的世界中，我們藉由作品的敘寫去浮想翩翩，能夠於短時間內歷經情、景、事、理，與作者悲欣交集、哀樂與共。所以，文學閱讀是生命中不可或缺的孤獨之旅，它也是一種自我實現的方式，在過程中我們得以面對自己。

三、中國傳統文學經典的認定及其範圍

㈠中國傳統文學觀念的演變

正如同我們的生命和愛情一樣，「文學」是一個既古老又涵義豐富的名詞，幾乎是無從下定義的，因為下了任何一個定義，即會排除其他可能的說法，總是不夠周延。但它究竟是什麼？能否對文學的定義與範疇有所認識，與我們解讀文學作品有關係嗎？王夢鷗曾經指出歷來談說文學者，總想以簡括的語句來確定文學之為何物，但是「文學的涵義不僅隨著時代而有所不同，甚且隨著使用者個人的看法而各有差異。從最早以學術研究稱為文學，到了僅限於學術研究中著述部分稱為文學，更到了以著作中的詩賦之類的文章稱為文學為止」（王夢鷗，1995：19～32）。雖則文學的義界已逐漸縮小，可是對於區分文學與非文學的依據，仍然是眾說紛紜，於是便有人倡議捨棄定見，不以形式和內容作區隔，也不以文類和體裁來劃分，而是以文學作品的美感特質，來作為丈量方圓的繩墨規矩。其實，中國文學的傳統波

瀾壯闊，在題材內容、文體流派、藝術表現、美學風格方面自是千姿萬態，歷朝歷代推陳出新展延變革，踵事增華到無已復加的地步，但最後作者仍須自創心源別裁新意，方有後出轉精臻於勝境的可能。若然，詩詞歌賦或戲曲小說所呈現的美學特質，或雄渾奇偉或穠麗纖巧，才能引領一時之風騷，樹立千秋之楷模。

　　既然我們自古迄今對文學常常「機見殊門，賞悟紛紜。」如欲為它下一精確的定義，實無此可能，恐亦非屬必要，但回顧檢視一下中國傳統的文學觀念，總能幫助我們認識到「文學」一詞在歷史上的演變，至少了解不同時代的學者文人曾如何看待文學，以為研究這一門學科之參考。先秦時代的文學是一種人文學養，可由博學文獻與道統而獲得，和我們現今的認知差距頗大。兩漢時代，學術與文藝逐漸分道揚鑣，終至於「儒」、「學」、「文」三足鼎立。魏晉時期，「文」、「文章」、「文學」漸與今日的文學義界接近，降及南北朝則漸嚴漸細，南朝梁昭明太子蕭統編《文選》時，把文學限定於「事出於沉思，義歸乎翰藻。」既注重作者所表現的是出於深刻的思索，也講究作品的字句鍛鍊、篇章結構與韻律節奏，明白宣示藝術效果為其入選的標準。隋、唐、北宋為我國文學觀念的復古期，隋、唐「古文運動」起，又混合文、筆之畛域，北宋「文以載道」興，遂冶文藝與學術於一爐。自此以往，以迄民國，文學觀念不管如何折衷綜合，大抵仍多本於古人之意。

　　民國以至當代的文學觀念日益繁複深邃，但仍然沒有一個周詳圓足的文學義界（黃慶萱，1995：183～201）。談到中國的文學觀念，從先秦的孔子、魏晉六朝的曹丕、劉勰、蕭統，唐朝的白居易，到民初的章太炎，乃至於現代兩岸三地和全球華文世界，往往是言人人殊，總難有一致的看法，但常聽到以下幾種說法：「文學是人的藝術」，「文學是以語言文字為媒介的藝術」，「文學可以抒發情性」，「有引人向上的力量」，也可以用來「移風易俗，教化天下」等等不一而足。現代學者李辰冬也曾說：「凡作者的意識用意象來表

現，而表現時有其一定的對象，並以文字為工具的，謂之文學」（李辰冬，1975：12）。這些說法各自掌握了部分的真實，它們之間仍有些相互牴觸之處，仔細看來也不無矛盾，比方說，文學到底是虛構的或是想像的？抑或是社會寫實的反映？是作家情感智慧的結晶？還是移風易俗的工具？文學的本質到底為何？古往今來，文學理論家們發表了許多驚人的妙論，但迄今仍無定說（沈謙，2002；趙滋蕃，1988；張雙英，2002）。

　　關於文學是什麼的形象化比喻，或許能幫助我們了解其基本性質，因為不同的比喻往往代表不同的文學觀與美學觀。西方世界在柏拉圖以後，即把文學藝術比喻成鏡子，鏡子的理論是將文學看成一種表現方法。中國傳統中早自莊子時代，就把文學比喻為一種發光體，發光體的比喻是將文學視為心靈的表現。文學究竟是表現還是再現呢？其實在文學作品中，存在著兩個世界，一為有限的、再現的、經驗的，另一為無限的、象徵的、超驗的，而文學終歸是要通過有限達於無限，通過再現來完成象徵的（傅道彬等，2002：12～31）。另一方面，美國著名的文學批評家卡勒（J. Culler）探驪得珠，在討論過那些使作品成為文學的特點，他歸納出五種理論家關於文學本質的論述：(1)文學是語言的「凸出」；(2)文學是語言的綜合；(3)文學是虛構；(4)文學是美學對象；(5)文學是文本交織的或者教自我折射的建構（卡勒，1998：30～38）。以上這些觀點不應孤立來看，它們是可以互涉相映成趣，雖然這五種論述是特殊關照的結果，但其間交叉重疊之處，並非不可能予以綜合。因為就文學鑑賞與批評的關係而言，文學各要素之間存在著共同性與差異性，不管運用哪一種觀點、屬性、視角來詮釋文本，都得調整自己的閱讀位置，好為其餘的留一席空間。最後，卡勒討論過這些問題，便下斷言：「現代理論中，『文學是什麼？』這個問題之所以重要，就是因為理論凸出了各類文本的文學性」（卡勒，1998：45）。然而，「文學性」究竟所指為何，恐怕也是見仁見智，但至少它令人思及文學解讀的實踐過程、在此過程中

文學意義如何賦予、與文學審美愉悅感之所由生。

(二)中國傳統文學經典的認定

何謂經典？根據《漢語大詞典》：(1)舊指作為典範的儒家載籍。《漢書・孫寶傳》：「周公上聖，召公大賢。尚猶有不相說，著於經典，兩不相損」；(2)指宗教典籍；《法華經・序品》：「又睹諸佛，聖主獅子，演說經典，微妙第一」；(3)權威著作。」從字源上看，「經」的本義為織物的縱線，與「緯」相對，《說文解字》說：「經，織從絲也。」引申義是「經常」，後來又衍義為重要且具綱領地位的事物，如《史記・秦始皇本紀》所言：「普施明法，經緯天下，永為儀則」。最早在周朝末年開始，「經」可指重要且基本的書籍，而以「經」稱書當起於戰國時代，例如《墨經》（羅竹風主編，1994：859～862）。其實，儒家典籍並不是都稱為「經」，漢武帝罷黜百家獨尊儒術以後，才把當年孔子拿來作教材的相關書籍，尊稱為「經」，又有「五經博士」勤加研習《易》、《詩》、《書》、《禮》、《春秋》，因此「經」才成為儒家典籍的代名詞，如「十三經」。另外，「典」字的原義是「簡冊，指可以作為典範的重要書籍，」含有常道、準則之義，同時也是指有開創性的律令規章，如「三墳、五典、八索、九丘」（羅竹風主編，1994：112）。無論如何，將「經」、「典」二字合用為「經典」，最遲始於明代，自此在各個領域中，只有最重要的典籍才稱得上「經典」之作，如儒家的「六經」、道家的《道德經》和《南華真經》、釋家的佛經等等。

(三)中國傳統文學經典的範圍

現代學者也指出：「經典原指查實無訛的經書。移用到文學定位，成了不朽之作的代名詞」（劉紹銘，2000：32）。而古人向來即宗經奉典，以其為藏諸風雨名山之作，例如《論語》、《詩經》、《楚辭》、《史記》等等，都是放諸四海而皆準的，文成法立後可垂

示久遠，具有一種任何時間、任何意識形態和文化觀念都無法撼動的價值。至於中國傳統文學經典如何認定，及其範圍究竟為何，是吾人在此必須加以深究之事。首先，劉勰在《文心雕龍・序志》篇明白指出，中國文學的本源在於經典：「文章之用，實經典枝條，五禮資之以成文，六典因之以致用，君臣所以炳煥，軍國所以昭明，詳其本源，莫非經典」。而儒家經典的內涵實際上就是孔子學術思想的總匯，本來有「五經」、「七經」、「九經」、「十三經」，另外再加上所謂的「四書」，林林總總有不同的歸類。儒家經典中亦有文學的成分，《文心雕龍》的〈宗經〉篇就是文學的典律論，純粹用文學的眼光來分析「五經」，這些儒家經典在他的評估下，重獲肯定並賦予新義，成為中國文學的本源。再者，經典之於文學，「經也者，恆久之至道，不刊之鴻教」。也是「性靈鎔匠，文章奧府。淵哉爍乎，群言之祖」。因此，劉勰倡議吾人應向經典認同學習：師法經典、推尊經典之體、模仿經典之文、擴大經典之論，理由是「經書所闡述的是永恆不變的真理，不可磨滅的偉大教訓，不只在思想上可以陶冶人們的性情，就是在語言形式上也居於領導地位，可作為寫作的規範」（王更生，1988：31）。

　　《隋書・經籍志》對古籍的分類，明白標示經、史、子、集四部，並將《楚辭》、別集、總集等劃入集部，雖然唐、宋以降其中類目多所變更，但這種「四部」分類法後為清代《四庫全書》所採用，承襲至今。就《四庫全書》的分類內容而言，經、史、子、集已經涵蓋古籍，而其中集部是指純文學作品及文學理論書籍，共分五類：楚辭類、別集類、總集類、詩文評類、詞曲類。所謂的集部，專指文學之部，既不屬於經、史也非思想義理之類，更不是考證訓詁聲韻之學，它專以辭章為名，舉凡散文、韻文、駢文、詩、詞、戲曲、詩文評皆可歸屬於其範圍。於此，吾人可知中國傳統文學經典的範圍，大致如上述的分類內容，雖然其認定的標準仍不無爭議，但是經長時間的積累已有世所公認的典籍代表，諸如《詩經》、《楚辭》、漢賦、《古詩十

九首》、漢魏樂府、六朝詩文、《世說新語》、《陶淵明集》、唐人傳奇、唐宋古文、唐詩、宋詞、元曲、明清傳奇、章回小說、明清小品文、《古文觀止》等等。另外，朱自清在《經典常談》一書裡，於群經、先秦諸子、史書、集部等典籍敘其源流，採擇近人新說，參照傳統的意見對經書略作討論，並指出閱讀經典是個人學識的基本訓練，希望藉由這本書的引導介紹，能提升國人對讀經的興趣，進而了解中國文化的博大精深，真可謂用心良苦（朱自清，2002：1～5）。

另一方面，關於「經典」的英文字彙，根據「智慧藏全民知識庫」網站的資料，我們可以找到不少具有「經典」之意的用語，諸如：

(1) canon：教會法（指基督教的信仰與行為準則）、規範準則、規律、經典。

(2) bible：《聖經》，可泛指宗教經典與權威著作。

(3) classic：古典、經典、人文科學。

(4) codex：《聖經》或經典著作古抄本、藥典、法典。

(5) scripture：引自《聖經》的著作、權威性著作。

(6) sutra：（婆羅門教經典中的）箴言（集）。

(7) tantra：（印度教和佛教的）密教經典（哲學）。

（http：//www.wordpedia.com）

以上七個英文字的經典字義，大都與宗教威權有關，具神聖不可侵犯之特質，其中 canon、bible、codex 和 scripture 更與基督教關係密切，顯示出基督教對西方文化的深遠影響。canon 源於古希臘 kanon 一詞，意指作為測量儀器的葦桿或木棍，後來引申為規則或法規。大約在西元四世紀的時候，canon 這個詞用來表示一系列的文本或作者，特別是早期基督神學家的著作，而這些經典著作的認定或排除，便與對《聖經》的詮釋大有關係。《聖經》經典的形成自有複雜的過程，但其中所牽涉到的宗教社團的標準、假值判斷和政治內涵，都是極為重

要的因素。《聖經》典律化對西方文學鉅著的認定,在觀念上不無啟發作用,一部作品是如何成為典範的?一部作品又怎樣變成經典?如何評判作品之高下,可能與某一特定群體的意識形態有關,但也可能受到個人的興趣或偏見左右。與此相關,十九世紀的法國文學批評家聖・佩甫(Sainte-Beuve, 1804〜1869)曾為「經典作家」下過定義:

　　真正的經典,作者豐富了人類的心靈,擴充了心靈的寶藏,令心靈更往前邁進一步,發現了一些無可置疑的道的真理,或者在那似乎已經被徹底探測了解了的人心中,再度掌握住某些永恆的熱情;他的思想、觀察、發現,無論以什麼形式出現,必然開闊、寬廣、精緻、通達、明斷而優美;他訴諸屬於全世界的個人獨特風格,對所有的人類說話。那種風格不依賴新詞彙而自然清爽,歷久彌新,與時並進。
　　(轉引自徐魯,2001:18)

　　此處聖・佩甫強調我們必須藉由對經典作家的閱讀、追認、探索來建立一標準的模範,超越文學的語言形式技巧,真正理解其內在的心靈和人類思想歷史永恆的聲音。至於中國的宗經觀念,論者以為劉勰是位具有特殊意識的批評家之一,他在《文心雕龍》裡十分肯定儒家經典的力量,及其在文學文化史上的正統價值。劉勰相信經書的內容與風格都是最精粹的文學範式,並主張聖人明瞭如何使用優美的文字來傳達自然之道與人之情性(孫康宜,2001:169〜189)。「夫經典沉深,載籍浩瀚,實群言之奧區,而才思之神皋也」。捃摭經史,採摘詩騷文集,「據事以類義,援古以證今」,「是以綜學在博,取事貴約,校練務精,捃理須覈。眾美輻輳,表裡發揮」,只有才學互相配合,方可達到推陳出新,運化無跡的功效(王更生,1988:167〜184)。職是之故,文學經典對劉勰來說,是唯一可以永存的心智證明,憑此文學作品的媒介載體,作家方能超越時空尚友古人,重新尋著永恆不朽的人生真諦。

　　二十世紀英國詩人及文學批評家艾略特（T. S. Eliot, 1888～1965）論文學經典時曾指出，真正的古典主義需要一種較為成熟的心智，此種心智能夠讓我們認識文學的歷史和歷史意識，因為對他而言，只有把文學家放在文學史的框架裡來觀察考量，才能看到偉大的文學傳統其影響力之強大，他說：

> 　　沒有任何詩人或藝術家具有全然獨立的意義。他的意義、評價均繫乎那些已經逝去的詩人及藝術家的評價。你無法個別地判斷他；你必須將他放置在那已作古的人之間，以茲對照或比較。我認為這是一個美學原理，而不僅是歷史批評。他要遵守和承襲的創作要素並非片面；當一個新的藝術品誕生時所經驗的一切，同時間亦一併發生於所有之前的藝術品上。這些現存的傳統實例本身形成一理想的法則，但它是不斷經由新作品之引導來修定而成的。
>
> （轉引自孫康宜，2001：180）

　　以上所引述艾略特論傳統與個人才能的話，可以使我們了解為什麼詩人必須以經典為模範，也同時斷言詩人必須打破這樣的傳統模式，因為在文學的創作與欣賞方面，一味守舊或無古典價值之維繫，都會扼殺文學的新生導致文學自身的消亡。另一方面，卜倫對不朽的文學經典有如下的看法：「正典作品必須透過一項精準無比的古老考驗；除非需要重讀，否則難擔正典之名」（卜倫，1998：42）。在當今日益全球化的世界，文化研究（Cultural Studies）愈加重要，而經典文學研究已面臨諸多的挑戰，對於經典的看法往往是兩極化，不管是質疑或悍衛，都必須思考自己的閱讀位置（reading position），因為文學經典涉及文化認同的問題，只有形成文學經典系列，才算是一個成熟的文化。但無可避免的是，總不乏持特定政治意識形態者，以此責求經典，甚至斥之為廢紙一堆的，也大有人在。因此就有人會問經典到底是文學的準則還是權力的準則？在經典構成（canon forma-

tion）的背後是否存在著權力的運作機制？研究文學經典如何構成，
其實也是比較文學的重要理論課題之一，尤其在這樣一個多元開放眾
聲喧嘩的時代，偉大文學傳統的悍將也聽到了經典的輓歌，而經典的
裂變無疑表示經典重構（canon reformation）勢在必行〔王寧，
2003：103～115；亞當斯（H. Adams），1994：6～26〕。

四、怎樣閱讀中國傳統文學經典

　　我們身處這樣一個資訊爆炸的時代，即使不眠不休地閱讀，尚無
法讀遍經典鉅著，更何況也無此必要。但是，如何為自己挑選幾本偉
大的文學作品，以及怎樣來閱讀這些經典之作，則是有標準和方法可
尋的。西方學者說過「懂得閱讀方法的人，文學品味都很高」。他們
曾討論過閱讀想像文學的方法，諸如故事、戲劇和詩，其中有些規則
和意見頗值得我們參考。因為想像文學是在闡述一個經驗的本身，只
有藉著閱讀才能擁有或分享深刻的經驗，所以不要抗拒想像文學帶給
我們的影響力，且讓作品在我們身上活動，打開心靈接納它，無須去
找共識、主旨或論述，更不要用適用於傳遞知識，與真理一致的標準
來批評小說〔阿德勒（M. J. Adler）等，2003：211～221〕。另外，
從讀者反應理論與接受美學的觀點來看，文學解讀是以讀者為中心
的，文本對象與接受主體之間呈現出雙向建構的關係，在過程中必須
藉由對話交流而相互闡釋。讀者循文本以迴溯藝術化了的自然，在文
本中照見了意象紛呈的二度真實，客觀世界的光影與之相應，而在推
求文意觸類旁通之後，讀者可以作歷史文化的觀照，或哲學意味的體
悟。在此賞讀的過程中，讀者往往陶醉於「悠然心會，妙處難與君
說」的境界，這種接受主體的賞悟狀態是有真趣存焉，只可意會不可
言傳，理性分析的思辨語言無法講明其意蘊，依憑的方法也就是感性
頓悟，一如陶淵明所說的：「此中有真意，欲辨已忘言」。但在文學

解讀過程中，自有讀者的情感導向在，比方說有的可能「熱讀」，有
的可能「冷觀」，也因此文學閱讀總會有其心理定勢：期待—預設—
回味、證同與趨異（龍協濤，1993：7～29）。

　　文學鑑賞和人生實踐交融在一起，詩的生活化與生活的詩化，才
能造就一種境界。注重鑑賞，就是注重文學的審美價值。作品賞析需
要一定的專業技能，也需要足夠的知識修養，和較高的審美能力等
等。「文須字字作，亦要字字讀。咀嚼有餘味，百遍良未足」。由此
可知，讀書百遍，其義自見。然而，究竟如何閱讀中國傳統文學經典
作品呢？關於對文本的讀解方法、閱讀者所具備的條件等諸端，是我
們在此處必須要細談的問題。首先一位合格的讀者需要培養對文學作
品的審美感興能力，再則好好充實自己的文學知識，然後運用適當的
分析方法，始能克竟文學賞讀之全功。現代人閱讀傳統文學經典，也
許會有些小困難和限制，當我們閱讀古典小說名著時，可以特別注意
下列事項：(1)要靜心細讀；(2)閱讀時要關注主題、故事情節、人物形
象各方面；(3)要注意作者講故事的技巧；(4)要注意作者敘述時的視
角；(5)閱讀過後要再咀嚼一遍；(6)試著改編名著；(7)利用時間持之以
恆地閱讀；(8)提高閱讀效率，增強記憶（鄧鵬飛，2003：6～8）。我
們又該如何掌握閱讀文學名著的方法呢？語文研究者提出參讀、美
讀、比讀、議讀、筆讀五種閱讀方法，如能綜合運用之，對讀者閱讀
能力的培養助益頗大：

　　「參讀」是參考與原著相關的背景知識，以求儘快進入原著
　　氛圍；「美讀」是對原著的精彩篇進行細緻、深入的分析與領悟；
　　「比讀」是將閱讀對象放在同類著作之中，比較其內容與風格，
　　以獲得深入體會；「議讀」是讀者要敢於提出自己的見解，積極
　　進行探討，訓練創新思維，提高語言表達能力；「筆讀」是在閱
　　讀過程中，將體會與看法訴諸筆端，寫下讀後感或者進行其他寫
　　作練習。
　　（鄧鵬飛，2003：3～5）

　　劉勰在《文心雕龍・知音》篇裡就說過：「將閱文情，先標六觀：一觀位體，二觀置辭，三觀通變，四觀奇正，五觀事義，六觀宮商，斯術既形，則優劣見矣」。劉勰認為我們鑑賞文學時，必須考察作品的體裁選擇、遣詞造句、繼承創新、手法運用、典故意義、音節韻律等六個方面。這六種文學審美關係或要素，實際上也是作品批評的切入角度。另外，劉勰在《文心雕龍・知音》篇裡就說過：「夫綴文者情動而辭發；觀文者批文以入情，沿波討源，雖幽必顯。世遠莫見其面，覘文輒見其心。豈成篇之足深，患識照之自淺耳」。劉勰指出作者以情思所寫成的文辭，讀者應該從文辭中體會作者的情思。然而，有時作者的情思是寄寓於景物中，通過具體的意象來表達抽象的概念，因此作者的情思就蘊含在形象的描寫之內，如果粗略讀過，勢必無法體會其佳妙，所得當淺。誠如王夫之所言：「作者用一致之思，讀者各以其情而自得。人情之游也無涯，而各以其情遇，斯所貴於有詩」。或是譚獻的看法：「作者之用心未必然，而讀者之用心何必不然」。究其實，這些文論家強調在文學解讀的過程中，讀者必須扮演一種能動參與的積極角色，而非僅是消極被動的文學接受者（劉衍文等，1995：31～45）。

　　文學作品的美感須透過語言藝術形式來表現，文從字順尚不足以傲人，有了清通還要多姿才好。論者嘗指出：「古人說，好文章不論平順奇崛、濃豔清淡，也不論篇幅長短、題材為何。好在有節奏、有步驟，筆法相稱、情感相宜，讀來動心，不必管它有沒有技法，所謂『文成法立』寫作的技法其實是在名篇範例裡」（陳義芝，2002：8）。在談如何閱讀文學經典之前，我們實在有必要先了解一下中國古典文學的特色、趣味、類型、歷史分期、鑑賞方法、主題思想、表現技巧等等。論者嘗指出，中國古典文學作品具有以下的特色：⑴內容崇尚道德人格；⑵意境追求情景交融；⑶作法注重比興。關於如何欣賞中國古典文學作品，也有幾點建議：⑴認識作者及其時空背景；⑵探究字句的鍛鍊與音律；⑶細察體裁與組織結構；⑷體會作品的主

題思想（林益勝，1996：412～423）。其次，中國傳統文學的特色：詩是中國文學的主流、樂觀的精神、尚善的態度、含蓄美。中國文學至少受儒、釋、道三家思想影響，而這三家對生命情調及對文學的抉擇，似乎也能反映出文學的趣味：孔門溫柔敦厚之詩教、禪宗思想、老莊自然主義（袁行霈，1994）。近來也有文學研究者從主題學的觀點切入，拈出中國古代文學十大主題：惜時、相思、出處、懷古、悲秋、春恨、遊仙、思鄉、黍離、生死（王立，1994：1～25）。最後，我們不妨注意中國古代文學鑑賞的主要觀念：批文入情、以意逆志、知人論世、經世致用、詩貴寄託、詩無達詁。而這些鑑賞觀念，也在文學鑑賞的方式中體現出來：旁感式、隨感式、釋意式、比較式、評點式（徐應佩，1997：100～156）。限於篇幅，這些文學鑑賞的主要觀念和方式之優缺點，就不是我們在此所能詳加說明的了。

(一)古典詩歌的閱讀

就中國古典詩的欣賞而言，首重詩的興發感動和審美聯想：「詩歌除了訴諸美感之外，更訴諸情感，這是與其他藝術不同之處。經由文字傳遞，詩人的悲愁喜樂可以穿越時空，直接叩擊讀者心靈，激發迴響。藉由閱讀或聆聽，這瞬間的『偶遇』，會讓詩篇重新『活』起來」（方瑜，2001：15～16）。其實，讀古詩是靈魂在文字意象情境中的悠遊之旅，很多時候是可以不假外求的，只須依憑自己的感情、想像、直覺、經驗來體會，能不能品嚐到詩的滋味，也要看個人的情性深淺了。雖則如此，在閱讀中國古典詩詞的時候，如何能使自己「隨物宛轉與心徘徊」，臻於詩歌至美極善之境，有時不能不講究鑑賞的方法。關於中國古典詩歌的意境與讀者的接受問題，論者曾指出礙於語言、時間、空間距離，所以讀者對詩歌的接受過程有三個層次、三種境界：了解、感悟、聯想。首先，了解是我們接受古典詩歌的基礎，也是對詩歌藝術鑑賞的開始，是詩歌賞讀活動不可或缺的一環。當我們在閱讀古典詩詞的時候，如欲達到對作品的完全理解，還

需要了解以下幾個主要的方面：語言、名物、典實、背景。其次，在詩詞的賞讀過程中，讀者個人的感悟深具主動的、積極的、創造性的能量，對詩文的欣賞有著極為重要的影響，因為接受者應該將心比心，深入文本去感受詩人所構設的意象和情境之中，方可在審美感興中獲致靈犀妙悟。最後，審美聯想乃是詩歌接受過程中一種創造性的思維活動，由於欣賞對象所創造的形象、意象和意境在欣賞者心中的映現，以及欣賞對象的觸發，使得我們在賞讀詩歌的文本之際，能調動自身的生活經驗、情感思想、想像力，以求進入詩歌的意境，產生對詩真正的感悟（周先慎，2002：1～21）。

　　黃永武教授論詩的完全鑑賞，一則歸納中國古代詩學理論，一則參考現代西方批評方法，於古典詩歌的評賞，綜合「知識詮別」與「性靈感受」，為我們樹立了「古為今用」的典範。1970 年代，臺灣批評界熱衷引介西方文論，大有重西輕中之勢，甚且誤導古代詩學為「印象式批評」，西方批評講究科學分析條理貫串，優於中國古代印象式的模糊欣賞。職是之故，1976～1979 年期間，黃永武乃出版了《中國詩學》四書，允為當時研究中國古典詩的代表作，影響至深且鉅。黃永武在《中國詩學：鑑賞篇》裡曾經提出十種角度，分別是：(1)以詮釋字義為鑑賞；(2)以考據故實為鑑賞；(3)以選抄去取為鑑賞；(4)以主觀品第為鑑賞；(5)以講明結構為鑑賞；(6)以道德倫理為鑑賞；(7)以思想類型為鑑賞；(8)以分析心理為鑑賞；(9)以生平歷史為鑑賞；(10)以社會風尚為鑑賞（黃永武，1976a：1～17）。黃氏又於該書提出一套異於傳統、較為公允的鑑賞標準，分別從「讀者的悟境」、「作品的詩境」以及「作者的心境」三方面加以論述。再者，《中國詩學：設計篇》著重於詩歌的藝術特性，講究詩的意象如何浮現、詩的時空設計、詩的密度、詩的強度、詩的音響等格律與修辭的形式結構，用以推求作品之美。另外，《中國詩學：考據篇》一書，則偏重於詩歌研究的科學性，指出詩歌校勘、箋註、辨偽的方法，以求作品之真（黃永武，1976b）。

　　黃氏後來又於《中國詩學：思想篇》再次歸納分析對詩的完全鑑賞，以求得「科學的真、藝術的美、思想的善」為著眼點，總結中國古代詩學理論，並參考現代西方文學批評方法十三種，依序分別是：(1)詩篇的真偽；(2)字句的異同；(3)注釋的正誤；(4)作品的繫年；(5)實物的驗證；(6)造意方面；(7)布局方面；(8)修辭方面；(9)音響方面；⑩神韻方面；⑪思想的淵源性；⑫思想的類別性；⑬思想的層次性（黃永武，1976c：251〜270）。最後，黃氏利用科際整合的方法，以十門現代學術為例，來說明詩歌的欣賞途徑：(1)用語言學欣賞詩；(2)用聲韻學欣賞詩；(3)用民族學欣賞詩；(4)用心理學欣賞詩；(5)用精神醫學欣賞詩；(6)用色彩學欣賞詩；(7)用影劇學欣賞詩；(8)用社會學欣賞詩；(9)用史地學欣賞詩；⑩用美學欣賞詩（黃永武，1997：1〜17）。黃氏的中國詩學體大慮周，透過這一系列的詩學鑑賞論，可以幫助我們了解共通的千古詩心，也認識到詩之鑑賞是一個多元性的學術綜合。詩歌鑑賞層次之高下取決於讀者的才學，如能加強讀者的悟解能力和學識歷練，綜合運用辭章、義理、考據的工夫，便能達到對一首詩的完全鑑賞。究其實，黃氏「完全鑑賞」的概念意謂著對詩歌形式美的追求，經由對詩歌的語言結構、辭采、聲律等的探討，我們可達致「神韻」的美感境界。

　　葉嘉瑩曾援引西方「接受美學」和「詮釋學」的觀點，就中國古典詩詞評賞的問題，提出「閱讀視野」（horizons of reading）的三個層次：(1)美感的、直覺的閱讀（aesthetically perceptual reading）；(2)反思的、詮釋的閱讀（retrospectively interpretive reading）；(3)歷史性的閱讀（historical reading）。葉氏認為我們剛讀一篇作品時，最初的閱讀層次大部分是美感的和直覺的，可以從文字或聲音上得到一種美的感受，毋須反省也不用解釋，自然就會有一種直覺的美感在那裡。而第二種閱讀層次是反思的、詮釋的閱讀，意謂我們對作品的反省思索，更進一步去挖掘它的主題內容、風格意境。至於第三種層次的閱讀則為歷史性的，強調的是自有該作品以來，前人怎樣去詮釋它和接

受它，我們需要參詳考較眾說，以得出自己的結論。其次，葉氏又根據伽達碼（H. G. Gadamer）在《真理與方法》一書中，曾提到的對「詮釋的環境」（hermeneutic situation）的看法，當我們身處於某一「詮釋的環境」裡，最重要的其實是閱讀的視野，如何將個人理解和歷史視野結合成一個合成視野（fusing of horizons）。另外，詮釋學還有所謂「詮釋的循環」的說法，這種觀念隱含兩種意義：

> 一種意思是說：如果你不了解其中個別的部分，就不能了解它的全體；但是你不了解它的全體，也就不能了解其中個別的部分……另一種意思是說：你所有的詮釋都是從你讀者的本身出發的，帶著很多屬於你自己的東西，例如你自己種種思想的、閱讀的背景，你生活的體驗，你的經歷，你生長的環境，你個人的色彩等等，因此你所得到的詮釋其實又回到了你自己本身。
> （葉嘉瑩，2002：1～11）

於此，葉氏舉王國維的《人間詞話》為例，說靜安先生曾評南唐中主李璟的詞作：「菡萏香消翠葉殘，西風愁起綠波間」大有「眾芳蕪穢美人遲暮」之感，乃是因為王氏熟讀〈離騷〉之故，設若王氏無此閱讀思想的背景，他又怎會由「菡萏香消」聯想到「美人遲暮」？葉氏又引用德國接受美學家姚斯（H. R. Jauss）等人的觀點，說明我們所閱讀的作品本身只是藝術成品，而非美學對象品，是讀者賦予它生命，文本提供讀者「可能的潛力」。藉由讀者的自由聯想，可將作品中的具體意象化為抽象的情思，循此讀者可從詩歌中獲致生命的共感。廣義的中國古典詩歌，如同美文一樣，皆具「興發感動」的作用。

一般而言，古典詩詞的主題與技巧，我們須注意古典詩的特質：詩與文的差異、詩的形式特質（詩有其特殊形式、詩有其特殊音節與韻腳、詩有其特殊文法結構）；古典詩的流變：四言詩、五言古詩、五言律詩、五言絕句、七言古詩、七言律詩、七言絕句、樂府歌行；

古典詩的主題：抒情（感時傷逝、懷才不遇、離情別緒、憂危念亂、遊仙）、寫景（田園、山水、風土紀行、詠物）、記事（詠史、紀實、敘事）、議論（論道、論政、論詩）；古典詩的作法：詩的用韻、詩的格律化、近體詩的聲律（平仄）、對仗、律詩之病（失對、失黏、孤平）（國文天地雜誌社編，2003：16～27）。

至於古典詞的主題與技巧，我們須注意唐宋詞的特質、流變、主題（賦情、言志、詠物、記遊、酬贈）、作法（按詞譜、知調情、析押韻、審句式、辨平仄）（國文天地雜誌社編，2003：28～43）。簡而言之，閱讀中國古典詩須從字、詞、句入手，要深究比興的豐富意涵，切忌斷章取義，穿鑿附會。閱讀詩詞要弄清各種比喻象徵，能從多角度切入文本，注意其韻律形式之美，並且在吟誦中咀嚼玩味。

古典詩歌所呈現一反映出的時空意識，以及自然與超自然問題，有下列諸項值得吾人深思：時間觀、季節觀、人生觀、歷史觀、政治觀、鄉土觀、愛情觀、生活觀、自然觀、超自然觀。就詩藝而言，可從以下五方面來談：語言、抒情、意象、修辭、詩律。「情與景會，意與象通」。詩詞中的蒙太奇：用畫面與聲音組合起來的「電影鏡頭」；綰合式與跳躍式組合；對比式與跌宕式組合。詩詞的想像與誇張。凝煉的情節與精巧的構思；觸景生情與移情於景；詩的環境氛圍描寫（古遠清，1997）。

㈡古典戲曲小說的閱讀

有關中國歷代小說的書寫主題，王三慶指出下列五點：⑴六朝小說中的因果報應與仙鄉世界的主題思想；⑵唐傳奇中科舉功名的夢碎與婚姻悲劇形成的主題思想；⑶宋、元之際升斗小民的控訴與歷史正統觀念的主題思想；⑷明、清荒誕的神怪描寫與追求人性的自由解放，以及封建社會制度抗爭與道德是非標準的批判主題；⑸晚清小說中的譴責和諷諭主題。歷代小說的寫作技巧：六朝小說、唐傳奇及變文、宋元話本小說、明清章回小說等各有擅長（國文天地雜誌社編，2003：

52～70）。

　　在閱讀中國古典小說的時候，我們時常可以看到一種洞達人性意
蘊的智慧：「然而古典小說之所以對現代人仍有意義和價值，正是因
為它們與現代人的實際人生仍能取得溝通與聯繫。儘管所有那些古老
的場景、陳舊的技巧、常彈的老調、過時的觀念等等，對於今天的讀
者來說已經失去了昔日曾經有過的魅力，但是蘊含在這一切後面的人
性意蘊，卻仍在閃耀著熠熠的光彩，吸引著對於人性具有普遍興趣的
現代讀者的視線」（邵毅平，2000：前言2）。在中國古典小說大觀
園內，細心的讀者是可以看出作者的用心，透過諸多的人物、故事、
情節，讀者一睹小說中千姿萬態的面貌：人性的枷鎖、存在的荒謬、
願望的喜劇、心理的黑洞、好人的報酬、恩仇的世界、犯規的樂趣、
他人的地獄、人際的宿命、男人的困惑、情慾的深度、作者與讀者
（邵毅平，2000：27～260）。而這些眾生相的神情面貌栩栩如生，
他們血淚交織而成的生命經驗，不僅活在讀者的心中，也可以在現實
人生得到印證。

五、實際閱讀舉隅

　　對文學作品的閱讀與欣賞，正如寒天飲冰水，冷暖自知在心頭，
終究是極端個人之事，是人人皆可自為，卻非人人所能專擅。如何解
讀中國傳統文學經典？這裡有必要舉一些例子來做示範，但以下的經
典閱讀舉隅只是隨意抽樣，初不以整全的解說為目的，也較注重個人
的審美感興與領悟。

(一)古典詩歌

1.《詩經》：輝映千古

　　《詩經》是中國文化的寶貴經典之一，它是最早、最古老的一部詩歌總集選本，也是後世一切純文學的濫觴。《詩經》敘事寫景相當細膩傳神，抒情說理蘊藉婉曲，佳篇麗句每每引人入勝，足堪流連哀思沉吟視聽者實多，其興寄遙深、比類切至的藝術形象，生動準確的詩歌語言表現，和樸素自然的優美風格，都對中國古代的詩人影響很大。《詩經》亦是古代北方寫實文學的代表，是以齊言為主的四言詩的始祖，深具寫實主義的精神，形象化地反映出廣土眾民的真實生活，開創了中國詩歌的寫實傳統。詩有六義：風、雅、頌、賦、比、興，風、雅、頌名其體裁，賦、比、興則為其表現手法。首先，我們要知道《詩經》裡作品的先後次序是按風、雅、頌三大類加以編排的，如就體裁的區分來說，《詩經》可分為十五國風（160篇）、大小二雅（105篇）、周魯商三頌（40篇），共計305篇。《詩經》的小雅部分尚有六篇「笙詩」，即〈南陔〉、〈白華〉、〈華黍〉、〈由庚〉、〈崇丘〉、〈由儀〉，只有篇名沒有詩，可以說是未配歌詞的樂曲。簡而言之，國風就是各地的民俗歌謠，絕大部分的作品是出自民間，其地理分布位置主要以黃河流域為主，能反映出各地的民情風俗和生活面貌。大小雅則為燕饗會朝之樂歌，內容上較具政治意味，泰半詩篇成於士大夫之手，其中有些詩作甚具史料價值，有些則偏重於王侯功業之讚頌。而周、魯、商三頌是宗廟祭祀的讚神詩，配合舞容，主要是用來歌頌天地先祖的恩德。就其表現技巧而言，從「賦」的鋪陳直敘，到「比」的比方譬喻，再到「興」的興發聯想，無不嫻熟雅緻，為後世文學創作的學習典範。

　　《詩經》的題材內容極為豐富，主要是描繪愛情與婚姻、農耕與狩獵、戰爭與徭役、祭祀與宴飲以及政治與諷喻等五個方面，例如敘

寫周代農民勞動和豐收的日常生活情況、由戰爭與勞役所譜成的亂世悲歌、對政治社會現實的讚美與諷刺、追求美滿愛情、婚姻與家庭的幸福渴望等等（吳宏一，1997：55～95）。《詩經》的文字技巧高超，修辭手法多樣，像是直接的敘述描寫、比喻和象徵、間接的比喻、乃至於象徵和聯想都可供後人創作時模仿效法。特別是《詩三百》所呈現出整齊結構、優美語言、天然風格和迷人意境，令人日夕歌誦不廢吟詠。尤其是詩的比興之說，影響後世詩歌的創作至鉅。在韻律節奏方面，《詩經》的主要特色在其章句形式，表現為重章歌詠反覆增疊的方式，具有回環複沓與整齊而又靈活多變的效果。例如〈芣苢〉：「采采芣苢，薄言采之。采采芣苢，薄言有之。采采芣苢，薄言掇之。采采芣苢，薄言捋之。采采芣苢，薄言袺之。采采芣苢，薄言襭之」。此詩敘寫村婦採擷車前子的實際過程，共有四言三章，韻律節奏相當整飾，同樣的字句一再出現，中間只更換了六個動詞，生動準確地描繪出採擷車前子的連續動作，由發現車前子、一顆一顆地拾起、一把一把地抹取、手提衣襟往裡揣、將衣襟掖於腰帶間，形式上採用回環複沓反覆增疊的興法，頗有迴旋跌宕的藝術效果。

　　《詩經》早已列入必讀的古代典籍，更是我們研究國學的寶庫之一，有其社會文化、文學和歷史的價值。在二十一世紀初，我們重新閱讀古老的《詩經》，究竟有何現代意義呢？就文學價值而言，研讀《詩經》可以幫助我們對歷代文學作品和批評理論的了解，同時也可以「陶冶性靈，益人風趣」。超越實用功利的思維框架，而臻於以審美感興為主的藝術情境。有些詩篇藉景言情，巧妙安排疊字雙聲，寫出了生活中的真情實境。總而言之，因為《詩經》的用詞極其優美、音韻節奏悠揚和諧、意象修辭技巧純熟、章法結構井然有序、情感真摯且富含人生哲理，所以我們可以把它當成文學作品來欣賞，藉以陶冶我們的性情、鎔鑄我們的情操。再次，或者也能將《詩經》當作文章技巧的探討範例，或是語言文字聲韻的研究對象，或是歷史名物的

探索釋證。當然，論及《詩經》的價值與作用，則不能不注意「興、觀、群、怨」的觀念，《詩經》有其實用功能，詩歌具有對生命興發感動的力量，可以幫助我們通達世務、嫻熟辭令和涵泳性情，其「溫柔敦厚」的詩教，以為修身、應對、從政之用皆無不可，尤其甚者，詩更易使人「窮賤易安，幽居靡悶」。另外，我們也必須了解春秋時代「賦詩言志」的風氣，以及後來孟子提倡「以意逆志」和「知人論世」的說詩原則，都已經成為中國詩學傳統的重要依據了。總而言之，我們於賞讀《詩經》時，須得先尋求文字的理解，再掌握詩作通篇的意旨，如此方能進入詩人所吟詠的情境，深刻體會了悟其心緒物象之所照應。

我們了解《詩經》的風格和特色之後，可以進一步按照題材內容將之分類，約略有以下十二種：愛戀、讚美、歡慶、離別、思鄉、哀怨、感傷、諷刺、憂憤、感懷、悼亡、史詩等等，其中尤以愛戀類情詩為最多。《詩經》中有關戀愛、婚姻的詩篇還真不少，有的描寫輾轉反側的相思之情，有的抒發對婚姻生活的無限憧憬，有的則訴說著因時空阻隔而來的愁思，當然也還有林藪中的情歌、離別時的誓言約定、征夫思婦對天長地久的企盼等等。且讓我們來讀一讀以下幾首詩吧！〈關雎〉：「關關雎鳩，在河之洲。窈窕淑女，君子好逑。參差荇菜，左右流之。窈窕淑女，寤寐求之。求之不得，寤寐思服。悠哉悠哉，輾轉反側」。〈摽有梅〉：「摽有梅，其實七兮。求我庶士，迨其吉兮。摽有梅，其實三兮。求我庶士，迨其今兮。摽有梅，頃筐塈之。求我庶士，迨其謂之」。〈靜女〉：「靜女其姝，俟我於城隅。愛而不見，搔首踟躕。靜女其孌，貽我彤管。彤管有煒，說懌女美。自牧歸荑，洵美且異。匪女之為美，美人之貽」。〈擊鼓〉：「死生契闊，與子成說。執子之手，與子偕老」。〈子衿〉：「青青子衿，悠悠我心。縱我不往，子寧不嗣音」？〈伯兮〉：「自伯之東，首如飛蓬。豈無膏沐，誰適為容」！〈君子于役〉「君子于役，不知其期。曷至哉？雞棲于塒，日之夕矣，羊牛下來。君子于役，如

之何勿思」？以上這幾首詩敘寫著人間情愛的關注，有君子思慕淑女的戀歌，有遲婚女子急於求士的心曲，有男子幽期密約的焦急情態，有征夫思婦的白頭誓約，有女子久待情人不至之怨思，有思婦憶念征夫而憔悴不堪的樣子，有妻子思念久役未歸的丈夫，各詩寫來都情真意切，令人十分動容。

　　〈野有蔓草〉寫的雖是青春浪漫的情愛，卻出之以優美的筆觸，委婉含蓄深情無限：「野有蔓草，零露漙兮。有美一人，清揚婉兮。邂逅相遇，適我願兮。野有蔓草，零露瀼瀼。有美一人，婉如清揚。邂逅相遇，與仔偕臧」。此詩寫男女相愛，描述一對戀人在郊外草露間不期而遇，十分情投意合，在邂逅的剎那，充滿了無盡的歡喜，正自有「今夕何夕，見此良人」。逢會當下的深心慰藉。〈蒹葭〉描繪如煙似霧般飄飄紗紗的意境，傳達出若即若離的朦朧美感，更是情愛追求執著卻又希望渺茫的象徵：「蒹葭蒼蒼，白露為霜。所謂伊人，在水一方。溯洄從之，道阻且長。溯游從之，宛在水中央」。這是一首音韻和諧文字優美的愛情詩，詩人極為巧妙地利用蘆葦、霜華、秋水等外在景物意象，來渲染出淒迷幽怨的氣氛，寓情於景藉景抒情，情景交融妙合無垠，呈現出「誰為含愁獨不見」的心理狀態。這首詩留給我們一種獨特的審美視角，寫景狀物浮想聯翩思緒萬千，就在一片清空曠遠的河上秋色之中，但見蘆葦蒼蒼、露珠盈盈，那虛渺的可望不可及的美女引人企慕，而從中亦可窺見詩人清爽神怡、純然靜美的心境。約莫三十年前，瓊瑤風靡一時的小說電影主題曲「在水一方」，詞美腔圓頗為世間多情男女喜愛，其歌詞意境之所本乃出自〈蒹葭〉一詩：「綠草蒼蒼，白霧茫茫，有位佳人，在水一方。綠草萋萋，白霧迷離，有位佳人，靠水而居」。於此，讀者自可參照美讀，體會其超越寫實的空靈意境。

　　究其實，《詩經》所敘寫的秋水蒹葭之美，表現出一種至高無上的精神境界，那是一種對理想愛情的追求，明知其不可得，卻仍一往無前執著不悔，頗有「春蠶到死絲方盡，蠟炬成灰淚始乾」的意味。

〈蒹葭〉對男女情愛的敘寫自有其象徵意義，而此詩反覆詠嘆的「溯游從之」一語，即是深刻表達出遇合無期的痛苦焦慮，與深情執著意欲不能。或許正因為求之不得，更加吸引人繼續寤寐思服，「衣帶漸寬終不悔，為伊消得人憔悴」。在求愛的過程中，引領自我向崇高的境界攀升而上。然而，如同法國大文豪普魯斯特所說的一樣：「唯一真實的樂園，就是失去的樂園；唯一具有吸引力的世界，就是你無法進得去的世界」。人一直是活在失樂園裡的，以記憶來修補建構它，而詩就是人在此世的最佳依憑。

　　最後，有關《詩經》的選本及鑑賞書籍，讀者可參閱下列著作：(1)錢杭《詩經選》；(2)吳宏一《白話詩經》；(3)張夢機《青青子衿：詩經賞析》；(4)楊義、邵寧《詩經選》；(5)黃素芬《高歌一曲風雅頌：詩經作品賞析》；(6)周滿紅《詩經》；(7)周嘯天《詩經鑑賞集成》；(8)唐文《原來詩經可以這樣讀》；(9)鄭毓瑜《少年詩經》；(10)吳宏一《詩經與楚辭》。

2. 《楚辭》：風韻高標

　　中國古典文學在長期的發展中，尤以韻文的成就最為凸出，千百年來令人稱道推崇不已，其間特又以詩、騷並舉，形成了中國文學史上雙峰屹立的「詩學原始」，因此便不難想現《詩經》和《楚辭》的重要性了。風韻高標的《楚辭》別樹一幟，無疑是璀璨的經典之作，正如《詩經》為北方詩歌之典範，《楚辭》也成為南方韻文總集的代表，作品想像奇特瑰麗，富有浪漫主義的精神，對後世的影響十分廣大深遠。一般認為《楚辭》的主要作者是屈原（343B.C.？～285B.C.？）。他名平，字原，又字靈均，出身楚國貴族，曾經擔任過楚懷王的三閭大夫和左徒等重要官職。屈原本受楚懷王重用，因遭小人毀謗，見斥於君王，後流落於沅、湘之間，忠眷故國無以自明，只有被髮悲歡行吟澤畔。司馬遷在《史記‧屈原賈誼列傳》裡這樣描述他：「博聞強志，明於治亂，嫻於辭令。入則與王圖議國事，以出號令。

出則接遇賓客，應對諸侯。王甚任之……屈平疾王聽之不聰也，讒之蔽明也，邪曲之害公也，方正之不容也，故憂愁幽思而作〈離騷〉……」。屈原一生經歷了許多理想的幻滅，而他的悲劇就是楚國的悲劇，生不逢時、憤世嫉俗，他滿腔的忠君愛國之情，卻碰上昏庸的君主和進讒言的小人，懷才不遇落落寡合，乃至於形容枯槁、顏色憔悴矣。這些幻滅感使其作品充滿強烈的憤懣色彩，像是「傷靈脩之數化」、「哀眾芳之蕪穢」、「恐皇輿之敗績」等等，感時憂國涕泗縱橫，也就形成了他作品中的悲愴旋律。舉例來說，在〈離騷〉這首偉大的政治抒情詩裡，作者展現了他高貴的人格特質和精深的思想境界，「路曼曼其脩遠兮，吾將上下而求索」。雖然在政治上屢遭挫敗，但是他依舊堅持美好的理想，並沒有在濁世中消沉下去，還是抱著「雖九死其猶未悔」的決心，上卜求索衝決網羅。〈漁父〉則敘寫了屈原內心深處的最後掙扎，於清醒而孤獨的塵世之旅，他始終堅持自己的生命理想，永不妥協至死方休：

　　屈原既放，游於江潭，行吟澤畔，顏色憔悴，形容枯槁。漁父見而問之，曰：「子非三閭大夫歟？何故至於斯？」屈原曰：「舉世皆濁我獨清，眾人皆醉我獨醒，是以見放。」漁父曰：「聖人不凝滯於物，而能與世推移。世人皆濁，何不淈其泥而揚其波，眾人皆醉，何不餔其糟而歠其醨？何故深思高舉，自令放為？」屈原曰：「吾聞之：新沐者必彈冠，新浴者必振衣。安能以身之察察，受物之汶汶者乎？寧赴湘流，葬於江魚之腹中。安能以皓皓之白，而蒙世俗之塵埃乎？」漁父莞爾而笑，鼓枻而去。歌曰：「滄浪之水清兮，可以濯吾纓，滄浪之水濁兮，可以濯吾足。」遂去不復與言。

　　司馬遷作《史記》的時候，幾乎是將上文全部採錄於〈屈原賈生列傳〉，並且引用淮南王劉安〈離騷〉大加感嘆說：「蟬蛻於濁穢，以浮游塵埃之外，不獲世之滋垢，皭然泥而不滓。推此志，雖與日月

爭光可也」。本篇以散文詩的形式展開,採用了問答的方式和鋪排的手法,極力刻劃屈原崇高完美,卻又孤標傲世的形象,特別著墨於他如何心志高潔、獨立不羈,並藉由在顛沛流離中痛苦煎熬的屈原,與一個遁世無悶,隨遇而安的漁父來對話,於此凸顯出屈原「知其不可而為之」的態度,和擇善固執至死不悔的精神。本篇亦寫出作者對人生道路的徬徨,他無法像隱士般超然物外,總失據於清濁醒醉的分野,但相當肯定人生行路抉擇在我,不願與世推移隨波逐流。篇末漁父的短歌十足表現出一個放浪形骸寄情山水,蹤跡江湖與世無爭的隱士形象,雖見通脫曠達,但與屈原的生命志向大有出入,因此詩人只能莞爾一笑飄然離去,走向各自選擇好了的歸宿。我們在這裡可以看到屈原所代表的士人傳統,和道家精神遠遊的典型漁父如何相遇,他們的生命情操與思想觀念是怎樣的互相矛盾,而就在這兩種不同人生態度的衝突之中,痛苦儒者的悲壯精神便因此凸顯出來。

　　《楚辭》中的主要作品有〈離騷〉、〈九歌〉、〈九章〉、〈天問〉、〈招魂〉等,多半是屈原於流放途中所作,深具鮮明的地方色彩,反映出作者崇高的思想人格,特別是作者對美政的理想追求,以及因對楚國的摯愛而生的憤懣之情。《楚辭》作品形式多樣,風格卻各異,其思想內涵博大精深,豐富多變的藝術形式。李白曾讚道:「屈平詞賦懸日月,楚王臺榭空山丘」。正因為有了屈原這些偉大的作品,也才能展現出楚文化的魅力。杜甫也說過:「搖落深知宋玉悲,風流儒雅亦吾師」。文學史上常見屈宋並稱,但宋玉的成就是無法與屈原比肩的。總括來說,屈原等人的想像力之豐富,文采之華美,情感之濃郁,是無與倫比的,他們繼承發展了《詩經》的比興傳統,並且大量運用神話和歷史傳說,藉花草名物以抒情。職是之故,我們讀屈原的〈離騷〉時,可以特別注意其中的四個側重點:屈子對生命理想的追尋及失落、他那至死不悔、執著悲慟的生命悸動、善用美人香草的譬喻、建立文士「悲秋」的母題。例如以下的幾句,可以反映出他個人對芳潔志行之堅持,以及面對時空轉變時的興懷:「朝

飲木蘭之墜露兮，夕餐秋菊之落英」；「悲哉秋之為氣也！蕭瑟兮，草木搖落而變衰，憭慄兮若在遠行。登山臨水兮送將歸」。

〈離騷〉中纏綿執著的求女之情，與〈九歌〉中飄渺的神鬼之戀，都是不顧一切揮灑烈愛，充分展現了九死未悔的精神。〈九歌〉中的〈湘君〉、〈湘夫人〉是兩首優美動人的愛情詩篇，這一組詩雖各自為題獨立成篇，但毋寧是可以合而觀之的有機整體，「二湘」詩之結構、語氣與表現主題也有共通的地方，都在抒寫湘江男女配偶神的離合悲喜，死生契闊、會面無緣的悲傷失望。〈湘君〉是「千古情語之祖」，在環境描寫、氣氛渲染、人物的心理刻劃方面，都顯示出「清商麗曲、各盡情態」的特色，全篇可說「純是性靈語」。詩歌先寫湘夫人熱切盼望湘君的到來，而湘君卻久候不至，她徬徨惆悵而心神難安，本是愉悅的等待之情轉為淒涼哀婉之思。接者繼寫湘夫人尋覓湘君未果的悲傷嘆息，再寫湘君對湘夫人的懷疑怨恨，最終寫湘夫人對湘君的決絕與期待。〈湘夫人〉一詩呼應前篇，先寫湘君登高遠望、望而不見的苦悶心緒，繼寫其疑慮惆悵之情，接著描繪湘君奔波企盼之苦、產生幻覺時的喜悅心情，再寫「築室水中」的美好景象和好夢難圓的結局，最終則表現了湘君在尋找湘夫人的願望落空之後，如何暫時排遣其內心的憂悶情緒。全篇全於想像中著墨，十分傳神動人，融情於景、藉景抒情，而秋江瑟瑟、湖波裊裊，神靈不至，冷韻淒然，只好在愁思中捐袂遺褋，姑且遊戲一番而自求舒暢。總括來說，這「二湘」寫的正是「一種相思，兩處閒愁」，湘君與湘夫人的情意又何其深摯，他們相互尋覓卻未能得見所愛，在整個追求的過程中，他們攄發了纏綿悱惻的思念之情，詩裡面既透露對彼此的疑猜，也表示出互誓堅貞不移的信念。

謂予不信，請看以下的詩句如何描述這淒美的愛戀，如〈九歌·湘君〉：「君不行兮夷猶，蹇誰留兮中洲？美要眇兮宜修，沛吾乘兮桂舟。令沅湘兮無波，使江水兮安流。望夫君兮未來，吹參差兮誰思」！又如〈九歌·湘夫人〉：「帝子降兮北渚，目眇眇兮愁予。嫋

嫋兮秋風，洞庭波兮木葉下」。以上所引這兩段的描寫，是刻劃男女主人翁在湖邊靜靜地等待伊人，洞庭湖邊落葉蕭蕭而下，其境界之美何其優美深雅，遠非任何物質形式的情慾所能拘限，也超越了人世的恩恩怨怨，只有幽靜單純的愛的等待。而究其實，從《詩經》的秋水〈蒹葭〉伊始，到〈九歌〉的湘君、湘夫人，在在表現出一種對男女情愛的思慕企盼，雖說是天地廣袤山長水遠，情緣遇合總也無時無期，但是對戀人的純真執著，纏綿悱惻情意不能斷絕，寫來教人驚心動魄，魂縈夢牽。饒是如此，後來還是有不少人將這極富愛戀意味的神曲，以男女比君臣解讀為政治託喻，但是我們寧可只作情詩來看，用心體會一下其溫柔淒婉之美。最後，當我們詮說《詩經》、《離騷》時，必須了解到中國傳統愛情詩的價值所在，端賴於興象寄寓的思想內涵，詩人風露中立盡中宵蕠然深省，常常使用精煉語言和優美的意象，道出男女遇合無期卻又執著不已的相思愛戀。

最後，有關《楚辭》的選本及鑑賞書籍，讀者可參閱下列著作：(1)吳宏一《詩經與楚辭》；(2)楊義、邵寧《楚辭選》；(3)錢杭《楚辭選》；(4)周嘯天《楚辭鑑賞集成》。

3.《古詩十九首》：美麗而悲愴

歷來說詩者莫不肯定這一組「十九首」的五言古詩，它們非常容易懂卻又相當難解，藝術成就極高卻又不知何人所作，「人人讀之皆若傷我心者」讀後根觸萬端卻又很難說清楚其中緣由。劉勰稱其「結體散文，直而不野，婉轉附物，怊悵情切，實五言詩之冠冕也」。鍾嶸也曾說過：「古詩十九首文溫以麗，意悲而遠，驚心動魄，可謂幾乎一字千金」。論者以為《古詩十九首》具有一種「不隨時光消逝的美」，以真淳、深摯的情感取勝、情動於中而形於言，詩中反映出時間無常的悲感，而「這些句子，沒有華粧麗服，沒有珠環翠繞，人人都看得懂，彷彿正是心中意、口中語。但仔細咀嚼、品味，詩中義蘊漸漸散溢，頓有驚心動魄、神魂俱醉的感動。而簡素樸直文辭中，流

露風韻天成的美，更讓人心折低徊」（方瑜，2001：17）。「生年不滿百，常懷千歲憂」，「不惜歌者苦，但傷知音稀」，「同心而離居，憂傷以終老」，「盈盈一水間，脈脈不得語」。不管是遊子對人生短暫而多愁的悲嘆，或是思婦顧影自憐的孤獨心情，這些訴諸真情實感的詩句，除了說出個人痛苦的體驗和獨特的感受之外，也能揭示深刻的人生哲理，因此使人讀來低徊反覆沉吟不已。最後，在《古詩十九首》裡我們可以看到情景交融，物我互化的筆法，巧妙構成了渾然圓融的詩境。

這一組詩十九首各自成篇，但合起來看卻又圍繞著一個共同的時代主題：中下階層文士的苦悶、牢騷與不平。就內容題材而言，《古詩十九首》可以分為兩類：兩地相思、失志傷時；但如就其寫作題旨而言，有的抒寫征夫思婦的離恨鄉愁，有的是文士自鳴不平的篇章，有的表現時人消極避世的思想、有的則透露出訪神仙求長生或及時行樂的消息。沈德潛說：「《古詩十九首》大率逐臣棄婦、朋友闊絕、遊子他鄉、死生新故之感」。詩中抒發遊子思婦的萬般情懷，其所敘寫的人生哀愁和相思離別之情，竟使人「讀之皆若傷我心」，頗具永恆普遍的典型意義。《古詩十九首》文字與音節自然，具有民間歌謠的語言特色，呈現出一種生動流暢、自然的風格，給予人親切、明朗、純樸的感覺。「情真、景真、事真、意真」，以口語化的詩歌語言，將人的情感表露得坦率、單純、明朗。《古詩十九首》把抽象的感情用具體的事物表達出來。作者又善於運用比興的修辭手法，加深文意、引發聯想，使得這一組詩的整體意境相當深遠，十分貼切自然。《古詩十九首》的文字看似平淡，其實造句精審，寫來自然樸雅，絲毫沒有斧鑿雕飾的痕跡，能以極為簡練省淨的文字表現出含意渺邈的情感和景象，達到了所謂「深衷淺貌，短語長情」的境界，一經仔細咀嚼，便知這等文字竟似陳年佳釀，芳醇醲烈無比，令人味之不盡。例如：「行行重行行，與君生別離」。朱自清盛讚其為「溫柔敦厚」、「怨而不怒」的詩歌經典代表，對後來的文學創作影響至

鉅。其實，古詩和樂府樣都起於人世的幾多感慨，只不過表達上較為宛轉含蓄而已，就像懷人之作〈涉江采芙蓉〉寫來清超曠遠，一如《詩經》的〈蒹葭〉篇，但其離散之憂又深具芬芳悱惻之美：「涉江采芙蓉，蘭澤多芳草。采之欲遺誰？所思在遠道。還顧望舊鄉，長路漫浩浩。同心而離居，憂傷以終老」。古詩亦有不少對生死的思索，如〈驅車上東門〉的後半部：「浩浩陰陽移，年命如朝露。人生忽如寄，壽無金石固。萬歲更相迭，聖賢莫能度。服食求神仙，多為藥所誤。不如飲美酒，被服紈與素」。詩人面對著「古墓犂為田，松柏摧為薪」的滄桑人世，不能不感受到「人生天地間，忽如遠行客」的如寄逆旅，與其陷溺於悲傷的情緒之中，倒不如珍惜有生之日，把握今朝及時行樂一番，篇末雖見通達之理，但在放曠中自有其無限的悲感。

　　《古詩十九首》觸及到人生的普遍問題，也反映出人們心靈深處的感情基型，作者娓娓訴說低迴反復，溫柔纏綿扣人心弦。《古詩十九首》大抵曲盡男女之情，抒發人生不得志的感憤，慨嘆知音難以尋覓，懷想遠方的友朋，還有描繪人生的無常和短促，作者常用高妙的比喻技巧，傳達出深摯細膩的情思來。今且舉〈東城高且長〉、〈冉冉孤生竹〉、〈迢迢牽牛星〉三首為例，看看它們到底如何表現出普遍深刻的感情，令人讀之迴腸盪氣、觸動不已：

　　　東城高且長，逶迤自相屬。迴風動地起，秋草萋已綠。四時更變化，歲暮一何速！晨風懷苦心，蟋蟀傷局促。蕩滌放情志，何為自結束？燕趙多佳人，美者顏如玉；被服羅裳衣，當戶理清曲。音響一何悲！弦急知柱促。馳情整巾帶，沉吟聊躑躅。思為雙飛鷰，銜泥巢君屋（〈東城高且長〉）。

　　　冉冉孤生竹，結根泰山阿。與君為新婚，兔絲附女蘿。兔絲生有時，夫婦會有宜。千里遠結婚，悠悠隔山陂。思君令人老，

軒車來何遲！傷彼蕙蘭花，含英揚光輝。過時而不采，將隨秋草委。君亮執高節，賤妾亦何為（〈冉冉孤生竹〉）？

　　迢迢牽牛星，皎皎河漢女。纖纖擢素手，札札弄機杼。終日不成章，泣涕零如雨。河漢清且淺，相去復幾許。盈盈一水間，脈脈不得語（〈迢迢牽牛星〉）。

　　首先，葉嘉瑩認為〈東城高且長〉一詩「包含著豐富的象喻、多方的感慨、人生問題的沉思、歷史文化的傳統……詩中所蘊蓄的，比說出來的實在要多得多」（葉嘉瑩，1993：52）。像這樣一組易懂而難解的好詩，雖則其字面意義是明白淺顯的，語言的表達也平實自然，然而其內涵深遠幽微，說詩者人各一詞，很難對它作出確切的解釋。這首詩是十九首裡比較長的一首，雖然它的題材也是在寫無常之悲，但是結構較其餘的詩複雜得多，其所呈現的情感更是波瀾起伏，予人感發的力量極強。詩人流落於京郊之際，托身無門悲涼孤獨，遂感時令之變遷，傷自身之落魄，草木萋萋卻又何其無情，思欲放情娛樂而不能，詩人之悲哀正緣於此。接著詩人由對光陰消逝的感慨，聯想到生命的短暫無常，而在短暫的人生過程中，我們內心常有矛盾掙扎，畢竟對理想的追求又有幾人圓夢？可是，當我們處貧困時，是否能夠保持一己的操守呢？或是不擇手段去追逐名利？無論如何，本詩的最後幾句不妨看作是詩人失意時尋求自我解脫之道。論者亦曾指出這首詩的藝術特色有三：(1)觸景生情、連環遞進；(2)情感深摯，思致深沉；(3)語言精煉，內蘊豐富（魯洪生等主編，2003：301～304）。詩人有感於韶光易逝，觸景傷情，不禁悲從中來，感年命如電如露，何不暫時拋開煩惱束縛，追求聲色之娛，縱情享樂一番？這首詩寫出當時文人士子於讀書仕進之路的艱難追求，也表達出他們對生活的真實感受，引起後世文人士子很大的共鳴。

　　〈冉冉孤生竹〉可以說是十九首中的「新婚別」，抒寫少婦對遠

別丈夫的相思之情。孤生竹結根於大山，兔絲附生於女蘿，顯出女子自身的孤弱，同時也比喻女子對男子的依附固著，以及生死相互纏繞的愛情關係。這幾句道出夫婦遠離，怨女曠男，會合失宜，大有人竟不如物的感嘆，會合相聚的日子總是遙遙無期。「傷彼蕙蘭花，含英揚光輝。過時而不采，將隨秋草委」四句，實與〈離騷〉「惟草木之零落兮，恐美人之遲暮」異曲同工，感嘆青春易逝，華年不再。從此詩的內容來看，少婦於新婚後，丈夫即遠走他鄉為異客，令妻子感到孑然一身相當孤弱，綺年玉貌漸漸消逝在等待的歲月裡，寂寥無盡的日子只能在漫長的思念中度過，深恐青春芳菲終將如草木般零落殆盡，懼怕良人見那異鄉花草，遲遲不肯歸來。最後，詩的結尾說道：「君亮執高節，賤妾亦何為」？是以宛轉含蓄的方式一訴新婦之怨，慨嘆少婦此生「青春已大守空閨」，頗得儒家「溫柔敦厚」之詩教也。

〈迢迢牽牛星〉歌詠古老的愛情神話傳說，借喻有情男女咫尺天涯的哀愁，大力著墨相思不得相見的幽怨。此詩通首採用比體，借天上迢迢雙星，寫人間經年別離。本詩連用了六個疊字形容詞如「迢迢」、「皎皎」、「纖纖」、「札札」、「盈盈」、「脈脈」，使詩句憑添幾許音韻之美，細膩而生動地描繪出牛郎織女的形象和情態。「迢迢」兩字是全篇的脈絡，表現出牛郎織女遭河漢隔絕的情景，而天河是一道難以逾越的鴻溝，長久以來便冷冷地橫亙於牛郎、織女之間，詩中「不得語」三字最見含蓄深刻，一水盈盈含情脈脈，就讓那無盡的相思隨時間靜靜流轉吧！全詩中最哀婉動人的就是最後這四句，於此我們可見一人間深情凝眸的女子形象，她飽受濃烈的相思之苦，她淚如雨下的愁慘之容，在在令人心痛不忍！後世類此詩者，藉天上牛郎、織女星的隔絕，敘寫人間情侶分離的悲哀，有曹丕的〈燕歌行〉和杜牧的〈秋夕〉二詩，可作參考。

總而言之，《古詩十九首》的基調可說是：「音響一何悲」！在這一曲曲人生的悲歌裡，我們聽到了坎坷失志的文士感慨傷懷，思婦

獨守空閨自思自嘆，他們的苦悶只是出之以個人的體會，但卻又具有大時代普遍經驗的特質，於個人抒懷中映照社會現實，自是感人足深矣。《古詩十九首》的作者選擇某些生活細節場景，以最純樸自然的語言，運用比喻、象徵、白描等手法，來抒寫細緻委婉、溫柔蘊藉的內心情感，使抒情詩帶有敘事的成分，敘事時能以情融事指事寫懷，重視意象的表現，達致情與境會的審美效果。十九首的藝術風格極其平淡自然、渾涵蘊藉，深得民間樂府真摯誠懇的精髓，以平易淺近的語言抒寫自己切身的感受，不論是寫思婦懷人，或是遊子思鄉，皆能明白曉暢、言近旨遠，把這些感情表現得溫柔纏綿，卻又是精練豐富、情味雋永。十九首是我國詩歌史上極為成熟的文人五言詩，難怪劉勰會稱其為「五言之冠冕」，鍾嶸稱其「驚心動魄，一字千金」，而其字裡行間也頗具興發感動的力量，因此其獨特的藝術成就和重要地位，歷來便十分受人推崇，成為古代詩歌的典範楷模。

　　最後，有關《古詩十九首》的選本及鑑賞書籍，讀者可參閱下列著作：⑴隋樹森《古詩十九首集釋》；⑵馬茂元《古詩十九首探索》；⑶方瑜《不隨時光消逝的美：漢魏古詩選》；⑷王強模《古詩十九首》；⑸張清鐘《古詩十九首彙說賞析與研究》；⑹佚名詩、陳道復等書《古詩十九首》。

4. 《陶淵明集》：任真自然

　　陶淵明的詩文集，歷代文人刊刻過很多種，其版本異文之處絕不在少。論者曾經指出，此一詩文集依據上海商務印書館四部叢刊本，加以縮印而成的宋刊巾箱本李公煥《箋注陶淵明集》本，原來分為十卷，後經學者考證，已刪去偽作誤編部分，今存只蒐錄四五言詩、賦辭、記傳述贊和疏祭文的七卷本（溫洪隆注譯，2002：23～26）。自蕭統編八卷本的《陶淵明集》伊始，陶潛的詩文受歷代文人的普遍重視，和陶、擬陶詩漸漸多了起來，品評箋注疏證其詩文者也與日俱增。陶淵明（365～427 年），一名潛，字元亮，東晉潯陽柴桑（今

江西九江）人。淵明卒後友朋私諡「靖節徵士」，故又稱陶靖節。他雖然出身於貴冑世族，可是家道早已中落，其少年時代就在柴桑的農村度過，朝夕與秀麗風光、恬靜田園作伴，養成他喜愛大自然的情性。然而，他卻活在南北分裂東晉偏安江左，政治極其腐敗戰伐未已的時代裡，社會動盪不安、民生極其凋弊，但因家貧而不得不出仕謀生，做過幾次小官，以求全家衣食無缺。淵明自幼飽讀經書，「少年罕人事，游好在六經」。既受儒家的影響立志兼濟天下，其「猛志逸四海，騫翮思遠翥」。同時也折服於老莊的無為思想，希冀「乘化委運樂天安命」，雖嘗徘徊於仕隱之間，終因不願為五斗米折腰，遂掛冠辭去彭澤縣令，逃祿歸耕守拙園田，走上了「擊壤以自歡」的道路。

陶淵明一生依違於儒道的仕隱抉擇，不慕榮利、安貧樂道的生活精神，追求本真、崇尚自然的審美境界，純樸高潔、超逸的品格思想，儼然是魏晉風流人物的代表。淵明先生認為，塵世如同羅網一般，名繮利鎖到處牽絆人心，我們好似那禁錮在籠中的鳥，因此如何擺脫官場歸返田園，才是智者所當為。淵明筆下桃花源的理想樂土，千百年已成為士大夫的精神家園，歷代諸多文士於仕宦失意時，飲酒賞菊效淵明形狀，莫不希望從他身上尋求人生價值，藉以安慰自己失落不安的靈魂。鐘嶸在《詩品》裡說他是「古今隱逸詩人之宗」，我想淵明之所以能活在大多數中國人的心中，主要便是他詩文中所展現出的那種境況，從辭祿歸田、放歌自然，到躬耕隴畝安貧樂道，從心繫世事夢縈桃源，到忘懷得失任真淡泊，他描繪出怡然自得的隱士形象，成為後世所效法的理想文士典範。

我們可以從淵明沖淡平和的詩作看出，有種溫潤清逸的自然風格，也反映著他生命理想的逐步實現。關於他的質性傾向，淵明在《與子儼等疏》描述極為生動：「少學琴書，偶愛閑靜，開卷有得，便欣然忘食。見樹木交蔭，時鳥變聲，亦復歡然有喜。常言五六月中，北窗下臥，遇涼風暫至，自謂是羲皇上人」。淵明追憶少時以琴書自娛，

喜過淡泊恬適的日子，雖然在歲月的推移中，昔日情趣雖眇然難求，但他仍矢志不改、固窮保節全性，歸田守拙怡然自得。眾所周知，陶淵明代表了中國傳統文化的一種理想模式、一種高潔的理想人格，更是一種文化精神的象徵。陶淵明也是中國閒情文化的表徵：「情之所鍾，正在我輩」。此心得其閒其趣，方可超越名利，弭平靈肉之爭，達到身閒心亦閒的境界，如此一來，始能從事閒遠的審美追求。淵明其為人也玄澹高雅，一生兼具儒家風範與道家風度，詩文佳處在於人生妙境的尋覓，總是呈現入世極深而出世極遠的最高境界，難怪金人元好問會以「一語天然萬古新，豪華落盡見真淳」來稱許他的詩歌藝術成就。同時論者亦指出，陶潛的詩淡而有味、耐人咀嚼，讀者可從中獲致真淳的審美感受，其因乃在於陶詩於自然平淡中有境界、情趣、性格、思想，而陶淵明的藝術魅力並非只繫於自然清新的田園圖景，有賴其詩文中所描陳的社會理想與人生哲學，其詩語平淡省淨卻又意旨深厚，質樸簡練卻又深具美感（童超，2001：115～134）。

〈飲酒二十首之五〉：「結廬在人境，而無車馬喧。問君何能爾，心遠地自偏。採菊東籬下，悠然見南山。山氣日夕佳，飛鳥相與還。此中有真意，欲辯已忘言」（陶潛，2002：157）。這是陶詩名篇，素以恬靜和諧、至真至美著稱，具體的詩歌意象飽含人生哲理，已經達到清明玄遠的境界。詩的前四句說詩人雖身處萬丈紅塵，卻能心遠人境，無視於往來車馬的喧囂，端賴其心境之平靜淨化，有了心靈的超越昇華，才能在苦難的現實中尋得詩意，而不為外在客觀的環境所拘限。後六句寫欣賞自然景色的悠閒心情，逍遙無入而不自得，情與景合意與境會。詩人於此自述歸園田居後安貧樂道，悠然自得盡忘世俗之情，有理語也有理趣，淳真自然且又耐人尋味，而詩人豁達閒適的襟懷，與暮色中雍穆遐遠的南山，相待相融連成一片，讀來令人心凝形釋、物我兩忘。「採菊東籬下，悠然見南山」。詩句中的情理與景物水乳交融，有神無跡，心領妙賞之際，是很難用外在的言語來表達其中的「真意」，因此前人才會說「淵明詩類多高曠，此首尤

為興會獨絕。境在寰中，神遊象外，遠矣」（溫汝能《陶詩匯評》卷三）。

〈歸園田居五首之一〉：「少無適俗韻，性本愛丘山。誤入塵網中，一去三十年。羈鳥戀舊林，池魚思故淵。開荒南野際，守拙歸園田。方宅十餘畝，草屋八九間。榆柳蔭後園，桃李羅堂前。曖曖遠人村，依依墟里煙。狗吠深巷中，雞鳴桑樹巔。戶庭無塵雜，虛室有餘閑。久在樊籠裡，復得反自然」（陶潛，2002：53～54）。「歸園田居」這組詩共有五首，大概和《歸去來兮辭》作於同時或稍晚，其中「適俗韻」和「誤落塵網」，頗見幡然悔悟之意，「覺今是而昨非」。本詩前八句抒寫的幾與辭中所言相近：「質性自然，非矯厲所得」。以性愛丘山、鳥戀舊林和魚思故淵的比喻，來表示自己「守拙歸園田」的決心，使山水田園與自我精神融合為一。此詩最具田園風味，入俗之苦與歸田之樂皆和盤托出，對官場的深惡痛絕，與熱愛大自然、追求自由的渴望，昭然若揭。全詩寫來毫無雕琢，語言質樸無華，呈現景真、情真的雅趣，貼切自然不露痕跡，其境界之高遠含蘊，前人以為「質而實綺，癯而實腴」。方圓十餘畝的宅地，八九間茅草屋，屋後榆柳成蔭，堂前桃李羅列，遠處炊煙裊裊，近處雞鳴狗吠，如此恬靜和諧的田園風光，充滿著無限生機，可以使人滌清俗慮，心靈得到解脫慰藉。於此，我們先看到了歷歷如畫的意境勾勒，經由外界潔淨無塵的環境，再進入詩人內心的恬靜自適，在這一片閒淡孤寂之中，透露出內外交感所生的詩意境界。

論者指出陶淵明詩的重要藝術特色乃是「平淡自然、樸素清新，情、景、事、理的渾融，平淡中見警策、樸素中見綺麗」（袁行霈主編，2002：423～425）。總而言之，陶潛對後世之影響相當深遠廣大，歷來詩人、詞客、曲家無不眾口交響，推崇他並為其作品編集、寫序、作傳者代不乏人，而歷代注陶者之多，也只有詩聖杜甫可與之相提並論。而究其實，陶潛對後世的影響主要在於以下四個方面：(1)保持自己淳樸本性的任真的人生態度；(2)不屈服於黑暗勢力，不與之

同流合污的氣節與操守；(3)與污濁社會相對立的社會理想；(4)平淡自然而淳厚豐腴的詩藝與詩風（周先慎，2003：109～110）。淵明先生的人格精神和人生態度已經感召過歷代無數文人，他一生安貧樂道守志不移，從理想與現實的衝突中獲致和諧的生命昇華，可以成為我們一種文化精神的象徵。

最後，有關《陶淵明集》的選本及鑑賞書籍，讀者可參閱下列著作：(1)楊義、邵寧《陶淵明》；(2)徐巍《陶淵明詩選》；(3)璧華《陶淵明》；(4)廖仲安《陶淵明》；(5)童超《豪華落盡見真淳：陶淵明》；(6)韋鳳娟《悠然見南山：陶淵明與中國閒情》。

5.《唐詩三百首》：登峰造極

眾所周知，華夏中土向來是詩歌的國度，自先秦以迄晚清，詩人輩出燦若群星，詩作紛呈豔似桃李，留下了寶貴的文化遺產，其中就有不少發人深省的抒情智慧。唐代是中國詩歌發展的高峰期，從帝王卿相到販夫走卒皆能詠詩，終李唐王朝，詩作當在五萬之數，實在頗為可觀，可見寫詩在當時已蔚為風習。唐詩之所以能如此興盛，自有其時代環境、政治文化、文體演進等諸客觀因素使然，然而，它之所以能成為古代文學的典範之一，主要便在於其思想與藝術的高度成就，譬如廣闊的題材、深邃的思想、高妙的表現技巧、多樣化的風格流派等等，這些都是前朝各代無法望其項背的。在這不足三個世紀的時間裡，數量眾多且傑出的詩篇，泰半都能反映出崇高優美的盛世圖繪，其中不乏意境雄闊渾厚者，或形象鮮明細緻者，或情韻悠揚深婉者，具有獨特的藝術風味，皆已自成「唐音」一格，千載以下無與倫比。唐詩之文獻地位和藝術評價，向來即少見質疑紛爭，學者專家各取所需，無不從中獲得有用的材料，以解決欣賞和研究的各種問題。讀者諸君若問唐詩有何現代意義，不是我們執意要為傳統詩歌辯護，而是你在明瞭唐詩的經典價值之後，如其語言之濃縮精美、形式格律之鏗鏘頓挫、修辭技巧之圓熟自然，與詩中所存普遍而永恆的情思，

足供今人寫詩借鏡取法。究其實，自家早已有詩歌的瑰寶精甕，吾人又何須一定得捨近求遠，散步在唐詩中的月光阡陌上，澄輝清音廣被人間萬物，西敏寺的嬋娟不見得風姿較為綽約。

歷來唐詩選本極多，從盛唐到清末，其數亦有一百三十種之多，而《唐詩三百首》問世後便廣受歡迎，旋即取代了《千家詩》，成為當時童蒙詩教的最佳讀本。《唐詩三百首》自刊刻以來，早已家喻戶曉，其成功之處乃在於選詩愜於人心，從五萬多首唐詩中擇取代表性的詩家作品，自是不易，編選時要依傍前賢且又能同中求異，尤屬難能。言「三百首」者也，蓋取其成數，就像「詩三百」一樣，現存歷代的刻本有 321 首、317 首、310 首、302 首、305 首、313 首等幾種。究其實，孫洙的版本是 305 首，可能是他有意模仿《詩經》的編輯，本來都有 311 首的，扣掉其中六篇有目無辭，共有 305 首。從唐人選唐詩的元結《篋中集》伊始，雖然各式各樣的唐詩舊選本皆有其編選特色，但淪為少數專家的案頭書卻是不爭的事實，而《唐詩三百首》仍家絃戶誦歷久不衰，如果說它是我國讀者最多、影響最廣的唐詩選本，如此稱譽應當不為過。《唐詩三百首》成書於乾隆二十九年（1764），流傳的版本亦復不少，清道光年間章燮撰成《唐詩三百首注疏》六卷，極為詳細，又附以詩人小傳，頗有參考價值。然而，由於是書的原刻本，坊間搜羅匪易，其翻刻本又多達數十種，所以各家版本收詩之數，與原本相較必有出入，於此吾人不可不細察。

孫洙（1711～1778），字臨西，號蘅塘退士，江蘇無錫人。乾隆十六年（1751）進士，歷官大城、盧龍、鄒平知縣，後改江寧教授，但總的來說，宦海自是一番浮沉，他的生平不甚得意，因此乃悄然歸隱自稱退士。《唐詩三百首》是由蘅塘退士孫洙，及其續娶的夫人徐蘭英日夕吟誦，共同努力編選而成的。根據孫洙的自序，他因不滿於《千家詩》選詩標準過於寬鬆浮濫，好壞均收、精麗莫辨，只錄七律和五絕的詩作，且涵蓋了唐、宋兩代詩人，與體製不甚吻合，遂就唐詩中擇其膾炙人口佳篇，編成一書，以供童蒙詩教之用，並有典範垂

訓後世之圖。他說：

> 世俗兒童就學，即授《千家詩》，取其易於成誦，故流傳不
> 廢。但其詩隨手掇拾，工拙莫辨，且止五七律絕二體，而唐宋人
> 又雜出其間，殊乖體制。因專就唐詩中膾炙人口之作，擇其尤要
> 者，每體得數十首，共三百餘首，錄成一編，為家塾課本，俾童
> 而習之，白首亦莫能廢，較千家詩不遠勝耶？諺云：「熟讀唐詩
> 三百首，不會吟詩也會吟。」請以是編驗之。
> （金性堯，1990：11）

如此一來，通俗易解、便於吟誦，乃成為該書重要的編選指標，
也更能符合童蒙教材「易簡」的原則。為了達到這個目的，編者一方
面少選或不選詰屈難解之詩，另一方面就是儘量多選容易上口的詩
篇，像這樣以簡馭繁的選詩結果，自然是能風行海內人手一冊的了。
千百年來的唐詩選本各擅勝場，反映出編選者獨到的智慧與眼光，其
中尤以明人李樊龍的《唐詩選》、清人王士禎的《唐賢三昧集》、以
及沈德潛的《唐詩別裁集》，對孫洙編選《唐詩三百首》的影響最
大。又據近人考證，《唐詩三百首》其實是以沈德潛的《唐詩別裁
集》為底本，兩書選詩相同者竟有二百二十二首之多，另外，次序編
排及凸顯李白、杜甫等盛唐詩人也如出一轍。與《唐詩別裁集》相
較，孫洙刪去了長律增加樂府一類，讓體裁更為完備。根據金性堯的
研究，孫洙的選本題材極其四平八穩，是可以雅俗共賞的，也能符合
今日讀者的要求，它有以下幾個不錯的特點，可為後來的選本作一參
考：(1)三百首的篇目適度；(2)所收作者包括「三教九流」，皇帝、和
尚、歌女、無名氏都有；(3)所選作品既完備又分體裁；(4)注重藝術
性，而這些藝術性又多是通過抒情手段來表現；(5)可接受性；(6)兼重
實用；(7)有所依傍，有所突破（金性堯，1990：2～8）。

本書共選唐詩三百餘首，蒐錄七十餘家詩，孫洙選詩雖頗具代表
性，各式體裁風格兼備，但仍囿於所見不無遺珠之憾，例如多數作品

都有淺近通俗的特色，選詩著重於委婉含蓄的抒情詩篇，較少深遂綿密的寫實之作，同時也忽略了瑰麗奇詭的歌詠，例如杜甫的〈三吏〉、〈三別〉竟然漏掉了，而李賀的詩一首也沒蒐錄，實在殊為可惜。另外，為了應付清代舉業之需，本書也選取了一些試帖詩、應制詩，以為科考所用之範例，尤其甚者，就中對若干詩作的評論仍不脫八股習氣，讀來但覺其淺薄可笑，此乃編者囿於時代之見，有以致之。另一方面，雖則編者揭櫫淺俗易誦的原則，然證之其入選詩篇，實際情形並非如此，唐詩中最為淺切流俗者，莫過於元白、張王之新樂府詩，而這類詩竟未見入選。再者，李商隱的詩素以晦澀難解著稱，連元好問都要說「獨恨無人作鄭箋」了，可是義山這類詩作入選的倒還真不少。因此，我們很難說淺俗就是此一選本的特色，似乎也不是它能流傳廣遠的主因。

如以體裁來區分，《唐詩三百首》所選作品從古體到近體都有，入選詩作風格也多樣化，真可謂是「眾體悉備，諸法畢該」，能反映出唐代各體詩發展的情形。現存所有的版本都是按照體裁來編排，較早的版本分為六卷：五古、七古、五律、七律、五絕、七絕，後來又有八卷本，就把七古分成兩卷，亦將七言樂府單獨成卷。全書分體編排，先分類再按年代編排，計有五言古詩 33 首、樂府 7 首、七言古詩 28 首、樂府 14 首、五言律詩 80 首、七言律詩 50 首、樂府 1 首、五言絕句 29 首、樂府 8 首、七言絕句 51 首、樂府 9 首，共 310 首。其中古體詩約占三分之一，律、絕等近體詩約占三分之二，而五言古詩和樂府、七言古詩和樂府這兩大類，其總數之和相差無幾。本書蒐錄初唐詩人不及十家，其他盛、中、晚唐詩客各二十餘位，就中入選詩作最多的前五位依序為杜甫的 36 首、王維的 30 首、李白的 29 首、李商隱的 24 首、孟浩然的 15 首，這樣嚴謹的選詩取材標準，自與一般的文學史殊無二致，也可反映出此選本的代表性。另一方面，就個別作家的作品而言，我們也可以發現編者選錄得當，能針對不同詩人各取所長，如李白多蒐其五、七古和樂府，韋應物多蒐其五言古詩，

王昌齡的詩則七絕較多見，於此亦可看編者識見不凡之處。

　　《唐詩三百首》這本書不僅反映了孫洙個人的詩觀，也摻雜了許多現代讀者的感情成分，我們對中國人的情感和文化鄉愁，可能是來自這一編唐詩的經典選本。俗話說：「熟讀《唐詩三百首》，不會做詩也會吟」。如果我們能夠好好誦詠翫習一首唐詩，融會貫通並消化吸收它，轉添成自己精神上的力量，相信定能有助於個人情性志意的鍛鍊。而我們在賞讀唐詩的時候，除了要理解詩文的內涵，更應該注意個人對詩境的體會把握。從文學史的角度來看，我們可以說唐詩的成就主要在於：規模空前的作者隊伍和詩作數量、極為廣闊的題材和內容、百花齊放的藝術風格、古體近體各種詩歌體裁全面豐收。如就審美風格而論，唐詩有以下幾個主要的特徵：昂揚激越的風骨、韻味深長的意境、和諧優美的聲律、自然圓活的手法、格律音韻和諧、意義明白曉暢、情思含蓄深沉、表達言簡意賅、內容富有情味，在在令人讀之不忍掩卷。最後，我們要知道唐詩在文學史上有其不朽地位，和深遠廣大的影響力量，那就是唐詩代表著一座難以企及的高峰、它對後世讀者展現出永久的藝術魅力、也難怪它能成為歷代取法的詩歌典範。

　　大致說來，唐詩主情致，是以神韻和氣象取勝，故渾厚高雅蘊藉空靈，迴異於宋詩的主氣格，以說理和風骨端翔為尊，貴在深折透闢以意為尚。另外，唐詩的題材內容包羅萬象，舉凡酬答、送別、詠史、田園、邊塞、抒懷、詠物、閨怨、宮詞等皆能入詩，有的歌詠山川田園之美，有的描寫邊塞將士的悲壯情志，有的述陳民生疾苦，也有的抒發個人的見聞思感。總而言之，唐詩是中國古典文學的奇葩瑰寶，千百年來已經成為我們重要的文化遺產。我們閱讀欣賞唐詩的時候，除了對詩歌文本的感悟理解之外，也要講究唐詩鑑賞的方法、注意唐詩的格律形式與主題內容、了解唐詩發展的歷史概況、以及唐詩興盛的原因。再次，針對唐詩的現代意義和美學闡釋、唐詩的分期、體派、流變、格律等問題，如能透過對唐代各時期重要詩人的代表作

品研讀，並專注於其主題思想與修辭藝術，掌握唐詩不同體派的風格差異，和古風近體在形式格律上的規則變化，如此方能領略唐詩的神韻風味。

黃永武教授在〈唐詩鑑賞的方法〉一文提到怎樣進入唐詩的內在詩境：立意方面要能新穎獨到、時空布局注意遠近久暫、章句上採正反順逆的方式、用意線索脈理、音響節奏強調平仄押韻重複或拗救、講究聲情協和對仗工整、注重語言修辭，例如字代換、句鍛鍊、整首的協調等等。尤其甚者，神韻乃是唐詩的風格美之所憑恃，亦即雋永超逸的韻味、必須依附在字句節奏與命意上。黃氏亦就上述方法舉下列詩作為例，就詩的本身結構來說明應如何鑑賞：王昌齡的〈出塞〉、王維〈渭城曲〉、李白〈早發白帝城〉、王昌齡〈長信怨〉和王之渙〈出塞〉。他又論及唐詩的外緣考證：作品的真假、題目對否、字句的出入要以原作為真、版本的探究校勘、作品的繫年、典故的註釋等等，都會影響到我們對一首詩的解讀，自然是不容輕忽的。最後，黃氏又舉了李白的〈飯顆山頭〉和〈靜夜思〉、孟浩然〈洞庭湖〉、李商隱的〈賈生〉等詩為例，闡釋了詩的欣賞須以考信理解為基礎，才能獲致完全的理解。

吾人賞讀《唐詩三百首》，除了對文本要有理性的探求之外，也須對詩意多作感性的體會把握，更進一步臻於知感交融的化境。總而言之，我們在鑑賞唐詩的時候，須從音調修辭中去領略其所構設的審美意境，從詩的內涵去尋繹真善美聖的情志風骨，且能深究詩中所體現的文化理想和民族性格。其實，每首唐詩的背後，常常有其社會風俗文化意涵，例如中唐樂府詩人張籍的〈節婦吟〉，可能就是一首意內言外的政治託寓之作：「君知妾有夫，贈妾雙明珠。感君纏綿意，繫在紅羅襦。妾家高樓連苑起，良人執戟明光裡。知君用心如日月，事夫誓擬同生死。還君明珠雙淚垂，恨不相逢未嫁時」。於此，張籍為了卻李司空幕府之聘，雅不欲背離李唐王朝，又生怕得罪一方藩鎮權貴，因此不願明說這番心思，只好藉由含蓄委婉的詩句表達己見，

以男女比君臣，字面上傾訴出一位堅貞女子的心聲，實際上則表明了忠臣不事貳主的態度，兩種心境都描寫得極為貼切。為了幫助讀者掌握唐詩的審美感興，以下我將列舉一些膾炙人口的詩篇佳句，依李浩先生對唐詩所作的美學詮釋之觀點，概分為意境呈示、時空意識、情感體驗、自然表現與語言技巧等，試從這五個方面來了解、感悟與聯想一首首唐詩的審美情境：

(1)**意境呈示**：

初唐詩人王績的〈野望〉：「東皋薄暮望，徙倚欲何依。樹樹皆秋色，山山唯落暉。牧人驅犢返，獵馬帶禽歸。相顧無相識，長歌懷采薇」。此詩描寫山野秋色，景中含情，清新質樸，流暢自然，頗追陶潛風力。孟浩然的〈宿建德江〉：「移舟泊煙渚，日暮客愁新。野曠天低樹，江清月近人」。王維的〈辛夷塢〉：「木末芙蓉花，山中發紅萼。澗戶寂無人，紛紛開且落」。韋應物「獨憐幽草澗邊生，上有黃鸝深樹鳴。春潮帶雨晚來急，野渡無人舟自橫」。於此，孟浩然、王維、韋應物所描寫的自然景物，可以視為其追求理想人格的反映，他們希望超越現實的拘囿，從有限進入無限，返歸自然，臻於「心凝形釋，與萬化冥合」後的神境。

(2)**時空意識**：

張若虛的〈春江花月夜〉：「春江潮水連海平，海上明月共潮生。灩灩隨波千萬里，何處春江無月明。江流宛轉繞芳甸，月照花林皆似霰。空裡流霜不覺飛，汀上白沙看不見。江天一色無纖塵，皎皎空中孤月輪。江畔何人初見月，江月何年初照人？人生代代無窮已，江月年年只相似。不知江月待何人，但見長江送流水⋯⋯」。此詩兼寫春、江、花、月、夜及其相關的各種景色，其間乃以月光統攝諸景，寓人世深情與哲理於朦朧幽邃的塵世夢境之中，心物交感情景相生，時空疊合虛實互補，乃能創造出言有盡而意無窮的審美效果。另外，劉希夷的〈代悲白頭翁〉：「⋯⋯今年花落顏色改，明年花開復誰在？已見松柏摧為薪，更聞桑田變成海。古人無復洛城東，今人還

對落花風。年年歲歲花相似，歲歲年年人不同……」。王昌齡的〈出塞〉「秦時明月漢時關，萬里長征人未還。但使龍城飛將在，不教胡馬度陰山」。杜甫的〈絕句〉「兩個黃鸝鳴翠柳，一行白鷺上青天。窗含西嶺千秋雪，門泊東吳萬里船」。張若虛與劉希夷的詩作所呈現給我們的畫面是，詩人對青春年華的無限珍惜，感嘆韶光易逝世事無常，對宇宙人生哲理的思索，將深沉複雜的生命詠嘆形象化，寓情於景、情景交融，以流暢婉轉的抒情方式，表達出具體的生命感受。王昌齡和杜甫的詩則意境開闊，時空悠遠，能令人思接千載神馳萬里，引人遐想，情思悱惻。

(3)情感體驗：

張九齡〈望月懷遠〉：「海上生明月，天涯共此時。情人怨遙夜，竟夕起相思。滅燭憐光滿，披衣覺露滋。不堪盈手贈，還寢夢佳期」。此詩頗為典雅，富有情韻，音調悠揚婉轉不已，情思惆悵迢遙無窮，一輪明月照山川，相思已是不曾閒，佳期明明如夢，詩人也只能圖個念想罷了。杜牧的〈贈別〉：「多情卻似總無情，唯覺尊前笑不成。蠟燭有心還惜別，替人垂淚到天明」。這首詩描寫離情別景相當真實，引人流連哀思者，則端賴後兩句設喻貼切。李商隱的〈錦瑟〉：「錦瑟無端五十絃，一絃一柱思華年。莊生曉夢迷蝴蝶，望帝春心託杜鵑。滄海月明珠有淚，藍田日暖玉生煙。此情可待成追憶，只是當時已惘然」。如夢似幻的愛情與人生，怎能追憶呢？樂音已渺，人兒不再，日月依舊，迷惘的是此生的身在情在。

(4)自然表現：

王維的〈山居秋暝〉：「空山新雨後，天氣晚來秋。明月松間照，清泉石上流。竹喧歸浣女，蓮動下漁舟。隨意春芳歇，王孫自可留」。描寫出自然景色的清幽靜寂，這種愜意自得的生活令人嚮往，不禁興起歸園田居之志。柳宗元的〈江雪〉：「千山鳥飛絕，萬徑人蹤滅。孤舟簑笠翁，獨釣寒江雪」。這是一幅雪天寒江獨釣圖，狀寫山水人物，布景敘事頗有層次感，客觀地構設出意境深幽的圖畫，卻

又透露了幾許清高孤傲的氣氛。

⑸語言技巧：

溫庭筠的〈商山早行〉：「晨起動征鐸，客行悲故鄉。雞聲茅店月，人跡板橋霜。槲葉落山路，枳花明驛牆。因思杜陵夢，鳧雁滿回塘」。詩人匠心獨運，以客行旅店外代表十種景物的十個名詞：雞、聲、茅、店、月，人、跡、板、橋、霜，巧妙安排名詞意象的並置，作為召喚情思的內在聯繫，宛如兩節活動的電影短片，呈現出唐人晨起動身趕路的辛苦畫面，亦使得故鄉春景和旅次苦況形成強烈的對比。第三、四句詩充分利用漢語語法的靈活特點，以最富特徵性的景物名詞來塑造意象，達到「狀難寫之景如在目前，含不盡之意見於言外」的藝術效果。

最後，有關《唐詩三百首》的選本及鑑賞書籍，讀者可參閱下列著作：⑴喻守真《唐詩三百首詳析》；⑵黃永武、張高評《唐詩三百首鑑賞》；⑶邱燮友《唐詩三百首》；⑷蘅塘退士《唐詩三百首：名家配畫誦讀本》；⑸蘅塘退士編選、金性堯注《唐詩三百首新注》；⑹蓋國梁等注評《繪圖本唐詩三百首》；⑺蘅塘退士原選、丁朝陽編著《新解唐詩三百首》；⑻蕭滌非等編撰、杜松柏導讀《唐詩三百首鑑賞》；⑼陳崇宇、朱炯遠、畢寶魁《唐詩三百首譯注評》；⑽蘅塘退士原編《唐詩三百首》輯錄於《書韻樓叢刊》巾箱本；⑾蕭滌非等《唐詩鑑賞集成（上）、（下）》；⑿劉學鍇等《唐代絕句名篇析賞》；⒀許正中《唐代古詩析賞》、《唐代律詩析賞》、《唐代絕句析賞》；⒁陳友冰、田素謙《唐詩清賞（上、下）：初唐盛唐、中唐晚唐篇》；⒂張夢機等《古唐宋詩選Ⅰ、Ⅱ》；⒃歐麗娟《唐詩選注》；⒄韓兆琦《唐詩選注集評》、⒅余冠英等《唐詩選注》；⒆楊牧編《唐詩選集》；⒇趙昌平《唐詩選（上）、（下）》；㉑張仁青《唐詩采珍》；㉒卞孝萱、朱崇才注譯《唐人絕句選》；㉓許清雲《唐人五絕百首選讀──附詩牌遊戲》、《唐人七絕百首選讀──附詩牌遊戲》；㉔劉逸生《唐詩廣角鏡》、《唐詩的滋味》；㉕施蟄存

《唐詩百話》；㉖李浩《唐詩的美學詮釋》。

6.《宋詞三百首》：情韻並美

　　魯迅曾說過，好的中國古典詩到唐代就已經被做完，後人想超越登峰造極的唐詩，簡直是不太可能的事，而且也無此必要，於是文人士子只好別出心裁，另求其他詩歌樣式的發展。宋詞猶如漢賦、唐詩、元曲，已然成為王國維所謂的「一代之文學」。宋代是詞的全盛時期，上自帝王將相，下至販夫走卒，都十分喜愛詞這種文學形式，填詞譜曲歌唱欣賞，蔚為風氣廣泛流行。宋詞的題材內容日益增多，其語言藝術的表達形式漸趨完善，修辭技巧和章法結構靈活多變，於唐詩之外另闢蹊徑，成為中國詩歌的典範之一。自隋唐以迄五代，詞作與詞家與時俱增，但也只能說是小眾文學，真正可以拿來和詩文分庭抗禮，則是要等到北宋時代了，而針對宋詞得以空前發展，論者亦嘗指出，宋詞之所以興盛的原因乃是：宋代城市經濟的繁榮、仕紳階級生活方式和人生態度之轉變，以及文學體裁發展變革的必然規律（陳友冰等，2001：4～6）。

　　今人唐圭章編《全宋詞》、孔凡禮編《全宋詞補輯》，共蒐詞作兩萬零八百多首，詞人一千四百三十餘家，可說是宋代三百二十年的詞作總匯，雖然方便學者之研究，但是卻不利於初學者入門。有鑑於此，為求雅俗共賞和普及詞學，清末詞學名家朱祖謀（1857～1931）乃編選《宋詞三百首》，嘉惠廣大莘莘學子。《宋詞三百首》自問世以來，流行極為廣大深遠，幾乎與《唐詩三百首》一樣，家喻戶曉老少皆知，已經成為學習宋詞者的案頭必備書了。朱祖謀，又名孝臧，字古微，號彊村，浙江歸安人，是晚清著名的大詞人，詞風「抗古邁絕」，同時又集清代詞學之大成，校刻唐宋金元詞之別集百十餘家、總集若干，都為《彊村叢書》一編，蒐集甚富，校戡精審，對詞學研究之貢獻良多。張高評指出，由於彊村先生晚年所選之宋詞，「能取精用閎，抉擇至當，納須彌於芥子，以微塵見大千」。故在詞學史上

有一定的價值，可讓我們透過選本了解他的詞學思想（楊海明，
1995：1）。其次，朱彊村以「三百首」為選，頗思與《唐詩三百
首》互別苗頭。孫洙所選《唐詩三百首》是為了供童蒙詩教之用，好
有個門徑入手處，故編選時以通俗易解、便於吟誦為原則。而朱彊村
編選《宋詞三百首》之苦心亦復如此，也是要把它當作學詞者的基
礎，通過對這三百闋宋詞的反復吟詠深刻體會，以求一窺宋代詞人之
堂奧。況周頤曾為此書寫序，論及了朱祖謀選詞的緣由和標準：「彊
村先生嘗選宋詞三百首，為小阮逸馨誦習之資，大要求之體格、神
致，以渾成為主旨。夫渾成未遽詣極也，能循塗守轍於三百首之中，
必能取精用閎於三百首之外，益神明變化於詞外求之，則夫體格、神
致間尤有無形之訢合，自然之妙造，即更進於渾成，要亦未為止境」
（汪中注譯，1999：1 原序）。此書之體格神致悉以「渾成」為旨
歸，能做到兼收並蓄、不棄遺珠，在眾多宋詞選集裡是較好的一部
了。但是，這個選本也有其缺點，囿於時代風氣和朱氏本人的偏好，
竟然漏選了部分宋詞的經典之作，所選以長調居多，某些作品也過於
晦澀，另外某些詞作也有誤植失考之處。雖則如此，並不妨害其流行
（畢寶魁，2004：22～25）。

　　《宋詞三百首》有多種刻本流行於世，朱氏本人亦嘗增刪其選
目，而就中以唐圭璋先生的箋注本值得注意，「遺事珍聞，廣蒐博
採；諸家評騭，粲然大備，學者稱便」。其流傳較廣影響更大（楊海
明，1995：1）。然而，唐氏此書箋注評語有點簡略，仍舊不易為一
般青年學子所理解。《宋詞三百首》蒐錄兩宋詞人 85 家，彊村先生
所選宋詞，詞客大家盡數囊括，名篇悉蒐且篇篇可誦。蒐錄於此書的
詞作，篇首以宋徽宗始，北宋早期詞家如張先、晏殊、歐陽脩、柳
永、晏幾道、蘇東坡、秦少游，北宋末期則有周邦彥、賀方回，南宋
有辛棄疾、姜夔、吳文英、周密、王沂孫。就入選《宋詞三百首》諸
家之數量而言，以吳文英的 25 首為最多，周邦彥 22 首居次，接著姜
夔 17 首占第三位、再下來則是晏幾道 15 首、柳永 13 首、賀鑄 11

首。另外，對於蘇辛詞，選家也是極為重視的，蘇軾的詞就選了 10 首，辛棄疾的則有 12 首之多。這八家的作品幾乎占了全書之半，從數據上加以歸納，我們得知朱氏偏愛周邦彥、吳文英的詞，或許他認為清真詞和夢窗詞可以符合其詞學理想，「音韻和諧，文字典麗，思致深湛，不吐不露，特立獨行」。似乎有意推許周、吳兩位格律派詞人為一代宗主（蔣哲倫等，2002：319～321）。

詞本具音樂之特性，先有曲調再按譜填詞，於花間尊前可供伶工歌唱，現存宋詞的詞調共 881 調，2306 體，令、引、近、慢等諸曲式，鮮不賅備。詞是一種既能合樂歌唱，又能合於格律的新體詩，而詞體之形成乃依曲定體，詞調則又須依樂段分片、依詞腔押韻、依曲拍為句，審音用字極為講究。詞原本屬於格律詩，它有許多別稱專名，例如「曲子詞」、「詩餘」、「長短句」、「樂府」、「琴趣」等等，無不與音樂曲調之來源有關（吳熊和，2003：50～75）。詞和其他新興的文學樣式一樣，最早也是來自於民間，除了文人詞之外，有不少是「胡夷里巷之曲」，或「新聲巧笑」之辭。就詞的特質而言，要眇宜修的正宗婉約之美，能曲盡幽微細緻的怨悱之情，絕非「感物吟志」之詩所能盡言，正如王國維在《人間詞話》提到的：「詞之為體，要眇宜修。能言詩之所不能言，而不能盡言詩之所能言。詩之境闊，詞之言長」。詞這種體裁是極其婉約陰柔細膩的，十足女性化，強調以柔為美、以悲為美，其所敘寫幽隱深微之情，又與個人生活的內在感覺貼近，難怪容易觸動讀者的心弦。論者言及詩詞異同，常會說「詩莊詞媚」，或是「詩言志、詞抒情」，這就注意到了詩詞的體制差異，以及抒情特徵之不同。據楊海明教授的研究，宋詞關於人生的題材內容也相當多樣化，抒寫人生苦短、及時行樂、醉入花叢、人生長恨、憂懼衰老、彩雲易散、人生感悟、處世態度、女性情懷、愛國意識、政治憂憤、飄零之感、戀家之情等等不一而足，都能引發我們對自己生命的興發聯想。另一方面，本質上「詞為豔科」，其題材泰半敘寫男女相思離別之情，真摯深刻纏綿，委婉細膩

動人（楊海明，2002）。最後，當我們閱讀宋詞的時候，必須掌握詞的美學風格為何，約略言之大概有溫柔婉約、豪放悲壯、清空騷雅三種，各有其藝術面貌姿態，相當引人入勝。

我們看看宋詞的發展歷程，從花間樽前的宋初詞，一路到宋末詞壇的血淚悲歌，其間歷經了許多詞體形式上的變革，表現技巧和手法的創新，還有題材內容方面的擴大等，在在都值得今人注意。兩宋重要詞人舉其代表有以下諸家，獨闢蹊徑的范仲淹，圓融閒雅的晏殊，意興飛揚的歐陽脩，沉鬱悲涼的晏幾道，落拓不羈的柳永，婉約諧美的秦觀，逸懷浩氣的蘇東坡，窮極工巧的周邦彥，斷腸西風的李清照，愛國豪放的辛棄疾，幽韻冷香的姜白石，幽邃密麗的吳文英等等，皆各有其性情韻味，宜多加把玩吟詠，始能得其文字之深美（張麗珠，2001：69～224）。下面試舉兩宋詞人的部分作品，來分享一下個人美讀的心得感受。

北宋詞壇的父子檔大、小「二晏」是風格相當獨特的詞人。大晏是晏殊（991～1055），字同叔，撫州臨川人，少以神童召試，賜同進士出身，累官至宰相，卒後諡元獻，世稱晏元獻，有《珠玉詞》三卷傳世，存詞一百三十餘首，大都為小令之作。《珠玉詞》大都抒寫男女的相思愛戀和離愁別恨，以及對光陰流逝歲月無情的深沉感觸，例如「無情不似多情苦，一寸還成千萬縷。天涯地角有窮時，只有相思無盡處」和「長於春夢幾多時，散似秋雲無覓處」，雖然與五代「花間」詞題材相同，可是似乎全無輕冶豔的氣息，其詞基調顯得純淨雅致，雍容和緩。晏殊詞的特質是「情中有思」，生之憂念常又與情之悃然交織在一起，在中國古代的騷人墨客中，晏殊的仕途可是相當平順的，他少年得志，享盡榮華富貴，但是多愁善感的個性，常促使其反思和體悟人生，希冀於此有限且又憂思不盡的人生中求得圓滿豐足。晏殊雖然位極人臣，終究也無法挽回流逝的時光，〈浣溪沙〉一詞就是他對生命作了「詩意」的呈現，雍容華貴，圓融平靜，閒雅有情思：「一曲新詞酒一杯，去年天氣舊亭臺，夕陽西下幾時回？無

可奈何花落去，似曾相識燕歸來，小園香徑獨徘徊」。這闋詞正是晏
殊平日富貴而閒適的生活寫照，作者感嘆「時光之易過與離別之難
堪」，陷溺在傷春懷人的情緒之中，作者反映出他個人對時間和生命
極其敏銳的意識，「夕陽」、「落花」象徵著流逝的年華和失落的情
愛，作者以有限的生命來沉思體悟無窮的宇宙人生，頗具哲理韻味。
這首詞的藝術特色乃在於注重對比的結構安排，同時對仗極為整飾，
出之以清麗圓潤、無雕琢痕跡的語言，觸景生情且抒情真切自然。另
外，晏殊其他詞作亦能表現出一種高遠淡雅的生命情趣，例如〈蝶戀
花〉：「檻菊愁煙蘭泣露，羅幕輕寒，燕子雙飛去。明月不諳離恨
苦，斜光到曉穿朱戶。昨夜西風凋碧樹，獨上高樓，望盡天涯路。欲
寄彩箋兼尺素，山長水闊知何處」！此詞為念遠懷人之作，詞風疏
淡，興寄遙深，抒寫一己切切之思念，執著探求的情境，其廣闊蒼茫
的景象留給讀者極大的想像空間。此詞之詞情悲咽，然於淒涼中亦作
樂觀之想望，境高韻遠頗耐人尋味，無怪乎王國維會將之引為人生必
經的「第一境」。

　　小晏是晏幾道（1038～1110），字叔原，號小山，是晏殊的第七
子，其個性耿介孤傲，不願隨流俗浮沉，也不肯依附權貴，不樂仕進
之心，只欲從一二知己終日盤桓，並與幾個天真可愛的歌女耳鬢廝
磨，深情苦戀極為執著。叔原在二十幾歲的時候，適逢其家道中落，
本來性格疏放，加上閱世不深，因此半生窮困落魄。晏幾道填詞以寄
託懷抱，其詞語淡情深，深婉含蓄，專寫男女悲歡離合之情，讀來令
人迴腸盪氣，例如他的〈鷓鴣天〉描摹出愛侶久別重逢時，悲喜交迭
相續極其複雜的感情狀態：「彩袖殷勤捧玉鍾，當年拼卻醉顏紅。舞
低楊柳樓心月，歌盡桃花扇底風。從別後，憶相逢，幾回魂夢與君
同。今宵剩把銀釭照，猶恐相逢是夢中」。另外，豔情詞〈臨江仙〉
寫的是人去樓空的悵惘，追憶他自己和歌女小蘋的一段戀情：「夢後
樓臺高鎖，酒醒簾幕低垂。去年春恨卻來時，落花人獨立，微雨燕雙
飛。記得小蘋初見，兩重心字羅衣。琵琶弦上說相思，當時明月在，

曾照彩雲歸」。聚散匆匆真容易，相思又是無憑語，愛情的憂傷一如星光，何其夐遼幽渺淒絕，雖然昔日的詩酒音韻都已入夢，但那前塵舊夢亦如電如露，其倏忽即逝竟似彩雲般消散！〈小山詞〉中對愛情生死不渝的追求，實已成為他個人主要的精神寄託，且在情詞內滲入個人的身世之感，擅於在夢境中表達對往事的追憶。這種今昔盛衰的人生感嘆，於〈小山詞〉的自序中表露無遺：「叔原往者浮沉酒中，病世之歌詞，不足以析酲解慍，試續南部諸賢餘緒，作五、七字語，其以自娛。不獨敘其所懷，兼寫一時杯酒間聞見所同游者意中事。嘗思感物之情，古今不易。竊以謂篇中之意，昔人所不遺，第于今無傳爾……追惟往昔過從飲酒之人，或壠木已長，或病不偶。考其篇中所記悲歡離合之事，如幻如電，如昨夢前塵，但能掩卷憮然，感光陰之易遷，嘆境緣之無實也」！晏叔原於長久沉淪下潦，失意愁苦之際，因此緬懷前塵往事，所以在他的詞作中建構夢境，用來重溫往日甜蜜愛情的記憶，表現刻骨銘心的相思戀情。職是之故，或許我們可以將〈小山詞〉當作是他的人生愛情追憶錄，其中最主要的就是詩酒和戀情，從這些哀感頑豔的詞作中，我們可以讀到小山對往事舊情的眷眷追懷，而「光陰易遷，境緣無實」，正如淮南皓月，冷照千山，行雲漸遠，去水長空，那美好卻又脆弱的事物，終將杳逝幻滅一樣（楊海明，2002：79～86）。

蘇東坡（1037～1101）是中國文學史上的全才之士，詩詞文賦樣樣皆精，然而他仕途偃蹇，大半輩子為小人所操弄，常身處屢遭貶逐的逆境，卻也不改其樂觀曠達的人生態度。蘇軾的〈卜算子〉可說是詞人自身性格的真實寫照，反映出他進不苟合、退不甘心的思想矛盾和掙扎：「缺月掛疏桐，漏斷人初靜。時見幽人獨往來，縹緲孤鴻影。驚起卻回頭，有恨無人省。揀盡寒枝不肯棲，寂寞沙洲冷」。這闋詞是蘇軾寫於謫居黃州時期，時為元豐五年十二月，作者描繪了深夜庭院中的情景，通過對孤鴻擇枝而棲的敘寫，抒發幽人孤高自持的內心情感，頗有詠物寄寓自家襟懷的意味。另外，蘇軾當年謫居黃州

時，某日外出途中遇雨，眾人見此情狀紛紛走避，唯東坡全然不覺，無視於淅瀝，後來雨過天晴，東坡也吟成了〈定風波〉詞：「莫聽穿林打葉聲，何妨吟嘯且徐行。竹杖芒鞋輕勝馬，誰怕？一蓑煙雨任平生。料峭春風吹酒醒，微冷，山頭斜照卻相迎。回首向來蕭瑟處，歸去，也無風雨也無晴」。外出遇雨本是常有之事，可是不同的人在這個時候卻會有不同的表現，從中也能看出個人的心性修養來。這首詞雖只寫極為平常的生活細節，卻能反映出作者樂觀開朗的胸懷，一種不畏風雨、聽任自然的生活態度，暗示詩人雖處橫逆卻經得起挫折，終能履險如夷、憂樂兩忘、禍福不驚。如此坦蕩的襟懷、樂觀開朗的個性，就如同東坡在其他的詞裡所說的一樣：「雲散月明誰點綴，天容海色本澄清」，道出對人生通脫曠達的禪家智慧，表達自己的生活體驗、處世態度和人生感悟。

宋代詞人陳與義在一所僧舍養病時，因傷時感世曾寫下〈臨江仙〉詞，追憶他當年在西京洛陽時的歡聚豪飲，懷舊的悲慨之情溢然紙上：「憶昔午橋橋上飲，坐中多是豪英。長溝流月去無聲，杏花疏影裡，吹笛到天明。二十餘年如一夢，此身雖在堪驚。閒登小閣看新晴。古今多少事，漁唱起三更」。這闋詞上片是憶昔，回憶那一段悠閒自適的歲月，想起以前在洛中午橋的夜飲，座上大多是英雄豪傑，雖然夜已深沉了，溝水仍潺緩地流逝在黑暗中，就像時間的沙漏一樣地有去無回，而長長的溝渠浮漾著淡薄的月光，那投射在水中的白玉盤，竟彷彿也隨之悄無聲息地流淌而去。就在杏花疏落的影子裡，我們吹奏著笛子，一直到天亮。下片是撫今，二十多年的光陰恍如塵夢，此身雖然依舊健在，不免使人感到驚恐。饒是如此，得著空閒的時候，我也會登上小閣樓去，欣賞一下雨後初晴的月夜景致。而古往今來多少興亡之事，只能盡付諸夜半漁樵歌唱，終歸會消失在浩浩蕩蕩的歷史長河中。

像〈臨江仙〉這樣的舊曲調也是可以奏出新聲的，不少創作者經常感嘆好的題材已被前人寫盡，後人很難推陳出新，其實大謬不然，

儘管創作的題材有限，但只要處理表現的手法新穎獨到，相信這書寫的事業仍然大有可為。陳與義所寫的不過是時光荏冉韶華已逝，憶舊遊思往事後的人情之常，其題材早有無數人寫過了，可是由於他知所變通突破，善用詩歌的格律、象徵和結構，由描繪個人如夢初醒的神態，轉向共同的千古興亡之感，乃能傳唱起這舊調裡的新聲。

宋代詞人賀鑄曾經說：「一川煙草，滿城風絮，梅子黃時雨」。可不是麼，今年端午粽香早已飄過砂城，梅雨鋒面才遲遲來報到，將滯留臺灣一個星期左右，這期間難免會有幾番淅瀝，織就一幅纖細如愁的雨絲風片圖。鎮日裡山間滃鬱氤氳，果不其然，入夜便奏起一陣頗似重金屬的敲打樂，敲打著黝黑的千屋萬頂，也重擊著光陰逆旅人的夢土。我的黑甜之鄉一經盜夢者劫掠無遺，況又時臥根觸心事乖違，那落地窗外小陽臺邊飄灑而來的夜雨，好似一張無形的罔罟緊緊包裹著我，令人全身動彈不得，只能聽取這如雷的夜之寂靜，和叩問那夐遼如遠年之回音罷了。於是乎，這兩天的大雨就直直落在卑南平原上，急急落在這海隅一角的山巔水涘，也落在天涯倦客的眉間心上。而斯時景況我不免憂念傷生，竟都應了賀方回前面的那句話，深愁閒悶，紛亂糾結纏繞，恰似那一川蔓草滿城飛絮，梅子黃時所下的綿綿細雨，在這幽居靡悶的日子裡，四處瀰漫無窮無盡。

誠如英國詩人布雷克（W. Blake）所言「一粒沙裡見世界」，同樣地一闋詞裡可以見人生，我們讀完蔣捷的〈虞美人〉之後，不也能看到具體而鮮明的人生圖畫嗎？「少年聽雨歌樓上，紅燭昏羅帳。壯年聽雨客舟中，江闊雲低，斷雁叫西風。而今聽雨僧廬下，鬢已星星也。悲歡離合總無情，一任階前，點滴到天明」。作者將其一生的悲歡歌哭，利用時空跳躍的剪接手法，呈現出他個人生命歷程中三幅聽雨的圖景，描繪了少年、壯年、晚年三個人生階段的不同境遇、況味與感受，雖說僅僅是他個人及目所見，但自亦有其對人生圓融的象徵意義。蔣捷在這闋詞裡敘寫了深刻獨到的聽雨經驗，這三幅人生的圖景既前後銜接而又相互映照，極其藝術化地概括表現了人一生所可能

經歷的情感體會，從少年的風流浪漫到壯年的飄零落寞，再到晚年的淒冷孤寂。

最後，有關《宋詞三百首》的選本及鑑賞書籍，讀者可參閱下列著作：(1)畢寶魁《宋詞三百首譯注評》；(2)唐圭章《宋詞三百首箋注》；(3)楊海明《宋詞三百首鑑賞》；(4)楊曉榕《唐宋詞選》；(5)莊澤義《宋詞》；(6)陳友冰、王德壽《宋詞清賞》；(7)唐圭章等《唐宋詞鑑賞集成》；(8)臧維熙《宋詞名篇賞析》；(9)劉逸生《宋詞蒙太奇》；(10)龔鵬程選注《重樓飛雪：唐宋明清詞賞析》；(11)葉嘉瑩《唐宋詞十七講》；(12)琦君《詞人之舟》；(13)李若鶯《唐宋詞鑑賞通論》；(14)張麗珠《袖珍詞學》；(15)周篤文《宋詞》。

(二)戲曲小說

1.《西廂記》：天下奪魁

《西廂記》是元雜劇中的奇葩異數，是藝術成就最高的一齣愛情戲曲，歷來曲論家推許為元雜劇的壓卷之作。《西廂記》的作者是王實甫，名德信，元代初年大都（今北京）人，有關他的生平事蹟，前人記載甚少，導至其生卒年亦難以推斷。根據明初賈仲明的《錄鬼簿》續編，其弔詞說德信是「風月營密匝匝列旌旗，鶯花寨明颺颺排劍戟，翠紅鄉雄赳赳施謀智。作詞章，風韻美，士林中等輩伏低，新雜劇，舊傳奇，《西廂記》天下奪魁」。我們由此可知王實甫和關漢卿一樣，也是個混跡於「風月營」、「鶯花寨」、「翠紅鄉」等勾欄的市井小民，與藝人官妓為伍的民間書會才人，鎮日在煙花隊中「躬踐排場，面敷粉墨」，為瓦舍勾欄藝人編寫雜劇維生，而他在當時雜劇作家、梨園圈內亦頗為知名。王氏秉性正直，不擅逢迎作揖，致使其半生宦海浮沉，因而「乘醉賦歸休」，據說他退職後「有微資堪贍贍，有園林堪縱遊」，晚年得以過著較為優裕的生活。王實甫所創作的雜劇共有十四種，現在有全本流傳下來的除《西廂記》外，還有

《四丞相高宴麗春堂》、《呂蒙正風雪破窯記》兩種。

　　《西廂記》是非常典型的中國愛情故事，其故事梗概如下：唐朝崔相國病逝之後，老夫人鄭氏攜女鶯鶯與丫環紅娘扶柩歸鄉安葬。途中因為道路不通，遂把靈柩暫時寄放在河中府的普救寺，一家人便住在西廂下的一座宅子。某日鶯鶯與紅娘至佛殿散心，邂逅了赴京趕考路過此處的書生張君瑞，兩人暗生情愫，始則一見鍾情，後來竟至相思成疾，繼而在月下西廂賦詩明志，以表癡心愛意，先是張生隔牆吟道：「月色溶溶月，花蔭寂寂春。如何臨皓魄，不見月中人」？鶯鶯也立即唱和云：「蘭閨久寂寞，無事度芳春；料得行吟者，應憐長嘆人」。其實，崔鶯鶯早已是芳心暗許，巧紅娘居中穿針引線，代為傳情，玉成其好事。後來，孫飛虎包圍普救寺，想強索鶯鶯做壓寨夫人，限三日內交人，不然就要放火燒寺。於是，老夫人採納鶯鶯的建議，如有能退賊兵者，便將鶯鶯嫁與他為妻。張生在危難之際，儀仗修書，請好友白馬將軍杜確前來解圍。雖然老夫人已經當眾許婚，後來卻又出爾反爾，只讓張生與鶯鶯以兄妹相稱。但是，由於紅娘據理力爭，老夫人終於答應了這門親事，不過卻要張生考取功名，才能和鶯鶯完婚。張生果然不負眾望，一舉及第做了頭名狀元，最後與鶯鶯喜慶團圓，至此有情人歷盡悲歡波折，成就了一段人間奇緣。

　　《西廂記》所敷演的張生與崔鶯鶯的愛情故事，早已是家喻戶曉人盡皆知，因為它的曲詞相當優美，思想極為新穎，情節曲折動人，人物形象鮮明生動，所以一向被譽為「情詞之宗」。《西廂記》是一部十分唯美浪漫的愛情喜劇，表現出男女主角對於真愛的執著追求，其全名為《張君瑞待月西廂記》，共有五本二十一折，取材自唐元稹的「鶯鶯傳」傳奇，描寫的是崔鶯鶯與張生的戀愛故事。自元至清，《西廂記》的事蹟關目一向為人熟悉稱道，其雋辭妙語常見人諷詠引用，且其修辭雋美，吐屬自然，皆令後世盛讚為元曲之鴻裁鉅製。《西廂記》的故事原型本是常見的男子負心，始亂終棄的傳統題材，從唐傳奇描繪鶯鶯見棄的遭遇開始，歷經北宋、金元時期的演變發

展，崔張故事即流行甚廣，文人詩詞經常用為典故，到了董解元的《西廂記諸宮調》，則敘寫鶯鶯和張生相愛、私奔以至於美滿團圓，大改其悲劇性的結局。而《董西廂》就是《王西廂》創作的直接藍本，對故事的題旨重新改造，肯定真摯純潔無邪的愛情，並指出世間有情應當締結姻緣，同偕白首：「永志無別離，萬古常完聚。願普天下有情的都成了眷屬」。王氏如此重視男女之間的愛情，祈祝有情人終成眷屬，等於否認了「父母之命，媒妁之言」的傳統婚姻制度，宣示著愛情才是婚姻的基礎，反抗「門當戶對」的形式安排，鼓勵青年男女勇於衝破禮教的樊籬。而《西廂記》所揭櫫的愛情理想，只有建立在愛情基礎上的自主婚姻，才是我們所應當嚮往追求的，這也可說明此劇一直令人著迷的原因，再加上作者對自由愛情生活中的思想、感情和心理方面，作了極為細緻深刻的描繪，表現出戀愛過程中隱微複雜的心理狀態，道盡世間男女對愛情的憧憬、期待、苦惱和憂愁。

　　《西廂記》之所以能享譽曲壇歷久不衰，長期為廣大群眾所喜愛，有賴於王實甫刻劃了幾個重要的人物，於此，我們且看他如何塑造這些性格鮮明的形象。首先要說的是，此劇的最佳女主角崔鶯鶯，她是一個聰明伶俐、溫柔深情、端莊美麗的女子，能勇於主動追求愛情，堅決維護個人的婚姻幸福。在青春的召喚、愛情的驅使之下，她內心開始掙扎，和禮教觀念、家庭教養相抗衡，她很明白愛情和幸福不能僅憑上天恩賜，還得靠自己力爭。鶯鶯展現了在困境中追求愛情的堅定意志，從寺警、賴簡、琴挑、酬簡等片段中，都可以看出她堅定、果決、勇敢的個性，除此之外，在追求愛情的過程中，我們也察覺到她性格上矛盾的地方，對張生的忽冷忽熱，時而親密、時而疏遠的態度，把張生弄得七顛八倒昏頭轉向，就連紅娘也猜不透她的意思。我們知道鶯鶯「對人前巧語花言，沒人處便想張君瑞，背地裡愁眉淚眼」。有時像是一本正經的千金小姐，有時卻又是熱情活潑的少女，那扭捏尷尬、嬌媚癡傻的模樣，真是十分惹人憐愛。其次，才思敏捷、正直憨厚的書生張君瑞，可以說是作者刻意塑造出來的角色，

人長得可是「臉兒清秀身兒俊，性兒溫克情兒順」是一個「志誠種」，但遇到心上人就莽莽撞撞、不知所措的傻角。張生對鶯鶯一見鍾情之後，便開始熱烈追求美麗佳人，想盡辦法接近她贏得芳心，然而，當他的愛情遇到挫折時，他卻又顯得灰心喪志，一籌莫展，若不是紅娘鼎力相助，他絕無稱心如意的可能。最後，還有機智潑辣的紅娘，她雖是一位婢女，個性卻活潑熱情，為人甚具俠義心腸，最讓人感佩之處就是她不辭辛勞，以助人為樂，為鶯鶯和張君瑞的幸福而奔走，而她的正直、勇敢和智慧全在「拷紅」一折裡表露無遺。

　　就《西廂記》的藝術特色而言，第一，王氏打破了元雜劇體例的限制，使故事情節得以充分展開，而其情節結構可說是天然真實，細密無痕。此劇劇情的鋪陳是按照時間順序和人物活動情狀，例如第四本〈草橋店夢鶯鶯〉裡的第三折〈長亭送別〉，精心安排了四個緊相聯繫又各具特色的段落：赴亭吟秋、把盞遣杯、臨別囑託、夕照離愁。另一方面，作者對戲劇時空之安排亦頗為精巧自然，常藉環境和時間的意象來渲染情緒，透過思緒時間的對比描寫，凸顯出人物的內心情感蘊藏，以及對心理時間的詩意描寫，藉此抒發人物的心情、反映其心境（魯洪生等，2003：211～215）。第二，人物的刻劃較為細緻深入，隨筆點染個性鮮明，幾個主要的人物形象塑造成功，如鶯鶯、張生、紅娘、老夫人等，而貫串於此劇形成戲劇張力的力量，就是這幾個主要人物之間的矛盾性格。究其實，《西廂記》中的戲劇張力是由兩條相輔相成的線索而組成，其一是老夫人和張生、鶯鶯、紅娘三人的主要衝突，幾乎是無處不在，支配著全劇人物的動作；其二為鶯鶯、張生與紅娘三人之間的次要衝突，對主要衝突亦有補充和深化的作用。第三，王實甫是元曲文采派的代表，其曲詞風格素有「花間美人」之稱，鋪敘委婉，文辭極為華美清麗，抒情、寫景、敘事相結合，呈現出情景交融的境界（王衛民，2004：80～81）。最後，王氏擅於化用前人詩詞入曲，營造出優美工細的詩意美感，如下面所舉的例子：「可正是人值殘春蒲郡東，門掩重關蕭寺中，花落水流紅，

閒愁萬種,無語怨東風」(〈賞時花〉)。

　　另外,在第四本第三折〈長亭送別〉裡,崔鶯鶯剛出場唱的一支曲子,情景交融,含蓄細膩,歷來為人稱道:「碧雲天,黃花地,西風緊,北雁南飛。曉來誰染霜林醉?總是離人淚」(〈端正好〉)。此詞從北宋范仲淹的〈蘇幕遮〉融化而出,頗能切合特定情境中人物的心理感受,意境渾然天成,成為後人時常引用的名句。這曲詞裡的一些意象如碧雲、西風、歸雁、霜葉、黃花等都是深秋時節的景物,將秋景與離情緊縮,主角的別緒便寄寓在景物的描寫中,化景為情、情景交融,含蓄細膩,具有很強的藝術感染力。再者,對於相思離情的深刻描寫,例如鶯鶯送別張生時情緒十分恓惶,迴腸自是百折:「淋漓襟袖啼紅淚,比司馬青衫更溼。伯勞東去燕西飛,未登程先問歸期。雖然眼底人千里,且盡生前酒一杯。未飲心先醉,眼中流血,心內成灰」。此詞敘寫刻骨銘心的相思紅淚,難分難捨的兒女青襟,「千里僅咫尺,人遠天涯近」(〈耍孩兒〉)。悲傷欲絕之情溢於紙上。最後,〈收尾〉:「四圍山色中,一鞭殘照裡。遍人間煩惱填胸臆,量這些大小車兒如何載得起」?作者於此著墨並不多,不去敘說鶯鶯離愁況味,只有寥寥數語,便將鶯鶯目睹張生遠去的情景,透過群山四合、夕陽殘照的描寫,引人無窮無盡的愁思。

　　最後,有關《西廂記》的選本及鑑賞書籍,讀者可參閱下列著作:(1)王實甫原著、金聖嘆批點、張建一校注《第六才子書西廂記》;(2)王實甫原作、陳慶煌撰述《西廂記》;(3)孫遜《董西廂和王西廂》、《西廂記的故事》。

2.《牡丹亭》:姹紫嫣紅

　　晚明文人湯顯祖(1550～1616),字義仍,號海若,別號若士,晚年自號繭翁,自署清遠道人,江西臨川人。顯祖出身於書香世家,少時即負高才,文名遠揚,卻由於剛正不阿的性格,因拒絕權臣張居正的結納,久困場屋,試舉屢考屢敗,在科舉之路上歷盡坎坷。後

來，雖然進士及第步入仕途，但是為人傲岸有節，意氣慷慨，絕不阿
諛權貴，也因此而遭受傾軋排擠。顯祖長期沉淪下僚，有感於官場腐
敗，貪官污吏橫行不法，也對當時政治黑暗極為失望，乃於萬曆二十
六年（1598）毅然辭官，歸隱於臨川玉茗堂中。顯祖的思想徘徊於
儒、釋、道之間，宦旅蹇厄生涯顛簸，開始洞澈事理，不偏執於仙佛
一端，只想尋幽愛靜，終於有了自己的人生選擇。從此以往，他把主
要的興趣和精力花在戲曲上，先後完成了《牡丹亭》、《邯鄲記》、
《南柯記》，連同以前所寫的《紫釵記》，緣此四種傳奇皆有夢之情
節，故合稱為「臨川四夢」或「玉茗堂四夢」。而《牡丹亭》是「臨
川四夢」中成就最高者，湯氏自謂：「一生四夢，得意處唯在牡
丹」。他以遒勁的筆墨塑造出豐富飽滿的藝術形象，在內容方面真實
地反映了明代社會的面貌，表達對愛情理想之實現的願望，同時顯祖
也確立「以戲曲救世，用至情悟人」的觀念（白先勇策劃，2004：
18～25）。

　　《牡丹亭》的劇情梗概如下：杜麗娘本是南安太守杜寶的掌上明
珠，但管教甚嚴，麗娘因不滿禮教之束縛，鎮日極為苦悶。在丫鬟春
香的慫恿下，乃私遊花園，因見大好春色而萌生情思，在夢中和書生
柳夢梅幽會，從此愁悶消瘦。誰知事後懷想成病，竟至一病不起，終
因思念過甚而亡。彌留之際，杜麗娘要求將她的自畫像殉葬，後來柳
夢梅拾得麗娘的自畫像，才子日夜思慕佳人，並且和麗娘的幽靈歡
會。在麗娘的指點之下，柳夢梅掘墓開棺，麗娘乃起死回生，兩人遂
結為連理。稍後，柳夢梅受麗娘之託，到杜寶處告知其女起死回生之
事，未能見信於杜寶，便遭扣押與拷打。雖則柳夢梅高中狀元，然杜
寶始終拒絕和女婿女兒相認，後經皇帝調停，方才認可婚事，兩人結
為夫婦，闔家喜慶團圓。

　　湯顯祖千古不朽的傑作《牡丹亭》，是一齣違抗禮教的戲曲，用
以歌頌世間男女的真情至愛，這種超越生死的愛情才值得我們嚮往。
湯氏的文學思想主要在於「深情」與「妙賞」，就是要肯定「人生而

有情」，衝絕束縛人欲的理性網羅，並且對於美的事物能有深切的感
覺：「世總為情，情生詩歌，而行於神。天下之聲音笑貌，大小生
死，不出乎是。因以憺蕩人意，歡樂、舞蹈、悲壯，哀感鬼神，風雨
鳥獸，動搖草木，動裂金石」。湯氏對戲劇的基本看法乃出之於「至
情論」，他刻意宣揚真情與至情，與理學家所強調的「存天理，去人
欲」相抗衡。《牡丹亭》全稱《牡丹亭還魂記》，取材於話本小說
《杜麗娘慕色還魂》，此一劇作完成於 1598 年，書甫問世立即轟動
當時的文壇，「家傳戶誦，幾令《西廂》減價」。數百年來，絕大部
分的人認為《牡丹亭》是可以和《西廂記》媲美爭勝的。湯氏劇作之
所以如此激動人心，應是它能反映出那個時代青年婦女的苦悶，杜麗
娘和柳夢梅生死以之的愛情故事，令後世許多讀者一掬同情之淚，同
時也留下不少頗富詩意的軼聞。例如紅顏薄命的馮小青就寫了絕句，
對劇中人物的遭遇境況亦能感同身受：「冷雨幽窗不可聽，挑燈閒看
《牡丹亭》。人間亦有癡於我，豈獨傷心是小青」。另外，曹雪芹的
《紅樓夢》也描寫林黛玉偶然聽聞崑曲，細嚼《牡丹亭‧皂羅袍》的
曲文，領略其中趣味後，由不得傷心落淚：「原來奼紫嫣紅開遍，似
這般都付與斷井頹垣。良辰美景奈何天，賞心樂事誰家院。朝飛暮
捲，雲霞翠軒；雨絲風片，煙波畫船──錦屏人忒看的這韶光賤」！
（湯顯祖，1995：59）。曹雪芹先寫林黛玉讀《西廂記》後的反應，
「但覺詞句警人，餘香滿口」，後來又寫她聽到曲文而「心動神
搖」、「如癡如醉」，感嘆「原來戲裡也有好文章」。而這〈皂羅
袍〉的曲子歷來能傳唱不衰，其原因乃在於通過杜麗娘之遊園賞春、
傷春驚夢的心理變化，表現出她的自我覺醒，對美好生命的流逝及對
青春的虛度無可奈何。

　　《牡丹亭》一劇由於其深邃的思想內涵，為廣大讀者帶來強烈的
審美感染力，杜麗娘如癡如醉的深情和生生死死的追求，對當時及後
世的青年男女有極大的精神感召力，她已然成為渴望個性自由、實現
愛情理想的象徵人物。湯顯祖在第一齣〈標目〉說明此一戲曲的創作

緣起：「忙處拋人閒處住。百計思量，沒個為歡處。白日消磨腸斷句，世間只有情難訴，玉茗堂前朝復暮，紅燭迎人，俊得江山助。但是相思莫相負，牡丹亭上三生路」（湯顯祖，1995：1）。從此詞我們不難看出他當時的創作心境，對現實世界極為失望，對坎坷的人生道路亦頗感無奈。於是乎，他坐在玉茗堂前，朝朝又暮暮，無非希望藉由創作這齣《牡丹亭》，來展現一個純真至美的世界。湯顯祖亦曾說過：「因情成夢，因夢成戲」，劇本裡所描繪的夢中相戀、起死回生的愛情奇蹟，當然不能以常理來揣度，因為湯氏所秉持的「至情」論是人生的最高境界，情真、情深、情至、情了缺一不可，為了表現情與理的劇烈衝突，他於是描寫杜麗娘出生入死、起死回生的情感歷程，用以消弭情與理的對立，也與當時反程朱理學、擺脫禮教束縛、爭取個性解放的思潮有關。湯顯祖在《牡丹亭·題詞》中寫道：「如麗娘者，乃可謂之有情人耳。情不知所起，一往而深。生者可以死，死可以生。生而不可與死，死而不可復生者，皆非情之至也。夢中之情，何必非真？天下豈少夢中之人耶？必因薦枕而成親，待掛冠而為密者，皆形骸之論也。嗟夫！人世之事，非人世所可盡。自非通人，恒以理相格耳！第云理之所必無，安知情之所必有耶」（湯顯祖，1995：1）。顯祖強調人的情感為用之大，一往情深是可以超越理性、逾跨死生的，因為情乃與生俱來，將伴隨我們的生命到終點，人各有秉性和追求，但都得順著自身情感的律動，才能獲致生命主體的通暢自由。因此，情與個人的生死是緊密相關的，而人世間的萬事萬物，並非是普遍的理性所能解釋得了的。

　　〈遊園驚夢〉是《牡丹亭》全劇中最重要且為人熟知的一齣，敘寫的是杜麗娘瞞著父母遊園賞春，卻因情入夢，夢中與柳夢梅相遇，開始有了自我的覺省，也開始渴求愛情與自由。〈遶池遊〉寫的正是「春色惱人眠不得」的情況：「夢回鶯轉，亂煞年光遍。人立小庭深院。炷盡沉煙，拋殘繡線，恁今春關情似去年」？此詞敘寫遊園時麗娘及目所見，是後來驚夢必須的鋪墊，引發旦角「青春虛度」和「命

如一葉」的身世感嘆，描繪出麗娘的少女情態，同時也寫出晨間閨中特有的情境。接著：「裊晴絲，吹來閒庭院，搖漾春如線。停半晌、整花鈿。沒揣菱花，偷人半面，迤逗得彩雲偏。步香閨怎便把全身現」（〈步步嬌〉）。此詞前三句寫春景春情，「晴絲」與「情絲」諧音雙關，寓春情於春景，把麗娘的嬌羞情態和微妙心理，描繪得十分細膩生動。再下來，就是麗娘慨嘆自己的青春美貌不為人知：「你道翠生生出落知的裙衫兒茜。豔晶晶花簪八寶填，可知我一生兒愛好是天然。恰三春好處無人見」（〈醉扶歸〉）。其實，從無邊的醉人春色到處處鶯歌燕語，麗娘已感受到青春美貌正在消逝，錦瑟年華恐將虛度：「沒亂裡春情難遣，驀地裡懷人幽怨。則為俺生小嬋娟，揀名門一例、一例裡神仙眷。甚良緣，把青春拋的遠，俺的睡情誰見。則索因循靦覥，想幽夢誰邊，和春光暗流轉，遷延，這衷懷那處言。淹煎，潑殘生，除問天」（〈山坡羊〉）。古代女子總是因春生情，遇秋成恨，為什麼麗娘面對大好園林美景，會是這樣的痛苦和惆悵？「奼紫嫣紅開遍」的是春花也是紅顏，但在季節的流轉和時間的推移之中，又有什麼能永遠不變，到頭來一切「都付與斷井頹垣」。似這般懷春心情難以排遣，也揮之不去，難怪麗娘會自嘆道：「年已及笄，不得早成佳配，誠為虛度青春。光陰如過隙耳，可惜妾身顏色如花，豈料命如一葉乎」（湯顯祖，1995：58～68）。

綜上所述，作者寫出杜麗娘遊園時的感受，以奼紫嫣紅的園林春色，來對比荒涼冷落的斷井頹垣，於人生情境開啟了詩意的靈視。另外，我們再看看〈尋夢〉的部分曲文，其文字也是絢爛多采，魅力十足的。〈山桃紅〉寫柳夢梅對杜麗娘貌美之讚嘆：「則為你如花美眷，似水流年。是答兒閒尋遍，在幽閨自憐。是那處曾相見，相看儼然，早難道這好處相逢無一言」（湯顯祖，1995：61）。〈懶畫眉〉：「最撩人春色是今年。少什麼低來高就粉畫垣，原來春心無處不飛懸。哎，睡荼蘼抓住裙線，恰便是花似人心好處牽」（湯顯祖，1995：72）。青春之夢已然覺醒，但訪尋舊夢，夢中情景卻又令人悵

然若失。麗娘尋夢徒然加深鬱結之情，但亦使其視死如歸，為夢中情人上下求索，執著熱切無怨無悔。最後，麗娘便產生了一種對戀愛自由、死而不怨的渴望：「偶然間，心似繾，梅樹邊，這般花花草草由人戀，生生死死隨人願，更酸酸楚楚無人怨。特打併香魂一片。陰雨梅天，守的箇梅跟相見」（〈江兒水〉）（湯顯祖，1995：74）。麗娘在臨終之際，並沒有絲毫對生的留戀，有的只是對青春美貌的珍愛惋惜。其實，她並未真正死去，而是化成一縷香魂，游蹤所至，不斷尋訪自己的愛情和幸福。此詞寫出麗娘對愛與美的依戀，情致極為纏綿，音韻十分淒楚，自是撼人心魂。

　　最後，有關《牡丹亭》的選本及鑑賞書籍，讀者可參閱下列著作：(1)湯顯祖著、邵海清校注《牡丹亭》；(2)白先勇策劃《姹紫嫣紅牡丹亭》；(3)鄭培凱《湯顯祖與晚明文化》；(4)楊振良《牡丹亭研究》。

3. 《儒林外史》：官場現形

　　在十八世紀中葉的中國文壇上，《儒林外史》和《紅樓夢》代表了章回小說的兩個高峰，這兩部書的出現使白話小說變得更為雅致，其中又以《儒林外史》獨具一格，思想和藝術的表現令人耳目一新。吳敬梓（1701～1754），字敏軒，又字文木，號粒民，自署其書齋曰「文木山房」，故晚號文木老人，後移居南京，亦自稱秦淮寓客，安徽全椒人。吳敬梓出身於科甲鼎盛的縉紳世家，但是到了他父親這一代，家道已經開始衰落，其父吳霖起一生為官清正，甘於淡泊不逐名利，勤學博通，為兒子樹立了楷模。吳敬梓雖然生長於名門望族，但是對科舉制度頗為反感，科試入學後便絕意仕進，不願在八股時文上消耗生命，更加鄙視名利場中的人物。他性情豪放，揮金如土，不事生產且不會理財，幾年間便將田廬盡賣，生活漸至貧困。他後來定居南京，生計更為艱難，卻又因極端厭惡功名利祿，一直過著放蕩不羈的浪漫生活，只靠賣文和朋友的接濟過活。吳敬梓一生歷經家業敗

落、族人辱罵、妻亡奴散種種人世炎涼,品嘗過艱難困苦的人生況味,加上對科舉感到失望和害怕,凡斯種種都是他創作是書的根由。吳敬梓廣泛涉獵群經諸史,學問相當深厚,雖然生活陷入困境,經常典當度日甚至斷炊挨餓,但是他的意志並未消沉,仍舊寫詩作文讀經。吳敬梓的身世經歷已如上述,他在走完坎坷磊落的人生道路前,於窮愁困苦中寫就了《儒林外史》。此一取材於現實仕林的說部,所寫人物大都實有其人,作者在生活原型的基礎上加以選擇剪裁,融入了想像虛構的藝術轉化成分,敘寫儒林人物的情感和心態,描繪出他們對科舉、官場、世情的深切體驗。

雖然吳敬梓說《儒林外史》是以明朝為故事背景,但其實所展示的卻是清代中葉的社會風貌,小說呈現出科舉制度下的文人圖像,儒林人物的生活狀況和精神面貌暴露無遺。而吳氏意在批判科舉,他著力描寫科舉制度的弊害,看它如何扭曲整個社會和一群文人,真可謂是文人痛史,也為那個污濁不堪的時代示警一番。就小說的整體結構而言,第一回採用了「楔子」來「鋪陳大義」,「隱括全文」,最後又以「幽榜」回應「楔子」,首尾相呼應,成為一渾然有序的藝術品。除了「楔子」和結尾之外,本書可概分為三個主要部分:第一部分,從第 2 回到第 30 回,主要描寫舉業下文士的圖像,分別以周進、范進、王德、王仁、嚴貢生、嚴監生等人為代表,刻劃舉業下文士之墮落,也暴露了讀書人追求舉業時痴迷、愚昧和卑劣的行徑;第二部分,從 31 回到 46 回,是理想文士的探求,以修祭泰伯祠、奏凱青楓城、送別三門山為中心情節,塑造出杜少卿等一干真儒名賢來;第三部分,從 47 回到 55 回,描寫真儒名賢理想之幻滅,社會風氣日益敗壞,文人名士更加墮落,終以「四大奇人」的故事作結,探索文士的可能出路。

論者嘗指出《儒林外史》的基本思想,「功名富貴四字是全書第一著眼處」,對科舉制度中的儒林群相和心態,作了一番深入的剖析,堪稱為一部「儒林心史」。小說之偉大處全在其所提供的文化反

思，窺視儒林群體的共同命運，同時也探索文士的精神皈依。吳敬梓假借王冕之口說八股取士制度「定得不好：讀書人既有這一條榮身之路，把那文行出處都看的輕了」。究其實，這就是吳敬梓對當時社會現實風氣的認識和感慨，而王冕批判舉業時所提出「文行出處」的看法，卻已揭櫫讀書人的處世標準：學識品行才是根本、做官或隱居須居人由義。雖然如此，吳敬梓認為做官並不是讀書人的最高境界，養德全性才是文士所須戮力從事，生死以之的最後目標，包括了博通的學識和高潔的品行，達則兼濟天下，窮則獨善其身，入世能有為出世亦有守。

　　《儒林外史》敘寫儒林百態，人物情態栩栩如生，文士感情悲喜交融，表達技巧婉而多諷。楊昌年教授指出，吳敬梓的小說反映出儒林士人的三大缺失：固陋、虛偽淺薄、惡劣醜陋（楊昌年，1998：339～367）。儒林人物之淺陋頑固者，尤以馬純上、魯編修、高翰林、王玉輝為最，又臭又硬一如茅坑之磚。另一方面，吳氏亦藉由杜少卿形象和金陵市井奇人的刻劃，探求理想文士，這些真儒能淡薄功名利祿，一切都講究文行出處，全以文士德才互補為人生最高標的。魯迅亦曾經指出：「迨吳敬梓《儒林外史》出，乃秉持公心，指摘時弊，機鋒所在，尤在士林；其文又感而能諧，婉而多諷：於是說部中始有足稱諷刺之書」。小說作者於描繪人物形象時，嘻笑怒罵中不失冷峻深刻，既諷刺道學的虛偽，又能抱持客觀寫實的精神，出之以冷靜諷刺之筆，用白描手法刻劃人物自身的言行舉止。第一回「楔子」的開場詞曰：「人生南北多岐路，將相神仙，也要凡人做。百代興亡朝復暮，江風吹倒前朝樹。功名富貴無憑據，費盡心情，總把流光誤。濁酒三杯沉醉去，水流花謝知何處」？吳敬梓以此點題，雖說「功名富貴無憑據」，但幾代儒林人物命如飄蓬，為了追逐功名富貴，不惜把青春歲月消耗在枯燥無味的八股制藝上，喪失了自我的精神人格與人生的真正價值。同時，小說開始的一段話，就已反映出作者的人生觀：「人生功名富貴，是身外之物；但世人一見了功名，便

捨著性命去求他，及至到手之後，味同嚼蠟。自古及今，哪一個是看得破的」！道理至為淺顯，文士豈非不知，但真能置功名富貴於度外者，究竟有幾人？然而，不管文士命運遭際為何，吳氏認為到頭來這一切終將風流雲散，因為豪傑才色總成空，功名富貴亦不過是紙上雲煙。

　　《儒林外史》是中國傑出的諷刺小說，窮極儒林文士之情態，敘寫世間人情之妍媸，其語言藝術和人物性格刻劃，足資後世小說創作者借鑑。在那樣一個「世情看冷暖，人面逐高低」的社會裡，吳敬梓先是描寫了周進和范進兩個熱衷舉業的老童生，受盡欺凌辱罵，身心窮困已極，充分展現可悲而又可笑的精神狀態，深刻揭露出舉業對文士心靈的腐蝕和毒害。這兩個大半輩子受舉業所毒害的可憐蟲，卻在登第中舉時幾乎變成失心瘋，透過周進和范進的悲喜劇，作者大力諷刺科考把人弄得神魂顛倒，戕害了各階層人物，造成烏煙瘴氣的社會風習。除此之外，第五回「嚴監生疾終正寢」到死不肯嚥氣的一段描寫，堪稱神來之筆：

　　　自此，嚴監生的病，一日重似一日，再不回頭。諸親六眷都來問候。五個姪子穿梭的過來陪郎中弄藥，到中秋以後，醫家都不下藥了。把管莊的家人都從鄉裡叫了上來。病重得一連三天不能說話，晚間擠了一屋子的人，桌上點著一盞燈。嚴監生喉嚨裡痰響得一進一出，一聲不倒一聲的，總不得斷氣；還把手從被單裡拿出來，伸著兩個指頭。大姪子上前來問道：「二叔，你莫不是還有兩個親人不曾見面？」他就把頭搖了兩三搖。大姪子走上前來問道：「二叔，莫不是還有兩筆銀子在哪裡，不曾吩咐明白？」他把兩眼睜得溜圓，把頭又狠狠的搖了幾搖，越發指得緊了。奶媽抱著哥子插口：「老爺想是因兩位舅爺不在跟前，故此記念。」他聽了這話，把眼閉著搖頭，那手只是指著不動。趙氏慌忙揩揩眼淚，分開眾人，走上前道：「爺，別人都說的不相干，只有我曉得你的心事。你是為那盞燈裡點的是兩莖燈草，不放心，恐費

了油，我如今挑掉一莖就是了。」說罷，忙走去挑掉一莖。眾人看嚴監生時，點一點頭，把手垂下，登時就沒了氣。

（吳敬梓，2001：60、63）

　　嚴監生愛財如命、吝嗇成性，身染重病於臨終之際，猶為省去一根燈蕊，而遲遲不肯斷氣。這裡用示現的手法，把嚴監生極端吝嗇的樣子，刻劃得唯妙唯肖，令人啼笑皆非，一個死不瞑目的吝嗇鬼形象便躍然紙上。垂死者最後的願望居然是兩根燈草，這樣刻薄吝嗇的守財奴形象，正顯現了作者用筆辛辣之處，不僅反映當時社會重財重利的價值取向，同時也指陳科舉制度荼毒人心的原因。

　　最後，有關《儒林外史》的選本及鑑賞書籍，讀者可參閱下列著作：(1)吳敬梓《儒林外史》；(2)王俊年《吳敬梓和儒林外史》；(3)艾春《儒林外史：官場現形》；(4)鄭明娳《儒林外史研究》；(5)竺青《名家解讀《儒林外史》》。

4.《紅樓夢》：懷金悼玉

　　《紅樓夢》是白話章回小說的扛鼎力作，是中國古典小說發展的高峰和總結，其思想內容之博大精深，藝術技巧之匠心獨運，成就影響之空前廣泛，自有說部以來，無出其右者。《紅樓夢》自刊刻以來，「家家喜閱，處處爭購」。有人甚至認為「開談不說紅樓夢，讀盡詩書是枉然」。可見其重要性。《紅樓夢》是百科全書式的巨著，卷帙浩繁結構細密，「人物眾多，事件紛繁」。其蘊含豐富的藝術魅力，令後世讀者為之陶醉不已。就哲學思維和心理真實而言，《紅樓夢》這部飽含悲劇精神的巨著，已經展現出永難企及的藝術成就，夏志清就這麼認為：「即便是最好的現代小說，在廣度和深度上也難以與《紅樓夢》相匹敵」（夏志清，2001：258）。究竟前人是怎麼閱讀它的呢？我想是會受到個人不同的立場和觀點影響，而有各式各樣千奇百怪的解釋。兩個多世紀以來，許多人對《紅樓夢》的作者生平、成書經過和版本情況發表過不少意見，有些已成定見，有些仍不

無爭議，但是索隱派或考證派的紅學研究只有附加價值，並不能取代我們對此一經典的「文本細讀」，特別是它所揭示的內容思想、文學技巧和文化價值。對此「多元詮釋」的情形，魯迅也曾說過：「經學家看見《易》，道學家看見淫，才子看見纏綿，革命家看見排滿，流言家看見宮闈祕事」（《集外集拾遺·〈絳花洞主〉小引》）。正因為人人可從不同的角度來解讀書中的意旨，各有洞見與不見，所以《紅樓夢》歷來便有不少名稱，例如《風月寶鑑》、《石頭記》、《情僧錄》、《金玉緣》、《金陵十二釵》等。我們賞讀《紅樓夢》時，必須有較為持平的態度和方法，從文學審美的觀點來解讀，以自己的情感，想像和經驗，去了解體悟大觀園內兒女的悲歡離合，尤其注意它的「文學價值、哲學思想、文化內涵、人情世故、兩性對應、人生意義、小說的創新手法、典型人物、小說中所反映的社會問題、生活美學、愛情悲劇」等諸多方面，而這些都是《紅樓夢》作為中國文化經典的意義與價值所在，也是它能給予現代讀者思考和啟發的地方（方元珍，2003：179～326）。

有關《紅樓夢》的作者，截至目前為止，多數人認為通行的《紅樓夢》一百二十回本，前八十回是曹雪芹（約 1715～1763）寫的，雖歷經十載批閱五次增刪的艱辛過程，但仍書未竟而人先亡。後四十回為高鶚所續書，大體上不失曹雪芹原意，雖然文字修辭比不上前作，但是仍有可觀之處。尤其是高鶚續書能秉持雪芹的悲劇精神，將寶、黛二人的愛情寫成殘缺的結局，深獲讚賞。曹雪芹，名霑，字夢阮，號雪芹，又號芹溪、芹圃，先世本是漢人，原籍河北，於明末時遷移東北，入籍滿州，隸屬正白旗包衣（滿語即「家僕」之意），後來漸成貴族世家，輝煌騰達煊赫一時。在清代康熙、雍正、乾隆三朝近一甲子的時間裡，曹家幾代世襲「江寧織造」，明為宮中採辦服飾日用之官，暗地裡則是皇帝的耳目提供江南情資，因與皇帝關係密切也就變得有錢有勢，享盡了一切榮華富貴。然而，「喜榮華正好，恨無常又到」。良辰美景總難久恃，就在雍正、乾隆年間，曹家曾經兩

度被抄檢，從此家道日益衰敗，雪芹正遭逢曹家盛極而衰之丕變。曹雪芹「生於繁華，終於淪落」。少時於金陵裘馬清狂，自幼過著「錦衣紈綺，飫甘饜肥」的豪奢生活，回北京後移居城外西山偏僻的小村落，生活窮困至極，只能靠賣畫為生，「繩床瓦灶，舉家食粥」。晚景甚為淒涼，最後死於北京城郊。雪芹經歷了大起大落的人生變故，嘗遍朱門酒肉滋味，食盡殘杯與冷炙，深感於炎涼世態之驟冷驟熱，故而內心有所鬱結，乃發憤著書黃葉村，淡化個人的苦難，追憶記錄了他大半生的血淚悲辛，為我們仔細訴說這夢幻與現實交織的故事。

　　《紅樓夢》內容豐富、寫作技巧高超、意境空靈深遠還有藝術層面寬廣，不僅屹立不搖於中國小說之林，亦能傲視古今世界小說名著。《紅樓夢》主要敘述了賈家由盛而衰的歷史，是以榮、寧二府為中心，極力描繪風月繁華過盡，到頭來還不是像夢幻一樣破滅。寶玉這個諸豔之冠、情榜之首，和金陵十二釵住在終須失落的大觀園，過了一段相知相惜的美好時光，曲演聚散哀樂的紅樓春夢，以情歷劫又由色悟空，還報親恩後便出家為僧，結束塵世的夢幻之旅，證得形質歸一，回歸到頑石的逍遙自在。這其間自然敘說著人事的顛倒起落，也蘊含著無限深邃的人生感喟，使得小說超越時空，永存人世。《紅樓夢》運用了原始－歷劫－回歸的神話模式，作者先從女媧造石補天的傳說寫起，單表大荒山無稽涯青埂峰下的那一顆頑石，因自恨「無材可去補蒼天」，怨嘆悲號，後來聽了人世間的榮耀繁華、溫柔富貴，便思欲下凡，享受幾年樂事，直至歷盡人世的悲歡離合，仍舊返回大荒山的青梗峰下，冷然忘己於石頭，滅情不牽。於此，作者說起撰書緣由：「自又云：『今風塵碌碌，一事無成，忽念及當日所有之女子，一一細考較去，覺其行止見識，皆出於我之上。何我堂堂鬚眉，誠不若彼裙釵哉？實愧則有餘，悔又無益之大無可如何之日也！』」。可見這書是一部懺情錄，具體呈現出對癡情世界的體悟，於書中人物之真情實性，愛嗔惡欲的試煉消弭，多所表達致意焉，令人深深動容。除此之外，本書還另有一層神話架構，前世受神瑛侍者

日夕澆灌的絳珠仙草，發願修化成人還淚報恩，便預設了寶黛愛情悲劇的伏筆。雖然紅樓兒女情切切意綿綿，相知相契靈犀已通，但到頭來還不是木石緣盡、金玉成空，情緣心事杳逝如同夢幻一般。

　　論者嘗指出，《紅樓夢》的內容義蘊包孕了三個層次：以太虛幻境為象徵的夢幻世界，以榮、寧二府為主的世俗倫理世界，以及以大觀園為中心的審美世界。這三個世界交疊重生，展現出情－理－幻的變化歷程，也說明了人生真諦之所在，為作品添加幾許濃厚的哲學思辨意味（胡益民等，1997：221）。本書的主旨是，聚散浮生，夢幻人世，當青春消逝，樂園不再，人生的真正歸宿又在哪裡？誠如西哲所言：「人生最痛苦的就是找不著家」。既然昔日的榮耀繁華終將成為過眼雲煙，一切都會變作無法追回的美好記憶，為什麼還要執著於情感富貴而不放？當通靈頑石凡心大動時，君不聞一僧一道勸解石兄道：「善哉！善哉！那紅塵中卻有些樂事，但不能永遠依恃；況又有『美中不足，好事多磨』八個字緊相連屬，瞬息間則又樂極生悲，人非物換，究竟是到頭一夢，萬境歸空，倒不如不去的好」。茫渺二尊者這幾句說得夠明白的了，但那棄石凡心已熾，又如何聽得進去呢？雪芹又將塵世千百劫的故事，放在真假和有無的對照之中，讓富貴紅樓幻化成一場難圓的春夢。因此，「假作真時真亦假，無為有處有還無」。作者故意將真事隱去，權用假語村言，敷演出這一曲懷金悼玉的《紅樓夢》。魯迅曾聲稱《紅樓夢》是「悲涼之霧，遍披華林」。全書的基調是淒楚悲涼的，敘寫賈府起始過著「烈火烹油，鮮花著錦之盛」的日子，歷經歌舞雕梁、脂濃粉香、金銀滿箱，但及至後來還不是一敗塗地，走上了衰草枯楊的覆滅之路。對於曹雪芹而言，人生本來就是無常，「到頭一夢，萬境歸空」。因此他假借〈石頭記〉來大旨談情，「因空見色，由色生情，傳情入色，自色悟空」。意在啟迪塵世中失落的紅男綠女，不再逐虛謀妄，自可超凡脫俗，臻於涅槃勝境。

　　這裡我們可以再舉第一回裡的歌詞為例，當跛足道人唱〈好了

歌〉來點醒甄士隱覺悟時，也曾指出「世上萬般，好便是了，了便是好。若不了，便不好；若要好，須是了」。甄士隱是個聰明人，況且又有家破人亡的不幸遭遇，一聽這歌就明白了，於是便為〈好了歌〉解注，寓意極為深刻，象徵意味濃厚：

　　陋室空堂，當年笏滿床；衰草枯楊，曾為歌舞場。蛛絲兒結滿雕梁，綠紗今又糊在蓬窗上。說什麼脂正濃、粉正香，如何兩鬢又成霜？昨日隴頭送白骨，今宵紅燈帳底臥鴛鴦。金滿箱，銀滿箱，展眼乞丐人皆謗。正嘆他人命不長，哪知自己歸來喪！訓有方，保不定日後作強梁。擇膏粱，誰承望流落在煙花巷！因嫌紗帽小，致使鎖枷扛；昨憐破襖寒，今嫌紫蟒長。亂烘烘你方唱罷我登場，反認他鄉是故鄉。甚荒唐，到頭來都為他人作嫁衣裳！（曹雪芹，1984：13）

　　甄士隱解注的這首詩，其實是和〈好了歌〉的基本思想頗為一致的，只不過說得更為具體、更有形象、更冷峻無情，那是因為甄士隱有了切膚之痛，所以通篇不無激憤之情，嘲諷貪欲中你爭我奪的人間世。當年富貴時笏板滿床的廳堂，如今已成簡陋的房間了，當年是繁華綺麗的歌舞場，現在卻生長著衰草和枯楊，「忽榮忽枯，忽麗忽朽」（脂硯齋語）。而世事變化無常，命運令人難以捉摸，一切都是虛幻的，又有什麼可以長久憑恃的？雖說「盛宴必散」、「月滿則虧」、「登高必跌重」，然則古往今來，癡人比比皆是，共同經歷這場夢幻，如能明白情色皆空，即可解脫超拔，但大夢又何嘗覺？還不是個個謀虛逐妄，沉淪於富貴場中、溫柔鄉裡。究其實，〈好了歌〉解注中所言及的種種榮枯悲歡，在小說裡都可找到具體的情節，可能是作者有意為小說的情節和人物作個概括和預告，例如開頭部分就以賈府為代表，為賈、史、王、薛四大家族的敗亡作了提示。另外，小說中也還有一邊送喪，一邊尋歡作樂的醜事發生，而那因貪財作惡戴上鎖枷的，為擇佳婿而流落在煙花巷的，也就更加不足為奇了。我們

在讀《紅樓夢》這些詩詞、歌曲、燈謎和偈語時,當然可以和小說中的人物情節稍作聯繫,引發我們自身對社會人生的深刻思考,但是如欲句句皆講究坐實某人某事,恐怕實際上有困難,甚且亦無此必要。

《紅樓夢》文備眾體,詩詞曲賦,無一不精,蘊藉含蓄,詞句警人。第五回「遊幻境指迷十二釵,飲仙醪曲演紅樓夢」。寫寶玉看完《金陵十二釵正冊》,跟隨警幻仙子到「薄命司的內室」,喝了「千紅一窟」茶,飲了「萬豔同杯酒」,接著聽唱〈紅樓夢曲十二支〉,還有引子和終曲。〈引子〉在前,總起:「開闢鴻濛,誰為情種?都只為風月情濃,奈何天,傷懷日,寂寥時,試遣愚衷;因此上,演出這懷金悼玉的紅樓夢」(曹雪芹,1984:90)。然後,十二首曲子揭開小說的序幕,這裡舉其中兩首為例來提醒大家,寶玉和黛玉的愛情是無可避免的悲劇,〈終身誤〉:「都道是金玉良緣,俺只念木石前盟。空對著山中高士晶瑩雪,終不忘世外仙姝寂寞林。嘆人間,美中不足今方信:縱然是舉案齊眉,到底意難平」(曹雪芹,1984:91)。〈枉凝眉〉:「一個是閬苑仙葩,一個是美玉無瑕。若說沒奇緣,今生偏又遇著他?若說有奇緣,如何心事終虛化?一個枉自嗟呀,一個空勞牽掛。一個是水中月,一個是鏡中花。想眼中能有多少淚珠兒,怎禁得秋流到冬,春流到夏」(曹雪芹,1984:91)。第三回裡也有兩首〈西江月詞〉,描繪出癡情任性的賈寶玉:

> 無故尋愁覓恨,有時似傻如狂。縱然生得好皮囊,腹內原來草莽。潦倒不通世務,愚頑怕讀文章。行為偏僻性乖張,那管世人誹謗!富貴不知樂業,貧窮難耐淒涼。可憐辜負好韶光,於國於家無望。天下無能第一,古今不肖無雙。寄言紈褲與膏粱:莫效此兒形狀!
>
> (曹雪芹,1984:53)

像賈寶玉這樣一個離經叛道的世冑公子,自然也有其性格上的缺失,在榮、寧二府的現實世界裡,他必須面對愛情、婚姻與人生的三

重悲劇，最後歷經了愛情與人生的磨難，始能返璞歸真，尋得永恆的心靈歸宿。再者，寶、黛、釵三者之間糾纏的情愛關係，終了也發展成一齣愛情婚姻的悲劇，雖則徒留憾恨，但亦是無可奈何之事，因為世事本就盈虧互見，美醜相間。而大觀園的毀滅也象徵理想愛情的失落，這在傳統禮教的社會中，竟是難以避免得了，婚姻從來就是憑「父母之命，媒妁之言」。個人的愛情是禁不起企盼追求的。正因如此，寶玉的最佳拍檔理應是黛玉，但是賈家長輩考慮宗族傳承，也只好犧牲年輕人的愛情，選擇了寶釵與之匹配。雖然寶釵是一個「任是無情也動人」的絕色女子，她博學多識，理智深沉，寡言少語端莊自重，待人溫厚恪守禮教，但終究不如黛玉那樣才高情多，且能與寶玉靈犀一點款曲互通。

賈寶玉「情不情」，多情泛愛毫無遮攔，情榜稱古今第一情痴，而林黛玉「情情」，她的感情純真深摯，為紅樓癡情兒女之最。小說中寶、黛二人共讀《西廂記》，少艾深情款款，「借引述情」，透過戲曲文本來表達愛意，由詩言情或憑物傳心，希冀姻緣美眷早成匹配。尤其甚者，黛玉賞讀文學作品時，非僅止於純粹欣賞而已，她老喜歡將心比心，把自己也投入其中，想像自己就是此部主角或劇中人，竟也因賞讀而哀嘆，惹來無限感傷。黛玉和崔鶯鶯、杜麗娘一樣，都是青春美麗的女子，心緒根觸緣於對人事無常的恐懼，光陰似箭歲月無情，年命芳華如電如露，麗景良辰終將幻杳，此情更與何人訴說。例如，第二十三回「西廂記妙詞通戲語，牡丹亭豔曲警芳心」。作者描寫寶玉與黛玉一塊賞讀《會真記》，觀後滿是歡心，而當黛玉回房之際，又聽聞得《牡丹亭‧驚夢》的戲曲，黛玉頗為其中唱詞感發，霎時間神魂俱醉痛徹心脾，不禁自傷身世，因此而哀傷落淚起來：

　　這裡林黛玉見寶玉去了，又聽見眾姐妹也不在房，自己悶悶的。正欲回房，剛走到梨香院牆角上，只聽牆內笛韻悠揚，歌聲婉轉。林黛玉便知是那十二個女子演習戲文呢。只是林黛玉素習

不大喜看戲文，便不留心，只管往前走。偶然兩句吹到耳內，明明白白，一字不落，唱道是：「原來姹紫嫣紅開遍，似這般都付與斷井頹垣。」林黛玉聽了，倒也十分感慨纏綿，便止住步側耳細聽，又聽唱道是：「良辰美景奈何天，賞心樂事誰家院。」聽了這兩句，不覺點頭自嘆，心下自思道：「原來戲上也有好文章，可惜世人只知看戲，未必能領略這其中的趣味。」想畢，又後悔不該胡想，耽誤了聽曲子。又側耳時，只聽唱道：「則為你如花美眷，似水流年……」林黛玉聽了這兩句，不覺心動神搖。又聽道：「你在幽閨自憐」等句，亦發如醉如痴，站立不住，便一蹲身坐在一塊山子石上，細嚼「如花美眷，似水流年」八個字的滋味。忽又想起前日見古人詩中有「水流花謝兩無情」之句，再又有詞中有「流水落花春去也，天上人間」之句，又兼方才所見《西廂記》中「花落水流紅，閒愁萬種」之句，都一時想起來，湊聚在一處。仔細忖度，不覺心痛神馳，眼中落淚。

（曹雪芹，1984：367～368）

　　第二十七回〈埋香塚飛燕泣殘紅〉的後半章，黛玉找寶玉，因晴雯聽不出她的聲音，所以沒開門把她擋在外面，黛玉便錯怪寶玉不理她，吃了閉門羹心生委曲無限傷感。至次日芒種節恰逢餞花之期，大觀園內花枝招展，祭餞花神相當熱鬧，只有黛玉獨自默默來到花塚前，將殘花落瓣以土掩埋，一邊葬花一邊哭泣，吟成這首〈葬花辭〉。這首〈葬花辭〉洋洋灑灑五十二句，淚和血凝如泣如訴，在《紅樓夢》兩百多首詩詞裡頗具代表性，值得我們來細讀：

　　花謝花飛飛滿天，紅消香斷有誰憐？游絲軟系飄春榭，落絮輕沾撲繡簾。閨中女兒惜春暮，愁緒滿懷無釋處；手把花鋤出繡閨，忍踏落花來復去？柳絲榆莢自芳菲，不管桃飄與李飛；桃李明年能再發，明年閨中知有誰？三月香巢已壘成，樑間燕子太無情！明年花發雖可啄，卻不道人去樑空巢也傾。一年三百六十日，

風刀霜劍嚴相逼，明媚鮮妍能幾時，一朝飄泊難尋覓。花開易見
落難尋，階前悶殺葬花人，獨倚花鋤淚暗灑，灑上空枝見血痕。
杜鵑無語正黃昏，荷鋤歸去掩重門。青燈照壁人初睡，冷雨敲窗
被未溫。怪奴底事倍傷神，半為憐春半惱春：憐春忽至惱忽去，
至又無言去不聞。昨宵庭外悲歌發，知是花魂與鳥魂？花魂鳥魂
總難留，鳥自無言花自羞。願奴脅下生雙翼，隨花飛到天盡頭。
天盡頭，何處有香丘？未若錦囊收豔骨，一抔淨土掩風流。質本
潔來還潔去，強於污淖陷溝渠。爾今死去儂收葬，未卜儂身何日
葬？儂今葬花人笑痴，他年葬儂知是誰？試看春殘花漸落，便是
紅顏老死時。一朝春盡紅顏老，花落人亡兩不知！
（曹雪芹，1984：428～429）

　　這首詩由落花之飄謝而聯想到自身的處境，進而哀嘆未來必然不
幸的命運，在情感上極富藝術感染力，使人讀來感同身受，表現出人
類普遍的心理反應。本詩可分為四大部分：(1)打從詩一開始到第八
句，黛玉便將自己與花的命運聯繫在一起，因見落花乃生出一番愁
緒，感嘆父母雙亡，寄人籬下，進而借葬花以自憐；(2)第九句到第二
十四句，林黛玉以血淚哭訴自己的遭遇，慨嘆生命的悲劇終將不可避
免，正如花木枯萎人去樓空；(3)第二十五句到三十八句，黛玉對愛情
的意志十分堅決，以憐春和惱春作為雙關用語，暗示自己無法與現實
妥協，非心上人不嫁，就只好「隨花飛到天盡頭」；(4)最後這一段是
從三十九句到詩結束，情感抒發到達高潮，黛玉把葬花和自身命運緊
緊聯繫在一起，心知自己的一生就像那落花一樣，終將「零落成泥碾
作塵」，但也要做到「只有香如故」，保有潔白的本質，結尾部分則
敘寫黛玉葬花的經過，因悼念落花而自嘆身世（張麗華，2001：
157～161）。這首詩不僅寫出黛玉的痴頑，她對愛情清貞堅決的要
求，同時也預示了她未來的生命悲劇，而在詩文前面有了小說情節的
鋪陳，我們再讀此詩作，對黛玉的精神性格定有更深的體會。這首獨

步古今的〈黛玉詠嘆調〉傾吐出她的滿懷愁緒，春去秋來，桃飄李飛，似水年華，紅顏何歸。清人明義的〈題紅樓夢〉一詩裡就說：「傷心一首葬花詞，似讖成真不自知」。黛玉的這首葬花心曲，可說是其自身命運和個性的最佳寫照，讀來淒切哀婉，摧人心肺。

曹雪芹的《紅樓夢》是一曲令人感慨萬千的愛情悲歌，寶玉、黛玉之間那段剪不斷、理還亂的情愛糾葛，應是貫穿全書的中心故事和主要情節，雖然寶、黛的仙緣俗情終歸幻滅，但是作者對這段愛情過程的描寫，相當細膩深刻、曲折動人，其藝術感染力極為強大。《紅樓夢》一書的意涵十分豐富，別的暫且不提，只看寶、釵、黛這段愛情婚姻悲劇，其間故事情節波瀾起伏，悲劇性的結局最是扣人心弦，令讀者掩卷沉思不勝唏噓。曹雪芹敍寫了這麼一場荒唐的人生大夢，不管小說的意旨為何，我們的確看到了書中一些主要的人物，像是宿命般無可逃脫，歷經了悲歡離合的愛情婚姻，曲終人散也只能「飛鳥各投林」。現在讓我們來看看寶、黛之間的愛情，究竟是如何形成與發展的。首先，寶、黛之間的愛情，既是在仙境中命裡注定，又是在人世間產生和發展的。嚴明在《紅樓釋夢》一書裡曾論及寶玉和黛玉的愛情悲歌，寶、黛愛情的意義，寶、黛之間愛情的特點是什麼？他們看待愛情以及構成寶、黛愛情的個性思想基礎是什麼？他也指出，曹雪芹敍寫寶、黛愛情創新的地方：「敢於如實描寫，和從前的小說敍好人完全是好，壞人完全是壞大不相同。所以其中所敍的人物都是真人物，打破傳統的思想和寫法。描寫薛寶釵極為豐滿生動，把握的恰如其分，使寶、黛愛情描寫全局皆活的關鍵。作者突破陳腐的數套格式，主要表現在以下幾個方面：(1)作者寫出寶、黛之間產生愛情和發展愛情的詳細過程。(2)描寫過程中沒有粗俗不堪的兩性關係描寫，顯示與一般小說側重渲染肉慾性慾截然不同的品味情趣。美好愛情的桃花源：「大觀園是賈府小姐們和賈寶玉生活起居、閒散玩耍之地，小說中描寫最多，刻劃最鮮明。寶、黛愛情發展的大部分事情也是在大觀園發生的。是作者精心設計的一處典型環境，寄託審美理想，表

現中國傳統文化藝術的瑰麗多姿，為寶、黛愛情創造一個理想的場所」。大致說來，寶、黛愛情的描寫可以分成四階段，也就是說有著發生、發展、成熟、被毀滅的連貫過程。小說的第三回到第八回，是寶、黛愛情萌芽產生的時期。從小說的第九回到第三十二回，是寶、黛愛情不斷發展的時期。從小說的第三十三回到第七十九回，是寶、黛愛情趨向成熟、共享愛情歡樂的時期。從小說的第八十回到第九十八回，是寶、黛愛情被扼殺的時期（嚴明，1995：231～300）。

　　第一百一十八回的後半部分「驚謎語妻妾諫癡人」，寶玉閱道家《南華真經》時，讀至有所會心得意處，根本不想去務科考正學，其夫人寶釵見狀心裡不悅，搬出儒門仕途經濟的道理訓斥一番，引發了一場儒與釋道理念差異的舌戰激辯，而兩人不同的人生價值取向也至為明顯：

　　　　卻說寶玉送了王夫人去後，正拿著〈秋水〉一篇在那裡細玩。寶釵從裡間走出，見他看的得意忘言，便走過來一看，見是這個，心裡著實煩悶。細想他只顧把這些出世離群的話當作一件正經事，終久不妥。看他這種光景，料勸不過來，便坐在寶玉旁邊，怔怔的坐著。寶玉見他這般，便道：「你這又是為什麼？」寶釵道：「我想你我既為夫婦，你便是我終身的倚靠，卻不在情欲之私。論起榮華富貴，原不過是過眼雲煙，但自古聖賢，以人品根柢為重。」寶玉也沒聽完，把那書本擱在旁邊，微微的笑道：「據你說人品根柢，又是什麼古聖賢，你可知古聖賢說過『不失其赤子之心』。那赤子有什麼好處，不過是無知無識無貪無忌。我們生來已陷溺在貪嗔癡愛中，猶如污泥一般，怎麼能跳出這般塵網。如今才曉得『聚散浮生』四字，古人說了，不曾提醒一個。既要講到人品根柢，誰是到那太初一步地位的！」寶釵道：「你既說『赤子之心』，古聖賢原以忠孝為赤子之心，並不是遁世離群無關無係為赤子之心。堯舜禹湯周孔時刻以救民濟世為心，所謂赤子之心，原不過是『不忍』二字。若你方才所說的，忍於拋棄天

倫，還成什麼道理？」寶玉點頭笑道：「堯舜不強巢許，武周不強夷齊。」寶釵不等他說完，便道：「你這個話益發不是了。伯夷叔齊原是生在商末世，有許多難處之事，所以才有托而逃。當此聖世，咱們世受國恩，祖父錦衣玉食；況你自有生以來，自去世的老太太以及老爺太太視如珍寶，你方才所說，自己想一想是與不是。」寶玉聽了，也不答言，只有仰頭微笑。

（曹雪芹，1984：1764～1765）

　　上面這場儒與釋道之間的爭論頗具象徵意義，寶玉是以佛理解孟子的「赤子之心」，他注重個人的精神解脫，跟寶釵認為文士須對仕途經濟汲汲營營，完全是南轅北轍的。自古以來，就有許多人為它在內心交戰過，獨善或兼濟有時全繫於一念之間，而寶玉和寶釵的舌辯反映出情與理之爭，依違於安時處順或內聖外王皆屬不易，也正如夏志清所言：「這場爭論明確地顯示出同情心和自我拯救兩者之間的不可調和性」。其實，寶玉和寶釵的爭執點在於對「愛和同情」的看法不同，而兩者所言皆各執一偏，自有其蔽障之處，「因為執著於愛和同情實際上是堅持自欺欺人」（夏志清，2001：302）。我們今天來看這一段世俗所謂的「金玉良緣」，終究只是有名無實的結合罷了，寶玉和寶釵的人生價值觀及處世態度大不相同，雖然勉強結為夫妻，但是情意仍舊難合，如此一來，也就促成了寶玉棄家為僧，耽誤寶釵的終身幸福，應驗了「金玉成空」的預言。

　　繁華事盡，曲終人散，忽如涼館驚絃，急似窗影破夢，徒留幾聲感嘆：「為官的，家業凋零；富貴的，金銀散盡；有恩的，死裡逃生；無情的，分明報應；欠命的，命已還；欠淚的，淚已盡。冤冤相報自非輕，分離聚合皆前定。欲知命短問前生，老來富貴也真僥倖。看破的，遁入空門；癡迷的，枉送了性命。好一似食盡鳥投林，落了片白茫茫大地真乾淨」（〈收尾・飛鳥各投林〉）（曹雪芹，1984：92）。寶玉帶著困惑離開了大觀園，卻把許多迷思留在《紅樓夢》

裡，其結局雖然令人不勝欷噓，但是我們閱讀《紅樓夢》的時候，必須超越此一人生情愛悲劇的思維，去注意這說部中對社會人生的哲學思考，這樣才能從中體悟情感的洗滌高揚，和明白以幻作真的哲理意蘊。畢竟曹氏寫來「滿紙荒唐言，一把辛酸淚。都云作者癡，誰解其中味」？但是「說到辛酸處，荒唐愈可悲。由來同一夢，休笑世人癡」。這紙上大觀園已然失落了，詩酒音韻不再，衣香鬢影零落，「紅樓隔雨相望冷，珠箔飄燈獨自歸」，那敘說《石頭記》故事的作者早已不知去向，真假夢幻的人生圖繪留了下來，活在語言文字中的愛情將永遠為人傳唱。

　　讀《西廂記》、《牡丹亭》、《紅樓夢》也能引發不同的聯想，現代人的生活情境雖迥異於往昔，可凡俗顯達的欲求得失、喜怒哀樂，並未嘗一日乖離人情之常。就男女愛情而言，從中國古典戲曲小說到現代的敘事文本，不少作家都曾極力叨念戀人絮語。張愛玲《傾城之戀》裡的范柳原與白流蘇，互訴衷曲於戰後香港的淺水灣飯店，那片斑剝的圯牆飽受砲火卻依然屹立著，世紀末頹廢且耽溺於美的愛情總令人有些淒然，該是真正屬於張愛玲式的華麗蒼涼。古典的深情與現代的浪漫，總讓人對理想的愛情有些期盼，這些戲曲小說中的情節人物搬演在舞臺銀幕上，也活在我們日漸乾枯的心湖中，給予世間男女多少愛的憧憬和希望。然則，人卻是一直活在失樂園裡，生命流逝，愛情幻杳，一切的一切只能追憶補亡，世紀之交的頹廢光景雖若是，但人心有時亦極思振奮的，或許就像時鐘的鐘擺一樣，我們總是擺盪在希望與幻滅之間，跌至谷底時也會希冀攀升，因為在我們的生命歷程中，正如現代詩人周夢蝶所說：「不是追尋必須追尋，不是超越必須超越。」但在愛情海中泅泳多時的世間男女，亦當須了悟「人生情緣，各有分定」、「畢竟求未必得，不求未必不得」，也只能隨緣盡力罷了。然而，從古至今，西廂房外，牡丹亭邊，大觀園內，兒女總是情長，但說到底，有的時候情是一種自焚或辜負，情有時也可以很柏拉圖，但有些時候情更是一種傷害，而不可避免情亦是一無遮

攔，就這麼赤裸裸著。這其間千絲萬縷的情思，幾人持得慧劍斬斷，這千斤重的情擔，又有誰真能提起又放下的，是悲是喜，還不是要看個人的遇合與造化努力而定。

最後，有關《紅樓夢》的選本及鑑賞書籍，讀者可參閱下列著作：(1)曹雪芹著、王蒙評點《紅樓夢》；(2)方元珍《紅樓夢賞讀》；(3)子旭《解讀紅樓夢：兒女情長》；(4)康來新《失去的大觀園：紅樓夢》；(5)李文庠、李睿《讀紅樓洞達處世》；(6)鍾敬文、許鈺《紅樓夢的傳說》；(7)嚴明《紅樓釋夢》；(8)余國藩著、李奭學譯《重讀石頭記》；(9)張麗華《紅樓夢詩詞藝術》。

六、結　語

唐代詩人云：「泠泠七絃上，靜聽松風寒。古調雖自愛，今人多不彈」（劉長卿〈聽彈琴〉）。在這日益全球化的新世紀裡，有這種感嘆的人想必不少，但如何融合「科技」與「人文」，讓「物質」與「精神」取得應有的平衡，鎔鑄科技之真與人文之美，追求具有完整經驗的至善人生，我們深信優質的經典閱讀，應該可以觸動我們對生命價值的反思。傳統的價值不是不該重估，但在否定它之前，試問我們又對傳統了解多少？經典也不是不能批判，可是我們到底又讀了幾本？我們如果想要了解傳統的歷史文化，那麼就必須先好好閱讀人文經典，因為一切的學問涵養都在其中，捨此欲明文化之理，則無異於緣木求魚了。雖則時移世遷，但經典之所以為經典，自有其特殊性與普遍性，超越時空和語言的限制，小自個人如何安身立命，大至治國安邦之道，皆使人從中受到指點和啟發，正所謂「古道照顏色，典型在宿昔」是也。常言道：「知識有新舊，性情無古今」。中國人文經典出於性情的居多，來自純粹思辨的反倒較次要，性情之知注重「人心之同然」，可以將人融合起來，不似西方思辨之知終究分隔人我，

只會割裂生命的本真。閱讀文學經典可以完成人生境界的昇華，透過語言的作用和觀念的溝通，記取先民實際生活的金言寶訓，己達達人，成己成人，真正燃燒自己照亮別人，果真如此，終將昇華其生活境界。

傳承經典是我們今天的文化使命，尤其身處於這個多元文化價值紊亂的時代，如何避免政治社會現實的擾攘紛爭，以古代的文學典籍為津筏，航向浩瀚深廣的書海，求得一己心靈的澄明與寧靜，安住人心唯微的亂世。綜上所述，我們必須重讀中國傳統文學經典，深入到經典的每一字句之中，幽遊於精妙的字裡行間，認真省思這些名著的內容與意義，乃能賦予傳統文化新的生命力，如此方可與時俱進，生生自強不息。然而，任何對文學經典的導論或概觀，都將無法提供閱讀經典本身的樂趣，唯有自己沉浸在文學作品的濃郁芳醇裡，始知個中滋味如何。不管精讀或泛覽文學經典，透過對原著文字的咀嚼琢磨，才能掌握理解其精華義蘊，正如曾昭旭告訴的一樣：「通過現代的語言，採用現代的生活經驗去詮釋古典，雖然有指引入門的方便，卻對原文的精深優美也有無可避免的折損，所以借途於現代解讀之後，讀者還是應該直接去讀原文，去咀嚼品味原文中的情韻，思索領悟原文中的義理，並和自己的人生經驗相印證、相比較，這樣才會有更豐富精純的收穫」（張潮原著，2003：4）。最後，希望我們在閱讀文學經典的時候，能夠立足現代心懷古典，打通古今貫串雅俗，將古典的深情與現代的浪漫融合，省察宇宙生命的流變，思索人事萬物的幻化，如此方可引領我們的精神意志向上飛揚超拔。

建議優先閱讀書單

一、古典詩文

➥卞孝萱等注（1998），《新譯唐人絕句選》，臺北：三民。

➤ 王國維著、滕咸惠校注,(1987),《人間詞話新注》,臺北:里仁。

➤ 司馬遷著、韓兆琦選注(1994),《史記選注》,臺北:里仁。

➤ 汪中注譯(1999),《新譯宋詞三百首》,臺北:三民。

➤ 周明初注譯(1998),《新譯明散文選》,臺北:三民。

➤ 邱燮友注譯(1998),《新譯唐詩三百首》,臺北:三民。

➤ 邱燮友、劉正浩注譯(1991),《新譯千家詩》,臺北:三民。

➤ 洪自誠著、吳家駒注譯(1998),《菜根譚》,臺北:三民。

➤ 郁賢皓注譯(1998),《新譯左傳讀本》,臺北:三民。

➤ 張岱著、李廣柏注譯(1998),《陶庵夢憶》,臺北:三民。

➤ 張潮著、李安綱論述、曾昭旭導讀(2003),《幽夢影》,臺北:達觀。

➤ 郭茂倩編撰(1999),《樂府詩集(一、二)》,臺北:里仁。

➤ 陶潛著、溫洪隆注譯(2002),《新譯陶淵明集》,臺北:三民。

➤ 傅錫壬注譯(1995),《新譯楚辭讀本》,臺北:三民。

➤ 黃錦鋐注譯(1981),《新譯莊子讀本》,臺北:三民。

➤ 隋樹森(1989),《古詩十九首集釋》,香港:中華書局。

➤ 趙崇祚編、朱恒夫注譯(1998),《新譯花間集》,臺北:三民。

➤ 劉大櫆著、黃均等注譯(1998),《新譯古文辭類纂》,臺北:三民。

➤ 劉勰著、王更生注譯(1988),《文心雕龍讀本》,臺北:文史哲。

➤ 滕志賢注譯(2000),《新譯詩經讀本(上、下)》,臺北:三民。

➤ 賴橋本、林玫儀注譯(1995),《新譯元曲三百首》,臺北:三民。

➡謝冰瑩等注譯（1997），《新譯古文觀止》，臺北：三民。

➡簡宗梧注譯（1998），《新譯漢賦讀本》，臺北：三民。

➡蕭統編選、周啟成等注譯（1998），《新譯昭明文選》，臺北：
　　三民。

➡鍾嶸著、林成等注譯（2003），《新譯詩品讀本》，臺北：三
　　民。

➡嚴羽著、郭紹虞校釋（1987），《滄浪詩話》，臺北：里仁。

二、戲曲小說

➡孔尚任著、王季思等校注（1996），《桃花扇》，臺北：里仁。

➡王實甫著、王季思校注（1995），《西廂記》，臺北：里仁。

➡艾衲居士等著、陳大康校注（2002），《豆棚閑話、照世盃》，
　　臺北：三民。

➡沈三白著、陶恂若校注（1998），《浮生六記》，臺北：三民。

➡束忱等注（1998），《新譯唐傳奇選》，臺北：三民。

➡李汝珍（1983），《鏡花緣》，臺北：聯經。

➡李漁原著、陶恂若校注（1998），《十二樓》，臺北：三民。

➡吳承恩著、徐少知校、周中明等注（1996），《西遊記》，臺
　　北：里仁。

➡吳敬梓（2001），《儒林外史》，臺北：桂冠。

➡抱甕老人編、李平校注（2002），《今古奇觀》，臺北：三民。

➡洪昇著、徐朔方校注（1996），《長生殿》，臺北：里仁。

➡施耐庵等著、李泉等校注（1994），《水滸全傳校注》，臺北：
　　里仁。

➡高明著、錢南揚校注（1998），《琵琶記》，臺北：里仁。

➡笑笑生著、劉本棟校注（2002），《金瓶梅》，臺北：三民。

➡凌濛初（2001），《初刻拍案驚奇》，臺南：世一。

➡凌濛初（2001），《二刻拍案驚奇》，臺南：世一。

➡ 曹雪芹著、馮其庸等校注（1984），《紅樓夢校注》，臺北：里仁。

➡ 馮夢龍編、許政揚校注（1991），《古今小說》，臺北：里仁。

➡ 馮夢龍編、嚴敦易校注（1991），《警世通言》，臺北：里仁。

➡ 馮夢龍編、顧學頡校注（1991），《醒世恆言》，臺北：里仁。

➡ 湯顯祖著、徐朔方等校注（1995），《牡丹亭》，臺北：里仁。

➡ 蒲松齡著、張友鶴輯校（1991），《聊齋誌異》，臺北：里仁。

➡ 劉義慶著、劉正浩等注譯（1998），《世說新語》，臺北：三民。

➡ 劉鶚（1976），《老殘遊記》，臺北：聯經。

➡ 關漢卿著、吳國欽校注（1998），《關漢卿戲曲集》，臺北：里仁。

➡ 羅貫中著、吳小林校注（1994），《三國演義校注》，臺北：里仁。

問題討論

一、中國文學觀念是如何演變？我們又怎樣認定中國文學經典？中國傳統文學經典的範圍在哪裡？中國傳統文學經典的價值何在？

二、文學經典與大學博雅教育的關係為何？閱讀文學經典有無方法可循？試以中國古典詩歌或戲曲小說為例，說明鑑賞解析時須注意的地方？

三、為何說《詩經》可作為百代詩歌之祖？其內容又大致為何？你是怎麼來解讀《詩經》的婚戀詩篇？試舉詩作來說明賦、比、興表現手法之運用？

四、屈原其人其作對後代文學有何影響？試比較《楚辭》與《詩經》在形式體制、主題思想、藝術表現等三方面之異同。

五、為什麼會說《古詩十九首》是「文溫以麗，意悲而遠」？其主題思想與藝術特徵為何？試舉詩例說明古詩予人的生命感發力量。

六、為什麼鍾嶸會說陶潛是「古今隱逸詩人之宗」？《陶淵明集》中所反映出的文化理想為何？試舉陶詩說明其自然清新的藝術風格。

七、《唐詩三百首》如何能夠反映出傳統詩歌的最高成就？它有哪些重要的詩人、詩作？我們又該怎樣對唐詩作完全的鑑賞？試舉例說明。

八、為什麼《宋詞三百首》可以說是宋代文學的代表？詞和詩有何異同？試舉宋詞大家之作，談談詞所特具的審美特性。

九、《西廂記》的主題思想是什麼？王實甫又如何改寫前人之作，成為別具一格的元雜劇？此一劇作的人物刻劃、結構和曲文修辭有何成就？

十、《牡丹亭》中杜麗娘為何會惆悵於芳時，遊園而後驚夢？她的愛情又是怎樣超越生死？試比較《西廂記》和《牡丹亭》描寫男女情愛的異同。

十一、為什麼說《儒林外史》是傳統文士的浮世繪？我們如何來評估其「戚而能諧，婉而多諷」的小說藝術成就？

十二、《紅樓夢》的人生與愛情的悲劇意義何在？曹氏描寫愛情的創新之處有哪些？我們又該怎樣理解《紅樓夢》夢幻與現實交織的藝術特徵？

・卜倫著、高志仁譯（1998），《西方正典》，臺北：立緒。

・卜倫著、余君偉等譯（2002），《如何閱讀西方正典》，臺北：時報。

・王立（1994），《中國古代文學十大主題——原型與流變》，臺北：文史哲。

・王更生（1988），《中國文學的本源》，臺北：學生。

・王富仁（2003），《古老的回聲：閱讀中國古代文學經典》，成都：四川人民。

・王寧（2003），《全球化與文化研究》，臺北：揚智。

・王夢鷗（1995），《中國文學理論與實踐》，臺北：時報。

・王衛民（2004），《戲曲史話》，臺北：國家。

・卡勒著、李平譯（1998），《文學理論》，香港：牛津大學。

・方瑜（2001），《不隨時光消逝的美》，臺北：洪建全基金會。

・方元珍（2003），《紅樓夢賞讀》，臺北：空大。

・孔維勤（2003），《魅力經典》，臺北：新自然主義。

・白先勇策劃（2004），《奼紫嫣紅牡丹亭》，臺北：遠流。

・古遠清（1997），《詩歌修辭學》，臺北：五南。

・朱自清（2002），《經典常談》，臺北：世一。

・朱光潛（1993），《談美》，臺北：名田。

・李辰冬（1975），《文學新論》，臺北：東大。

・吳宏一（1997），《白話詩經（第一冊）》，臺北：聯經。

・吳瑞妍（1995），〈「當代文明」在哥大：一個「價值反思」的典型〉，《通識教育季刊》第 2 卷第 2 期（51～71）。

‧吳熊和（2003），《唐宋詞通論》，北京：商務。

‧吳魯芹（1980），〈閒談洋「聖賢書」—減一〉，《瞎三話四集》，臺北：九歌。

‧沈謙（2002），《文學概論》，臺北：五南。

‧林益勝等編著（1996），《古籍導讀》，臺北：空大。

‧金性堯（1990），《唐詩三百首新注》，臺北：書林。

‧金耀基（2003），《大學之理念》，臺北：時報。

‧阿德勒等著、郝明義等譯（2003），《如何閱讀一本書》，臺北：商務。

‧周憲（2002），《美學是什麼》，臺北：揚智。

‧周先慎（2002），《古詩文的藝術世界》，北京：北京大學。

‧邵毅平（1993），《詩歌：智慧的水珠》，臺北：國際村。

‧邵毅平（2000），《洞達人性的智慧》，臺北：林鬱。

‧胡益民等（1997），《清代小說》，合肥：安徽教育。

‧袁行霈（1989），《中國文學概論》，臺北：五南。

‧夏志清著、胡益民等譯（2001），《中國古典小說史論》，南昌：江西人民。

‧孫康宜（2001），《文學的聲音》，臺北：三民。

‧徐魯（2001），《重返經典閱讀之鄉》，上海：上海教育。

‧徐應佩（1997），《中國古典文學鑑賞學》，南京：江蘇教育。

‧陳友冰等（2001），《宋詞清賞（上）》，臺北：正中。

‧陳義芝編（2002），《散文教室》，臺北：九歌。

‧張隆溪（1998），〈中國文學中的美感與通識教育〉，《通識教育季刊》第 5 卷第 1 期（53～64）。

‧張麗珠（2001），《袖珍詞學》，臺北：里仁。

‧張麗華（2001），《紅樓夢詩詞藝術》，臺北：方舟。

‧張雙英（2002），《文學概論》，臺北：文史哲。

‧畢寶魁（2004），《宋詞三百首譯注評》，臺北：華立。

- 國文天地雜誌社編（2003），〈中國古典文學入門〉，《國文天地》，第 18 卷第 9 期（4～70）。
- 童超（2001），《豪華落盡見真淳：陶淵明》；臺北：萬卷樓。
- 黃永武（1976a），《中國詩學：鑑賞篇》，臺北：巨流。
- 黃永武（1976b），《中國詩學：設計篇》，臺北：巨流。
- 黃永武（1976c），《中國詩學：思想篇》，臺北：巨流。
- 黃永武（1997），《詩與美》，臺北：洪範。
- 黃慶萱（1995），《學林尋幽》，臺北：東大。
- 傅道彬等（2002），《文學是什麼》，臺北：揚智。
- 齊邦媛（1998），《霧漸漸散的時候——臺灣文學五十年》，臺北：九歌。
- 楊昌年（1998），《古典小說名著析評》，臺北：五南。
- 楊海明（2002），《唐宋詞與人生》，石家庄：河北人民。
- 葉海煙（1999），《人文與哲學的對話》，臺北：文津。
- 葉嘉瑩（1993），《詩馨篇》，臺北：桂冠。
- 葉嘉瑩（2002），〈閱讀視野與詩詞評賞〉，《建構與反思：中國文學史的探索學術研討會論文集（上冊）》（1～11），臺北：學生。
- 廖玉蕙（2001），〈文學裡的生活思考—談技職體系裡的中國文學教育〉，《通識教育季刊》第 8 卷第 4 期（111～125）。
- 趙滋蕃（1988），《文學原理》，臺北：東大。
- 魯洪生等主編（2003），《中國古代文學名篇導讀》，北京：中華。
- 蔣哲倫等（2002），《中國詩學史：詞學卷》，廈門：鷺江。
- 鄧鵬飛主編（2003），《中國古典四大名著導讀》，臺北：崇文館。
- 劉衍文等（1995），《文學鑑賞論》，臺北：洪葉。
- 劉紹銘（2000），《情到濃時》，上海：上海三聯。

・鄭樹森編（1984），《現象學與文學批評》，臺北：東大。

・龍協濤（1993），《文學讀解與美的再創造》，臺北：時報。

・龍應臺（2000），《百年思索》，臺北：時報。

・蕭麗華（1997），〈論唐詩在大學通識教育中的價值〉，《通識教育季刊》第 4 卷第 3 期（127～148）。

・羅竹風主編（1994），《漢語大詞典（第二冊、第九冊）》，上海：漢語大詞典。

・嚴明（1995），《紅樓釋夢》，臺北：洪葉。

・龔鵬程（1999a），《經典與現代生活》，臺北：聯合文學。

閱讀中國現當代文學經典

一、前　言

　　堂堂邁入二十一世紀的臺灣，是個在人與自我、人與人，以及人與自然的關係上，都極為扭曲的社會。我們處在這樣一個充滿了各種可能性（或契機）的時刻，事實上這也是個彷彿不問是非、對錯、價值與真理，這些屬於世界的根本性提問便會自動消失的時代。當我們爭相要去形塑一個「臺灣人」的主體地位時，卻經常忽略我們首先要是一個人，是個即便無法對某一個國族產生某種認同，但對自己生命存在的某些經驗，還是始終懷抱著美感與探索的人。而隨著我們一日日成為別人眼中的成功者或社會菁英，我們便一點一滴失落了那種要完善一個合理而公道社會的責任感與行動力。當我們專心致志要去創造一種富裕的生活，追求財富名利為我們帶來的重擔與虛名，便往往同時間遮蔽了我們認識天地間最美好事物的能力。當我們安於享受各種現代科技文明帶來的便利，我們便義無反顧的將自身對個人存在最

基本價值與意義的反思，丟給了茫茫虛空。

　　我們究竟是從何而來，最終要朝何處去？在這來去之間的我們，又要如何自處？這不是單單屬於偉大先知、哲人的提問，而是每一個身而為人的人會面臨到的課題。我們也許無法在此刻提出解決之道，但是卻永遠無法迴避這些提問的到來。因此，選在這個特殊的時空情境底下，閱讀中國現當代文學的經典，對我們會是一種歷史的廓清、情感的陶鑄和思想的啟迪，抑或是在不知不覺中又將淪為一種「政治正確」的角力？即便如此，我們還是能夠在「最革命」的作品中發現：「『革命就在藝術的本體當中』，意即在美本身。美，當它對抗醜惡的社會時，它便會成為一種顛覆的力量」〔馬庫色（H. Marcuse），1987：17〕。當然，如果我們生活與生命的經驗，始終都是浸泡在「經典」之中，我們現在提出閱讀經典，無異是畫蛇添足之舉，如若這早已是個「經典退位」的時代，我們的特意強調，難保不是「食古不化」的證明？然而，無論我們從哪個角度去思考這個問題，都只是更加凸顯了「經典」對我們的生活與生存所能產生的影響，那是直指我們對一種「標準」的存在，是不是還具有同情的認識與批判的內省。

　　因此，不論這些在中國現當代文學史上，留下重要作品的作家群，是要為人生或是為藝術而寫作，他們在書寫中想為一個國家民族找尋出路的努力，或是他們試圖在一個時代的轉折點上，展現個人生命價值的美感經驗，實在可以為生在此時的讀者，帶來諸多的啟示。特別是自清末以降，國家社會長期以來遭受到的各種憂患，在時間的淘洗之下，作家的筆墨已將它轉化成為一幅幅留給後人循線探索的歷史圖像，一旦我們認真追問起個人或國家民族的定位時，如何能夠閉上耳目，聽任歷史的風聲在我們身後咆哮？而每個人愈是能夠體會到前人生命的軌跡，是如何有機的遺留在我們身上，我們便愈能掌握閱讀文學經典之於我們的意義：「歷史地描繪過去並不意味著『按它本來的樣子』（蘭克）去認識它，而是意味著捕獲一種記憶，意味著當

記憶在危險的關頭閃現出來時將其把握」〔班雅明（W. Benjamin），
1998：251〕。一部傑出的文學經典，必是在那最普遍而獨特的個人
經驗裡，傳達了對人類存在的洞察與悲憫。以此途來認識「經典」，
它便會是前人留給後人的珍貴資產，亦是來者追問自身生命價值的重
要起點。

二、中國現當代文學經典的認定及其範圍

㈠中國現當代文學經典的認定

　　中國現代文學的發聲，以 1917 年的「文學革命」最具指標性的
意義。尤其是在文化菁英胡適、陳獨秀等人的倡議下，中文的書寫從
「文言文」轉變為大量運用「白話文」的寫作，這是一種表達工具的
更新，同時更意味著是在思想和文化領域的改弦易轍。要再進一步觀
察中國現代文學的生發，便不難看到在這個將「傳統文學」朝「現代
文學」推進的道路上，實際上凸顯的也是當時的知識分子群體，在面
對民族、家國與文化存亡時，隱忍不住的焦慮與激情。「文學」位在
政治與文化轉型間所能起的作用，未必成就了「經國之大業，不朽之
盛事」，但在這樣的衝撞底下，無異是為文學自身敞開了不同的視野
與空間（夏志清，1985：1～18），雖然在這樣的「開創」之中，於
今人看來，未嘗不也是一種自我的躁動與框限（王德威，1998：
23～42），然而，中國現代文學的發展，從整個中國文學史上可見的
意義應是：「由專制的文學向大眾的文學過渡，由雜文學向純文學過
渡，最後，由經世的文學向人的文學過渡」（朱文華等，1995：
2）。換言之，通過「現代文學」這一語彙，中國文學是在朝著它從
表達方式、內容題材、主題思想、個人情感，甚至是對讀者期待的
「現代化」之路邁進。

　　至於中國當代文學的分界，主要是以 1949 年國民黨與共產黨的分裂為時間斷限，自此不僅在政治的現實上是國分兩岸、人隔兩地，在文學的表現方面，兩岸的作家也有各自不同的文學成就和文學命運（呂正惠，1995：197～206）。推到底，針對中國當代文學的區分，可說完全是從政治的角度出發，不盡然能符合文學發展的美學規範，但卻也能經由這樣的區隔，使我們看到在這兩岸文學演變的進程中，一些殊途同歸的文學現象，例如兩岸統治者對於文學寫作產生的影響、兩岸的作家們切入不同的政治場域，留下的「政治傷痕」之作、抑或是兩岸不同的作家們將目光收束在自己生長的土地上，分別寫出的「尋根」、「鄉土」作品（王德威，1998：16～17）。總言之，中國現當代文學的演進，始終是與現實中的政治、歷史、社會環境緊緊相扣，文學創作者在這之間所進行的承續和突圍之舉，固然有極為可觀的成就，例如他們分別操作了各種西方的表現方式：意識流、魔幻寫實、新寫實、拼貼、諧擬……拿來轉化或消鎔在自己的寫作之中，但我們卻也無法忽視，他們在這有限的時空條件底下所開拓出的新局中，都不可免的深深打上了時代的印記（張子樟，1991；趙俊賢，1994；唐翼明，1995、1996）。

　　概觀中國現當代文學在文學史的一般界說之後，對中國現當代文學經典的認定，以及它所涵蓋的範圍，在本文中，我所認定的「經典」標準，主要包含兩個層面，一是「文學性」（創造性），一是文學的歷史性（承續性）。也就是在「經典」中，我們會看到一種帶著普遍性、永恆性和純粹性的「標準」，如何在經歷著一種崩裂、重組和新生的試煉。尤其是當時代中間，一些明顯構成我們生活中那種習而不察，並且是當道流行的價值觀。例如在這個經濟與科技掛帥，民主與法治脫序的社會，認識並且體現一種素樸而普遍的人文價值，在這之中是一種孤芳自賞或是力挽狂瀾？也就是讀一部經典，對我們是一種生命的提升與淨化，或是對這荒誕的世界，能從事一種有「文學造詣」的冷潮熱諷？這兩者其實都大有可議之處，值得我們藉由去攻

克一部經典，來找到屬於自己的解答。因此，能理解到這些經典中寓意的「標準」，是如何經歷著一種轉變的過程，它既是直接關涉作品本身的美學成就，如卜倫（H. Bloom）所言：「傳統不僅僅是一脈相承或是和樂融融的遞送過程而已，同時也是以前的天才與現在的野心之間的衝撞，而獎賞就是文學上的存續權或是進入正典」（卜倫，1998：13）。同時是讓此作品在時間的序列上，展現古往今來讀者們的接受與反應能力（鄭毓瑜，2003）。

(二)中國現當代文學經典的範圍

在文中將分別以冰心《寄小讀者》、巴金《隨想錄》、楊絳《幹校六記》、阿城《閑話閑說──中國世俗與中國小說》作為散文的示例。小說部分以魯迅《阿Q正傳》、老舍《駱駝祥子》、沈從文〈蕭蕭〉、張承志《北方的河》為主。詩歌是以聞一多〈死水〉、艾青〈我愛這土地〉、何其芳〈於猶烈先生〉、舒婷〈致橡樹〉等詩作為閱讀重點。因為篇幅的限定，以此描摹中國現當代文學經典的圖像顯然是坐井觀天，儘管如此，個人仍寄望在這些極為有限的選文中，嘗試說明這些作家和他們的作品，如何為後人燃起了一盞盞的燭光，或是發出了隆隆炮火，照亮了在中國現當代歷史上一些悽惻的長夜與幽微的黎明。

換言之，這些作品在當時看來具有「劃時代」的意義，在今天細讀它們仍然是熠熠生輝，它們給不同時代的讀者們，留下了一個可以不斷摸索、對話與開展的機會。也就是經典如若能與各個時代的讀者進行交流，使讀者在閱讀的過程中能夠有所感悟興發以至批判質疑，恰如周英雄在〈必讀經典、主體性、比較文學〉提到：「從倫理觀點重看必讀經典；從社會、文化與語言的觀點看主體性；透過比較的觀點看自我（self）與異己（other/Other 的辯證關係）」（陳東榮等主編，1995；4）。也就是在實際從事閱讀時，不論是經典本身，或是作為讀者的我們，以及我們所身處時代環境中的種種影響，是如何使

我們在一個最簡便，也是最豐富的可能性中，認識到個人以及由某個獨特的個人所創造的世界，那正是在經典中為讀者開展出來的場域，它一方面在吸引人進入理解認識的同時，也鼓舞著人離開，離開它不是因為傍無依歸，而是對自己所依恃的事物，自此已有了不同的體悟。

三、怎樣閱讀中國現當代文學經典

當我們理解並且能夠經驗到「經典」對於我們可能產生的影響之後，閱讀文學經典之於我們的意義，最終就是令一本書，從書架上被人取下來翻開。一旦能走近並走進書中的世界，才真正會出現屬於作品和讀者之間的交流，也唯有如此，我們才能夠比較具體的談文學對人的意義和影響。而這樣的一種交流，或者就是我們一般所謂的「閱讀」，特別是當它是一種文學的閱讀時，是不是也有專屬於它的了解進路？伊塞爾（W. Iser）便對閱讀活動中，關於讀者和作品之間的互動，有一個精細的看法：

> 文學作品具有兩個極，我們可以稱之為藝術極和審美極：藝術極是作者的文本，審美極是讀者完成的具體化。從這種極性的觀點來看，作品本身顯然不能等同於文本或具體化。但必須安置在兩者之間。它的性質必須是虛的（virtual），因為它既不能還原為文本的實在性，也不能還原為讀者的主觀性，它的動力源於這種虛性。讀者在文本呈現出的豐富景觀中流連忘返，把不同的情景和模式勾連起來，把作品和自己都捲入到同一運動之中。〔弗洛恩德（E. Freund），1994：138～139〕

由上述的講法可以使我們知道，一個讀者在進行閱讀時，事實上是有相當程度的自主性，可以決定要從一部作品裡讀到什麼，不論那

是或不是一部經典。然而如果閱讀本是一種如此封閉又開放的活動，何以我們一定要以經典作為閱讀的對象？事實上在伊塞爾的說法中，固然是為我們提示了作為讀者本身的能動性，卻同時也提醒了我們，一部能夠將讀者「捲入其中」的作品，其中必也包含了「豐富的景觀」，方能使人在其間「流連忘返」，從這個角度說，閱讀經典無異是為我們提供了一個極佳的示範。「經典」正是在作家創作的「藝術極」和讀者參與的「審美極」兩者間，創造了最可觀的風景：「即偉大的作品並不通過讀者與作品同時代的單個『選票』而獲得規範性。相反，一部規範的作品必定意味著代代相傳，後來的讀者不斷地證實對作品偉大性的評判，好像幾乎每一代都重新評判了這部作品的質量」〔蘭特利奇（F. Lentricchia）等編，1994：323〕。可見，當我們在閱讀經典時，便不只是在和一部作品進行交流，更同時是在和各個時代中每種獨特的心靈相互應和。作品的偉大與否也許早已蘊含在作品之中，但是若沒有一代代的讀者將其中的偉大揭示出來，作品本身的命運也難免會受到影響，例如張愛玲的作品，在夏志清《中國現代小說史》得到獨出的評價，既是展現了史家特殊的眼光，更是使作家的創作有了一個被「公平對待」的機會。

從一般閱讀的狀態，要再進一步細想閱讀中國現當代的文學經典，會不會有一種獨門密技，能使我們在與經典互動的過程中，關係更加親近，了解也更深入？我認為首先要做的是：把閱讀當作一個平常的活動，就像每天穿衣吃飯一樣自然。一旦養成了習慣，我們不論是正在閱讀經典，或是著手準備閱讀經典，便都有了面對它的自信與勇氣，能和這些作品展開更深刻與廣闊的對話。換言之，不論我們會因為什麼理由翻開一本書，也不管我們會在作者創造出的文學世界中，如何心醉神馳，我們終究還有一個獨立存在的自身，不會無端在這現實世界中消失。在與每一部經典交會時，我們自己便會是一個最好的問號，也會是一個絕佳的句點，因為我們都是帶著自己的過去和未來的可能性，參與著經典再生與新生的工程：「文學文本不是存在

於書架上，它們是閱讀實踐中具現出來的顯義過程（processes of signification）」〔伊格頓（T. Eagleton），1993：261〕。因此，即便我們在現實中的生活很平常單調，心靈的世界很貧乏枯澀，但那都無妨我們從事閱讀。「經典」如若不是能從它奠基於「平常」的出發點上，吸引它的讀者前來，它的崇高壯美或微言大義，就終是山中的木末芙蓉，能自在開落是美則美矣，但少了與之共賞共品的趣味，就不免太荒寒。

　　以下，我即以文學本身具備的「普遍性」和「獨特性」為經；以讀者和作品的互動，一般是由淺而深、由簡而繁，進而是由被動的吸收，到主動的消化與創造，此一閱讀的經驗為緯，將怎樣閱讀中國現當代文學的途徑分作：(1)常識性（同情性）的閱讀；(2)審美性（無目的性）的閱讀；(3)政治性（批判性）的閱讀；(4)創造性（自我解構）的閱讀等四個層面，來說明我們可以怎麼樣閱讀中國現當代的文學經典。

(一)常識性（同情性）的閱讀

　　我們經常會聽到「文學是現實的一面鏡子」，既然它可以是一面鏡子，我們在鏡中看到的會是什麼？簡單的講，就是「那一個現實」了。例如有個名叫阿 Q 的人，他活在一個很混亂的時代。「混亂的時代」意味著「文明和野蠻」是相同的一件事，差別只在誰比較虛偽，或是有能力來掩飾自己的虛矯。當我們上天下地找不到一個與我們所要閱讀的經典對話的起點，最好的辦法就是用平常心，將「經典」中傳達的人物、情感、主題、思想，甚至時空場景……視為個人生命經驗中可知可感的一部分。也就是如果哈利波特施展的魔法對我們深具魅力，或是金庸創造的武俠人物是如何的令我們目眩神迷，我們有什麼理由會讀不出魯迅《阿 Q 正傳》裡為我們搭建出那個看似如此荒唐可笑，卻又是如此殘酷真實的世界？阿 Q 沒有神奇的法力去對抗邪惡勢力，更談不上出身自什麼名門正派，便要義無反顧的去

伸張社會正義，但他卻最有可能是我們每一個人在獨自面對自己時，最膽怯幽微也是最蒙昧乖張的側影。

阿 Q 本身一無所憑，是一般人眼中下等，甚至是劣等的人，想想我們若處在和阿 Q 同樣的位置，去面對他所身處的情境，我們的選擇、決定和行動，又會如何？「精神勝利法」從來不是阿 Q 的專利，否則我們如何能從他的精神勝利中，既看到了他的愚行，又難免為他的「自大」心生起同情？我們在什麼樣的程度上，能進入阿Q的世界，就代表著我們自己有那些可能性，去面對那種存在於我們自身隱而不顯的「痼疾」。文學固然帶著「虛構性」，但這樣的虛構卻是奠基在真實的土壤上結出的花果：「藝術不能把它的洞見轉變為實在。它依然是一個『虛構』的世界，雖然它看透實在並預見實在」（馬庫色，1987：103）。當我們對生活有愈廣闊和精細的體會與觀察，便不會在文學為我們開展出的世界中迷途失航，因為它總會沿路為我們灑下麵包屑，提醒我們最終即便回不了家，還是可以繼續在人生的路上，發現動人的花草、閃爍的星光。

(二)審美性（無目的性）的閱讀

確認經典的素材來自於現實生活，可以在相當的程度上打破讀者和作品間的隔閡，進而與作品中的人、事、物互通聲息休戚與共。然而正如我們之前所說，文學就算是現實的一面鏡子，也會是一面特殊的鏡子，也就是生活中會有經典的素材：從人間的悲歡離合、家國的戰亂動盪、歷史的興亡更迭，到個人精神世界的壯游開闊，或是詭譎幽閉……總之是「大塊假我以文章」，可大塊終是那最初的材料，沒有「我」在其中的取捨烹調，它不會自動成為一道佳餚。因此，廚師廚藝的高低，便在絕大的程度上決定了材料的命運。同理，我們去想一部文學作品的誕生，便是在作家的煎煮炒炸、添油加醋下精心調製而成的人間況味。

如果說常識性的閱讀，仰賴的是我們對一般事物的基本感知和觀

察能力，「審美性」的閱讀便是使我們能認識到，作家是利用什麼方式在處理這些素材。他們或是極為熟知這些材料的特性，能順勢而為，使鮮美之物顯出本色，或是能點石成金，化腐朽之材為神奇。換句話說，當我們在讀一首詩、一篇小說或是散文，除了看到作者在說什麼，同時也能試著體會作者為什麼要選擇這樣的方式說。例如沈從文的〈蕭蕭〉一文，作者幾乎就是用不著痕跡的白描，說出了一種在世間逐漸遺落的溫情，在那裡有作者不動聲色的對人世的洞察。沈從文並沒有在作品中選一個「高大全」的角色，去傳述一個如何偉大普遍又帶著永恆性的主題。他就選那些紮根鄉野、生命中彌漫著泥土芬芳的小人物，他們天真、善良，也固執、愚昧。他們知道自己和「讀書人」、「女學生」的不同，但是老天爺同樣會給他們機會和命運，使他們一樣有生命中艱難的掙扎、深刻的同情與寬厚的了解，未必要透過「全知全能」的人物，或是「眾聲喧嘩」的聲響，才能照見熊熊燃燒的真理。昆德拉（M. Kundera）說：「小說不研究現實，而是研究存在。存在並不是已經發生的，存在是人可能的場所，一切人可以成為的，一切人所能夠的。小說家發現人們這種或那種可能，畫出『存在的圖』。再講一遍：存在，就是在——世界——中。因此，人物與他的世界都應被作為諸多可能來理解」（昆德拉，1993：34～35）。沈從文在敘事手法上「舉重若輕」的娓娓道來，恰恰鎔鑄了那個「此中有真意，欲辯已忘言」的世界，使我們在讀一篇「小說」時，便是試著在理解一種人可能的存在。

　　其實細想在生活當中，我們有多少時間不是在「受教」就是在「說教」，為什麼有些人能說得令人想放下屠刀成聖成賢，有些反而會使人忍不住要動刀動槍為匪為寇？「審美性」的閱讀，便是教我們繞到作品背後看它組成的肌理，是如何使一個人人都懂得的道理，變成一個耐人尋味的謎。也就是觀察在作品中，作家選擇了哪些獨特的意象、運用了哪些有力（利）的修辭，創造了哪些特殊的隱喻或象徵，以詩或散文或小說等不同的文類，去創造了一個「想像的世

界」，吸引我們進入其中，體會作品傳達出的思想、情感與追求：例如《阿 Q 正傳》中的阿 Q，這位先生不知是何許人的蒙昧離奇，與陶淵明的五柳先生大相逕庭，但也因為這種「既無名又有名」的狀態，作者有效的創造出了這麼一個帶著「典型性」的人物。在這個人物身上烙印的是面對著歷史轉折的一個小人物，因為在「精神勝利」了，才永遠不必去面對那種靈魂的萎頓與失敗。阿 Q 尚且如此，而那些在心智上遠遠超過（或優於）他的人，又會如何？在郁達夫《沉淪》中恰恰是寫出了當時代文人（讀書人、知識分子）的一種苦悶，從肉體到精神的無所依傍，偏偏又不能關上耳目不聞不問。因此在敘述中的獨白與心理描寫，無異更加深了人物角色生命被框限和拘禁的意象。亦即使用白話文的書寫，若是指在工具上的一種「進步」，除此而外，在中國現代文學的寫作中，那些具有「現代性」的批判精神和視角，也同時構成了現代文學中一個獨出的立場和成分，形塑了一部作品之所以為美的判準。

　　也特別是在這種審美性的閱讀中，會使我們更深入的體會到，一個正面光明而美好的素材，固然會使我們看到生命的豐美，但一個在背後陰暗醜陋的材料，同樣也能令我們省思到生命中動人的力量，不只是在人身上存有一種良善的潛質，同時還有人在面對自我時的種種徘徊猶豫、衝突、扭曲和變形：「美，不再有希望的人最後可能的勝利。美在藝術中：從未被說出的事物突然間光芒四射。這個照亮偉大小說的光芒永遠不會被時間黯淡，因為人的存在經常不斷地被遺忘，小說家們的發現儘管非常古老，卻永遠不會讓我們驚訝」（昆德拉，1993：98）。一如老舍《駱駝祥子》中的祥子，是如何在作家筆下經歷著一個從天使到魔鬼的歷程，其中老舍對祥子的人生有多大的悲憫，便對他的處境有多深的批判：「體面的，要強的，好夢想的，利己的，個人的，健壯的，偉大的，祥子，不知陪著人家送了多少回殯；不知何時何地會埋起他自己來，埋起這墮落的，自私的，不幸的，社會病胎裡的產兒，個人主義的末路鬼」（老舍，2000：

258）。作者並不振臂跳出來高喊有這樣一個令人動彈不得的社會，是如何作賤了一個善良的人，他就是藉著祥子，展示了這個「毀滅」的過程。美會在它自身成就屬於它自己的真理，我們的審美經驗或許可以完全不涉是非對錯，但一部經典卻絕不會在讀者面前吝於展現它對美的判斷和選擇。

透過對作品內部紋理的分析，便可以從中發現，傑出作家是如何透過書寫，去傳達一個時代中獨特的審美經驗和美感形式。在小說中多半是透過地位比一般人低下的小人物，或是一個個扭曲變形的菁英人物，令讀者體會一個社會最隱晦的希望與絕望。在聞一多〈死水〉一詩中，更是用了極「醜」的事物，去烘托出「美」的存在。只是這樣的一種美，是在腐敗絕望中誕生茁壯起來的，這樣的「反諷」底下，少了「落紅不是無情物，化作春泥更護花」的深情，卻有了面對「一溝絕望的死水」，人和世界究竟如何可能的悲願。在文學史的評價中，現代文學最重要的表現之一，便是作家在「現實主義」的精神底下，於作品中凸顯的「人道關懷」。而在這其中經歷了那些編織補綴的過程，如要描寫一個轉折時代的荒謬性，魯迅選擇了阿Q，老舍透過了祥子，這一些生活在社會底層的「小人物」，他們所能想像與擁有的非常有限，所以從某個角度看，他們就是用一個有限的自身，在映照一個對他們而言是難以掌控，卻隨時會左右著他們命運的社會。作家便是在那個「有內容的形式」中，負載了那個「有形式的內容」，最終進而表達了那種既個人又普遍的情感與思想。這也是我們在從事審美性的閱讀時，最能發現到文學之所以能搖盪性靈，傳達一種無用之用是謂大用的重要理由。

(三)政治性（批判性）的閱讀

我們可以運用既有的常識從事閱讀，也可以選擇幾近非功利的文學視角，去品味一篇作品之所以能傳達出美的訊息的理由；我們當然更可以從一個帶著強烈的政治性，並且是貼近現實的閱讀角度切入，

去認識在一部作品中，作者在有形與無形之間展現的「意識形態」：不論那是一種政治權力的爭逐、性別之間的角力、階級彼此的傾軋，或是那些夾纏在民族與個人之間的仇恨……在這個強調「政治正確」、「殖民與去殖民」、「壓迫與被壓迫」、「認同與不認同」……的時代，中國現當代的文學經典，實在能透過這類的討論與閱讀，讓我們看到文學走在它時代的前端，去觸碰屬於自己時代中的禁忌或盲點。例如張愛玲〈傾城之戀〉中的女主角流蘇，是如何冷冽透澈的看穿了男子的把戲，以及作為當時一名離婚女子，所面臨到從家庭、社會至整個家國的「幽怨」；或是其他作家作品中所反映出的階級問題、知識分子自我轉型的課題，以及讀書人面對權威時的表態……等。文學家張揚在「禁忌」中所帶來的各式困窘與災難情境的同時，也是在透過書寫耙梳個人生命底層的意蘊（譚國根，2000）。

　　而當我們進行這些表面上一望即可得的政治面的理解時，我們自身也必須要儘可能保持一定程度的「清醒」，即是：「真實的藝術常常超越它所處時代的意識形態界限，使我們看到意識形態掩蓋下的現實」（伊格頓，1987：21）。換句話說，文學作品就是用它自身的立場在說話。文學不乏它屬於政治性的一面，它書寫政治或批判政治，或並不直接去觸及政治的議題，它首先都要是一部傑出的文學作品，而不是淪為政治的宣傳品或歷史文件。張賢亮《我的菩提樹》利用他在勞動改造時期，留下的一份「日記」加註說明，極寫實的表現了一個歷史當中活生生出現的「鬧劇」，是如何那麼正經八百的吸引了無數人義無反顧的獻身：「在中國大陸，從 1957 年開始到 1979 年為止，你怎樣想像那片廣闊的土地上發生了什麼荒謬的事都不過分」（張賢亮，1997：3）。在這條時間的長廊上，作者描繪出一幅幅令人不忍卒睹的鮮活場景，展演著統治者使用了哪些可能的方式，使一批批的讀書人捲入一次次的政治運動中，接受著從身體到靈魂的改造，並且如引鴆解渴似的自限於荒謬絕倫的情境中，最終不得不以甘之如飴的態度面對眼前的境遇。

　　不妨看張賢亮如何描寫一個國家在大量生產製造國家的敵人之時，卻沒有為此準備相應的囚服，這說明統治者處理數量驚人的敵人絕不手軟，也反映出統治者面對敵人時的措手不及。從這有形可見的「囚服」原在說一種區別，但在國家和敵人之間、百姓和犯人之間，以及犯人和犯人之間的區別，既是界線分明，又是名存實亡。於是這些讀書人，在經歷著身體與精神的苦役中，逐步逐步從人「進化」成統治者調教出的「牛鬼蛇神」，他們可以放下一切自尊、自信，只是為活著活著。這樣的一種歷程，也正好可以呼應作者最初的提示——你怎樣想像那片廣闊的土地上發生了什麼什麼荒謬的事都不過分：

　　　　犯人不統一著裝，就很難分辨出誰是犯人誰是老百姓了。你別擔心，自有分辨的辦法。在出工收工的道路上，在田野上，你可看到五顏六色的奇裝異服。穿奇裝異服的肯定是犯人。

　　　　其怪異，並不是出於犯人們別出心裁地精心製作，犯人哪有講究衣著地閒情逸致？卻是因為再也不把自己當作人看，而隨自然變化與生存需要的擺布，就像還沒有進化到有審美意識的原始人那樣，圍一塊獸皮並不是為了美觀而是為了禦寒；如果你能想像周口店的北京猿人忽然闖進現代的百貨公司，你就能知道犯人們會怎樣打扮自己。其怪異，也不能與乞丐比擬，因為還有一些人穿著考究的西服，繫著絲質領帶，但領帶並不是繫在襯衫領子下而是繫在腰上；衣裳破了隨便找塊布來打個補丁，於是非常巧合地就如同夏威夷服飾似地五彩繽紛；襯衫會穿在棉襖的外面（沒有時間、也懶得補棉襖），襪子可以當手套戴，腳上穿著兩隻不同的鞋是常見的，褲襠是最容易破的地方，而在那裡打補丁的布料，最適合是用圓形的帽子了……整個勞改犯人的隊伍，呈現出了一派突破了一切限制的、反傳統的現代藝術格調。

（張賢亮，1997：253）

　　透過作者對犯人服飾的描繪，我們應該能夠稍稍感受到那種時代的荒謬性，而那種脫離常識判斷的經驗，事實上是不斷在人類的歷史中重複上演。讀書人自視的理智與清明，面對的是一個強而有力的統治者時，實際承受的或者並不一定單是威權本身的可怖，而是來自於人在不知不覺間消失的自我，這個自我在過去或是未來，都經常為他們身上無法放棄的追求所苦：「蘇格拉底解釋，愛要追求『善』，但也有可能在無意間變成『惡』的幫兇。原因在於愛會引發狂熱，一種我們難以控制的愉悅的狂熱，無論是愛上某人或愛上某個觀念」〔馬克（L. Mark），2003：196〕。因此，這個自我或許可以不屈從於暴力，卻很可能會一無所懼的在獻身於一種以理想（或愛）為標竿的激情時，被理念所「曬傷」。

　　當然，閱讀不會只有一種讀法，我們愈能夠注意到在中國現當代文學詮釋中的立場問題，特別是面對權力時所持的態度，便愈能夠釐清屬於我們自己身上的「不見」。也就是我們對自己的閱讀活動，經常是帶著某種意識形態這件事是不具自覺的：「意識形態主宰大局的時代也許已經結束，然而只要人們還會思考政治問題——只要會思考的人們還存在，我們就可能會受到誘惑，對某個觀念五體投地，看不清熱情中的暴政傾向，棄絕了克制內在暴君的當務之急」（馬克，2003：202）。我們仍然可以繼續堅持自己的「清白」，可是正是因為這樣的漠視或掩蓋，認為只要占據了指導者的位置，在擁有指導權的同時，便保證了自己的立場是可以不被挑戰或質疑，這往往使我們在閱讀的過程中，僅忙於去窺探、拆解、評判他人的立場，反而忽略掉了自身真實的局限。試想，如果歷史的災難對人類具有普遍的啟示，何以我們會因為那是對岸的「文化大革命」（金春明，1996），或這是此岸的「二二八」或「白色恐怖」，我們就只能取此捨彼？畢竟，「所有人為苦難都是屬於一體的，而每一個人都有責任」〔蘭迪（A. Nandy），1998：100〕。

　　因此，在從事這種政治性的閱讀時，正好可以使我們勇於去看待

自己最不願意面對的表態問題；表態不是使自己身陷險境，而是誠實承認我們的見與不見。是在我們看到那些帶著政治性的作品，或是我們選擇用政治性的眼光在從事閱讀時，最後都不要忘記還會有一個文化的政治（politics of culture）在後面提醒著我們，「政治」在什麼時候需要上場，在何時它又必須退場：「『文化政治』（cultural politics）並不存在。相反的，文化絕非與生俱來就具有政治性。唱一首不列塔尼（Breton）的情歌、策劃一場非洲──美國藝術展覽，或宣稱自己是女同性戀，這些在本質上就不具任何政治色彩。凡此種種並非天生、也非永遠不具政治色彩；只有在特定的歷史條件之下──通常是令人不悅的條件──它們才會帶有政治色彩。只有當它們身陷於主導與抵抗的過程之中，當這些在其他方面平淡無奇的事物為了某些原因變成鬥爭的場域，它們才會帶有政治色彩。文化的政治之最終目的即是將這種平淡無奇歸還給他們，如此一來，我們可以唱歌、繪畫或做愛，毋須受令人厭惡的政治鬥爭來分散我們的注意力」（伊格頓，2002：158～159）。

(四)創造性（自我解構）的閱讀

從常識性的閱讀，我們可以看到的是，經典如何能夠跨越時空與當下的我們對話；審美性的閱讀，則是啟發我們如何透過對文章意義的形構，去發現與建構一種美的經驗；至於政治性的閱讀，則是強調我們除了能在經典閱讀中吟風弄月，也會看到不同時代中的「感時憂國」、「涕泣飄零」，那是詩人為什麼會被驅逐到「理想國」外的重要理由，因為他們實在是無法安置自己敏銳動盪的靈魂，進而能馴化成一部機器中的螺絲釘，所以時不時他們便會成為令這部機器感到困窘難堪的芒刺。

在創造性的閱讀中，我們要回到最初，即是重新思考「我們為什麼要閱讀經典」。這不是一個詮釋的循環，而是經過這整個閱讀的過程，我們實際要經驗的，或是說我們最終要思考的是什麼問題？畢竟

文學未必是人人的喜愛，經典更是如此：我們要具備常識，科學家應
該可以給我們更明確有力的指導和精準的答案；培養審美的趣味經由
繪畫或音樂一樣可以達成，甚至更豐富，更具有挑戰性；至於要建立
與訓練一種對公共議題的論辯與批判精神，社會科學家和哲學家們，
一定有比文學家更富於深思熟慮的謹嚴；認識歷史對我們的意義，何
苦要經過文學而不直接透過歷史學者的識見？凡此種種，最終不是都
顯出了文學的無用武之地，或是美其名的「無用之用是為大用」？然
而即便文學隨時準備面對不同學科畫疆設界的質疑與挑戰，但我們還
是選擇要閱讀文學經典的最後理由，我認為「創造性」是其中的關
鍵，這個「創造性」是同時出現在作者和讀者之間的相互闡發。這創
造是作者的想像以語言文字作媒介，將古往今來人世間最醜陋的美
好、最善良的掙扎、最無告的詰問……用常帶情感的筆尖和靈魂展現
出來，而讀者是進入其中與作者的創造物共通聲息。經典作品便是幫
我們捕捉到那瞬間消逝的至真至善至美，為我們保留住那種我們始終
想要掙脫迴避的生命處境。在那裡有人極真實的限制，以及人可能的
超越，只要我們還身而為人，就無所遁逃於其間：「很明顯地，可能
會有一些社會，其中的人不再相信神喻；也可能有一些社會，不再有
亂倫的禁忌；但卻很難想像一個社會，取消了機遇和命運，取消了十
字路口的邂逅，取消了情人間的邂逅，也取消了與地獄的相遇」（馬
庫色，1989：82）。他們是在創造中成全了讀者，讀者也同樣在自我
的創造中回應了作品，我們不是在作品中為作者找尋答案，而是在作
品中發現作者為我們遺留下來未竟的疑問。

　　創造性的閱讀就是讓一個生命不斷經歷著拆解和重建的過程。語
言可以如遊戲般存在，語言也可以擲地有聲不斷敲打在每個不知名讀
者的心靈，它使一些重彈的老調，亙古常新迴盪在讀者的心中。雖然
解構主義的大師們，提醒了我們如何看到語言在文學作品中的「延
異」，它的閃爍、不確定、去中心、諧擬模仿……但這終是一面。還
有一面是那不斷被瓦解的對象，何以在經受拆卸與支解的過程中還能

那樣頑強，可以繼續任憑拆解在其身發揮作用？我認為那是在作品中
確實留下了一種能經受各種力量批判質疑的素質，說它是文學性或創
造性都無妨，而那便是經典文學的核心。我們不一定會記住作者的諍
言，但我們也許很難忘記作者用自己的生命，在文字中傳輸出的力
道，他們在文字中重生找到自我的救贖，卻斷非以「救世主」自居，
去判別他人的存在、生命的經驗與感受。史鐵生在〈我與地壇〉一
文，說到人如何去面對苦難，以及在苦難中的人，是如何看待自身苦
難的意義：

> ……假如世上沒有了苦難，世界還能夠存在嗎？要是沒有愚
> 鈍，機智還有光榮嗎？要是沒了醜陋，漂亮又怎麼維繫自己的幸
> 運？要是沒有了惡劣和卑下，善良與高尚又將如何界定自己又如
> 何成為美德？要是沒有了殘疾，健全會否因其司空見慣而變得膩
> 煩和乏味？我常夢想著在人間徹底消滅殘疾，但可以相信，那時
> 將由患病者代替殘疾人去承擔同樣的苦難。如果能夠把疾病也全
> 數消滅，那麼這份苦難又將由（比如說）相貌醜陋的人去承擔了。
> 就算我們連醜陋，連愚昧和卑鄙和一切我們所不喜歡的事物和行
> 為，也都可以統統消滅掉，所有的人都一樣健康、漂亮、聰慧、
> 高尚，結果會怎樣？怕是人間的劇目就全要收場了，一個失去差
> 別的世界將是一潭死水，是一塊沒有感覺也沒有肥力的沙漠。
> （史鐵生，2002：33）

作者在一系列的反覆提問中，最終關心的是人的存在，是人在既
有的現實底下，可以用什麼樣的方式看待這個有許多缺陷難以消除的
世界。史鐵生自己是一個行動不便的「殘疾人」，當他看到「殘疾」
事實上是生命存在之必要時，那其中提醒的不啻是上帝（或老天爺）
交到人類手中最嚴峻也是最深刻的生命課題。這不是吃得苦中苦成為
「人上人」的優越，而是吃了苦中苦寧為「人下人」的悲憫。閱讀和
創作在相當大的程度上，就是在從事一種自救的動作，不管是為了挽

救什麼，最後被剝除盡淨的當是人的心靈。因此人的內心世界，不論曾經是佈滿了蛛網勞塵，或始終都是澄澈晶瑩，只要它能讓自己繼續與這世界對話，在那些看似走不通或絕望的路之間，事實上，早就有了熒熒的燭火在對自我生命不斷詰問的過程中提供了答案。

四、實際閱讀舉隅

談過可以經由哪些途徑閱讀中國現當代文學經典之後，在本單元，就實際引舉散文、小說和詩歌為例，說明我們如何能夠靈活組合運用上述不同的閱讀進路，置入具體的閱讀活動中，展開我們與文學經典的對談。

(一)散文

在閱讀的經驗中，散文對一般的讀者而言，應是最容易入手的文類，儘管它未必能就此保證，每篇文字都能引人入勝。但通常那些重要的文學創作者，會在他們散文的書寫中，放進更多的「真實」，這個真實，不僅表現在情感上，它同時也在呈顯一個創作者的品格與美感。從記敘、抒情以致議論的文章中，我們會不自覺的描出那一個與眾不同的「作家身影」，並努力要「懷想其人」驗證其事。從這個角度想散文的特質，似乎就擺明了它在先天上，已相對喪失了「詩歌」與「小說」那種變裝的可能性，一切只能以「真面目」、「真本色」示人，這既是它本有的限制，同時又可以作為它凸顯自己質地的利器。換句話說，散文作為一切文學表現的基礎文類，最容易使讀者看到一個作者在運用文字上的基本功力如何，我們在閱讀的過程中，就是在細細咀嚼這些文字組裝起來之後，留在我們唇齒、脾胃以至心神之間的滋味。

以下就引舉冰心《寄小讀者》、巴金《隨想錄》、楊絳《幹校六

記》、阿城《閑話閑說——中國世俗與中國小說》幾本具有代表性的
著作，讓我們實際去品味其中的個中旨趣。

1. 冰心《寄小讀者》：溫暖而優美的筆下綻放永不凋零的親情

冰心《寄小讀者》是在留學時期寄給「小朋友」的書信。在這些
書信當中，作者充分展現了一種溫柔婉約的情致。她在作品中洋溢的
女性婉約之情和母性的慈愛，在當時的女性作家群中，都是非常凸出
的，與我們在這個時代所張揚的批判精神，雖然同工卻不太同調，她
多半會從人生正面的力量去面對現實中避免不了的醜惡。在《寄小讀
者》這些書信中，便飽含了異鄉遊子懷鄉的惆悵，也有對故鄉人的眷
戀和提醒。在〈慰冰湖畔——通訊之七〉中，冰心一方面描述她的海
上生活，如何使她從現在回到了童年時光，另一方面，則是她眼下的
旅程，同時又展現了那種筆墨難以形容的魅力，那恰是海洋對她生命
豐富又多情的召喚：

> 我自小住在海濱，卻沒有看見海平如鏡。這次出了吳淞口，
> 一天的航程，一望無際盡是粼粼的微波。涼風息息，舟如在冰上
> 行。過了高麗界，海水竟似湖光，藍極綠極，凝成一片。斜陽的
> 金光，長蛇般自天邊直接到欄旁人立處。上自蒼穹，下至船前的
> 水，自淺紅至於深翠，幻成幾十色，一層層，一片片的漾開了
> 來。——小朋友，恨我不能畫，文字竟是世界上最無用的東西，
> 寫不出這空靈的妙景。
>
> （冰心，1989：75）

作者即景抒情，既寫不同層次的景致變化，從如鏡一般的海，猶
似在冰上行舟，到極綠極藍湖光色的海水，使海與湖在瞬間有了聯
繫，以至海與斜陽的互動造成的形色光影，使海本身霎時生出了多姿
多彩的情調，而不只是顏色的變化而已。雖然末了她終不免慨嘆文字
的無用，事實上，她卻已用了那許多的字辭在「描摹」她的海了！我
們單單從這樣一小段的文字中，便可以稍稍揣想冰心下筆的細膩，以

及她那綿密的觀察，又是怎麼令一個尋常的「自然景觀」，表現出它
獨特的性格與美感來。作者面對自然，猶有這樣深的情感，面對人又
怎可能寡情？不妨看她用那樣純粹又熾熱的情感，所歌頌的母愛：

> 天上的星辰，驟雨般落在大海上，嘩嘩繁響。海波如山一般
> 的洶湧。一切樓屋都在地上旋轉。天如同一張藍紙捲了起來。樹
> 葉子滿空飛舞。鳥兒歸巢，走獸躲到牠的洞穴。萬象紛亂中，只
> 要我能尋到她，投到她的懷裡——天地一切都信她！她對於我的
> 愛，不因著萬物毀滅而變更！

（冰心，1989：82）

　她先從「萬象紛亂」說起，這紛亂裡是天旋地轉的恐怖，萬物脫
序的震驚，星辰驟落、波濤洶湧、樓屋旋轉和飛禽走獸的驚慌……在
在令人不知措其手足，然而即使天地是如此令人感到不可捉摸，但只
要能找到她——母親，投到母親的懷裡，母親的愛也不會因為萬物毀
滅而改變！母親的懷抱是天地的懷抱，甚至比起天地更溫柔寬厚，天
地猶有不仁之時，母親卻不會拋下她的孩子。作者這種在文字中表現
出來的堅信和呼喊，可見其中迸發的是何等純真與熾烈的情感。她毫
不懷疑「母愛」的力量可以比擬天地，甚至超越天地。這樣的「信
仰」從何而來？應可從她個人對自己母親充分的依戀與信託中，檢視
這種情懷。在這樣的情感中不需要解釋，只需要單純的行動，不必懷
疑，就是全面的接受。母愛是連在最枝微末節的瑣事上，都充滿著一
種了解與寬容的心意。當冰心說起自己如何害怕媽媽凝神、發呆，只
要碰到了這時刻，她便會到母親面前呼喚她。沒想到往後這也成了作
者自己的習慣，同時也被她的母親察覺了，於是：

> 當她說這些事的時候，我總是臉上堆著笑，眼裡滿了淚。聽
> 完了，用她的衣襟來印我的眼角，靜靜的伏在她的膝上。這時宇
> 宙已經沒有了，只有母親；因為我本是她的一部分！

這是如何可驚喜的事，從母親口中逐漸的發現了，完成了我自己！她從最初已知道我，認識我，喜愛我。在我不知道不承認世界上有個我的時候，她已經愛了我了。我從三歲上，纔慢慢的在宇宙中尋到了自己，愛了自己，認識了自己；然而我所知道的自己，不過是母親意念中的我的百分之一，千萬分之一。

（冰心，1989：80～81）

作者從天地萬物之情，去感通母親對孩子的心意，並且回返對母親的認識中，進而發現在宇宙中的自身，本是母親意念的一部分，更是那個在自己對自身仍感蒙昧之時，母親卻已用愛將她孕育照護的自己。由此可以清楚看到冰心對母愛的頌歌，是包含了何等天真、純潔和崇高的情感，母女連心原不只是親情的聯繫，更是一種生命在宇宙中創發出的奧祕，實在能夠具體呼應：「上帝因為照應不了所有的子女，所以創造了母親」！

從上述所例舉冰心《寄小讀者》的文字，它既可以是作者與自己親人晚輩的對話，也可以是說與天下「小朋友」們的摯語箴言。而書信本身原是我們最熟悉的一種書寫形式，當我們把它放在「應用文」中去討論時，就更顯出它的「實用性」、「目的性」和「準確性」。例如：朱光潛《給青年的十二封信》，即是選擇了書信的形式和青年溝通對話，傳達他的見解思想，有了書信這樣的形式作為框架，相較之下會比單純的議論文章，要容易呈現平易近人的效果；傅雷《傅雷家書》中，說的是父親對孩子的期許，以及父子之間談文論藝的智慧火花，我們的生命與生活經驗，未必如這一對父子，但是我們如果都讀過「家書」，就不會對其中所要傳達的思想感情感到陌生；沈從文《沈從文家書》記錄的是生活中的吉光片羽，以及作者的所思所感，特別是其中寫給夫人張兆和的書信，尤其能令人看到作為丈夫和情人身分的從文先生。

然而不論是哪一種書信，我們正可以從書信這種最具功能性的

「應用」之作中，看到在這類文字書寫中，通常最不容易隱藏的真情，而它同時也最容易貼近那個最具體的收件人（讀者）。因此，即使是在二十一世紀的今天，我們坐在電腦前敲打鍵盤代替了紙筆的書寫，我們到網路上傳遞各式各樣的訊息，但只要我們仍然有那種想要傾吐的慾望，生命必須找到那個願意傾聽的人，這一層讀（聽）和寫（說）的關係還始終存在，就不論如今「信息與情感的溝通交流」已「進化」成何種形式，「書信」的表現，都還會有它特殊的魅力。我們讀冰心《寄小讀者》的同時，事實上便也是在找尋一個我們想與之傾心交談並能相互對話的對象。冰心是以人間最動人的親情為起點，利用抒情和優美的文筆，去撥開我們內心深處最堅韌也最膽怯的情感，我們完全可以有屬於自己的《寄……》，只要我們還不曾放下自己的筆，關上自己溫柔體貼的心。

2. 巴金《隨想錄》：真誠而質樸的文筆鑿刻讀書人的良知與靈魂

巴金在現代文學史上有極為傑出的表現，他的小說如《家》、《春》、《秋》等，都是中國現代小說中力能扛頂之作。只是在此我們不談他在小說方面的成就，主要談的是他在文革之後所寫的《隨想錄》。在這本著作中，他以一個生命雖然走到了暮年，卻在作品中燃燒著一種「自我考掘」精神的「道德良知」，坦誠的展現出他作為一個讀書人，在歷經國家的憂患動盪之後，所生發出的反省。這從內省建立起來的反思，是不假外求、不留餘地的對自己靈魂的詰問。他毫不隱瞞他個人在文革當中的作為與遭遇，如他在〈遵命文學〉中提到，他是不敢同「長官意志」挑戰的，所以他雖然沒有寫出「遵命文學」一類的文字，但也確實曾寫過照別人的意思執筆的文章。他在這篇批評〈不夜城〉的文字中，原是想方設法儘可能不要「牽連」外人，不料卻還是為編劇人柯靈的命運定了調。巴金自承，文章寫好以後，他曾到柯靈家，希望能獲得他的諒解：「我寫了批評《不夜城》的文章，但並未提編劇人的名字。此外，我什

麼也沒有講，因為我相當狼狽，講不出道歉的話，可是心裡卻有歉意」（巴金，1979a：38）。在這寥寥數語中，我們應可以體會到作者那種進退不得的處境，他既不能斷然拒絕同志的組稿，於是就只好勉為其難的去寫，結果他這篇文章，除了影響柯靈，同時還回過頭來「懲罰」了他自己。

在〈紀念雪峰〉中他也坦白的說，自己在政治運動中，因為相信別人，跟著「人云亦云」想保全自己，結果自己這樣的作為，又如何始終成為他良心上的芒刺，令他坐立難安。他個人對歷史發展的「後知後覺」，對已發生的種種，固然是無法挽回，但在大災難中的倖存者，終生所要面對的「自我批判」和「社會眼光」，實在也不下於在災禍中的受害者。尤其當一些人，為了要維護自己的利益，不惜塗抹個人的歷史，來改造歷史的詮釋權時，巴金掏出一片赤誠說真話的姿態，就顯得格外重要了：

> ……我並不像某些人那樣「一貫正確」，我只是跟在別人後面丟石塊。我相信別人，同時也想保全自己。我在 1957 年反右前講過：「今天誰被揭露，誰受到批判，就沒有人敢站出來，仗義直言，替他辯護。」倘使有人揭發，單單憑這句話我就可能給打成右派。這二十二年來我每想起雪峰的事，就想到自己的話，它好像針一樣常常刺痛我的心，我是在責備我自己。我走慣了「人云亦云」的路，忽然聽見大喝一聲，回頭一看，那麼多的冤魂在後面「徘徊」。我怎麼樣自己交代？
> （巴金，1979a：160～161）

作者對自己在文革中所扮演的角色，所處的地位，他如今回頭再想，甚或是處在當時的時空中，的確是怎麼看怎麼狼狽。一個人無法在那特殊的時代底下有效的自保，無異是在面對雙重的罪愆，於己於人都是兩頭空。在〈小狗包弟〉中，他更是透過不得不將自己豢養多年的小狗包弟送走，冀望能因此避禍一事，凸顯出自己在文革中那種

「逆來順受」的生活，對一個還希望保有良知的人，是種何等難堪的
折磨：

　　……想來想去，我又覺得我不但不曾摔掉什麼，反而揹了更
加沉重的包袱。在我眼前出現的不是搖頭擺尾、連連作揖的小狗，
而是躺在解剖桌上給剖開肚皮的包弟。我再往下想，不僅是小狗
包弟，連我自己也在受解剖。不能保護一條狗，我感到羞恥；為
了保全自己，我把包弟送到解剖桌上，我瞧不起自己，我不能原
諒自己！我就這樣可恥地開始了十年浩劫中逆來順受的苦難生活。
一方面責備自己，另一方面又想保全自己，不要讓一家人跟自己
墮入地獄。我自己終於也變成了包弟，沒有死在解剖桌上，倒是
我的幸運……
（巴金，1979b：28～29）

　　在災難結束之後，巴金對自己的批判，不管是跟在別人的後面丟
石塊，或是為了保全自己，走慣了「人云亦云」的路，他說來坦率不
諱。他是像包弟一樣被送上了時代的解剖臺，接受現實的檢驗和解
剖，看到了自己的軟弱和羞愧，可他即便意識到這一切，也並不能改
變他的命運，他從一開始便沒得了選擇，或是說他個人的選擇，根本
不足以去應付當時捲起的政治洪流，他只得在其中載浮載沉。而那是
個什麼樣的時代，會令一個讀書人失去了他的勇氣、判斷、頭腦和智
慧？巴金沒有這樣問，他只是把自己靈魂當中生過的膿瘡，一一扒了
開來，擺在我們的眼前，用自己親身的遭遇，為後人和歷史留下一個
「活生生」的教訓。

　　巴金寫文革中的自己，他同時更是要把他在文革的經驗，擴大成
為對中國歷史以及人類歷史的反省，進而對他眼前的現實，提出他的
見解與忠告。而他這樣的作法，在八〇年代末的大陸社會，雖已是進
入到所謂改革開放的「新時期」，但仍是處在一個文革中舊有的「餘
孽」未盡，新的秩序又尚未建立起來的階段，巴金的文字和議論，難

免還是會遇到一些風雨的挑戰。邀稿者黃裳先生原本擔心他會因此停筆，他卻說：「我要繼續寫下去。我把它當作我的遺囑寫」（巴金，1979a：51）。他對電影《望鄉》的看法，便可看作他發出的諍言之一。他不認為這樣一部在一些人眼中看來是「黃色電影」，而卻曾令他深受感動的片子，會為當時的社會造出更多的流氓，他只問：

> 難道今天的青年就落後了？反而不及五十幾年前的年輕人了？需要把他們放在溫室裡來培養，來保護？難道今天偉大的現實，社會主義祖國繁花似錦的前程，國家和民族的命運就不能吸引我們的年輕人，讓他們無事可做，只好把大好時光耗費在胡思亂想、胡作非為上面……
>
> （巴金，1979a：28～29）

巴金老人的智慧終究是曾經通過了時代的淬煉積累而來，他相信今天的年輕人能禁得起時代給他們的考驗，也會學著去建立自己反省批判的能力，他們不會也不該是溫室中的花朵，聽憑他人的宰割。他個人則再不願意看到年輕人重蹈他們這一輩人的覆轍，他們曾經因為相信別人，因為要在時代動盪中求自保遠禍，而一步步放棄用自己的腦子來思考，結果幾乎造成了整個國家民族萬劫不復的重創。

在巴金《隨想錄》一書中，不論是記事懷人，或是針貶時弊，作者都不改他反求諸己，再論事論人的態度。這因而使讀者不時必須面對的是一個作家對自我內在靈魂的拷問。我們固然不是很能夠掌握巴金走過的人生道路，但我們卻可以透過他的筆墨，去理解他為何在今日要選擇用如此坦率、素樸，並且是時時放眼歷史的姿態，把他的所思所想當「遺囑」寫？那其中透露出的，應是他對自己個人志業的終身踐履：「就讓我做一塊木柴吧。我願意把自己燒得粉身碎骨給人間添一點點溫暖。」我們的社會從來不缺乏委責卸職的讀書人，也不缺少口說蒼生卻一心為己的統治者，這兩類人一結合起來，正好可以「名正言順」的塗炭生靈。而巴金恰是在每一刻完成自我淨化與救贖

的書寫過程中，為這世界多點燃一點希望與光明。

　　巴金在他《隨想錄》裡的文字，就是從自己出發，很清楚、簡明並且有力的呈現他作為一個「歷史中人」的所思所感。我們不僅可以看到作家作為一個「社會良心」的具體實踐，也應該學著去思索，我們如果要避免在未來的日子中「誤入歧途」，是不是就該在此時此刻學著對自己的生命做一種允諾？這個允諾首先是對自己負責，不是對別人，更不是對那些偉大的口號。巴金的作品正好提醒了我們：永不該遺忘前人走過的道路，並隨時記取他們在什麼地方跌跤，什麼時候感到失落與徬徨，以及到了何時終於發現了失去自我的痛楚……當我們說「生命就該浪費在美好的事物上」時，其實不妨可以藉著巴金的文字「隨想」，有哪些美好的事物，正通過我們的生命流失掉了，而哪一些卻會經由我們的實踐，而得到延續、創造與發揚？

3. 楊絳《幹校六記》：平淡而慧黠的筆墨點染在歷史隙縫中的溫情

　　楊絳《幹校六記》是以〈下放記別〉、〈鑿井記勞〉、〈學圃記閑〉、〈『小趨』記情〉、〈冒險記幸〉、〈誤傳記妄〉六記，描繪作者與錢鍾書先生這對患難夫妻，在 1960 年代末，於幹校生活的剪影。相較巴金在〈懷念蕭珊〉一文，通過追悼自己妻子於文革中的境遇，來檢視讀書人在面對一個動盪時代的出處進退，究竟如何可能始終保持著獨立清醒的淒惋與慷慨，楊絳的文字幾乎就是從眼下生活的細節，去捕捉那些在困境中，如星火般徐徐燃燒的溫暖。「捕捉」需要的是一種瞬間的遇合，以及主客體之間的相互闡發，人如處在順境，未嘗不失它展現文章性靈與美感的一面，若是處在一種困厄之境，便尤其能凸顯作者的識見和生命情調，那是在生命與生活的艱難中，還儘可能保有的溫柔與慧黠。

　　在〈下放記別〉中，作者說到出發前的準備工作，若把這準備的過程也視作接受「鍛鍊」的一部分，可以從楊絳為先生打點衣物的舉措中，一窺她的敏慧，以及夫妻之間不著痕跡的幽默與深情：

　　經受折磨，就叫鍛鍊；除了準備鍛鍊，還有什麼可準備的？準備的衣服如果太舊，怕不經穿；如果太結實，怕洗來費勁。我久不縫紉，胡亂把耐髒的網子用縫衣機作了個毛毯的套子，準備經年不洗。我補了一條袴子，坐處像個布滿經線、緯線的地球儀，而且厚如龜殼。默存倒很欣賞，說好極了，穿上好比隨身帶著個座兒，隨處都可以坐下。他說，不用籌備得太周全，只需等我也下去，就可以看照他。

（楊絳，1992：16）

　　別離本就是件令人傷感的事，更何況是為了要使自己能更「進步」，而不得不去經受的「鍛鍊」，簡直就是無路可退，只有叫自己更奮勇上前。楊絳在這段文字中，雖是「自謙」自己荒疏的縫紉，卻也真個是縫進了「臨行密密縫」的深意，這情感便由錢先生的「欣賞讚美」中點出來了。

　　作者用淡筆寫濃情，寫到情極切處嘎然而止的洗練，不妨再看他們一家四口人在車站的道別：

　　默存走到車門口，叫我們回去吧，別等了。彼此遙遙相望，也無話可說。我想，讓他看我們回去還有三人，可以放心釋念，免得火車馳走時，他看到我們眼裡，都在不放心他一人離去。我們遵照他的意思，不等車開，先自走了。幾次回頭望望，車還不動，車下還是擠滿了人。我們默默回家；阿圓和得一接著也各回工廠。他們同在一校而不同系，不在同一個工廠勞動。

（楊絳，1992：18）

　　楊絳、女兒阿圓和女婿得一，給錢先生送行，這一家人的體貼與親密，也在離家人的那一句「回去吧，別等了」帶出。離開和留下的人都滿懷牽絆，因此留下的便更加體恤那出門遠行的人，不要讓那一個人，同時去承受三個送行人沒有言說出來的掛懷。沒有嚎啕，沒有

淚眼相望，只寫到人在頻頻回首時，見到依然擁擠的人群，筆鋒就轉到這相互親愛的四個人，分朝著各人生活的軌道，繼續如常前進。

　　在幹校裡的生活，從腦力的勞動變成體力的勞動，既然本就是要接受再教育，要學著改變立場，實際上的收穫是否能如人所願？作者在〈鑿井記勞〉中，流露了一種不帶痕跡的自嘲，她嘲諷的既是讀書人的處境，更是在那一個時代中「明眼人」就發現的不對頭，卻是另一些上位者沾沾自喜的「豐功偉業」。楊絳從這不同類型的勞動裡頭，一方面是不假辭色的區別出同類人當中的「他們」與「我們」；再轉從「奉為老師的貧下中農」與「我們」一類人當中，發現一條無形的鴻溝，就無時無刻阻隔在對彼此的了解與認識之間：

> 　　我們奉為老師的貧下中農，對幹校學員卻很見外。我們種的白薯，好幾壟一夜間全偷光。我們種的菜，每到長足就被偷掉。他們說：「你們天天買菜吃，還自己種菜！」我們種的樹苗，被他們拔去，又在集市上出售。我們收割黃豆的時候，他們不等我們收完就來搶收，還罵：「你們吃商品糧的！」我們不是他們的「我們」，卻是「穿得破，吃得好，一人一塊大手錶」的「他們」。
>
> （楊絳，1992：41）

　　楊絳沒有在此譴責讓勞心人到田裡頭去勞動，這決策本身是不是就是一件可議的事，她只如實描述了他們這群人學習的成果，如何成為「老師」們「義正辭嚴」責備他們的理由。原本立意是要和這群勞動者不分彼此的站在一起，反倒只是顯出了勞心者付出的勞力，在勞動者的眼裡看來既是多此一舉，更是豈有此理！這種在「認識」上的誤差，作者不慍不火的道來，沒有評判誰，再不濟就是說一說「我們」的「尷尬」，就在這若有似無的進退不得中間，不正巧妙的勾勒出那時代的荒唐？

　　作者透過這些生活中的小事，寫出她的情感與見識，同時還寫出

了一種生命在艱困中的細緻與柔韌，不論她是在窘迫的條件下，與錢
先生相會菜圃地，或是她與當地人的互動，寫來都充滿興味，就如她
所言：「我以菜園為中心的日常活動，就好比蜘蛛踞坐在菜園裡，圍
著四周各點吐絲結網；網裡常會留住些瑣細的見聞、飄忽的隨感」
（楊絳，1992：52）。即便會有那種屬於個人生命孤絕的情境，這在
她的筆下，也依然閃著明滅的星火，照著前路，又指點歸途：

> 我住在老鄉家的時候，和同屋夥伴不在一處勞動，晚上不便
和她們結隊一起回村。我獨來獨往，倒也自由靈便。而且我喜歡
走黑路。打了手電，只能照見四周一小圈地，不知身在何處；走
黑路倒能把四周都分辨清楚。我順著荒墩亂石間一條蜿蜒小徑，
獨自回村；近村能看到樹叢裡閃出燈光。但有燈光處，只有我一
個床位，只有帳子裡狹小的一席地——一個孤寂的歸宿，不是我
的家。因此我常記起曾見一幅畫裡，一個老者背負行囊，拄著柺
杖，由山坡下一條小路一步步走入自己的墳墓；自己彷彿也就是
如此。

（楊絳，1992：62～63）

　　一個人在暗夜中的踽踽獨行，她有自己的喜歡，自己的趣味，甚
至是那在孤寂中，不得不的灑脫：走在夜路裡能令她看清四周的景
況，倒是遠處的燈光，映出的是自己孤寂的歸宿。就在這一明一暗
間，黑暗是清楚分明，光明卻閃爍著死亡的暗影。楊絳面對生活中的
瑣細見聞，所留下的飄忽之感，莫此為甚了，也就是在生活中的黑與
白之間，生命的光照與幽暗之間，生而為人的那點迷離寂寥，在作者
暗夜行路的這個片段場景裡，既有一種對生命的了悟，同時也隱含著
她對生活本身獨特的品味。
　　從以上所引舉的文章片段中，我們一方面是去體會作者所描寫的
生活，以及體會在那時代中人的思想與情感；另一方面還能從楊絳
《幹校六記》一書和沈三白《浮生六記》一書，兩者在體式上的相

近，去領略一代代中國讀書人的「雅趣」之外，更可以從中理解到一種在「表達形式」上的借代，原可以隨著不同時空和創作者的生命趣味，創造屬於它自身的獨特成就，這也正意味著書寫的魅力，如何可能在「舊瓶」的身形中，歷久彌新。楊絳是用工筆寫生活，濃重的歷史氣味，卻在幾筆寫意中瀰漫開來，構成她文字的重量與情感的厚度。沈從文說他自己讀一部小書，也讀一本大書，這部大書就是生活。如果我們覺得生活有時竟是讓我們有「不知從何下箸處」的迷茫，或許就可以從楊絳這部以小喻大的作品開始，開始學著怎麼面對屬於我們自己的生活。

4. 阿城《閑話閑說──中國世俗與中國小說》：學問知識在人情冷暖中自在開闊

　　阿城的成名作〈棋王〉、〈樹王〉、〈孩子王〉，為大陸新時期文學中的「文化尋根」文學別開生面，在此則是以他這本從 1987 年九月到 1993 年十一月間，由他歷次講談的集成──《閑話閑說》，作為討論「雜文」書寫的範例。雖說雜文的書寫，一直都是中國文學表現中重要的一支，隨著不同的時代，論者或評家對文學的看法或有寬嚴不同的取向，然而以說理、議論為重的文字，始終都是創作者著力的面向之一，特別是處在一種渾濁不清的時代情境中，作家在文字裡頭迸發的怒吼，或如劍如匕首，都為了要能戳穿世間種種的虛假、殘忍與不公不義，如魯迅表現犀利的文字篇章，便深具代表性。然而阿城的《閑話閑說》卻是一片安適澹然，他是用著一種舒緩的調子，在談論中國世俗與中國小說的關聯。就在這一組乍看是如此沉重又龐大的議題中間，我們一方面可以看他在論理敘事上的精闢，同時能夠從他所選擇的語言文字中，去品味一種精深或玄妙的事理，從何可能深入淺出，平易近人。換句話說，我們如果習慣在槍砲底下發現真理的威力，我們更應該在清風明月之中感受真理的靈光。

　　阿城是如何開始談他所看到的中國小說與中國世俗？何妨先來讀

一讀他的開場白：

　　這個話題，恐怕很難講清。
　　一個人能歷得多少世俗？又能讀得多少小說？況且每一篇小說又有不同的讀法。好在人人如此，倒也可以放心來講。
　　放心來講，卻又是從何講起？
　　世俗裡的「世」，實在是大；世俗之大裡的「俗」，又是花樣百出。我因為喜歡這花樣百出，姑且來講一講看。
（阿城，1997：05）

　　從一個「很難講清」的話題開始，這是作者的自謙之語，或是不經意的在挑動讀者的胃口？我們彷彿一時間也很難說清。於是就在這些叮噹作響的言語裡，我們有如遇見了一個很好的說書人，他不是高高在上，是儘可能從語言到姿態都貼近群眾，他是拿他個人的「喜歡」與眾人分享。只是這「喜歡」在旁人看來，或許是空有個堂皇的名字，未必能得「廟堂高人」的青睞。卻也正是在這之間，會有阿城自己的確定和不確定、洞見與不見。而凡此種種屬於他的「個人意見」，都不需先用學問知識那頂大帽子考驗聽眾，誰要聽得歡喜便能聽進了學問知識，聽得不高興，最多仍是一種個人的喜歡和不喜歡而已。

　　而講道理要能講得活靈活現引人入勝，最好的辦法莫如就是讓一整串令人汗毛倒豎的真知灼見，活脫脫就是個故事了。這個「故事」不管是真實或虛構，只要它開始被編織起來，就等於給了讀者一個加入它的情境中去遊歷的機會。這只要我們稍稍回想一下，在自己成長的經驗中，為什麼當我們不免會對親友長輩的訓示，感到特別的不耐煩時，但是一些教我們如何辨視人生的機巧與險詐，或是提醒大家生活中仍有許多溫馨人物和趣事的作家作品，還是會在不知不覺中吸引我們的注意？這便是我們熟知「小故事大道理」的魅力了。更何況人生中會被不斷傳述的道理，大致不離個人的立身處世、進德修業到服

務社會人群……當再好的嘉言懿行，說來說去都成了陳腔濫調之後，只要說話的人能「換個方式說」，立時就會使那些陳言套語轉出不同的味道。我們且來瞧瞧阿城在中國世俗和小說中間體會到的那些「花樣百出」，他是從何說起？他說：

> 不妨從我講起。
>
> 我是西元 1949 年、中華民國 38 年四月生人。中華人民共和國同年十月成立，所以我算是民國出生，共和國長大。
>
> 按共和國的「話語」講，我是「舊中國」過來的人，好在只有半年，所以沒有什麼歷史問題，無非是尿炕和啼哭吧！
>
> 現在興講「話語」這個詞，我體會「話語」就是「一套話」的意思，也就是一個系統的「說法」。
>
> 在共和國的系統裡，「歷史問題」曾經是可以送去殺、關、管的致命話語，而且深入世俗，老百姓都知道歷史問題是什麼問題。
>
> 我出生前，父母在包圍北平的共產黨大軍裡，為我取名叫個「阿城」，雖說俗氣，卻有父母紀念毛澤東「農村包圍城市」革命戰略成功的意思在裡面。十幾年後去鄉下插隊，當地一個拆字的人說你這個「城」字是反意，想想也真是宿命。
>
> （阿城，1997：9～10）

從「我」講起的中國世俗與小說，會是什麼樣的呢？在這段作者自報家門的文字當中，他先說自己的出生，是趕在「舊中國」的尾巴，「新中國」誕生的時刻，這在中國現代史上關鍵的「1949 年」也就是民國 38 年，恍惚之間，也暗示著他的某種宿命，即便他經歷的「舊社會」是他最初生命中尿炕、啼哭的六個月，不構成「歷史問題」，然而歷史終究還是在冥冥之中決定了他的命運。

我們單單從他這個自我介紹裡，其實不但是認識他這個人，更能夠從他說話的方式裡，讀到一種半新不舊、似中似西和亦莊亦諧

的腔調：在我們一般習慣用「出生於西元 1949 年，民國 38 年」時，他可以說：「我是西元 1949 年、中華民國 38 年四月生人」。乍聽像是不知遺落在哪個時代的「古人」，正一絲不苟的說著話，他說出的年代，確是一個新舊「朝」交替的年代，而他道道地地是個生活在這個世紀的人物。他既可以「彷古」似的使用語言，他也可以把最流行時髦的語言，轉化成在地的語言，像他說：「現在興講『話語』這個詞，我體會『話語』就是『一套話』的意思，也就是一個系統的『說法』」（阿城，1997：10）。這個註解在他嘴裡吐出來是自然而然明白曉暢，可是同樣的這個語詞，卻也不知費煞了多少專家學者，著述立說在闡述它其中的微言大意。甚至說到底了，也不敢肯定自己說的「話語」，究竟是不是那位大學者傅科先生所說的「話語」。舉這兩句話，我們多少便能體會，何謂「換個方式說話」的意義了？不管是從自己切入，進而要說的是一個大而繁複的主題，或是用一種比較不那麼「正經八百」的講法，架構他對中國世俗與小說「一個系統的說法」，作者即是在極平淺的表述當中，也用著不同的花樣在織就著他的議論，他可以一邊說他的見聞，一邊扣準了他要評述的時代和人物：

> 我上初中的時候，學校組織去北京阜城門內的魯迅博物館參觀，講解員說魯迅先生的木箱打開來可以當書櫃，合起來馬上就能帶了書走，另有一隻網籃，也是為了裝隨時可帶的細軟。
>
> 我尋思這「硬骨頭」魯迅為什麼老要走呢？看了生平展覽，大體明白周樹人的後半生就是逃跑，保全可以思想的肉體，北京，廈門，廣州，上海，租界，中國還真有地方可避，也幸虧民國的北伐後只是建立了高層機構，讓魯迅這個文化偉人鑽了空子。
>
> 不過這也可能與周樹人屬蛇有關係。蛇是很機敏的，牠的眼睛只能感受明暗而無視力，卻能靠腹部覺出危險臨近而躲開，所謂「打草驚蛇」，就是行路時主動將危險傳遞給蛇，通知牠離開。

蛇若攻擊，快而且穩而且準而且狠，「絕不饒恕」。

（阿城，1997：31～32）

　　初中時參觀魯迅博物館，作者從魯迅先生擁有的木箱和網籃這些物件，點出了隨後他要說的，那個後來被取代掉的舊中國政權，最終還是留給當時一個硬骨頭的文化人鑽空子的機會。魯迅先生的後半生，雖然總不得不在自己的國土上逃亡，可是他跑來跑去都還是在自己的家國上，他的不同意見或不平之聲，畢竟也還是讓他吶喊了出來。而這樣一個對後來的人而言是必須「揭竿而起」的政權，較之隨後那個令大部分的人都動彈不得，無處可逃的新社會，兩兩相較究竟誰是誰非？作者在此並沒有把這對大多數人都相當切身的歷史處境，簡化成一個「政治上」的是非題，他只是拿了一個最具代表性的文化人魯迅作例子，同時他還不時「調侃」這偉大人物：魯迅的遷徙或流亡，他可以逕直解釋成「逃跑」、「鑽空子」，甚至拿他屬蛇這事，為他的行事風格作一番解析。先不論作者所言是實是虛，經過他這樣描繪的魯迅先生，一下子就變得和一般人沒多大的區別了。他的骨頭再硬，還是得先活命；他有再好的文化修養，還是需要有一個相對寬鬆的空間，讓他得以去表現他的文化成就，這不是單單依靠他個人的孤軍奮鬥便能成就的事業。作者在他的文字中，雖然沒有明說這麼多屬於讀者個人的揣想之語，但他確實也留下了很多的空子，等著讀者自己鑽進去耙梳。

　　阿城從自己談起世俗，是可大可小，可莊可諧，最終還是要能夠通古辨今。他就這麼沿著一條歷史的河流走去，拾起那些經籍典策裡頭，古往今來先聖哲人的思想，放在他的言談裡，讓我們知道在這個片刻中，是哪些星辰在熠熠生輝，同時把那些讓人感到視如畏途的典章高文，或是那些較不為一般學者專家看中的野史、筆記，用今人的眼光和語言去詮釋。看一段他談孔子的言論：

　　孔、孟其實是很不一樣的，不必擺在一起，擺在一起被誤會的是孔子。將孔子與歷代儒家擺在一起，被誤會的總是孔子。

　　我個人是喜歡孔子的，起碼喜歡他是個體力極好的人，我們現在開汽車，等於是在高速公路上坐沙發，超過兩個小時都有點累，孔子當年是乘牛車握軾木周遊列國，我是不敢和他握手的，一定會被捏痛。

　　平心而論，孔子不是哲學家，而是思想家。傳說孔子見老子，說老子是雲端的青龍，這意思是老子到底講了形而上，也就是哲學。

　　孔子是非常清晰實際的思想家，有活力，肯擔當，並不迂腐，迂腐的是後來人。

　　後世將孔子立為聖人，而不是英雄，有道理，因為聖人就是俗人的典範，樣板，可學。

　　英雄是不可學的，是世俗的心中「魔」，《水滸》就是在講這個。說「天下大亂，群雄並起」，其實常常是「群雄並起，天下大亂」。歷代尊孔，就是怕天下大亂，治世用儒，也是這個道理。

（阿城，1997：40～41）

　　孔子這一位在中國歷史上，曾經有過重要地位的人物，不論他是曾經被捧上了天，或是拽下了地，甚至是被丟進了茅廁惹了一身腥臭，到了作者阿城的筆下，他還是好端端的必須先回復當一個人的樣子。他特別為這位總是被誤解的先生說話，在阿城的眼裡，孔子即使被後人立為聖人，那也還是個在思想和行事上富有生命力，可親可感的人，也就是他的思想、活力、擔當和不迂腐，都是一般俗人可以學得來的模範，不是什麼捉摸不住的神仙或英雄把式。阿城從孔子與孟子這兩位同在儒家底下，卻經常被混同的人，說到儒道這兩個大流派中，孔子和老子這兩個「開山師組」的學問趣味，前者是務實的思想家，後者是青龍在雲的哲學家，到俗人之間跑出來的「聖人孔子」，

以至聖人可學，英雄不可學的區別，這麼縱橫開闊的說下來，就是以孔子這個大人物為中心，鋪排出在中國學術、思想、政治、歷史……總括就是一個「世俗」中的恩怨情仇、聖賢愚劣了。

除了說人物，他還能一氣說到了在儒教底下，「禮下庶人」的觀念，從早先的合於人情事理，到了宋以降，一路發展至民國初年，終於成了一種遭到嚴厲反彈的「吃人禮教」。一個再好的想法，一旦走到了它的反面，照樣會令人命若倒懸，看看阿城怎麼說「禮下庶人」，下到了 1949 年後的大陸社會，發生了什麼情況：

> 1949 年後大陸禮下庶人的範例則是軍人雷鋒，樹「雷鋒式」的小聖小賢，稱為「螺絲釘」。可是固定螺絲釘的工具是螺絲起子，是「刑」，是軍法。毛澤東有名句「六億神州盡舜堯」，滿街走聖賢，相當恐怖，滿街走螺絲釘，更恐怖。
>
> 另外，毛澤東將魯迅舉為聖賢，造成四九年後大陸讀書人的普遍混亂。我說過，聖賢可學，於是覺得魯迅可學，不料魯迅其實是英雄。英雄難學，除非你自己就是英雄。若你自己就是英雄，還向英雄學什麼？點頭打打招呼而已。
>
> 大陸的讀書人私下討論「假如魯迅四九年以後還活著會怎麼樣」，就是想聖賢英雄兼顧的矛盾心理，我的回答前面說過了，英雄跑掉了，跑得不會遠，香港吧。
>
> （阿城，1997：97～98）

在這段文字中，阿城一樣不改他的詼諧與戲謔，不論是滿街走聖賢或是滿街走螺絲釘，都是一個出問題的社會，後者尤其是在中國歷史上創造了一個翻天覆地的局面，好壞如何，阿城雖然沒有點明了說，但他說了螺絲起子是「刑」，是軍法，是要令螺絲釘起作用的，想想誰有權去操用那螺絲起子？他接著又不厭其煩的說起了英雄，而英雄豪傑終歸也是尋常人，甚至就算是不可學的英雄，也總還是有他走不通的時刻，更遑論統治者即便能獨領時代風騷，為一個時代樹立

典範，卻也仍有可能把一個活人的世界搞成一個非人的世界。

　　說自己，談古聖先賢，評騷人墨客，阿城更愛說的，還是他生活中遇見的大小事物，對他的啟發：

　　　　1984 年我和幾個朋友退職到社會上搞私人公司，當時允許個體戶了，我也要透口氣。其中一個朋友，回家被五〇年代就離休的父親罵，說老子當年腦瓜掖在褲腰帶上為你們打下個新中國，你還要什麼？你還自由得有邊沒邊？

　　　　我這個朋友還嘴，說您當年不滿意國民黨，您可以跑江西跑陝北，我現在能往哪兒跑？我不是就做個小買賣嗎？自由什麼了？

　　　　我聽了真覺得是擲地有聲。

　　　　我從七八歲就處於進退不得，其中的尷尬，想起來也真是有意思。長大一些之後，就一直捉摸為什麼退不了，為什麼無處退，念自己幼小無知，當然捉摸不清。

　　　　其實很簡單，就是沒有了一個可以自為的世俗空間。

（阿城，1997：32～33）

　　作者在此是很巧妙的將他對中國世俗空間的緊縮與開放問題，透過一對父子的衝突表現出來。在朋友的身上，作者深刻體會到了在新中國社會中一度消失的世俗空間，曾經讓他們的父執輩，和他們自己這一代人，是如何的動彈不得。也就是在友人對父親的頂撞中，我們同時看到的是前人流血流汗了，也未必能保證給後人帶來一個更進步美好的社會？特別是從一種「革命理想」的熱情，甚至是激情中創造的社會，簡直能把人在種種義正辭嚴、理所當然的教條中活活困住。父親的責難裡不僅是單單作為父親的責備，還有他作為「打下新中國」那一輩的人，對自己孩子「不安於此」的激憤。阿城的筆捕捉這個生活的片段，原是從旁觀者的位置去描述朋友的情境，結果在這當中卻分明道盡的是他個人的「隱痛」，一個他自己不能決定的時代氛圍囚著他，當然，也不幸地囚禁了世俗中的千千萬萬人。

作者的《閑話閑說》就是以他個人的生活經驗為經，歷史中的風流人物與世間百姓的流風遺德為緯，把中國的世俗與小說間的種種編織起來，令我們看到的是一個能以小喻大，藉古見今的世界，而他單是利用這些不同面向的觀照，就足以使他想要談論的內容花樣百出了。我們更是在這些讀來或時有流水淙淙，時有小丘顛簸，不時則是對人世抱持的幽默澹然中，一步步在作者所要構築的「論述」中遊進遊出。作者阿城可以很具體的在他的行文中令讀者感受到，一種說話人的敘事方式，是如何有效的化在作者的說理議論之中，我們儘管沒有明舉一條例子談作者怎麼看待中國的小說，但是卻可以從他說話的方式中，認識到一個好的論述，很可以當一篇好的小說，甚至是一首好詩來讀，因為在這裡，我們會看到的不僅是人情事理，還有一整套令人情事理顯得生鮮靈動的生花妙筆。

(二)小說

我們經常會看小說、讀小說甚至不免會談論小說，但是小說究竟有什麼地方吸引我們呢？是那個故事情節，因為作者說了一個「有情人終成眷屬」的故事，所以觸動了我們？或是那個故事中有情人的性格舉止，深深的打動了我們？或者不是，只是一些看起來稀奇古怪的言語，說得實在太有趣了，所以我們才會愛不釋手？也可能不是什麼故事事件、情節結構、人物性格、語言特徵、戲劇衝突……單只是一種光怪陸離的現象，因為在現實中不會發生，在小說中卻能夠讓人身歷其境，所以我們就著迷了？然而不管是哪一點理由，當我們有機會去讀一篇小說，我們在閱讀小說時，終究就是在面對一個「虛構」的世界，就像仙人煉丹的道術，爐子裡丟進了各式物件煉出了靈丹妙藥，但得到的結果，畢竟不等於最初那些花花草草了。

所以，在這作家創造出的小說世界裡，我們會看到一個個似真似幻的圖像、情境和場景，儘管那些構成一篇小說的質素，對我們而言

是如此的熟悉又陌生，就如那許多以「王子與公主」為原型的故事，
在真實世界中，經常是荒腔走板，不倫不類，但在小說的世界，它卻
可以給我們一個「從此王子和公主過著幸福快樂的生活」的說法，也
不礙於我們不自覺跟著角色同悲同喜，並在這些人物身上，觸動到自
己的心靈。從這個角度去想小說帶給我們生命與生活中的趣味，一部
分也許正是這種對角色人物情感的投射，或是對故事、情節……這在
「文學形式」上對讀者造成的閱讀效果促成的了。以下就從魯迅《阿
Q 正傳》、老舍《駱駝祥子》、沈從文《蕭蕭》、張承志《北方的
河》等作品為例，作為閱讀中國現當代小說經典的敲門磚。

1. 魯迅《阿Q正傳》：冷冽嚴峻的刀筆戮穿人性的荒蕪

魯迅《阿 Q 正傳》是一篇試著要將中國現代國民的「靈魂」，
集中表現於阿 Q 這個角色人物的作品。而這篇作品的出現，在中國
現代文學史上，的確是一部振聾發聵的著作。魯迅犀利而冷冽的筆
觸，幾乎是完全將一個角色所可能呈現的無知、卑瑣、自大又可憐的
情態，都交給阿 Q 這位大時代中的小人物去演出了。要說在這個角
色身上藏有多少令人不忍卒睹的厭惡與悲哀，就可以去想像，魯迅作
為一個當時候的作家，在他眼中所看到的中國社會，大概是個什麼模
樣了。作者在本書俄文譯本的序中說到：

> 我雖然已經試做，但終於自己還不能很有把握，我是否真能
> 夠寫出一個現代的我們國人的靈魂來。……要畫出這樣沉默的國
> 民的靈魂來，在中國實在算一件難事，因為，已經說過，我們還
> 是未經革新的古國的人民，所以也還是各不相通，並且連自己的
> 手也幾乎不懂自己的足。我雖然竭力想摸索人們的靈魂，但時時
> 總自憾有些隔膜。
>
> （魯迅，2003：1）

不管魯迅個人主觀的願望是不是能達成，但他畢竟是從千千萬萬

個他所能揣想的中國人當中，把阿 Q 給創造出來了。全書共分成九章，以「序」說明為阿 Q 作傳的緣由，作為文章的開頭，以阿 Q 的遊街、示眾、槍斃……的「大團圓」為本文的結尾，中間各段阿 Q 生命重要的事例，分別在：〈優勝記略〉、〈續優勝記略〉、〈戀愛的悲劇〉、〈生計問題〉、〈從中興到末路〉、〈革命〉、〈不准革命〉等章中一一呈現。

　　阿 Q 沒權沒勢沒地位，甚至也不知道他姓什麼，而他不獨是姓名、籍貫渺茫，便是他到未莊之前的「行狀」也不可考，這樣一個沒有過去的人，他的「現在」又意謂著什麼？「我」便是用一種正經八百，卻莫可奈何的口吻，把這樣的一個阿 Q 帶到我們面前：

　　　　……未莊的人們之於阿 Q，只要他幫忙，只拿他玩笑，從來沒有留心他的「行狀」的。而阿 Q 自己也不說，獨有和別人口角的時候，間或瞪著眼睛道：
　　　「我們先前——比你闊得多啦！你算是什麼東西！」
　　（魯迅，2003：8）

　　就在這幾句話裡，作品中說話的「我」（說話人），一開始為阿 Q 這個角色，以及他身處的環境所塑造出的氛圍，便是一種「非驢非馬」的情境。未莊人對待阿 Q 的方式很實際也很坦率，阿 Q 對未莊人是可有可無的存在，不管是要他幫忙或是笑話他，一逕的理直氣壯，而阿 Q 的回應也不遑多讓，別人不把他放在眼裡，他對那些人也同樣看不上眼。

　　儘管沒人知道他的過去是如何，至少在眼下的他，可以拿那個別人不知的過去來充自己的場面，說這是他的機伶也好，狡詐也罷，從阿 Q 想來，這都不是他的問題，旁人的眼光之於他的意義，只是加強他對自己存在的信念，這種「存在感」還不僅止於是一般人的自我肯定，更是遠遠凌駕眾人之上的「無所忌憚」，不妨看他的「精神勝利法」，可以發揮到何等出神入化的境地，便能理解這位阿 Q 先生

的「過人之處」:

　　阿Q想在心裡的,後來每每說出口來,所以凡有和阿Q玩笑的人們,幾乎全知道他有這一種精神上的勝利法,此後每逢揪住他的黃辮子的時候,人就先一著對他說:

　　「阿Q這不是兒子打老子,是人打畜生。自己說:人打畜生!」

　　阿Q兩隻手都捏住了自己的辮根,歪著頭,說道:

　　「打蟲豸,好不好?我是蟲豸──還不放麼?」

　　但雖然是蟲豸,閒人也並不放,仍舊在就近什麼地方給他碰了五六個響頭,這才心滿意足得勝的走了,他以為阿Q這回可遭了瘟。然而不到十秒鐘,阿Q也心滿意足得勝的走了,他覺得他是第一個能夠自輕自賤的人,除了「自輕自賤」不算外,餘下的就是「第一個」。狀元不也是「第一個」麼?「你算是什麼東西」呢!?

（魯迅,2003:12）

　　在阿Q的世界裡沒有荒謬的事,因為連荒謬本身都不覺其荒謬,還有什麼事物值得大驚小怪?作者把阿Q和閒人之間的互動,做了各種「錯置」的編排,表面上閒人是極盡所能的羞辱了阿Q,阿Q在骨子裡卻是變本加厲的修理了閒人。別人不把阿Q當人視他作畜生,他可以令自己當蟲豸,使那整治他的人得到更高一級的滿足,這是只有他阿Q才有的本事,不說他的「自輕自賤」已非常人所能及,更何況這裡頭他還是「第一個」,是與「第一個狀元」無分軒輊的第一。在阿Q和閒人間「心滿意足的得勝」,其實都早與勝負無涉,阿Q創造了一套「不關苦中苦,寧為人下人」的生存準則,這是他生命獨具的「創造性」。閒人在本質上是他的同類,他個人即便沒有這樣的自覺,可是在他自認為給了阿Q無比難堪的同時,卻忘了能讓人遭瘟的,自己必先也帶著瘟。更何況那最終的第一,已讓阿Q給

占走了，他這個同類人猶比不上阿Q，更別說我們這些自以為和阿Q
是明顯不同的「一般人」？尤其是他摘得的「第一」，可是拿狀元作
比附，在我們之中的「狀元」，再如何都是少數中的少數。

　　阿 Q 是活在了一個官不成官、國不成國、家不成家、人不成人
的時代，一切彷彿都脫了序，鼓動著大部分的人，要奔出那令人窒息
的牢籠，事實上一切卻仍是一種換湯不換藥的把戲，因為又有一群人
製好了新的枷鎖「請君入甕」，從專制到革命、守舊到進步、愚昧到
文明，原來只是用同一塊料子做出不同樣式的衣裳，款式儘管殊異，
原料仍是相同的。不妨看一段靜修庵經歷的是何種「革命」：

> 　　……趙秀才消息靈，一知道革命黨已在夜間進城，便將辮子
> 盤在頂上，一早去拜訪那歷來也不相能的錢洋鬼子。這是『咸與
> 維新』的時候了，所以他們便談得很投機，立刻變成情投意合的
> 同志，也相約去革命。他們想而又想，才想出靜修庵裡一塊「皇
> 帝萬歲萬萬歲」的龍牌，是應該趕緊革掉的，於是又立刻同到庵
> 裡去革命。因為老尼姑來阻擋，說了三句話，他們便將伊當作滿
> 政府，在頭上很給了不少的棍子和栗鑿。尼姑待他們走後，定了
> 神來檢點，龍牌固然已經碎在地上了，而且又不見了觀音娘娘座
> 前的一個宣德爐。

（魯迅，2003：60）

　　當那趙秀才、錢洋鬼子才完成了革命，離開靜修庵，阿 Q 後腳
又到，終不免令那老尼姑憤怒又詫異了：

> 　　「你又來什麼事？」伊大吃一驚的說。
> 　　「革命了……你知道？……」阿 Q 說得很含糊。
> 　　「革命革命，革過一革的，……你們要革得我們怎麼樣呢？」
> 老尼姑兩眼通紅的說。
> 　　「什麼？……」阿 Q 詫異了。

　　「你不知道，他們已經來革過了！」

　　「誰？」阿 Q 更詫異了。

　　「那秀才和洋鬼子！」

（魯迅，2003：58）

　　說穿了，阿 Q 碰到那些和他自己一樣，不管是處在社會哪個位階的「勢利眼」，如「文童」趙太爺、錢太爺這一幫在未莊有地位的人物，或是他進城去「革命」，遇上的那群革命黨人，在骨子裡並沒有比阿 Q 高明到哪兒。阿 Q 自己身上的愚昧，既沒有因為他自詡成了革命黨人而稍減，而那些自恃走在時代尖端，著實瞧不起阿 Q 的高官大爺、舉人秀才也不因為他們和阿 Q 劃清了界線，就顯得尊貴了。在阿 Q 這樣令人莫名所以的生命裡，令我們體會到一種時代的氣氛，那其中似乎意味著要在腐敗的廢墟裡，長出什麼奇花異草了，結果又是那麼教人匪夷所思的發現一切原只是夢幻泡影。阿 Q 不必去回答這些問題，他是交給了他的同代和後代人去為他作出了解釋。

　　最終，不妨想想我們這些平常人在阿 Q 生命中的意義，或許在我們種種「義正辭嚴」的乖張和醜陋裡，阿 Q 就是最好的一面明鏡，他徹頭徹尾的「自輕自賤」，恰是照出了「我們人性」裡的荒蕪，我們缺少的常常不是同情，而是自覺，阿 Q 做了一個真無賴遠不需要誰的同情，而我們眾多的偽君子，卻是經常用自己對他人的同情，來掩蓋對自我真實的反省。魯迅這麼一層層鋪排阿 Q 的內心世界和他對這世界的回應，最後就是要講這個人究竟怎麼活，以及他活成了什麼樣子？阿 Q 自己若從來沒有意識到這不只是他人生中的核心問題，同時也是每個人生命中迴避不了的課題，作為一個讀者的我們，就不能對此提問置若罔聞。特別是阿 Q 的行事作為，在我們看來是何等的荒謬絕倫，而他所面對到的各種虛矯和不可理喻，卻不獨是專屬於他所身處時代的產物時，他不論是在當時作為一個人物形象有他獨特的意義，或是之後擴散延伸成為一時代特殊的隱喻，都同樣值得讓人

思索。

2. 老舍《駱駝祥子》：深情內斂的筆鋒直探世間的悲涼

老舍《駱駝祥子》一書，是他眾多作品中，極重要的一部，也是在三〇年代的文壇中，一部深具代表性的長篇著作。老舍在作品中，將一個生活在社會底層，是個「彷彿就是在地獄裡也能做個好鬼似」的祥子，如何一步步被他所生存的環境，摧折毀滅的經過，揭示在讀者眼前。同時更在這揭示的過程背後，將一個文學家對一時代的觀察、悲憫和批判都置於其中了。他這樣說著祥子以及他所面臨到的現實處境：

> 人把自己從野獸中提拔出，可是現在人還把自己的同類驅逐到野獸裡去。祥子還在那文化之城，可是變成了野獸，一點也不是他自己的過錯。他停止住思想，所以就是殺了人，他也不負什麼責任。他不再有希望，就那麼迷迷忽忽的往下墜，墜入那無底的深坑。他吃，他喝，他嫖，他賭，他懶，他狡猾，因為他沒了心，他的心被人家摘了去。他只剩下那個高大的肉架子，等著潰爛，預備著到亂崗子去」。
>
> （老舍，2000：244）

這樣一個從野獸中間超拔出來的人，結果又給趕回到野獸中去了，這是怎麼一回事？和祥子相類的悲劇，若始終沒有在人間消失，我們就不免會在祥子的身上，重新檢視我們所意識與實踐的「人性」，其中包含了多大的「真實性」：它是對那些能表現出「人性」之人的桂冠，卻恰是對那些逐漸放棄人性的人的緊箍咒？祥子要是從來都在地獄裡當個鬼，便也罷了，要不他可以像阿 Q 一樣，自己獨力去創造他生存的法則，好比在阿Q身上聰明和愚蠢是沒有區別的，人和非人之間也沒有什麼本質上的差異，他就是活在一個把光怪陸離視為尋常的世界，他從不必因這些既存的事實感到為難，只要透過他

的精神勝利法，重新自我命名，世界便可以照著他的願望運轉，即便最後送了命，他終究還是好漢一條。

然而祥子畢竟不是阿Q，他沒有使用「精神勝利法」的能耐，他唯一可掌握的是從身體到心靈去認清，並嚴守自己的面目。他知道自己不會也不能去作什麼顯赫的大人物，但卻真能做個極好的洋車夫，他便這麼一路去實踐這個屬於他的「天賦」，像他意識到自己身體的變化，和那種人車結合成一體的愉悅，他的喜樂和滿足，可說是完全奠基在他對自己的認識上：

> 他自己，自從到城裡來，又長高了一寸多。他自己覺出來，彷彿還得往高裡長呢！不錯，他的皮膚與模樣都更硬棒與固定了一些，而且上唇已有了小小的鬍子；可是他以為應當再長高一些。當他走到個小屋門或街門而必須大低頭才能進去的時候，他雖不說什麼，可是心中暗自喜歡，因為他已經是這麼高大，而覺得還正在發長，他似乎既是個成人，又是個孩子，非常有趣。
>
> 這麼大一個人，拉上那麼美的車，他自己的車，弓子軟得顫悠顫悠的，連車把都微微的動彈；車箱是那麼亮，墊子是那麼白，喇叭是那麼響；跑得不快怎能對得起自己呢，怎能對得起那輛車呢？這一點不是虛榮心，而似乎是一種責任，非快跑，飛跑，不足以發揮自己的力量與車的優美。
>
> （老舍，2000：11）

我們在祥子身上看到他的追求，以及他為這追求做的種種努力，是身而為人極重要且可貴的稟賦，那麼一旦這些質素在他身上產生了扭曲和變化，他的喜樂、痛苦、無助、掙扎和困頓，對我們會有哪些啟發？換句話說，祥子的守分、自信與自尊，憑著自己的本事當個好的洋車夫，並且是真心實意高興自己能這樣活，而不是其他那些在別人眼中看來，也許是更有價值與意義的活法，這種一心只要「做自己」的堅持，究竟是明智或癡愚？

　　果然，好景不常，天往往不從人願，祥子快樂的時光是如此短暫，他是買了車，不久人給軍隊捉了去，車也沒了。他好不容易逃出來，順手偷了幾匹駱駝，轉手賣掉換了錢，再度回到車行，準備重新再買車。但在心中他始終不曾忘記，他第一輛苦奔而來的車，何苦就這樣白白給軍隊劫去，他不禁要問：「一天到晚他任勞任怨的去幹，可是幹著幹著，他便想起那回事，他心中就覺得發堵，不由的想到，要強又怎樣？這個世界並不因為自己要強而公道些」（老舍，2000：42）。他是這樣受困於他的現實，使得他的要強在他身上表現出來，成為一種可笑的負擔。他要買自己的車，以此維生，這原是他的本事和人生目標，所以他不拉車是對不起自己，買不上自己的車也一樣是對自己不起：「即使今天買上，明天就丟了，他也得去買。這是他的志願，希望，甚至是宗教。不拉著自己的車，他簡直像是白活。他想不到作官，發財，置買產業；他的能力只能拉車，他的最可靠的希望是買車；非買上車不能對得起自己」（老舍，2000：42）。當他始終不願放棄，總還在堅持，堅持著要用自己的能力再買輛車，實現心中願望的同時，他這一個「自我實現」的過程，還是碰到了讓他措手不及的窘境：他這樣的奔忙，究竟算什麼，如果這個世界對他的願望，既不同情也無了解，甚至還不時要捉弄他，這是出於他高估了自己，還是他對這世界太麻木無知了？

　　祥子第一次買車，車丟了，再買就是，儘管心裡仍有說不出的諸多愁怨，可他終究還能挺著，悶著頭繼續幹，偏偏在情感的路上，他也栽了個大跟斗：這愣小子讓車行劉老闆的女兒虎妞看上，一個夜裡，祥子成了虎妞的籠中鳥，他就是不跳黃河，也知道自己再不是先前那個「清白乾淨」的祥子了。這段更是令他不知從何說起的「因緣」，使他不得不承認，現實顯然從來沒有輕饒過他，他根本無權過問，這個世界會不會因為他的要強而公道一些，原來這本就是一個毫無公道可言的世界：

　　……這種事是永遠洗不清的，像肉上的一塊黑瘢。無緣無故的丟了車，無緣無故的又來了這層纏繞，他覺得他這一輩子大概就這麼完了，無論自己怎樣要強，全算白饒。想來想去，他看出這麼點來，大概到最後，他還得捨著臉要虎姑娘；不為要她，還不為要那幾輛車麼？「當王八的吃倆炒肉」！他不能忍受，可是到了時候還許非此不可！只好還往前幹吧，幹著好的，等著壞的；他不敢再像從前那樣自信了。他的身量，力氣，心胸都算不了一回事；命是自己的，可是教別人管著；教些什麼頂混帳的東西管著。

（老舍，2000：63）

　　祥子面對這些無緣無故而來的際遇，儘管百思不解，卻也從中愈來愈明白，他必須承認自己的命運，並不像他所設想的能全憑自己做主，這和他個人是一個什麼樣的人，或決定做一個什麼樣的人都無關，因為不論他想怎麼做，或正這麼做著的時候，都是白忙一場，他的事業是如此，他的情感亦如是。最終，他只有放寬對自己的要求，學著去鑽縫子：不管是他從軍隊逃出來時，牽了駱駝轉賣也好，或是為了再攢錢買車，他也狠了心去和同業搶生意，甚至他在虎妞這事上的「盤算」，都是在找著可能的小利，去填補他生命中愈來愈大的缺口，只寄望在命運的重槌落下之前，看能不能不至於弄到全盤皆輸。祥子對自己的這層了悟，斷不是憑空得來，這是他生活裡的遭遇帶給他的教訓，他還能是那個自尊、要強、盡本分的祥子？或要說這社會給了祥子機會，讓他始終只是做他自己就行了嗎？

　　當在個風雪夜裡，一個老車夫帶著孫子小馬兒進到茶館裡的情景，再度令祥子對他作為一個車夫的命運，生出了極大的感慨，幾乎使他就想要「破罐子破摔」的過日子了，如果結局都是一樣的，為什麼還要在這個「窮人─非人─死人」的過程中，斤斤計較：

　　　　一想到那老者與小馬兒，祥子就把一切的希望都要放下，而

想樂一天是一天吧，幹麼成天際咬牙跟自己過不去呢？窮人的命，他似乎看明白了，是棗核兒兩頭尖：幼小的時候能不餓死，萬幸；到了老了，能不餓死，很難。只有中間的一段，年輕力壯，不怕飢飽勞碌，還能像個人兒似的。在這一段裡，該快活的時候還不敢去幹，道地的傻子；過了這村便沒有這店！這麼一想，他連虎妞的那回事兒都不想發愁了。

（老舍，2000：103）

　　他那橫生的感情生活，像一記悶棍敲在他那日益窘迫的心上，而他一切原是要實踐自己天賦的作為，結果反成了頑抗自己命運的徒勞掙扎，到頭來的結局又簡直就是在和他的個人願望唱反調，他還能要強到什麼時候？那勉力維持的自尊，更是在一次次現實的踐踏底下，令他進退失據，狼狽不堪。他雖然在虎妞的幫忙下，還是買了一輛像小寡婦一樣的車，但是他的人生，終是每況愈下：他和虎妞失衡的感情，他的苦悶和怨懟，他的希望和絕望……都一步步從身體到靈魂吞噬著他。直到虎妞帶著一個死孩子嚥了氣，祥子算是看透了：「祥子沒辦法，只好等著該死的就死吧！愚蠢和殘忍是這裡的一些現象；所以愚蠢，所以殘忍，卻另有原因」（老舍，2000：202）。

　　祥子最後還是成了一個他原初想像不到的那一個自己，是作者說的，人把自己從野獸中提拔出來，結果又把自己丟回野獸群中的一頭獸。這是單屬於祥子個人的問題，還是祥子錯生在一個不屬於他的時代與社會？阿Q若是一面照妖鏡，照出我們靈魂當中一些視而不見的痼疾，那麼祥子應該是一汪清泉，用他清絕轉濁的生命經歷，映射了這個現實社會的醜陋和黑暗。學者夏志清認為老舍《駱駝祥子》一書，是中日戰爭前夕為止，最佳的現代中國長篇小說，他很中肯的評價了作者在這作品中的表現，以及他的文學成就，這應能作為我們理解作者老舍和祥子的註腳：

　　　　沒有疑問地，老舍是把這個社會批判當作小說裡不可少的一

部分。幸而這一點不常破壞主角生活的悲劇邏輯，而主要故事之
所以緊張動人，正是因為它絲毫不變地把戲劇焦點（dramatic fo-
cus）放在奮鬥的事實上。在描寫主角一再拼力設法活下去的時
候，老舍表現了驚人的道德眼光和心理深度。

（夏志清，1985：205）

　　當我們跟著祥子的腳步，走了一趟他曾經走過的人生道路，看來
是直到了最後，即便是天公也沒有疼惜祥子這個憨人。闔上書，我們
會對祥子的個人命運一掬同情之淚？撻伐祥子身處的社會？或者就是
在這個絕望的小人物身上，我們看到一個毫無同情心的世界，倒過頭
來是如何的斲喪了一種美好的德性？而這種傷害不會僅是祥子個人生
命的絕境，那確實是一個時代，甚至就是一個只要放棄了公理、正義
和善良的時代，便會在所有人的命運中烙下的傷痕？祥子如果從來都
解釋不了自己何以那麼要強，結果卻那麼狼狽，作為讀者的我們，能
給祥子一個說法嗎？

3. 沈從文〈蕭蕭〉：淡雅幽遠的情致蘸染人情的畫卷

　　沈從文〈蕭蕭〉說的是一群鄉下人生活的故事。作者對這些人的
生命，懷抱著一種動人的情感，那是在榮榮的燭火中，悠悠閃著人性
的素樸與善良；也是從徐徐的清風裡，淡淡輕拂世情裡的曲折與不
平。故事中的主角蕭蕭，是個天真、素樸、勤奮的女孩。她嫁作人婦
時十二歲，丈夫三歲。她一出場便和平常的女子很不同，至於她的不
同之處，作者是經由一般女性出嫁的常態說起的：

　　　　鄉下人吹嗩吶接媳婦，到了十二月是成天有的事情。
　　　　嗩吶後面一頂花轎，四個夫子平平穩穩的抬著，轎中人被銅
鎖鎖在裡面，雖穿了平時不上過身的體面紅綠衣裳，也仍然得荷
荷大哭。在這些小女人心中，做新娘子，從母親身邊離開，且準
備做他人的母親，從此將有許多新事情等待發生。像做夢一樣，

將同一個陌生男子漢在一個床上睡覺，做著承宗接代的事情，當然十分害怕，所以照例覺得要哭，就哭了。

也有做媳婦不哭的人。蕭蕭做媳婦就不哭。這女人沒有母親，從小寄養到伯父種田的莊子上，出嫁只是從這家轉到那家。因此到那一天這女人還只是笑。她又不害羞，又不怕，她是什麼事也不知道，就做了人家的媳婦了。

（沈從文，1998：653）

在這段描寫裡，作者藉著說女子出閣的事，帶出蕭蕭的與眾不同：一般女孩因為有母親做指引，面對出嫁一事，心底即便沒有具體的形貌，也會有屬於她們自己的揣想，於是離開母親和做他人母親這件事，就生出了極為特殊的意義，它標誌的畢竟是人生中的一種變化，她們終究忍不住害怕，不免要哭泣，完全不像沒有了母親的蕭蕭，她出嫁也只是從這家轉到了那家，她就是帶著那因「無知」而具足的無邪和單純，笑笑的當了人家的媳婦。

十二歲的蕭蕭和還在吃奶的三歲丈夫，這一對「小夫妻」，互以姊弟相稱。在「姊弟」的這層關係下，蕭蕭對弟弟的存在，還談不上什麼盡傳宗接代的義務，但蕭蕭卻是必須開始她照護弟弟的工作，從餵飯、逗弄、戲耍到搓尿片，只要和弟弟有關的事務，都由蕭蕭一手包辦，甚至原來弟弟為吃奶方便，留在母親身邊睡，但當他哭鬧起來，連婆婆都處置不了時，蕭蕭也不會置身事外，她不只是知道能教弟弟安靜下來的手段，她也樂意為他做這些：

於是蕭蕭輕手輕腳爬起來，眼屎矇矓，走到床邊，把人抱起，給他看燈光，看星光。或者仍然咈咈的親嘴，互相覰著，孩子氣的「嗨嗨，看貓呵」那樣喊著吼著。於是丈夫笑了，慢慢的闔上眼。人睡了，放上床，站在床邊看著，聽遠處一傳一遞的雞叫，知道天快到什麼時候了。於是仍然蜷到小床上睡去。天亮了，雖不做夢，卻可以無意中閉眼開眼，看一陣空中黃金顏色變換無端

的葵花。

（沈從文，1998：654）

　　小小的女孩蕭蕭和更小更小的男孩弟弟，同樣天真，一樣無邪。因為不必，也著實是不清楚「婚姻」或「愛情」為何物，他們就是親愛的一對小姊弟，姊姊照顧弟弟是應該的，弟弟聽姊姊的也天經地義。所以儘管在表面上，這對小夫妻相差了九歲，然而蕭蕭的「心智年齡」未必比弟弟高過多少，這只要看她哄著弟弟的情態便可了解，在她逗著弟弟看燈光、看星光，咻咻親嘴的動作中，她使的都是孩子的語言，孩子的把戲，蕭蕭其實始終都只是個比弟弟大點的孩子，儘管她在身分上已是一個妻子。

　　而蕭蕭這個女孩的真純與酣傻，沈從文不僅透過她的現實生活面去展現，他同時還藉著蕭蕭的夢境，去凸顯這個女孩身上自然純真的特質，這種在現實和夢境中的一致性，不只在說明蕭蕭是什麼樣的人，更是顯出蕭蕭這個角色在故事中，傳達出某種人性的「純粹性」。她在生活裡的歡喜和願望，轉化在夢裡頭有寬天闊地任她展翅，只是最美的夢，還是發生在她置身的人間，是她在丈夫的哭鬧裡，感到自己所真實擁有的「幸福」：

　　……到了夜裡睡覺，便常常做世界上人所做過的夢，夢到後門角落或別的什麼地方撿得大把大把銅錢，吃好東西，爬樹，自己變成魚到水中溜扒，或一時彷彿很小很輕，身子飛到天上或眾星中，沒有一個人，只是一片白，一片金光，於是大喊「媽！」人醒了。醒來心還只是跳。吵了隔壁的人，就罵著：「瘋子，你想什麼！」卻不作聲只是咕咕笑。也有很好很爽快的夢，為丈夫哭醒的事。

（沈從文，1998：654）

　　在蕭蕭的夢裡，她是做著世界上的人常做的夢，不管是撿到大把

銅錢，能吃上好東西；她也做著和自己生活情境接近的夢，她爬樹、夢見自己變成了魚，能到水裡溜達，或是身子變輕飛上天，是滿足了飛的想頭，但飛在眾星中的她卻驚恐，自己在喊媽的叫聲中醒來！即便她的叫喊受了喝斥，她卻又還是孩子樣不作聲的咕咕笑。這便是蕭蕭，她是個媽媽不在身邊的孩子，也已是弟弟的妻子，可在自己最需要的時候，喊的仍是媽；挨了罵也不認真在意，還能咕咕笑，這仍然是孩子的心情。她在夢中的驚恐是真的驚恐，醒來時的欣喜也是真的欣喜，在夢裡和夢外的她，一樣是那個天真浪漫、玲瓏剔透的小孩。

　　在不斷流去的日子裡，蕭蕭也和草木一樣的日日增長了起來，她顯然要等不及弟弟和她一起長大了：「蕭蕭過了門，做了拳頭大丈夫的媳婦，一切並不比先前受苦，這只看她半年來身體發育就可明白。風裡雨裡過日子，像一株長在園角落不為人注意的蓖麻；大枝大葉，日增茂盛。這小女人簡直是全不為丈夫設想似的長大起來了」（沈從文，1998：655）。蕭蕭的身體儘管是不顧所以的持續在成長，弟弟卻也依然是她生活的重心，她帶著哄著自己的丈夫，既有母親般的溫暖親暱，也同樣有孩子似的童真趣味：「蕭蕭好高，一個人常常爬到草料堆上去，抱了已經熟睡的丈夫在懷裡，輕輕的輕輕的隨意唱著那使自己也快要睡去的歌」（沈從文，1998：655）。這樣的蕭蕭在婆婆家待的一年半，已是個別人口中的大人了，可她還是依然如故，天真未泯的活著：

　　　　幾次霜降落雪，幾次清明穀雨，一家中人都說蕭蕭是大人了。天保佑，喝冷水，吃粗糲飯，四季無疾病，倒發育得這樣快。婆婆雖生來像一把剪子，把凡是給蕭蕭暴長的機會都剪去了，但鄉下的日頭同空氣都幫助人長大，卻不是折磨可以阻攔得住。
　　　　蕭蕭十五歲時已高如成人，心卻還是一顆糊糊塗塗的心。
　　（沈從文，1998：663）

　　這樣一個長在鄉野間的女孩，人工的作為怎麼阻攔她身體的成

熟，或催促她心智的開展，卻是都敵不過天地自然對她的化育。尤其是在蕭蕭生命中那種驚人的「渾沌」狀態，一種不為外力所左右的「啟蒙」，在她身上似乎都失了焦。她在旁人看來是有顆糊糊塗塗的心，可在她身上確也是一顆清清爽爽的心，風霜雨露來或不來，她首先都是那個天然的孩子。

儘管蕭蕭的成長是如此的「不為人力」所驅策，但這並不意味著在她生命裡不具備屬於她自己的「聰穎」、「膽識」和「自信」。彷彿說來說去她終歸只不過是個不長心眼的傻丫頭，沒有自己的判斷、機心和選擇。要認識蕭蕭生命中相對複雜的這一面，不妨先來看看鄉下長輩們描述的城裡「女學生」。這些經過爺爺描述的女學生形象，正好相對於蕭蕭是一種「異質」的存在。女學生的生活方式，從穿衣、吃飯、睡覺到娛樂、學習、交遊和嫁娶，顯然是和鄉下人家大異其趣，她們追求的事物在鄉下人的眼中看來，可能真是讓人丈二金剛摸不著頭腦，簡直就是和蕭蕭他們身處在不同世界的人，也正因為如此，才更顯出了彼此之間生命情調的「可融」和「不可融性」：

> 女學生由祖父方面所知道的是這樣一種人：她們穿衣服不管天氣冷暖，吃東西不問飢飽，晚上交到子時才睡覺，白天正經事全不做，只知唱歌打球，讀洋書。她們一年用的錢可以買十六隻水牛。她們在省裡京裡想往什麼地方去時，不必走路，只要鑽進一個大匣子中，那匣子就可以帶她到地。她們在學校，男女一處上課，人熟了，就隨意同那男子睡覺，也不要媒人，也不要財禮，名叫「自由」……

（沈從文，1998：656～657）

既然是不在同個世界的人，本不必打什麼交道，而蕭蕭一方面就是從祖父捉弄取笑她「將來也會做女學生」的過程中，朦朦朧朧的認識到「女學生」的不利於己，也同時在體會到自己與她們的區別時，覺得自己也可能成為不同於爺爺口中的「女學生」。在蕭蕭生命中那

種簡單的複雜性，或許就可以從她如何看待女學生這事上見出一、二：

　　　　總而言之，說來都希奇古怪，豈有此理。這時經祖父一為說明，聽過這話的蕭蕭，心中卻忽然有了一種模模糊糊的願望，以為倘若她也是個女學生，她是不是照祖父說的女學生一個樣子去做那些事？不管好歹，做女學生極有趣味，因此一來卻已為這鄉下姑娘體念到了。
　　　　因為聽祖父說起女學生是怎樣的人物，到後來蕭蕭獨自笑得特別久。等笑夠了時，她說：
　　　　「祖爹，明天有女學生過路，你喊我，我要看。」
　　　　「你看，她們捉你去做丫頭。」
　　　　「我不怕她們。」
　　　　「她們讀洋書你不怕？」
　　　　「我不怕。」
　　　　「她們咬人你不怕？」
　　　　「也不怕。」
（沈從文，1998：657～658）

　　在這段蕭蕭的想頭和爺爺的對話中，我們看到的蕭蕭，始終還是有那個屬於她生命中的「模模糊糊」。這些在她心底轉動的念頭，即便沒有明明白白的攤在眾人面前，可在蕭蕭的心裡成了一個「圖像」，這圖像和她現實生活的經驗差距很大，卻也能看到蕭蕭在這之中的「自我啟蒙」。她在對「女學生」的想像上，發現自己生命裡有生出不同面向的可能性，這和爺爺那輩人對城中女學生的揶揄不太一樣，蕭蕭自有一套她對女學生的看法，至少她在口頭上便對爺爺的「威脅」一無所懼，儘管她對女學生的認識相當有限，也不論這是不是因她的無知而生的蠻勇。而這種在女學生身上「找出路」的意象，甚至在她之後懷了花狗的孩子，都隱隱成為她個人生命轉圜的出口。

　　蕭蕭的故事要這麼雲淡風清的說下去，再嚴重的講法，大抵就是她作為一個童養媳的命運，在當時代或對當下的我們具有何種意義。至於蕭蕭的遭遇，是不是具有一定程度的代表性，它要述說的是當時一般女性和蕭蕭生命中那種無言和無助的悲哀，其實很難論斷，這從一現身的蕭蕭形象中，便可以略窺一、二。更何況在作者沈從文的筆下，那些我們自認為的「愚夫愚婦」，本是如此莊重的過生活，他們的勤奮、質樸和真誠，興許已被我們拋到九霄雲外，或者我們會把他們生命中這些美好的德性，轉化為落伍、愚蠢和殘忍的同義詞時，且來看看當蕭蕭懷了花狗的孩子，準備步花狗後塵逃走，就在她打算走女學生走的路上城而未果，給家裡的人發現時，這些「鄉下人」是怎麼議事和應世的：

　　　　家中追究這逃走的根源，才明白這個十年後預備給小丈夫兒子繼香火的蕭蕭肚子，已被另外一個人搶先下了種。這真是了不得的大事。一家人的平靜生活為這一件事全弄亂了。生氣的生氣，流淚的流淚。懸樑、投水、吃毒藥，諸事蕭蕭全想到了，年紀太小，捨不得死，卻不曾做。於是祖父想出了個聰明的主意，把蕭蕭關在房裡，派兩人好好看守著，請蕭蕭本族的人來說話，看是沉潭還是發賣？蕭蕭家中人要面子，就沉潭淹死，捨不得死就發賣。蕭蕭既只有一個伯父，在近處莊子裡為人種田，去請他時先還以為是吃酒，到了才知道是這樣丟臉事情，弄得這家長手足無措。

　　　　大肚子作證，什麼也沒有可說。伯父不忍把蕭蕭沉潭，蕭蕭當然應當嫁人作二路親了。

　　　　……

　　　　沒有相當的人家來要蕭蕭，就仍然在丈夫家中住下。這件事情既經說明白，倒又不像什麼要緊，大家反而釋然了。先是小丈夫不能再同蕭蕭在一處，到後又仍然如月前情形，姊弟一般有說有笑的過日子了。

　　丈夫知道了蕭蕭肚子中有兒子的事情，又知道因為這樣蕭蕭才應當嫁到遠處去。但是丈夫並不願意蕭蕭去，蕭蕭自己也不願意去，大家全莫名其妙，像逼到要這樣做，不得不做。

　　……

　　蕭蕭次年二月間，坐草生了一個兒子，團頭大眼，聲響宏壯，大家把母子二人照料得好好的，照規矩吃蒸雞同江米酒補血，燒紙謝神。

　　一家人都歡喜那兒子。

　　生下的既是兒子，蕭蕭不嫁別處了。

（沈從文，1998：667～669）

　　這一家子人因為蕭蕭人肛了　事，果真是弄得不平靜，生氣、掉淚都無濟於事，蕭蕭在這之前與之後尋死覓活，也同樣是不得其法。在這裡令犯錯和處罰的人都很難為，他們既不能無視蕭蕭的過失，所以爺爺想了個聰明的法子，便是把問題還給蕭蕭的族人們，還為他們設想怎麼處置蕭蕭的方式，沉潭或發賣，沉潭關乎的是家族的顏面，發賣是出自人的悲憫，兩者都不失「理」，是無法中的辦法。

　　可最終這個臉面，似乎也很輕易隨著時間慢慢被剝下，成為一種對世情的澹然，這不僅是長輩族人的反應，還可以一直延伸到小丈夫身上：「到蕭蕭正式同丈夫拜堂圓房時，兒子年紀十歲，已經能看牛割草，成為家中生產者一員了。平時喊蕭蕭丈夫做大叔，大叔也答應，從不生氣」（沈從文，1998：669）。當在揭開真相那痛苦的時刻一過，再合理的事，也敵不過人和人之間相處累積下來的感情。特別是蕭蕭那個幾乎是由她一手帶大的小丈夫，那個既愛她也敬畏她的弟弟，怎麼都不願意蕭蕭離開，蕭蕭也不離開時，在這一對小夫妻以外的其他人，便也無可置喙，還真只感到莫名其妙了？假使他們的確是做了懲處，沒能夠實現並不是他們能左右，但終究那處罰的意思也到了。或許蕭蕭生了「兒子」，成為農家裡「生產者」的「實利」，

對蕭蕭的命運有關鍵的影響，但打從一開始爺爺在議處蕭蕭這件事上頭，就是在個「講人情」的態度，否則依他的地位，很可以就下一個威權的指令而不致引起非議，但他有這樣的權柄而不如此做，很可想見他在這件事上有多大的為難，他對蕭蕭的犯錯便有多大的同情，在審判解決不了的地方，同情便生出了它的智慧和力量。

沈從文和魯迅文筆的嚴峻和犀利相比，恰似清水遇上了熔炎，一個要教人安靜下來，一個會使人燃燒。在〈蕭蕭〉這部小說裡，我們應不難看到這兩位作家切入時代的側影，所生發出的不同情懷。至於沈從文的筆鋒，和老舍筆調中內蘊的熱情，以及他「悲劇性」的幽默相參照，倒像是酸辣湯撞見了青菜湯，一是讓那極端的衝突能相互融合，說出個是非曲直，一是對衝突本身點到即止，是非交由讀者的心去決定判斷，在《駱駝祥子》的故事裡，祥子是徹頭徹尾的毀了，毀在那一個沒有公道正義的社會。而蕭蕭卻是另一種樣子，儘管蕭蕭的失貞在當時是件多麼了不得的事，而蕭蕭在給花狗的兒子牛兒娶親時，她做什麼呢？作者寫著：「這一天，蕭蕭抱了自己新生的月毛毛，卻在屋前榆蠟樹籬笆看熱鬧，同十年前抱丈夫一個樣子」。故事從嫁娶開始再用另一個嫁娶作終，不管是什麼樣的婚配，一輩輩的人在他們落腳的土地上紮根，長出屬於自己生命的樣子，其中自會有各人的曲折，也當然會有各人的生機。

然而，不論沈從文、魯迅和老舍之間的創作風格是如何南轅北轍，他們終究都是透過書寫，在認識、理解與思索他們所處的時代和他們這群時代中人。在我們閱讀中國現當代文學的過程中，始終不可免的會讀到一種時代的氣氛，不管是在阿 Q 或祥子這些小人物的命運裡，時代像是個網羅，它把眼下所有的人都兜攏了進去，不會問誰的意願，也不必問。我們也許在蕭蕭的故事裡，能看到一種對過去的「挽留」，只是再如何的挽留都是瞬間的回眸，美則美矣，感慨未必不深。沈從文是沒有許諾我們「桃花源」，但我們只要想想在我們生命最困頓的時刻，還會希望有個能夠回去耕種的田園，便能理解沈從

文正是在對時代的回望裡，提醒我們前行的理由。

4. 張承志《北方的河》：慷慨激越的赤誠點燃青春的理想

　　張承志《北方的河》這部作品，展現出了一個對於追求理想的青年人的激情，這股情感一方面是奠基在他對自己的土地、民族與國家的強烈認同之上，另一方面則是表現在對自我不斷的開掘上。小說中的「我」面臨到他人生的一個十字路口：「一個有四年制漢語專業本科生基礎，一門半外語，六年插隊新疆歷史，具有一定熱情和幹勁，身體條件良好的三十多歲老青年──究竟選擇什麼職業最好」（張承志，1987：37）？最後他準備以地理研究作為他追求的職志，因為當他在十多年前，到過他的那條父親之河──黃河開始，他就堅信這條大河會暗暗守護著他，指引著他找到自己在這天地間的位置。

　　於是在這準備應考的日子中，他理解自己的生命，永不只是在滿足穿衣、吃飯……這些生命中的「實然」課題，還有一個是他迴避不了的「應然」問題，這些在他生命中的蜿蜒曲折，來到永定河前，彷彿都一一得到了點醒：

　　　你應當變得深沉些，像這忍受著旱季乾渴的河一樣。你應當沉靜，含蓄，寬容。你應當像這群曬得黑黑的河邊孩子一樣具有活潑的生命，在大自然中如魚得水。你應當根鬚攀著高山老林，吸吮著山泉雨水；在號角吹響的時候，像這永定河一樣，帶著驚雷般的憤怒浪濤一瀉而下，讓衝決一切的洪流淹沒這鐵青的礫石戈壁，讓整個峽谷都回響起你的喊聲。

（張承志，1987：145）

　　在這段「我」面對著永定河所生出的感發裡，「自然」本身已化成了一個具有勃發生命的導師，在那樣的期待和教誨裡，「我」感應著、領受著並且是承擔著這一切，像是一個領洗的門徒，找到他生命中最堅貞的信仰，從此有了依靠與方向。

「我」的形象在永定河前獲得的鼓舞，以及因此所形成的人物性格張力，是作者一方面用了誇大又動情的筆墨，描寫著「人格化」的永定河，另一方面則是用收斂和謙遜的筆調，去刻劃一個希望能「化自然」的「我」，於是在這一收一放之間，令讀者看到一種篤定（永定河）和徘徊（「我」）的生命情態，如何成為整個作品中「我」的提問，和他對自己人生的終極追尋。所以，當「我」用著激切的語言，道出他對北方的河的感謝時，其實正是在傳達他對自己生命的許諾：「你用你粗放的水土把我撫養成人，你在不知不覺間把勇敢和深沉、粗野和溫柔、傳統和文明同時注入了血液。你用你剛強的浪頭剝著我昔日的軀殼，在你的世界裡，我一定將會變成一個真正的男子漢和戰士」（張承志，1987：171）。

當然，不管是前瞻或回望，一個角色的出現或發生，總也有他個人獨特的生命經驗和時代的氛圍，在這篇作品中，「我」被設定成一位曾有「六年插隊新疆」經驗的老青年，而這一段屬於他的「知青」際遇，顯然不單是屬於他個人，同樣也屬於他那個時代的同輩人。時代若真是考驗著青年，那青年又是如何創造或是思考了那一個他曾經經歷過的時代？「我」在永定河前的允諾，不會是憑空而來的天啟，這之中含藏的除了是他對自己生命內在的挖掘，還有便是這種在自我追尋背後，他可能的去處，就如同永定河最終要奔去的他方一樣。因此「我」所能領會到他和自己世界的聯繫，便是建立在他對個人小我的歷史，和時代大我的歷史之間相互的詰問辯證、與同情的理解上：

　　我相信，會有一個公正而深刻的認識來為我們總結的：那時，我們這一代獨有的奮鬥、思索、烙印和選擇才會顯露其意義。但那時我們也將會為自己的幼稚、錯誤和局限而後悔，更會感慨自己無法重新生活。這是一種深刻的悲觀的基礎。但是對一個幅員遼闊又歷史悠久的國度來說，前途最終是光明的。因為這個母體裡會有一種血統，一種水土，一種創造的力量使活潑健壯的新生

兒降生於世，病態軟弱的呻吟將在他們的歡聲叫喊中淹沒。從這
種觀點來看，一切又當是樂觀的。

（張承志，1987：131）

　　「我」的思索與期待，或許並不足以代表大多數人的看法，但是
從「我」出發，作為時代中的一分子，他並沒有放棄自己的責任，這
個責任並不是他去創造了另一則什麼更了不起的神話，以凸顯自己在
時代遭遇中的重要性，而是他首先能回頭面對自己在這歷史之流裡的
處境。在這自我反思的過程中，雖然有屬於自己後悔莫及的幼稚、錯
誤和局限，並且一切也都無法重來，但即便在當下看起來是如此的悲
觀，時間也會為他們澄清與沉澱一些渣滓，將那些真正深刻而公正的
意義凸顯出來。正是從「我」所相信的這一段文字裡，可以提醒我
們，文學作品中表現出來的「歷史」，也許僅僅只是一個時代的切片
或投影，但是，我們卻可以經過作者的手眼，去體會屬於那一段歷史
中人的經驗，進而回過頭來省思，我們自己所面對的，又是什麼樣的
歷史，而最終我們又會期望把自己帶到哪兒去？在故事中「我」的心
中有了一條北方的河，而在我們的心中擁有的又是什麼？

　　張承志這位具有回族身分的作家，在《北方的河》這篇作品中所
觸碰到的課題，儘管仍是個關於「理想」和「現實」如何折衝的問
題，問題本身未必有什麼新意，但我們可以試著從他提問的方式，以
及找尋的過程中，把目光收束回來放在我們自己的身上：他的困惑和
掙扎，是不是對現在的我們同樣有意義？我們會在什麼時候，走到自
己的歧路上，心中渴望著也有像永定河一樣的父親之河給我們導引？
當然，如果這是個早就遺忘了理想為何物的時代，那我們所面臨到喪
失了理想的現實，又會是什麼模樣？《北方的河》中的「我」，在他
走過的土地上，挖掘他人生中最獨出的某些經驗，深刻的感受到了眼
前的他之所以為他的理由，也就是每個人總會在自己的生命中，找到
自己來這世上的位置，在尚未就定位之前，我們能做些什麼，或是我

們其實已經做了什麼而不自覺？這個故事雖然僅是從個人生命經驗和
價值的思索開始，可是主角人物對自我的追問或肯定，仍是奠基在他
對一個更為宏大的感情與理想的追求之上，我們是不是同樣需要在對
自我的反思和追求之中，找到一個如他一般，發現一種朝上可以仰
望，朝下可以紮根的進路，去開展我們自己的人生？

(三)詩

　　中國現當代文學的發聲，詩歌的創作在這之中，應該說起了一個
極具關鍵性的作用（楊牧等編，1997）。胡適《嘗試集》的創作，雖
說在今日看來，它的歷史意義遠高過它在文學上的評價，但它終是一
次很真實的嘗試，嘗試著將中國古典詩歌的敘述方式，換成一種「現
代的」口吻和修辭來表達，借著透過「自然」的聲音、節奏、韻律，
置入當下人所面對的生活情境，所思所感。而一首「新詩」的誕生，
在表面上看起來是和過去的「古詩」分道揚鑣，事實上，我們只要從
「白話詩」、「新詩」、「現代詩」這幾個語詞裡入手，便不難體會
到在「白話」身後的「文言」、「新」之中隱藏的「舊」，以及「現
代」裡含藏的「傳統」（或古典）了。這種從「形式」上最可見的
「叛逃」，在實際作品的表現，反而是對中國的古典文學，作了一次
最有機和最機械的檢視，也就是我們會在傑出的作品裡，讀到作者如
何使一個文類中最基本的元素，被凸顯出來，例如在詩歌中創造出的
意象、象徵、隱喻、主題、思想、情感……等，反之，我們便會看到
那種生吞活剝的操作，如何在不知不覺間，使一個原本是生機盎然的
文類，卻面臨到一種前不著村後不著店的閱讀窘境。

　　然而，當我們面對敘事性強的散文或小說等文類，通常在閱讀的
挑戰上，也許不在能不能弄懂作品中的文意，而往往是作者在作品中
呈現出來的那個世界，我們究竟願不願意進入，或者我們要選擇用什
麼樣的姿態進去。在詩歌的閱讀中，除了延續我們對那些敘事性作品
的閱讀習慣，也許更要放寬與深鑿我們自身心靈的世界，需要一種對

生命中各種可能性的理解與想像。此處並不是意味著我們要有所謂高深的「文學造詣」，才能在詩作中悠遊，只是在讀詩的過程中，我們必須重拾某些自己遺忘了的本能，即是人在面對天地萬物時的謙遜、虔敬與熱情，在那之中有我們童稚時最初認識這個世界的目光與心意。當我們自身就是詩的一部分，詩即使是銅牆鐵壁，我們也能尋常視之，不會對它視而不見，或視若洪水猛獸了。就如同海德格（M. Heidegger）在〈荷爾德林與詩的本質〉一文中提到：「……從外觀上看，詩彷彿是不真實的，而本質上卻是真實的。實際上，詩本身就是一種自我確定，即一種具有堅實基礎的活動」（海德格，1992：222）。我們以下即引舉作品，讓我們透過實例來認識一首詩，如何在一個時代或是某個瞬間，照亮了當時的黑暗，或是撫慰了一些絕望的魂靈。

1. 聞一多〈死水〉：醜在美之中死在生之境的創造性

　　聞一多〈死水〉在中國現代詩歌的形式發展上，有它的特殊性，也就是在打破一切詩歌格律的新詩開創時期，它還是維持了詩歌在表現形式上的特質：從一律九字一句、旋律的起伏、節奏的快慢，到意象的捕捉和隱喻的構成，這些組成古典詩歌的基本條件，在〈死水〉中表現得相當完整與清楚。尤其作者使用了鮮明並且強烈的意象，把死水描繪成一種絕望而腐敗的美，儘管這樣的美，原是從我們所認為極醜的事物中，誕生出來。詩作一方面落實了詩人對當時候社會時局的批判，它同時也傳達了一個不是美的所在，一旦交給醜陋去開墾，可能開出個什麼來的「可能性」，也就是作者在作品裡與其說是「化腐朽為神奇」的嘲弄了這一灘死水，不如是說他令我們看到，原來我們的命運全讓這灘死水給擺弄，我們創造、成就並參與了這死水製造的過程，死水不會為自己說話，作為萬物之靈的我們卻能很輕易為自己辯護，以為這些腐敗之物，可以事不關己自有所出，事實上它就可能是我們每個人身上自覺或不自覺存有的「腐敗」。

　　「死水」呈現出的是怎麼樣的一種狀態，它是「活水」的死敵，或是諍友？不管是誰在面對死水時，需不需要做出反應：欣賞它？鄙棄它？逃避它？或者既知是死水了，就不如「順勢而為」強化它作為死水的「特質」？聞一多在詩作的首段這樣描寫著：

> 　　這是一溝絕望的死水，
> 　　清風吹不起半點漪淪，
> 　　不如多扔些破銅爛鐵，
> 　　爽性潑你的剩菜殘羹。
> 　　（聞一多，1993：95）

　　從這幾句話裡，可以想見作者是怎麼為這死水定調：他選擇以「死水」為素材，已讓人覺得一切的骯髒、腐朽、無用、僵固……「莫此為甚」，卻還說這死水不是「一般的」而是「一溝絕望的死水」，既是絕望的，希望對它是無意義了，即便希望是有的，再不過是凸顯它絕望的純粹，而非暗示「黑夜的盡頭便是黎明」時，這死水對自己的遇與不遇，應是練到波瀾不驚的境界了？所以清風來，顯出它的遲滯是自然的，誰要再為它扔破銅爛鐵或潑剩菜殘羹，不會增加它的清媚也無損它的污穢，它還是它，一溝絕望的死水，對外力的任何作為與推波助瀾，它始終可以依然故我。

　　貫徹自己生存的原則而不為外物所動，若能視為一可貴品格，「死水」的維持本性，不見得會遜於牆頭草的伶俐？不過顯然，死水儘管頑固，還是不免要和它生存的環境周旋，當那些破銅爛鐵、剩菜殘羹一股腦兒都由它接手，它想無動於衷都是枉然。畢竟它的存在，在過去要有個「成為絕望死水」的「過程」，在未來它還是逃避不了在這過程中的變化，於是：

> 　　也許銅的要綠成翡翠，
> 　　鐵罐上鏽出幾瓣桃花，

　　再讓油膩織一層羅綺，

　　黴菌給他蒸出些雲霞。

　　讓死水酵成一溝綠酒，

　　飄滿了珍珠似的白沫；

　　小珠們笑聲變成大珠，

　　又被偷酒的花紋咬破。

　　（聞一多，1993：95～96）

　　那些被人當作多餘甚至是垃圾的破銅爛鐵、殘羹剩菜，丟進了死水裡，它們不僅是使死水添了豔麗的顏色、璀璨的光彩，熱鬧的聲響，甚至還改變了它的「質地」，釀成了一池的「綠酒」，這是負負得正，壞事反成了好事，恰如環保署的宣導「把垃圾放在對的地方，就是資源」？或者作者只是繼續從悲憤莫名，到變本加厲的要人看穿，在這美麗色彩的形貌背後，是更為不堪的死水的命運？那些繽紛的顏色原來都不屬於死水，卻正是因為有了它們的加入，反而調動了在死水身上的潛能，這潛能是能使極醜之物成為「美」。於是，我們在死水自身的變化中體會到，那許多我們自認為是黑白分明的界限，都因為這種因醜而生的美出現，不得不面臨一場嚴峻的挑戰？所以在最終作者如此說：

　　這是一溝絕望的死水，

　　這裡斷不是美的所在，

　　不如讓給醜惡來開墾，

　　看他造出個什麼世界。

　　（聞一多，1993：96）

　　詩人臨到最後，還是要斬釘截鐵的告訴讀者，不管是原來清風吹不動的絕望死水，或是後來再加上破銅爛鐵等雜物之後變身的死水，它的耀眼奪目不過仍是「物以類聚」造成的幻象，幻象不論是如何的

美好，也終究隱蔽不了那醜惡的本質。而當醜陋迫使美退位時，那會是怎麼一回事？詩人把話說到這兒，其他便交給讀者自己去尋找。

　　一個由醜來當家作主的世界會是什麼樣的世界？是不是就正好呼應了死水的形象：是腐敗也是新生的，是遲滯也是變幻的，是絕望也是希望的，是藏污納垢也是出污泥而不染的？所以，在以「死水」為中心構成的世界裡，這「死水」中產生的便不僅僅是腐朽本身，還有使這死水之所以是死水而不是活水的根本理由：那是屬於整個時代，以及整個時代中人的惰性與沉淪。詩人在毫不留情的道出了這點之後，一切還猶有可為嗎？英國作家狄更斯（C. Dickens）《雙城記》的小說是這樣開場的：

> 　　那是最美好的時代，也是最惡劣的時代；是智慧的時代，也是愚蠢的時代；是信仰的時代，也是懷疑的時代；是光明的季節，也是黑暗的季節；是充滿希望的春天，也是使人絕望的冬天；我們的前途充滿了一切，但什麼也沒有；我們一直走向天堂，也一直走向地獄——總之，那個時代和現在這時候這樣相像，因此最喧嚷的評論家不管說它好或說它壞，都一定要用最高級的形容詞來對待它。
> （狄更斯，1999：19）

　　或許我們應該慶幸我們的世界，還有一群人會比一般人更早發現和捕捉到，他們所身處的世界，究竟發生了什麼問題。而不論這世界是令人感到何等的不可理論，難以捉摸，其中充滿了多少不公不義的破銅爛鐵、剩菜殘羹，但只要還有這一群人，死水就永不會只是一灘絕望的死水，因為他們自身已然在這最幽暗的絕境中，化作了指點幽暗的光明。

2. 艾青〈我愛這土地〉：家園的悲喜是個體永遠的鄉愁

　　艾青是一位對土地以及勞動者，懷抱著深刻同情與關懷的詩人。

他寫那些小人物生活的艱辛，也寫在他們身上看到的希望，他在對這些勞苦的大眾表達他最深切的情感之時，便是他所看到的時代充滿劇烈衝突的時刻。艾青詩歌裡瀰漫的土地芳香，是含著血淚嗚咽出的滋味。這和沈從文〈蕭蕭〉裡，我們讀到鄉下人那種世代紮根在泥土上，蘊育出的生活智慧與生命情態相較，艾青的鄉土是相對沉重的；而與張承志《北方的河》，所表現出那種以個人生命主體的追求為重心，土地是對個人精神的啟蒙與熱情的迸發相比，艾青更常是行走在人群中，當一個慷慨的引路人。他是要用詩歌去點燃絕境中的希望與光明，就像他〈雪落在中國的土地上〉的詩句：

> ……
> 中國的苦痛與災難
> 像這雪夜一樣廣闊而又漫長呀！
> 雪落在中國的土地上，
> 寒冷在封鎖著中國呀……
> 中國，
> 我在沒有燈光的晚上
> 所寫的無力的詩句
> 能給你些許的溫暖麼？
> （艾青，1989：85）

　　一個多情詩人寫的無力詩句，能為那有著深長的災難與苦痛的家國，解開層層的冰封嗎？於是我們看到詩歌即使成不了柴火，可詩人並沒有就此在風雪中放下他的筆。他便是用自己這種「雖九死其猶未悔」的深情，一種單純而赤誠的投入，在溶化著大地上的冰雪。

　　在〈我愛這土地〉這首詩作中，可以更集中而有力的看到，除了有詩人對自己生命來處和歸處的眷戀外，同時站在一個寬泛的「人與鄉土」的角度，去理解艾青的詩歌，對我們回過頭來認識自己腳下的土地，應同樣也能夠為我們帶來一些省思。儘管，我們在此時的此

岸，體會彼時的彼岸，或許在先天的條件上會有限制，但如果我們能
從對自己鄉土的情感去推想，也許那些我們認為牢不可破的藩籬，只
是我們心中想像築起的一道牆？不妨就來看看詩人是怎麼表達他對土
地的愛：

> 假如我是一隻鳥，
> 我也應該用嘶啞的喉嚨歌唱：
> 這被暴風雨所打擊的土地，
> 這永遠洶湧著我們的悲憤的河流，
> 這無止息地吹颳著的激怒的風，
> 和那來自林間的無比溫柔的黎明……
> ——然而我死了，
> 連羽毛也腐爛在土地裡面。
> （艾青，1989：101）

　　從一個「假如」到一個「然而」之間，生命是如此頑強又忠誠的
要使盡全力，在逆境中為自己生存的環境拼搏，就如一隻鳥用著嘶啞
的喉嚨為這「暴雨所打擊的土地」、「永遠洶湧著我們的悲憤的河
流」、「無止息的吹颳著的激怒的風」以及「那來自林間的無比溫柔
的黎明」歌唱！這是什麼樣的熱情，可以令誰投身若此？那是青鳥永
不放棄的使命，或是杜鵑啼不盡的哀鳴？或者什麼都不是，就是詩人
沸血的熱情在點撥一個時代的荒蕪，像在那狂暴、激怒與悲憤的天地
山川中，仍然有個始終沒有忘了這苦難土地的溫柔黎明。而這種對土
地的情感，原是如此的動人，卻是以「——然而我死了，連羽毛也腐
爛在土地裡面」明志，這是個什麼樣的家園，要置他的子民於一種無
告的情感裡？他願意化作一隻鳥，嘶啞的歌唱，歌唱這土地上的雪雨
風霜，以及黎明的溫柔，但是他偏偏死了，即使他死了連羽毛也都爛
在了土地裡，這樣赤誠而熱烈的情感，還有意義嗎？
　　當然，死亡如果並不是生命的盡頭，那麼人對土地不斷灌注的感

情，是不是就會是生命的另一種變形與延伸，所以當詩人說：

> 為什麼我的眼裡常含淚水？
> 因為我對這土地愛得深沉……
> （艾青，1989：101）

　　在詩人的淚水和土地之間，是什麼使他們緊緊的相連？他的回答很簡潔，就是愛。愛什麼？是愛他的喜樂，也愛他的苦痛；愛他令人無端的牽掛，也愛他讓人痛徹的失望；愛他的意氣風發；也愛他的萎靡困頓；是能愛他所愛，也愛他所恨……這便是詩人淚光裡，瑩瑩閃爍的赤情了？在他的情感裡，自己和土地已化作一體，他們真的是「你泥中有我，我泥中有你」，這種情感的濃度和強度，深究下去其實是非常個人化的感情，或許還和我們現在所說愛自己鄉土的呼籲大相逕庭，但就從這樣「個人化的情感」出發，是不是一樣能看到、體會到、經驗到並且參與到，自己土地上發生的喜怒哀樂？這種個人情感裡的愛恨情仇，不需要被任何人提醒，只需要自己的心，能張開一雙眼去體會，土地便不是默默無聲的一塊泥，他自然會對生活在他土地上的人進行無言之教，因為他終究是累積了無窮智慧與奧祕的「生命」。

　　換言之，為什麼我們對這塊土地會有割捨不下的情感，不只是在這土地上有一群顯赫的人物，創造了一些偉大的事業，更是因為我們曾經有過共同的經歷與記憶，成就一些令後代的子孫，願意用生命去傳唱繁衍的價值與傳統。人是在自己的土地上找到歸屬，土地同時回饋給人無私與忠誠的情感，才令那些在天地四方飄零的遊子，因為還能想起故鄉泥土的芳香，知道自己還有個可以「落葉歸根」的地方，這正是奠基在人和土地共同的積累與創造。艾青的創作，在此處之所以顯得可貴與可敬，便是他在寫作的同時，也留下了自己時代的側影，更是為不同時代的人，開啟了一個可以相互溝通的渠道，通過他

的寫作，古來今往的讀者能夠嘗試找到對話與了解的可能性。因此在人和「鄉土」的這層意義上，說的便不只是「人親，不如土親」，更是人能從「一己的框限」中出發，尋繹和投入一個遼闊的場域，在這個場景之中所發生的一切，既可能是我們共同的負累，也未必不會是我們共享的資產。

3. 何其芳〈於猶烈先生〉：若即若離的審美主體

在中國現當代詩歌的創作進程中，大致上也是沿著「為人生」或「為藝術」的路線在摸索進行。其中何其芳、卞之琳、李廣田這三位「漢園三詩人」，便是在「五・四」文壇老作家之後，於三○年代中期所興起的第二代詩人。這些作家在作品所表現出來的風格，與前一代人不論是用白話口語入詩的簡明爽朗，或是為生民時代而歌的負重致遠，這些後起作家的作品，在語言和情境的表現上，多半顯得繁複迷離，與其說他們不關心民間疾苦，不如說他們更關注的，應是如何有效的藉著詩歌的形式，去展現個人的獨特心靈。在創作中，是詩人主體的審美經驗，強化了詩歌作為詩歌自身的價值，也就是：「它們以愛與美的苦苦追求，低迴驕矜的歌吟，雕雲畫夢的筆致引人注目」（金欽俊，1990：5）。如在〈送葬〉一詩中，何其芳便運用了極成熟又豐美的詩歌意象，去表現他所身處的時代，以及在其中的個人對時代的評價。這一切關於「時代和個人」的呈現，和聞一多〈死水〉或有異曲同工之處，但相較於後者的無奈婉轉，前者則是更嫻於藉著詩歌的形式，令讀者看到在美背後一種絕望又激憤的「殘忍」：

> 燃在寂靜中的白蠟燭
> 是從我胸間壓出的嘆息。
> 這是送葬的時代。
> （何其芳，1990：69）

在「寂靜中的白蠟燭」和「從我胸間壓出的嘆息」這兩者間，詩

人為一個「送葬的時代」作了一種「舉重若輕」的安排，白蠟燭的形象本是極顯眼，可它卻是在寂靜中燃著，一種在視覺、聽覺和感覺上，結合而成「動／靜」、「輕／重」的意象，頓時使詩人的白蠟燭有了不同的生命。加之它隨後而來的句子，讓我們知道，燃在寂靜中的白蠟燭，不只是在實寫環繞著蠟燭而生的種種情境，而是要引出在那寂靜空間裡的人的嘆息，但這人的嘆息作者又不是直寫它，是讓它轉從白蠟燭的靜靜燃燒中，「擠壓」出來。就在這短短的三句話裡，我們可以輕易讀到作者在遣辭造句上的鍛鍊，單只為要說嘆息，不管它最終的關懷裡頭，是不是埋藏著對整個時代的哀惋或批判，但作者首先確實已將那些我們習以為常的經驗，作了「陌生化」的處理，使我們想到與看到的「白蠟燭」，或是我們曾有過的「嘆息」經驗，經過他有機的編排，造成了新的組合以及由此而生的美感經驗。

何其芳在他早期以及中後期的創作，都不乏表現對大我、對土地、對社會的種種情懷，而他致力於如何有效運用詩歌獨特的形式，在作品中將意象的營造、情緒的鋪陳、文字的經營、聲響的佈局和整體美感的傳遞……做一妥貼的安排，這對於中國現代詩歌美學，苦心孤詣的追求與實踐精神，無異是為當時的中國詩壇另闢蹊徑。我們不妨再從〈雲〉一詩中，看作者如何借用了法國「象徵派」詩人──波特萊爾的「詩人形象」自況：

> 「我愛那雲，那飄忽的雲……」
> 我自以為是波德萊爾散文詩中
> 那個憂鬱地偏起頸子
> 望著天空的遠方人。
> （何其芳，1990：87）

那個憂鬱地、偏起頸子、望著天空的「遠方人」，是一個什麼樣的人？在那樣憂鬱和望著天的動作裡，他實際上看到或想看到什麼？或者望著天空本只是一個不經意的動作，讓他捕捉到了飄忽的雲和個

人生命之間的某種聯繫？何其芳藉著波特萊爾詩作中的詩人形象，在
說著對雲的喜愛的同時，更是為了說自己：雲在天上的飄忽難捉摸，
正和詩人作為一個「遠方人」存在的生命感受是很相近的，那是天再
如何的遼闊無邊，終究參透不了身為一朵雲的漂泊？好比詩人能如此
真實而深刻的直探這世界的核心，可他始終都只會是一個與這世界若
即若離的「遠方人」。這個「遠方人」到了〈送葬〉時，甚至可以用
埋葬自己的絕決方式，去回應他所認識的世界：

> ⋯⋯
> 在長長的送葬行列間
> 我埋葬我自己，
> 像播種著神話①裡的巨蟒的牙齒，
> 等它們長出一群甲士
> 來相互攻殺，
> 一直到最後剩下最強的。
> （何其芳，1990：70～71）

這樣一個不惜以今日之我，棄絕昨日之我的詩人形象，看似與先
前那位憂鬱的、偏著頸子看雲的詩人，有不同調的靈魂，但其實不論
是看著雲的遠方人，或是埋葬自己蛻變而成戰士的詩人，它們在表現
「自我」的強度上，卻是一致的，差別只在一個抹的是淡妝，淡雅如
水；一個塗的是濃粧，熾烈如火，然而正是詩人的心靈能穿透得如此
遙遠，才能投入如此之深，這是詩人的矛盾，也是所有「自我」在言
說自身時動人之處。

---

① 指古希臘「金羊毛」的神話。國王珀利阿斯令其侄子伊阿宋到柯爾喀斯覓取
金羊毛。柯爾喀斯國王要伊阿宋先用火牛犁地，並把龍牙種到地裡，才肯給
予。該國公主美狄亞愛上伊阿宋，施展法術使龍牙下土後變成的許多武士自
相殘殺，全部死亡，並用魔草使看守金羊毛的神龍酣睡，取得了金羊毛，兩
人一起逃走（原書注解）。

　　當這樣一路閱讀下來，實在不難發現，在我們面對擁有一種偉大主題的作品時，通常很輕易就能夸夸其談，因為它的重要性彷彿是不證自明的。回想我們讀魯迅或是老舍作品的經驗，不管它是帶著諷世的批判精神，或是帶著人道主義寫實精神的著作，他們觸碰的終歸是關於「個人與群體」的「社會關懷」和「文化反思」的基本課題，是關乎當個體和群體的禍福榮辱，交相夾纏衝撞時的最終選擇。儘管這兩位作家的創作風格迥異，卻也同是在作品中思索著「人」在時代中的扭曲，以及扭曲之後的種種境遇。從一部作品對個人命運的反省，進而放大到對一家一國整體命運的省思，這便是我們極熟悉的「文以載道」閱讀進路。

　　而現在，當我們在閱讀中發現的再不僅是人和社會、人和歷史、人和文化的關係，更是讓人回到自己內心，用一種「無目的性」的審美態度，去檢視他所對應到的世界時，尤其是他所意識到作為一種個人而存在的「人」的經驗時，這樣的作品或許再不止於說微言大義，更是要傳達一種個人經驗的美感想像與創造，何其芳〈於猶烈先生〉一詩中，就正刻劃這麼一個特殊的形象，這位「古怪的」於猶烈先生，看看詩人怎麼說他：

> 於猶烈先生是古怪的。
> 一下午我遇見他獨自在農場上
> 脫了帽對一叢鬱金香折腰。
> 陽光正照著那黃色，白色，紅色的花朵。
> 「植物，」他說，「有著美麗的生活。
> 這矮小的花卉用香氣和顏色
> 招致蜂蝶以繁衍後代，
> 而那溪邊高大的柳樹傳延種族
> 卻又以風，以鳥，以水。
> 植物的生殖自然而且愉快，

沒有痛苦，也沒有戀愛。」
他慢慢走到一盆含羞草前，
用手指間觸它的羽狀葉子。
那些青色的眼睛挨次合閉，
全枝像慵困的頭兒低垂到睡眠裡。
……

（何其芳，1990：79～80）

　　這一位在「我」眼中看來古怪的於猶烈先生，為什麼古怪？是因為他對鬱金香的折腰致意？可早早不就有人是「淚眼問花花不語」了嗎？相較前人那種藉物寄情的多愁善感，再看看於猶烈先生的舉措言談，後者顯然才應該是比較「一般」，能「不以物喜，不以己悲」？他淡然的看待「生命」（植物）的繁衍，從矮小的花卉到高大的柳樹，都是「自然而且愉快」的，因為它們在這延續生命的過程中，可以是「沒有痛苦，也沒有戀愛」！於猶烈先生這番見識，當然也可能叫我們墜入莊子與惠施「子非魚，安知魚之樂」的論辯中，但從他的言談裡，正好讓我們換一個從「物及於人」的角度，體會在主體與客體之間往復來回的「移情作用」，是如何形塑了我們的美感經驗。也就是「移情」不只是讓人把情感置於物中，它同時也能透過物的存在，回應給人物自身的「秉性」：「美感經驗中的移情作用不單是由我及物的，同時也是由物及我的；它不僅把我的性格和情感移注於物，同時也把物的姿態吸收於我」（朱光潛，1989：33）。於猶烈先生的言語動作，在「我」看來固然是古裡古怪，他那麼慎重其事卻又如此「輕描淡寫」看待植物的生存，特別是在他把「植物（花朵、柳樹）／動物（人類）」那些因為「傳宗接代」而生的「差異」（自然而愉快／痛苦與戀愛），在「不經意」之間表露出來時，那恰似他在面對「生存」這件事本身的莫可奈何？因為「生存」經常不會因「個人意志」而有所轉移？當這「無可奈何」轉到他用指尖去輕觸含羞草

的葉片，正進一步暗示了生命中某種「無能為力」或正是「欲說還休」的尷尬？植物的無痛無感，在「含羞草」身上一樣可以成立，但是既然於猶烈先生就這麼慢慢走到了「敏感」的含羞草面前，這時的含羞草，仍和那些美麗的花朵、高大的柳樹是相同的嗎？假使前人也早說了「卻道天涼好個秋」來個「顧左右而言他」，這時於猶烈先生的種種古怪，其實是不是也有「前例可循」？

　　最終，不論於猶烈先生古不古怪，我們在何其芳的詩作中，應能充分去品味一種詩人藉由文字創造出來的審美世界，這個世界乍看之下，對我們而言或許是非常陌生而個人的場域，對詩人所使用的語言、意象、象徵……也未必能令讀者破譯，但正是在這個「解迷」的歷程中，不斷挑戰與召喚我們的閱讀經驗，我們一方面既需要理智的刀剪來協助我們的判準，另一方面也同樣需要感性的飛絮來承載我們的想像，也就是從那些片斷的、微小的以至稍縱即逝的事物中，捕捉到詩人如何將其定格轉化，成為一幅幅對於人自身生命反省而得到的美的風景。

4. 舒婷〈致橡樹〉：雌雄同體的剛毅與溫柔

　　在中國現當代文學的文壇上，經歷過一次次強烈的政治洗禮與動盪後，年輕的詩人，如北島、顧城、食指……等人，他們都曾為中國新時期文學的發展，啼唱了黎明的曙光，也發出了幽暗的嗚咽（莊柔玉，1993）。其中舒婷作為此時期的作家之一，實具有相當的代表性。她的名篇〈致橡樹〉一詩，便充分展現了一種剛毅而堅貞的深情，不管將它視作一首對鍾情之人所發的情詩，或是將它放大成對自己家國、民族允諾的情感，都有動人之處。詩是這樣說的：

　　　　如果我愛你——
　　　　絕不像攀援的凌霄花，
　　　　借你的高枝炫耀自己；

如果我愛你——
絕不學癡情的鳥兒，
為綠蔭重複單純的歌曲；
也不止像泉源，
常年送來清涼的慰藉；
也不止像險峰，
增加你的高度，襯托你的威儀。
甚至日光。
甚至春雨。
（舒婷，2001：117）

　　舒婷「如果……」和艾青的「假使……」，都以假設的口吻開場，在表現上看似有小（個人／私己）大（群體／家國）之別，事實上在作品底層所反映出的情感強度和深度，是不分軒輊。特別是當這層「假設」的說法，是在實寫一種篤定堅決的態度，不是在陳述「熱情衝昏了的頭腦」的狀態時，就更加凸顯在「你／我」之間情感的張力。從「如果我愛你」起始，詩人便點出了在「他者／我」表現感情的差異，別人「對你」可以攀附、可以依賴、可以癡情、可以陪襯、可以互補……「甚至」可以是泉源、日光、春雨的無微不至，獨獨「我」，絕不僅僅用這樣的方式對待自己所愛之人，便感到了滿足，因為我的存在不只是在凸顯你的強壯、威猛與需要，同時也是在表明我的獨立、堅強、熱情和勇氣。

　　而我要如何才能夠用自己的姿態和方式去愛其所愛？如果我原是如此特立獨行，而你又是如此卓爾不群，要如何能讓兩個同樣飽滿堅實的生命，既能相互依存，也能各自挺立？詩人的回答是：

我必須是你近旁的一株木棉，
做為樹的形象和你站在一起。
根，緊握在地下，

葉，相觸在雲裡。
每一陣風過，
我們都互相致意，
但沒有人聽懂我們的言語。
（舒婷，2001：117～118）

　　給橡樹的情感用木棉的姿態傳遞，令一切關於愛的信息，是深深
紮根在地底和高高交會在雲端，因為有地下的緊緊相握，才有天上的
交感共鳴。因為如此，所以連言語都可以「只屬於彼此」，不需要誰
的見證，也不必誰來理解。當橡樹遇見了這樣的木棉，他仍會期待凌
霄花的出現，或是學會珍惜這個擁有凌雲之志和纖細靈魂的伴侶？特
別是當木棉的眼睛裡，看到的是如此的「你」、「我」和「我們」：

　　你有你的銅枝鐵幹
　　像刀，像劍，
　　也像戟；
　　我有我紅碩的花朵，
　　像沉重的嘆息，
　　又像英勇的火炬。
　　我們分擔寒潮、風雷、霹靂；
　　我們共享霧靄、流嵐、虹霓，
　　彷彿永遠分離，
　　卻又終身相依。
　　（舒婷，2001：118）

　　那些我們在現實中必須共同面對的苦難和喜樂、美好與醜陋
……，因「你」的威猛陽剛和「我」的剛柔並濟，而能使「我們」的
分享相乘，承擔相減。詩人在詩作中，我正是用「木棉」那種內斂、
沉穩、靜默，卻是如烈焰般熊熊燒灼的情感，去召喚並回應自己所珍

視的「橡樹」，作為橡樹的你，會從此因為我的嘆息、因為我燃燒的
勇氣，更加理解自己的刀、劍、戟之於我們彼此的意義嗎？詩人在詩
作中，即是以這種「剛烈和溫婉」交纏的筆觸，寫出在〈致橡樹〉
中，「我」所認為與所要的「偉大愛情」。

　　舒婷詩歌中的抒情，流動著一種特有的堅韌，能在極低調的文字
表情中，顯出一種不為外力，甚至是不為自己的軟弱所屈服的剛毅，
而在那快意的放歌裡，卻又不失清純的明媚，去抵禦在她世界中所出
現的醜陋和黑暗。不妨再讀一段她所寫的〈獻給我的同代人〉：

> 他們在天上
> 願為一顆星
> 他們在地上
> 願為一盞燈
> 不怕顯得多麼渺小
> 只要盡其可能
>
> 惟因不被承認
> 才格外勇敢真誠
> 即使像眼淚一樣跌碎
> 敏感的大地
> 處處仍有
> 持久而悠遠的回聲
> ⋯⋯
>
> （舒婷，2001：26）

　　在這幾句平易的文字中，舒婷想和她的同代人說什麼？就是簡單
的一種願望，願用己身化作光明，即使微小如天上的星光，或是地上
的燈火，但只要盡其可能發出光亮，便不必在意它的渺小。特別是當
這樣的心願，未必能獲得誰的認可時，就更顯出了願望中那純粹的赤

誠與心意。而那些和他們有相類經驗的「同代人」，究竟為了什麼要
對自己的生命，作出如此鄭重的許諾？和舒婷同輩的這一代人，在十
六、七、八歲遇上了「文化大革命」，隨著革命局勢的變化，這些滿
懷著理想與熱情的年輕人，成了上山下鄉插隊落戶的「知識青年」
（鄧賢，1994；成江編著，1998；定宜庄，1998），他們告別自己的
親朋友好及生長的故鄉，奔赴國家認為最需要他們去投身學習的地
方，在詩人食指〈這是四點零八分的北京〉一詩，便有力的傳達了這
代人和自己的「過去」道別時的「盛大」場面及「悲壯」心情：

　　　　　這是四點零八分的北京
　　　　　一片手的海浪翻動
　　　　　這是四點零八分的北京
　　　　　一聲尖厲的氣笛長鳴
　　　　　北京車站高大的建築
　　　　　突然一陣劇烈地抖動
　　　　　我吃驚地望著窗外
　　　　　不知發生了什麼事情

　　　　　我的心驟然一陣疼痛，一定是
　　　　　媽媽綴扣子的針線穿透了心胸
　　　　　這時，我的心變成了一只風箏
　　　　　風箏的線繩就在媽媽的手中
　　　　　……
　　　　　——一陣陣告別的聲浪
　　　　　　　就要捲走車站
　　　　　　　北京在我的腳下
　　　　　　　已經緩緩地移動
　　　　　……
　　　　　終於抓住了什麼東西

　　管他是誰的手，不能鬆
　　因為這是我的北京
　　這是我的最後的北京
　　（食指，2001：48～49）

　　從食指的作品裡，已讓我們讀到那在離別中深深的眷戀和不捨，不管他們原是為了要達成什麼樣的心願而必須離開。只是離開之後的他們，便如舒婷詩作中反映的，當那些最微小的願望都如眼淚般摔碎了，沒有誰來承認他們的「獻身」有何意義時，但是只要大地還在，他便不會遺忘了這一代人曾經在他身上留下的足跡，一點為來者可能的指引：

　　為開拓心靈的處女地
　　走入禁區，──也許
　　就在那裡犧牲
　　留下歪歪斜斜的腳印
　　給後來者
　　簽署通行證。
　　（舒婷，2001：26～27）

　　在絕望中閃現的希望，交纏在纖細情感裡的厚重，使舒婷詩作中的感情，成了一種蕩氣迴腸的旋律，縈繞在讀者的心中，既是春日裡的細雨，也是酷寒裡的冬陽。所以她會在〈這也是一切──答一位年輕朋友的「一切」〉中，用一種高亢的調子，宣稱在那令人感到敗壞的、死亡的、無情的、世故的、爆烈的……「一切」中的「並非一切」：

　　不是一切大樹
　　　　都被暴風折斷；
　　不是一切種子

都找不到生根的土壤；
不是一切真情
　　都流失在人心的沙漠裡；
不是一切夢想
　　都甘願被折掉翅膀。

不，不是一切
　　都像你說的那樣！

不是一切火焰
　　都只燃燒自己
　　而不把別人照亮；
不是一切星星，
　　都僅指示黑夜
　　而不報告曙光；
不是一切歌聲，
　　都掠過耳旁
　　而不留在心上；
……

（舒婷，2001：40）

　　在這些擲地有聲的字句中，舒婷所看到的「一切」裡，原有多少是從絕望裡生出的勇氣和契機，不論生命本身曾經受過何等的磨難和阻礙，事實上在那看似沒有了退路的「一切」裡，說著的正是無路可退之後的絕處逢生，那是人的一念之轉，就在那一轉念間，所有一切看似無光黯淡的種種，因為人自己的「永不放棄」而有了「一切可能」。當然舒婷在詩作中閃爍的光明，絕不是出自那無邪天真不染塵埃的天堂，而是來自她在人間的洗禮，誰都可以不贊同她，但她卻不可以不相信自己。

　　從所引舉的舒婷詩作中，我們可以發現一個作家的寫作風格與趣

味或許很多樣，但某些屬於作家個人生命的質地，卻會不自覺流竄在其作品中的或明或隱之處。舒婷作品中的黑暗、絕望、沮喪或悲憤，最終都是為了要找到「生之美好」。她的詩風乍看是非常的婉約細膩，還有一種不經意間流露出的憂傷，但事實上則是堅毅、強韌，並在那幽微的處所，她總要點根火柴或燃起燭火，照亮她所愛的世界。而這種在作品中「雌雄同體」的表現，也許可以對我們在思考文學中的「性／別」議題時，帶出一點反省。

五、結　語

不同時代的創造都鐫刻著他時代的側影，同時為後來的人栽植了前行的指引，我們不知道一本書何以會在寂寞了千百年之後，遇到那個真正的知音去翻開它，而經典之所以顯得可貴，便是不論它是在哪一個時期，都有一群人在慎重其事的面對它們的存在，在這些累積下來的千百種閱讀，或者將其捧上雲端，或是將之丟入茅廁，它們最終若不會因為被置於何處，而減損其價值，這便是一個值得讓我們在閱讀中，不斷去經驗和檢證的歷程。在中國現當代的文學經典中，事實上正含藏了許多記憶的碎片，等待著讀者去看照會在那其中隱隱閃爍的歷史微光，它一方面是面對著時代，另一方面是回照著個人。

我們如果始終都能每天過著無憂無慮、任性自在的生活，當然可以完全不必理會，或擔負別人生命存在的苦痛，但當我們日漸成長，有一天終於不得不承認「長大的過程便是希望毀滅的過程」時，我們會不會盼望有個可以傾聽或理解的對象？屆時我們還能說別人生命中的艱辛，是和我八竿子打不著一塊的事嗎？閱讀中國現當代的文學經典應該會給我們不小的啟發，啟發我們在不斷批判、控訴，看到別人對我們的虧欠、誤解之時，還能回過頭來意識到自己的困境，也許從不是來自於外部世界無情狂暴的烽火霜雪，而是內心細微幽暗的風吹

草動。

　　而在絕處對個人生命與世界最真誠的詰問，便是作品和讀者最感人的互動了，這裡自然會出現最激進的解構，只是不是解構他人而是解構自身，是我們在看到作者心靈的同時，看到了自己，那一個不論是面目清楚或模糊的「我」，都會因為能不斷的在進入與離開一個個偉大心靈的過程中，而逐步逐步使「我是誰」、「我從何而來」、「我要到哪兒去」這些問題，獲得一個思考的起點、澄清的機會與行動的決心，直到最終，我們都會願意說：「幸福就是能夠認識自己而不感到驚恐」（班雅明，2003：69）。甚至是即便仍會感到驚恐，我們也都有從容面對的勇氣了。

建議優先閱讀書單

➤巴金（1979），《隨想錄》，香港：三聯。

➤史鐵生（2002），《我與地壇》，山東：山東畫報。

➤老舍（2000），《駱駝祥子》，臺北：里仁。

➤艾青（1989），《艾青》，臺北：海風。

➤冰心（1989），《冰心》，臺北：海風。

➤何其芳（1990），《何其芳》，臺北：海風。

➤阿城（1997），《閑話閑說——中國世俗與中國小說》，臺北：時報。

➤洛夫等編（1996），《大陸當代詩選》，臺北：爾雅。

➤夏志清（1985），《中國現代小說史》，臺北：傳記文學。

➤張中良等（1996），《中國新文學圖志》，北京：人民文學。

➤張承志（1987），《北方的河》，臺北：新地。

➤張賢亮（1997），《我的菩提樹》，臺北：九歌。

➤舒婷（2001），《舒婷的詩》，北京：人民文學。

➤ 楊牧等編（1997），《中國現代詩選》，臺北：洪範。

➤ 楊絳（1992），《幹校六記》，臺北：時報。

➤ 彭小妍編（1998），《沈從文小說選》，臺北：洪範。

➤ 魯迅（2003），《阿 Q 正傳》，香港：三聯。

問題討論

一、你認為閱讀中國現當代文學經典有何意義？

二、你認為在中國現當代文學經典中反映了哪些重要的時代精神？

三、你認為魯迅在《阿 Q 正傳》裡藉由阿 Q 一角，寫出了哪些在當時甚至是對當下的時空而言，都同樣具有「永恆性」的課題？

四、你認為在中國現當代文學中，鄉下人進城（如祥子）、鄉下人看城裡人（如蕭蕭），或是個人不斷找尋或回溯心目中「精神性的鄉土」……這類各式各樣「城鄉互動」的問題，對我們在「認識鄉土」這個議題上，有哪些啟發？

五、你認為中國現當代文學經典中的詩歌具有哪些特色？

• 卜倫著、高志仁譯（1998），《西方正典》，臺北：立緒。
• 王德威（1998），《如何現代，怎樣文學？——十九、二十世紀中文小說新論》，臺北：麥田。
• 史鐵生（2002），《我與地壇》，山東：山東畫報。
• 朱文華等（1995），《新編中國現代文學作品選》，上海：復旦大學。
• 弗洛恩德著、陳燕谷譯（1994），《讀者反應理論批評》，板橋：駱駝。
• 呂正惠（1995），《戰後臺灣文學經驗》，臺北：新地。
• 狄更斯著、齊霞飛譯（1999），《雙城記》，臺北：志文。
• 金春明（1996），《「文化大革命」史稿》，四川：人民文學。
• 馬克著、閻紀宇譯（2003），《當知識分子遇到政治》，臺北：雅言。
• 馬庫色著、陳昭瑛譯（1989），《美學的面向——藝術與革命》，臺北：南方。
• 食指（2001），《食指的詩》，北京：人民文學。
• 侯吉諒總編（1989），《中國新文學大師名作賞析》（1～30），臺北：海風。
• 昆德拉著、孟湄譯（1993），《小說的藝術》，香港：牛津。
• 泰瑞著、吳新發譯（1993），《文學理論導讀》，臺北：書林。
• 泰瑞著、林志明譯（1993），《文化的理念》，臺北：巨流。
• 夏志清（1985），《中國現代小說史》，臺北：傳記文學。
• 班雅明著、張旭東等譯（1998），《啟迪班雅明文選》，香港：牛

津大學。

・班雅明著、李士勛等譯（2003），《班雅明作品選──單行道、柏林童年》，臺北：允晨。

・海德格著、成窮等譯（1992），《海德格爾詩學文集》，武昌：華中師範大學。

・唐翼明（1995），《大陸新時期文學（1977～1989）：理論與批評》，臺北：東大。

・唐翼明（1996），《大陸「新寫實小說」》，臺北：東大。

・張子樟（1991），《走出傷痕──大陸新時期小說探論》，臺北：東大。

・張賢亮（1997），《我的菩提樹》，臺北：九歌。

・陳東榮等主編（1995），《典律與文學教學》，臺北：書林。

・莊柔玉（1993），《中國當代朦朧詩研究──從困境到求索》，臺北：大安。

・彭小妍編（1998），《沈從文小說選》，臺北，洪範。

・趙俊賢主編（1994），《中國當代文學發展綜史》，北京：文化藝術。

・鄧賢（1994），《我的知青夢》，北京：人民文學。

・鄭毓瑜（2003），〈古典詩歌美學〉（http：//140.112.2.84/～poetry/courseware/25～class.html）

・楊牧等編（1997），《中國現代詩選》，臺北：洪範。

・譚國根（2000），《主體建構政治與現代中國文學》，香港：牛津大學。

・羅永生等編譯（1998），《解殖與民族主義》，香港：牛津大學。

・蘭特利奇等編、張京媛等譯（1994），《文學批評術語》，香港：牛津。

閱讀臺灣現當代文學經典

一、前　言

　　文學從語言的指涉自我開始展演它的旅程，而人在這個旅程上追趕、超越而營造了一幅極美的畫面。這麼一來，所有後出的審美心靈就得仰體一種「承先啟後」的偉業，而繼續在同一個旅程上釋放熱力和曳引光華。畢竟文學所疊出的是一道絢麗的彩虹，我們不得不以等量的鍾情來期許它的連亙天際。也就是說，我們得努力成為一個文學的愛好者、創作者，而冀望有一天能夠更璀璨文學的園地。

　　從這個角度來看，閱讀文學也就是為了再創作文學，而閱讀文學經典也就是為了再創作文學經典。這一理路，本來不必多做解釋（否則閱讀文學經典所能再生文化的功效只能停留在「既有成果的發揚或再翻新」層次，而無法向前展望基進創造的途徑）；但基於想更加顯示閱讀和創作的「互生」關係的理由，這裡還是要再略作一點說明。如果我們把文學創作比擬為工廠系統化的生產，那麼大體上可以有下列圖示這樣的過程：

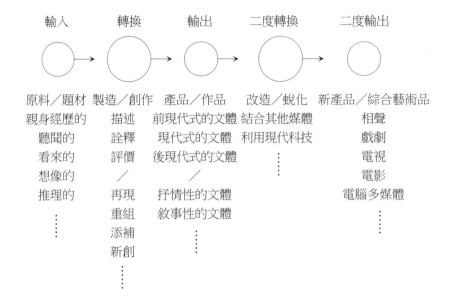

當中創作所需要的「看來的」題材部分,主要就是從閱讀中獲得的;而所創作的作品又可以被閱讀而成為二度轉換或另一波創作的題材(周慶華,2004a:325)。此外,閱讀本身要能夠持續不輟,大致上也得轉為創作而以「學以致用」或「學有所得」的成就感面世才有所保障(周慶華,2003);以至閱讀和創作彼此就幾乎無從離開互生關係而有機會完全獨立運作。這種情況的愈加「明朗化」,我們就愈知道掌握閱讀文學經典的精義在於「重新創作」;而一切相關閱讀對象的選擇,就以能否提供重新創作所需的資源為最優先的標準。

至於閱讀文學經典如何有助於文化的再生,這一點也必須再稍作解釋。我們知道文化是一個歷史性的生活團體(也就是它的成員在時間中共同成長發展的團體),表現它的創造力的歷程和結果的整體。而在這個大系統底下,還可以再分出五個次系統,包括終極信仰、觀念系統、規範系統、表現系統和行動系統等。當中終極信仰是指一個歷史性的生活團體的成員,由於對人生和世界的究竟意義的終極關懷,而將自己的生命所投向的最後根基,如希伯來民族和基督宗教的

終極信仰是投向一個有位格的創造主，而漢民族所認定的道或理這一自然氣化過程和印度佛教所認定的佛或涅槃這一絕對寂靜境界，也分別表現了漢民族和印度佛教各自的終極信仰；觀念系統是指一個歷史性的生活團體的成員，依據他們的終極信仰而採取的認識自己和世界的方式，並由這裡而產生一套認知體系和一套延續並發展該認知體系的方法，如神話、傳說以及各種程度的知識和各種哲學思想，都是屬於觀念系統，而科學以作為一種精神、方法和研究成果來說也都是屬於觀念系統的構成因素；規範系統是指一個歷史性的生活團體的成員，依據他們的終極信仰和自己對自身及對世界的了解而制訂的一套行為規範，並以這些規範為基底而產生一套行為模式，如倫理、道德等等；表現系統是指用一種感性的額外加工美化的方式，來表演呈現該團體的終極信仰、觀念系統和規範系統，因而產生了各種文學和藝術作品（包括建築、雕塑、繪畫、音樂，甚至各種歷史文物等等）；行動系統是指一個歷史性的生活團體的成員，依據他們的終極信仰、觀念系統和規範系統而模塑的，對於自然和人群所採取的開發或管理的全套辦法，如自然技術（開發自然、控制自然和利用自然的技術）和管理技術（就是社會技術或社會工程，當中包含政治、經濟和社會三部分：政治涉及權力的構成和分配；經濟涉及生產財和消費財的製造和分配；社會涉及群體的整合、發展和變遷以及社會福利等問題）（沈清松，1986；周慶華，1997a）。由這裡可見，文學是屬於文化中的表現系統範疇，它在被「優異創作」的過程中，除了會表現文學本身的藝術特徵而可以豐富文化的內涵，還會將文化中所有的終極信仰、觀念系統和規範系統等予以潛蘊或發露，而有利於文化的輾轉遞衍。而不論如何，只要有文學的生產，就會有文化的再製和新生的可能性。這樣再回到閱讀文學經典的課題上，我們就會發現它所要儲備的重新創作的資源，也就都是面對未來而關聯文化的再製和新生的。因此，從人不能自外於文化的運作（包括傳承和開新等）的立場來說，在文學這個表現系統的領域「力求表現」閱讀和創作的能耐，也

就成了一種無妨「終身許之」的志業了。

　　既然閱讀文學經典有這樣「可觀」的關係，那麼接下來的功課就是付諸行動了。當中有關臺灣一地所見的現當代文學經典，是跟異文化頻繁接觸後所激盪出來的成果，它除了可以讓我們緬懷前人的偉業，還可以讓我們藉為窺探傳統文化在現當代的變異發展情況，對於未來自己所要前進的步伐頗有取鑑的功用。而如果再把第二章所提到的「有些東西即使是已經成為歷史的，也還沒有過去，我們都活在歷史中。換句話說，人類的過去、現在和未來是一個不可分割的整體；而要展望未來的道路，就必須透澈了解過去所走過的每一腳步。因此，『歷史的終結』是不可能的，也是無法想像的。如果真的有『歷史的終結』，那麼它表示『現在』也失去了；而失去了『現在』，也就失去了『我們』自己（失去任何意義和價值）」這一點擴大開來說，臺灣現當代文學經典所涵融的異文化色彩，更方便我們同時省視「多元」的來時路以及規模一種或多種可能的遠景。

二、臺灣現當代文學經典的認定及其範圍

　　1999 年初發生過一件規模不小的臺灣文學經典的爭議，就是由文建會委託《聯合報》副刊評選的「臺灣文學經典」。那次評選經過初選、複選和決選三個階段：初選由《聯合報》副刊聘請的七位委員（包括王德威、何寄澎、李瑞騰、向陽、彭小妍、鍾明德和蘇偉貞等）就《聯合報》副刊所提供涵蓋新詩、小說、散文、戲劇和評論等文類的書單中，圈選出 153 本書參加複選；複選由《聯合報》副刊邀請九十一位票選委員（票選委員大多是大專院校教授現代文學及相關課程的教師，少數為媒體的編輯和比較活躍的評論工作者），就 153本書中不限文類圈出 30 本心目中的「臺灣文學經典」，經過統計一共選出 54 本參加決選；決選則由七位委員圈選出 30 本定案。這 30

本，包括：(1)小說類：白先勇《臺北人》、黃春明《鑼》、陳映真《將軍族》、七等生《我愛黑眼珠》、張愛玲《半生緣》、王文興《家變》、李昂《殺夫》、王禎和《嫁粧一牛車》、吳濁流《亞細亞的孤兒》和姜貴《旋風》等 10 本；(2)新詩類：鄭愁予《鄭愁予詩集》、余光中《與永恆拔河》、瘂弦《深淵》、周夢蝶《孤獨國》、洛夫《魔歌》、楊牧《傳說》和商禽《夢或者黎明及其他》等 7 本；(3)散文類：楊牧《搜索者》、梁實秋《雅舍小品》、王鼎鈞《開放的人生》、陳之藩《劍河倒影》、陳冠學《田園之秋》、琦君《煙愁》和簡媜《女兒紅》等 7 本；(4)戲劇類：姚一葦《姚一葦戲劇六種》、賴聲川等《那一夜，我們說相聲》和張曉風《曉風戲劇集》等 3 本；(5)評論類：夏志清《中國現代小說史》、葉石濤《臺灣文學史綱》和王夢鷗《文藝美學》等 3 本（陳義芝主編，1999：510～521）。這份書單才剛出爐，立刻引發文學界和學術界針對諸如經典性、評選機制、甚至統獨立場等問題的爭論。當中還有臺灣筆會、笠詩刊等數個藝文團體召開一場「搶救臺灣文學」記者會表達不滿的心聲（它們在記者會中共同發表了一份聲明：「行政院文建會公器私用，草率推舉『臺灣文學經典』，竟交由頗受爭議之報社副刊行之，該審查評定者偏於一隅——以反本土意識作取捨標準，本土評論家被排除在外，選出作品多篇與臺灣土地人民絕緣；自賴和、鍾理和、林海音以降，多數真正臺灣文學名家名作被惡意摒棄，是以不知誰之『經』？何人在『典』？」）；同時也有立法委員（如黃爾璇）以「政府不應介入文學價值的判斷」為理由向行政院提出質詢。此後有關臺灣文學經典的「持續性效應」，還引來一批大學研究生自辦刊物參與「再論辯」的行列（楊宗翰主編，2002）。雖然此次評選臺灣文學經典的關鍵人物《聯合報》副刊主任陳義芝一再的聲稱，將來還會有二編、三編的臺灣文學經典（陳義芝主編，1999：515、序 7），但反對陣營似乎都不領情，而揚言要重新來評選臺灣文學經典。

　　這又是一場充滿火藥味的「神聖化的競爭」，雙方人馬各據報

紙、雜誌、網路媒體所展開的攻訐、詆譭等行徑，已經到了駭人耳目的地步；而彼此似乎都不知道這只是一場意識型態／權力的鬥爭，而根本不關什麼臺灣文學經典（臺灣文學經典只不過是一個「藉口」或「可利用的憑藉」而已）。因為這種誰該成為臺灣文學經典的「史實」的認定，並沒有客觀的標準（任何人所提出的「標準」，最多只具有相互主觀性）。而這還不是最重要的；最重要的是史實認定者的企圖。正如尼采（F. W. Nietzsche）所提示的，並沒有所謂「純粹的認知」，認知本身就是一種詮釋和評價的活動，一種意義和價值的設置建構。因此，大家所認定的「史實」從來就不是什麼純粹的「史實」，而是一個意義價值界定的範疇。這個範疇，其實已經形同一個崇高的「理念」；它不僅僅是可以作為討論相關問題的依據，更是指導行動、定位行動主體的最高價值體系。而當大家在爭論誰所認定的「史實」才是真史實的時候，那不是它更客觀或更真確，而是因為它更理想或更崇高。換句話說，史實的判定並不是認知層面上的「真／假」問題，而是價值層面上的「信仰抉擇」或「意識形態鬥爭」問題（路況，1993：122～123）。而意識形態的鬥爭，實際上也就是權力的鬥爭（周慶華，1996a：43～69）。有關前出的臺灣文學經典「所從來」的情況既然是這樣，那麼這裡要再「別為標榜」自然也不脫離慣習的「競勝」心理或「權威」心態（詳見第一章），以至所能藉來保證的是「內在自成理路」而不是「外在一致共識」；它可以期待大家「重新」來領會，而不敢保證不會「遺人口實」。

(一)臺灣現當代文學經典的認定

從「理智」上（而不是從情感認同上）要來限定臺灣現當代文學經典，首先就會遇到一個「臺灣文學」本身難可安頓的問題。我們知道，臺灣文學從吳濁流 1966 年設立臺灣文學獎正式「標名」，經葉石濤於鄉土文學論戰前夕發表〈臺灣鄉土文學史導論〉一文予以「闡發」或「界定」，以及 1980 年代初本土作家加以「驗明正身」，而

後就一再的被炒作並引發前所罕見的文學論爭的熱度，如今還在斷斷續續的延燒中。而考察這一波的論爭，大家不僅在爭臺灣文學的名，也在爭臺灣文學的實。當中有關「臺灣意識」是彼此爭執不下的關鍵：原因是 1977 年鄉土文學論戰爆發以前，縱然有過多次相關的文學論爭（包括日據時代所發生的新舊文學論爭、臺灣話文論爭和鄉土文學論爭以及 1940 年代的臺灣文學論爭、1950 年代的現代派論爭和 1970 年代的現代詩論爭等）（陳少廷，1981；葉石濤，1987；彭瑞金，1991a；臺灣文學研究會主編，1989；李牧，1990；陳鵬翔等編，1992；趙遐秋等主編，2002），甚至吳濁流設立臺灣文學獎要獎勵「臺灣作家」，也都沒有聽說文學要含特定的「臺灣意識」才能凸顯臺灣文學的特性；直到葉石濤「登高一呼」以「臺灣意識」限定臺灣文學的內容，文學界才有人自覺要跟敵對者或反對者決裂，以至爆發了鄉土文學論戰以及後續的一波又一波的臺灣文學論戰。而這終於演變成「本土派」和「中國派」兩大陣營的長久對立：當中「本土派」陣營堅決主張臺灣文學要含有臺灣意識；而「中國派」陣營則據理力爭臺灣文學無法自外於中國文學範疇而獨立自主。此外，同屬本土派陣營而另標語言至上論的「臺語文學派」（這裡的臺語特指閩南語），也在這一場論爭中軋一腳（甚至要搶占言論市場）。而在這個過程中，還有海峽對岸的文學統戰「威脅」以及此地一些文學純化主義者的試圖要折衷「調停」（周慶華，1997b；林文寶等，2001）。這麼一來，「臺灣文學」就成了一個缺乏確切符旨的符徵而還有待後續的定位。

　　所以說臺灣文學還有待後續的定位，這主要是由本土派所帶出來的。本土派的一些「絕決」的說詞〔如「以臺灣文學的發展史看，臺灣作家主張臺灣文學的『臺灣』二字，早已排除僅有地理位置標示意義的說法，甚至也從未有人主張臺灣文學是在單獨反映臺灣的地理環境特質的文學。更明確地說，臺灣文學發展史已清楚的說明，臺灣文學上所冠的『臺灣』二字，絕非純因地域因素自然發生的僅有消極作

用的地理名詞；反之，它是經由臺灣文學作家以將近七十年的持續奮鬥的成果，臺灣文學的臺灣化導引著臺灣新文學七十年來的發展」（彭瑞金，1995：69～70）、「臺灣文學論述作為一種意識形態，它的對立面乃是『中國文學論述』此一統治者所推鋪支配的意識形態，而不是在臺灣的任何擁有不同意識形態、身分、背景或國籍的人民、作家；除非他們自甘內化，且認同意識形態國家機器的教化，並信它為真，而自以為是地對立於人民的論述」（向陽，1996：33）等〕，以及由本土派分化出來的臺語文學派的一些「挑激」的話語〔如「詩必須用母語創作，因為母語是精神和感情的結晶體；不用母語，臺灣的文學永遠是具有奴性的殖民地文學」（林宗源詩作、鄭良偉編著，1988：13）、「臺灣文學本土化的徹底完成，有待完成臺灣語的臺灣文學；並且透過臺灣文學的臺灣語，奠定臺灣語的學術地位，建設臺灣語的民族文學」（臺灣文學研究會主編，1989：230）、「要保留或更新臺灣本土文化，捨臺灣本土語言就無法完全做到。因此，在臺灣必須發展臺語的書寫文……近四十年來的事實，已經讓我們看到要振興臺灣文化，必須發展臺語書寫文，而臺語文學就是淬煉臺文最好的途徑」（林央敏，1996：115～116）等〕，都會讓不苟同或敵對陣營的人難以「嚥氣」（龔鵬程，1997；廖咸浩，1995；李瑞騰，1991；周慶華，1994）；同時本土派和臺語文學派因意見齟齬而衍發的隔空喊話對罵〔如本土派人士數落臺語文學派人士故意「點燃語言的炸彈」或「大福佬主義作祟」（彭瑞金，1991b；李喬，1991）；而臺語文學派人士也反唇相譏本土派那些反對者都是「客家人」（林錦賢，1991）〕，也不禁讓人搖頭嘆息！至於相對峙的中國派「以大吃小」的策略，又給人有「自我矮化」（依附「中國」）的感覺；而隨後起的折衷派將臺灣結或中國結「抹除」的作法以及海峽對岸的「招安」企圖，也始終不曾奏效或實現。就因為有這種種「續發性」的歧見在相互抗衡對立，才使得「臺灣文學」一名至今還得不到安頓（林文寶等，2001：386～387）。

　　雖然如此，臺灣文學還是得設法予以定位而使它成為一個可以認知的對象。本來強調臺灣文學是要為此地的文學尋求國籍的；但凡是主張臺灣文學的人，不是不採用它的政治地理意涵，就是妄想以語言來粉飾它的實質匱乏，到頭來臺灣文學還是一個沒有國籍的幽靈！雖然於理「臺灣文學作為一種地域性文學，是毋庸置疑的；就像新加坡文學、日本文學、印度文學、法國文學、美國文學一樣，只要經由集體的宣稱或認同，就具有合法性」（周慶華，2000：13），但在臺灣島內還不盡人人能肯定臺灣文學是一種「國家性」（地域性）的文學之前，有關臺灣文學的認定還會是一個莫大的「挑戰」。因此，這裡準備以一個向前「展望」的方式來因應，而將臺灣文學當作是臺灣一地所生產的文學（少數難以歸入這一範圍的，可以存而不論）；它未來的使命則是要展現殊異色彩來區別於他國文學，以便能夠在國際文壇上揚眉吐氣。而所謂的臺灣文學經典的認定，也就在這個前提下一併權作考量定案。

(二)臺灣現當代文學經典的範圍

　　在各種相關臺灣文學的論述中（包括本論述在內），雖然彼此都體現了一種意識形態及其權力意志的發用，但所能給人認同依憑的卻不見得都具有高度的合理性。理由是：在臺灣文學的臺灣意識化的呼聲如火如荼的在國內竄起的那一、二十年間，原有大中國派的人士出來勸諫本土派人士「不要過激」（呂正惠，1992；文訊雜誌社編，1996），也有文學純化主義者在一旁呼籲大家擱置統獨情結而追求足以讓外人「嘆賞」的創新性文學（尹章義，1990）；但這些都起不了什麼「針砭」或「導正走向」的作用，有的只是引發本土派人士更激烈的反擊（彭瑞金，1995）以及讓語言至上論者「有機可乘」順勢推出臺語文學來深化紛爭（周慶華，1997b：47～49）。這種情形，表面上起於意識形態的對立，好比當代一些言說理論家所說的「一切言說（話語）都是意識形態的實踐。而這種實踐的方式，會隨著言說在

它裡頭成形的各種制度設施和社會實踐的不同而有所不同。因此，大家可以透過跟言說相關的制度設施、透過言說所出發的立場和為言說者選定的立場來確認言說的『意義』」〔撮自麥克唐納（D. Macdonell），1990：11～13〕；實際上則是權益衝突無法化解所造成的後果：一方面本土派人士所肯認的臺灣文學向來受到國家意識形態機器的打壓，自然會有所反彈；一方面反支配的人都想成為新的支配者，這一權力循環的鐵則永遠不會失去它的效應，以至最後沒有一個人甘願妥協或自卸武裝。也正因為大家都想要權益而不肯退讓，所以只好讓意識形態打前鋒（不然沒有更好的武器）；而一些反意識形態的人也忘了自己所抱持的是不同的意識形態（包括文學純化主義這種意識形態），結果就是眼前這類意識形態化和去意識形態化的多重糾葛不斷地上演。也由於大家太過於在意相關意識形態的爭執（骨子裡則是要爭取發言權或護衛既得利益），以至無形中也自我弱化了應有的反思能力。比如說，大家各自要擁抱的臺灣文學，到底又驗證了哪一種「臺灣」意涵？從來就沒有人能夠「說清楚，講明白」。我們知道，以「政治」來說，固然由早期的威權政治逐漸走向晚期的民主政治，展現出臺灣一地政治改革的豐碩成果，但在整個過程中大家所抱持的政治立場並不一致；有的以中國一統的格局來規劃政策，有的以臺灣獨立建國的理想介入政爭行列，有的以兼取綜攝的作法試圖搶占言論市場（黃國昌，1995；張茂桂等，1994），如果臺灣文學能反映政治現實的話，那麼它所反映的到底是哪一種政治現實才算數？又以「經濟」來說，臺灣幾十年來經濟發展的背後或底層所具有的結構因素，究竟是市場體制和經建計劃的效果，還是「俗化的儒家倫理」的影響，或是依賴工業先進資本主義國家而倖存？似乎都有可能，又似乎都不盡可能（張家銘，1987：169～189）。那臺灣文學又體現了哪一種經濟狀況才真切？又以「民族文化」來說，當今聚集在臺灣的有原住民、閩南人、客家人和新住民（外省人），而文化也可以區分出終極信仰、觀念系統、規範系統、表現系統和行動系統等（見前），

倘若臺灣文學能反映民族文化的特色和表現對民族文化的情感，那麼它所反映的是哪一種民族文化、它所表現的又是什麼樣的情感才有益？而連結上述政治、經濟和民族文化成臺灣社會的集合體時，臺灣文學所被特許來反映社會現實和表現對社會現實的情感，就更難以定奪了（周慶華，1997b：12～13）。試問在這種「渾沌不明」的狀態下，大家怎麼可能從中剪裁融鑄而想出新的花招去世界文壇「炫人耳目」？再說此地還有很多人根本不管臺灣還處在缺乏國際法定地位以及外界強權（如美國、中共）壓迫等困境中，而徒為虛擲籲求「臺灣渾成」的力氣呢！因此，臺灣文學可以說就在大家欠缺「展望」能力的情形下蹉跎荒怠至今了。因此，本論述姑且以「臺灣一地所生產的文學」為臺灣文學的認定標準而避免因為「臺灣」一詞片面賦予它意涵所衍生的弊病，顯然要方便據為展開論說而比其他主張合理可從。

再換個角度看，如果不把臺灣文學限定在臺灣一地所生產的文學，那麼源自原先各派別論述的一些無謂的糾葛和困境就會重現。我們知道，就在臺灣文學還有待努力尋求國籍的當下，臺灣文學中的作家及其作品的命運也「一波三折」地過來了。首先是 1949 年以後隨國民黨政府來臺的一些外省籍的作家（如紀弦、余光中、洛夫、朱西寧、白先勇、司馬中原、於梨華、歐陽子、叢甦等）及其作品和外省籍第二代的作家（如張大春、朱天文、朱天心等）及其作品被臺灣本土派的人士（就是主張臺灣文學得有臺灣意識或反帝、反封建、反強權等表現的那些人）排除在臺灣文學作家和臺灣文學作品的範圍之外，但他們（回）到了中國大陸卻又不被認同而依然把他們和他們的作品視為臺灣文學作家和臺灣文學作品（林燿德主編，1993：212），這使得這些居住在臺灣或後來有的移民海外的外省籍作家一時間失去了「歸屬」。結果是這些外省籍的作家並未因此而改定志向，大多仍舊照寫他們的「文學」（而不是「臺灣文學」）。至於中國大陸學者所指稱的臺灣文學僅為中國文學的一部分而沒有什麼獨立

性（白少帆等編，1987；劉登翰等編，1991；黃重添等，1991；王晉民，1994），則又徒增此地作家的厭惡，也讓此地一些力主臺灣文學隸屬於漢語文學或大中國文學（而不是中共政權所統轄的中國文學）的學者急於跟他們劃清界限（馬森，1993；呂正惠，1992）。

　　其次是一些原住民作家有感於從日據時代以來深受日本人和漢人的雙重宰制而不願被歸入由本土派人士所欽定的「臺灣文學」行列；而少數外省籍作家因為有以臺灣為背景寫成的作品卻受到本土派人士的青睞，而將他們納進「臺灣文學」的範圍。所謂「原住民文學超越了臺灣作家統、獨意識形態的差異，已經構成臺灣文學重要的部分。但有些原住民作家不願意被視為臺灣文學的一部分，他們的見解也應該獲得尊重。至於外省族群作家，如劉大任以六〇年代臺灣社會複雜的思想動向為背景的長篇《浮游群落》等小說，向來都獲得臺灣作家的尊重和肯定；不管劉大任居住在哪兒，他以臺灣經驗寫成的小說應該屬於臺灣文學，絲毫不因出身的族群不同而有所不同」（岡崎郁子，1996：葉石濤序5），把這段話連到本土派人士對大多數外省籍作家的「排斥」來看，就不啻成了一種怪異的現象。原來真正純受委屈的是原住民（而不是這些宣稱被外省籍族群占盡優勢的本省籍漢人）啊！而這樣「拉攏」外人（就是上述那類外省籍的作家）以壯大自己聲勢的結果，就是造成內部更大的分裂（本來只是本省籍作家和外省籍作家的對立，現在連外省籍作家也要面臨「挑撥離間」而忙於選邊站了）。雖然如此，原住民並未堅持一貫的骨氣和抗議的精神，他們所依賴的中文寫作（田雅各，1987；莫那能，1989；孫大川，1991；瓦歷斯‧諾幹，1992；夏曼‧藍波安，1997）以及藉由不斷參加漢人所舉辦的文學獎來「發聲」（周慶華，2004c：130）等現象，都顯示了他們的命運還是操縱在「別人」的手裡！至於轉投向「臺灣文學」陣營的外省籍作家們，由於外省籍的身分標記還在，倘若稍有閃失（比如立場不穩或變性不力），那麼難免就要變成常聽到的寓言故事中那隻不受天上的鳥和地上的獸歡迎的蝙蝠。

再次是臺灣文學所以強調它是「臺灣」的文學，在相當程度上是要面向世界文壇的（就是去接受世界文壇的考驗，以為確立標榜「臺灣」品牌的必要性）；只是同樣為西方人所「壟斷」的世界文壇，並不在意臺灣文學的存在（甚至連其他的東方文學也沒看在他們的眼裡）。如同西方人自己所承認的「西方人很少有欣賞東方文學的，中國和日本的詩人在西方的讀者也為數不多」〔寒哲（L. J. Hammond），2001：43〕。以至再如何的抬出臺灣意識，依然是枉費力氣。二十世紀八、九〇年代，此地有些作家的作品如李昂的女性主義小說、羅青的後現代詩、朱天文的同志小說等，曾在世界文壇「小」暴得文名（而被翻譯成多國語文），似乎在此地生產的文學就要出頭天了。但也不然，西方人所以看重這些作品，只緣於好奇女性主義、後現代主義、同志議題這些西方人的玩意兒到了臺灣究竟變成什麼樣子，聊以滿足原有的窺伺慾；它就好比 1989 年「侯孝賢執導的《悲情城市》電影首次突破不批判政治的禁忌，立刻引起歐美影評界的騷動，最後贏得威尼斯影展的首獎，讓西方人士開了『臺灣也有一段不人道歷史』的眼界。這說來也沒什麼好光榮的！外界永遠是從有利於他們的立場在看事物；什麼臺灣意識、臺灣語文，統統跟他們扯不上關係」（周慶華，2000：13～14）。因此，可以說臺灣至今仍端不出足以讓西方人刮目相看的文學作品，有關臺灣文學的「前景」還頗為暗淡！

從上述臺灣文學作家及其作品命運的一波三折情況來看，如果長此以往而不思改善，那麼大家只會自我抵銷力量或懶怠於突破現狀，而無法調整步伐重新出發（有些不認同有特定意涵的臺灣文學的作家，就不可能被收編而坐下來「共商大計」）；更何況還有一些「設門拒敵」或「突襲降服」的表現，只能平添內部緊張肅殺的氣氛而根本無助於自己在世界文壇上揚眉吐氣呢（周慶華，2004c：11～14）！因此，重劃臺灣文學的版圖而使得臺灣文學「知所前進的方向」，在目前來說也就成了一件急迫的事。而這可行的作法，是以在

臺灣所經歷（生產）過的前現代的模象／寫實、現代的造象／新寫實
和後現代的語言遊戲等創作類型作為指涉對象，從而藉以推測臺灣文
學未來應有的走向。而所謂的臺灣文學經典的範圍圈定，也就是從這
三大類型中來「挑選」具有經典性或代表性的作品，以便更能夠「匯
觀」為透視臺灣文學前進的道路。

三、怎樣閱讀臺灣現當代文學經典

　　依照前節的條陳，可以暫且這麼確定：臺灣文學在現當代的發
展，因為許多非文學的意識形態介入而顯得「形相」異常的難以捉
摸；如果有所謂「臺灣文學」的宣稱，那麼一定是宣稱者有意無意的
遺忘「臺灣文學」還是一個有爭論的對象，他所選擇的「臺灣文學」
或不證自明指稱的「臺灣文學」都會成為別人攻擊的靶子。這就顯示
出臺灣文學從來就沒有走過自己所專屬的道路；它的名稱、性質、特
色等等都不曾獲得大家的「共同認可」，不啻形同身陷在一片荊棘之
中。倘若以「前瞻」或「期望」的方式來看待臺灣文學，我們當也會
發現，除了要解決長期以來的「歧見」問題，還得把臺灣文學推向世
界文壇才能了卻一段「關懷」臺灣文學的心願；而這條邁向世界文學
「桂冠」的道路，則更見荒煙蔓草，不知何時才有機會露出坦途來。
基於這個緣故，本論述試著從可以為舉世所期待的「新形式類型」或
「新技巧類型」或「新風格類型」來倡議規模臺灣文學未來的面貌，
以便早日能夠躋進世界文壇而受到世人的矚目。而所謂閱讀臺灣現當
代文學經典的最終目的，就是要轉創作這類能展現殊異色彩的文學作
品；而在這個過程所做「臺灣現當代文學經典」的框限，也就僅在同
一個區域內部為有效，一旦要面對世界文壇上已經具有殊異色彩的文
學作品，它就只能期待未來新創且可以被判定為經典的文學作品來跟
人「一較長短」了。在這個前提下，我們所會繼續追問的「怎樣閱讀

臺灣現當代文學經典」的課題，也就有了一個比較具體的方向可以遵循。而這可以從下列三個層面來分觀合說：

(一)掌握世代的脈動

這裡所謂的現當代，大體上是一個時間兼價值概念。當中「現代」是指二十世紀二〇年代興起的白話文學；它先在中國發生而後影響臺灣的仿效，終於形成一個有別於以文言文學為主的傳統文學的新領域。至於「當代」則是依先前一般的習慣而特指 1949 年以後海峽兩岸分裂所各自形塑的文學局勢。但這還不是急切需要認知的對象；以本論述為準，最急切需要認知的是在這一個世紀中所形現的「前現代」、「現代」和「後現代」等三大文學派別的對立（按：此地的「現代」純為價值概念，跟前面的「現代」兼有時間概念略有不同；還有「前現代」文學在「現代」文學和「後現代」文學興起後仍繼續存在，同時在中國／臺灣的發展則轉由白話兼新式創作所「撐起」）。而這三大文學派別則分別有模象／寫實、造象／新寫實和語言遊戲等整體形象上的特徵可以辨認。

所以會出現模象／造象／語言遊戲等文本或作品內涵觀念的變化，是因為人類整體文化的演變就內蘊有這樣的因子（只不過是由文學人把它藝術化的處理彰顯了）。如模象觀，就是源於人類從有終極信仰以來就形塑完成的世界觀底下所會有的「模擬」或「仿效」該信仰對象的風采或作為的一種「精緻化」表現。這在西方有「創造觀」（上帝創造宇宙萬物觀）；而在東方則有中國傳統的「氣化觀」（自然氣化宇宙萬物觀）和印度由佛教所開啟的「緣起觀」（因緣和合宇宙萬物觀）（周慶華，2001a：75～81）。它們雖然各有「向度」的不同（如信守創造觀的人，就在模擬或仿效上帝造物的本事；而信守氣化觀和緣起觀的人，則在模擬或仿效相應的「氣化」和「緣起」觀念而致力於「縮結人情，諧和自然」和「生死與共，淡化欲求」的人間網路的經營和拆解），但為求「如實」反映或「越級」模仿的心態

卻沒有兩樣。又如造象觀，先源起於西方社會，然後才擴及到非西方社會。原因是創造觀型的文化所預設的上帝為一無限可能的存有，西方人一旦發現自己的能耐可以跟上帝並比時，難免就會不自覺的「媲美」起上帝而有種種新的發明和創造（這從近代以來西方的科學技術快速發展以及各學科理論的極力構設等，可以得到充分的印證）。而非西方社會沒有上帝的信仰，勉強要追隨西方社會的腳步走上「現代化」的道路，只有一個「苦」字和一個「慘」字可以形容它的下場（前者是說「追不勝追」；後者是說「終究要淪為人家的奴僕」，恐怕永世都難以翻身）；而實際上並沒有助益自己本身文化的「提升」進展（周慶華，1999；2001b；2004b）。又如語言遊戲觀，這同樣先源起於西方社會，然後才擴及到非西方社會。原因是創造觀型的文化所預設的上帝為一無限可能的存有性遭到西方人自我的質疑而引發的一種分裂效應（透過玩弄支解語言來達到「自由解放」的目的）。而非西方社會既然沒有本錢跟西方社會競走「現代化」的道路，現在也一樣無從跟著西方社會去闖蕩「後現代化」的天地（鄭泰丞，2000；周慶華，2001a）。如果把人類的文化／文學的演變情況列成一張表，大體上可以依上述三種世界觀及其相應的模象／造象／語言遊戲等文學表現來綜合的標示：

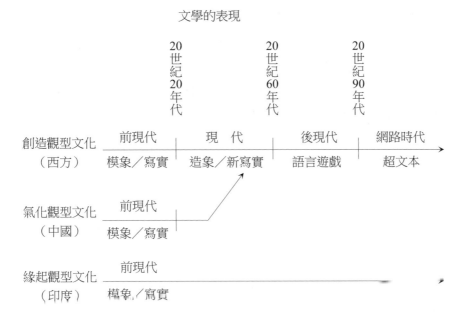

文學的表現

當中創造觀型文化內的文學表現從二十世紀九○年代以來又有新的發展（也就是網路超文本化），這將在結語中再略作討論；而氣化觀型文化內的文學表現從二十世初以來就幾近停頓而轉向西方取經，從此沒有了「自家面目」；至於緣起觀型文化內的文學表現本來就「不積極」，也無心他顧，所以雖然略顯素樸卻也還能維持一貫的格調（周慶華，2004a：143～144）。

　　雖然如此，這三種文本或作品內涵觀念的對列，卻顯現出高度的不協調現象。理由是造象觀會批評模象觀的「模象」本身的不可能也沒有多大意義（「不可能」的原因是現實事物瞬息萬變，人所捕捉到的部分都無從回過頭去驗證它的真實性；「沒有多大意義」的原因是現實事物多醜惡不堪，窮為描摩反無助於社會人心的改造）；而語言遊戲觀也會批評模象觀兼及造象觀對語言功能的過度信賴（一個相信語言可以對應於現實事物；一個相信語言可以用來創新事物）〔蔡源煌，1988；楊大春，1994；諾利斯（C. Norris），1995〕。但它們都會留下「自己的語言使用又如何可能」的罅隙難以彌補，導至每一種

文本或作品內涵觀念都有被質疑的空間（也就是我們可以反問主張造象觀的人不也是在反映現實中有一種「造象」的想法或慾望嗎？而主張語言遊戲觀的人不也是在相信他所使用語言對別人批判的有效嗎）。換句話說，最後我們會看到每一種文本或作品內涵觀念的內在邏輯性開始鬆動，並且因為缺乏完全不受衝擊的「免疫力」而自我混沌了起來。因此，比較合理的看待方式是這樣的：文學創作是相應於文學定義而實踐的，它的有效性是由該文學定義來檢驗的，而跟大家要稱呼它為什麼並沒有關係。而從這一點來看，當代特別強勢的後現代理論所要推銷的文本和語言遊戲觀，也就不是那麼容易就能夠全面征服人心的。理由是：後現代的文學觀如果成立的話，那麼現代的文學觀和前現代的文學觀就得被解構；而有關文學的各種體式類型以及非關後現代式的形式、技巧和風格等區分，也將不必要或不再有意義。然而，後現代理論中最強勢的語言「延異」觀本身，也是要延異的（楊大春，1994：29～35）；而該解構觀念一旦普遍踐行，又不禁要成為另一種形上學（這是它原先所要破解的）（朱耀偉，1994：60～61）。換句話說，依照後現代理論所示（以解構理論為核心），文學是「不存在」的，而相關的論說卻還要自稱是「後現代文學」或努力在肢解「（前現代或現代的）文學」，明顯是一大弔詭。還有後現代文學在「解構」他者時，也蘊涵了自我的解構，這樣它的解構就不徹底或不具足夠的效力。此外，論者在談論後現代文學的過程中，也得用非後現代的方式（也就是以一個新設的大敘述去瓦解原來的大敘述），這又是另一種弔詭！因此，後現代文學除了彰顯它可以彰顯的「多元主義」，是無由「消解」或「取代」先前的任何一種文學主張及其實踐的。而這裡為文學所作的新的界定及其相關的類型區分，自然也無妨「各隨所定」和「各安所類」了。至於現代文學和前現代文學的對立，全是「理念」不同所致（一個強調「造象」觀；一個強調「模象」觀），不能說前者為「是」而後者為「非」（但因各自內在理論的「難題」而成了別人質疑批判的對象，則得由各自設法去補

救。如所模象、造象的對象，都是以語言形式存在或新創語言使它存
在，才可能被人所「掌握」；而所構設的理論及其實踐，也都為權力
意志和文化理想所發，並沒有什麼客觀性或絕對性，無不要有所「自
覺」）（周慶華，2002：93～95）。而這些經由「改造」後，都可以
重新再加以利用（也就是模象、造象、甚至語言遊戲等，不妨讓它們
重回文學領域而成為文本或作品可以有的內涵形態）（周慶華，
2004a：159～167），以至所謂的怎樣閱讀臺灣現當代文學經典，在
首要環節上就是要掌握這一世代的脈絡，才有整體上的了解以及可以
得著尋隙再出新裁的機會。

(二)發展詮釋評價的策略

　　能夠掌握世代的脈動後，緊接著就是要發展出一套詮釋評價的策
略。我們知道，文學的藝術性所能體現的文體可以有抒情性和敘事性
等兩大類型；而構成這兩大類型文體的成分也可以各有繁簡和著重點
的不同，所以在最基本的認取上就得把它們作一些必要的區隔以及自
我發展出「高標」的詮釋評價方案。比如說，抒情性文體（如抒情
詩、抒情散文等）所可以強調的「意象的安置和韻律的經營」的普遍
律，就得有底下這種「存優去劣」的方案考慮：首先是有關意象的安
置部分。意象，在心理學上，是指過去的感覺或已被知解的經驗在腦
海中的重演或記憶〔韋勒克（R. Wellek）等，1987：278〕；而用在
文學方面，簡單的說，就是作者將內在的思想情感（意）藉由外在的
人事物（象）來表達，使它成為可被知解和想像的成分。而這種成
分，可以有不同的性質，包括空間的、時間的、關係的、人事的、價
值的、情緒的、確定或不確定的、真實或不真實的、意識或無意識
的、公眾或個人的等等（而有所謂空間的意象、時間的意象、關係的
意象、人事的意象、價值的意象、情緒的意象、確定或不確定的意
象、真實或不真實的意象、意識或無意識的意象、公眾或個人的意象
等等）（姚一葦，1974：27～33）。這對作者來說，就得特別的注意

「鍛鍊」：雖然意象是作者的「內在之意訴之於外在之象」（余光中，1986：17），但意象在作者的腦海中出現後「想訴諸筆墨，也許只用一個語句來說明，也許要費許多語句才能表明；而相同的意象，各人的表達方式卻不一樣。如同樣是表述『時間過得很快』（這種感懷）的意象，有的說『逝者如斯夫，不舍晝夜』；有的說『人生天地間，忽如遠行客』；也有的說『朝如青絲暮成雪』。這只是比較簡單的例子」。再深一層來看，有些作者「並不使用這麼淺白的語句（比喻）來表述他的意象，而是使用令人費解的語句（象徵）來表述他的意象。像李商隱的詩，歷來一直被認為晦澀難懂，光是一首〈錦瑟〉詩，就不知有多少人為它作過箋註，到現今仍然沒有定論。難怪元好問會感慨的說：『望帝春心託杜鵑，佳人錦瑟怨華年。詩家總愛西崑好，獨恨無人作鄭箋』。事實上，李商隱心中的意象（也許）並沒有什麼特別，只是在表述的過程中多轉個彎而已」（周慶華，2000：26）。這涉及的是意象表達的技巧問題。如西方現代主義的前期運動中有所謂「意象派」詩，所標榜的有「使用日常口語，務求準確，而揚棄藻飾」、「創造新的節奏，以自由詩為表現詩人個性的有效工具」、「要求絕對自由取材」、「推陳意象，摒除含糊的泛論，把握具體的細節」、「追求詩的堅實和清晰，放逐混淆和籠統」和「堅信詩的本質在於高度集中」等六大信條。這被認為「對二十世紀英美詩壇影響甚大」，但「當時那些意象詩人的成就並不很高」（余光中，1986：20～21）。例子如該派重要作者杜立達（H.Doolittle）最有名的作品〈暑氣〉：

　　　風啊，撕開這暑氣
　　　切開這暑氣
　　　把它撕成碎片
　　　在這種稠密的大氣裡，
　　　菓子無法下墜——

暑氣上壓而磨鈍

梨子的尖角，

也磨圓了葡萄，

菓子無法落下。

切開這暑氣吧──

犁開它，

把它推向

你路的兩旁。

（余光中，1986：21～22引）

這「十三行詩只指向一個意象──暑氣之密，有如固體，需要風的刀來切開它。整首詩只是一個持續的隱喻，一幅平面的素描；沒有經驗的綜合、變形、轉位等等作用，只有幾何性的比例。這種詩淺，只有眼睛和皮膚那麼淺；它只訴諸視覺和觸覺，離性靈尚遠」（余光中，1986：22）。意象派的詩所以這樣不耐玩味，未必只是「意淺」，也當包含拙於變換表達意象的技巧；不然加入象徵這種能造成多義效果的手法（按：象徵和比喻都以「以甲比乙」為基本形式；差別在比喻的意義在乙，而象徵則甲乙都有意義。雖然如此，象徵方面甲所比的未必只限於一個乙，也可能還有丙、丁、戊、己等等，而造成「無盡義」），一定會立刻改觀。後者處理得好，還會蒙受特能「反熟悉化」或「陌生化」的讚美。而這種反熟悉化或陌生化正是二十世紀初俄國形式主義學家所特別標榜的文學的藝術性所在：「從語言學觀點看……語言最普遍的功能應該是表達、傳播思想情感和交換、溝通意見，也就是所謂的『傳訊』或『溝通』的功用。但這顯然並非文學語言的特點，『傳訊』的功用只是『實用語言』的特徵。從另一方面看，如果以詩的語言為文學語言的代表，一般直覺會以為文學語言的特徵是以『意象』代替平鋪直敘的語言（詩中多意象）……但意象在實用語言（或科學論文的語言）其實也俯拾皆是，意象並非文學語言

的專利。佘格洛夫斯基在〈以機杼為藝術〉一文中指出：『問題並不在意象本身。詩人所以為旁人所不能及的，端賴他對意象乃至於一般語言材料所作的安排措置，也就是所謂的機杼（手法）的設想和安置』。佘氏認為文學語言有它的自主性，它並不為『表達思想』、『發抒情感』而服務，『意象』也只是諸多『手法』中的一項而已」。形式主義學家認為「手法」主要功用是在「增強我們對文字經驗的感受和注意。文學語言既然有它的自主性，功用不在直接表達『思想』或發抒『情感』，那麼它的安排取決應該另有標準（按：就是反熟悉化或陌生化）」（高辛勇，1987：17～18）。在這種情況下，抒情性文體的創作可能就會專門致力於反熟悉化或陌生化效果的營造，而形成意象的表達本身變成大家所關注和玩賞的對象（而不再是意象所代表的意義）。像「無色的綠思想喧鬧地睡覺」、「她拳頭般的臉緊握在圓形的痛苦上死去」這類充滿矛盾的詩句（既「無色」，又是「綠」；睡覺是安靜，卻「喧鬧」；痛苦無形狀，怎會出現「圓形」），卻頗受讚賞〔查普曼（R. Chapman），1989：1～2〕，很明顯是因為它的意象表達太過特殊所引起的（不然它是無解或難解的）。這也等於指出了安置意象的另一個可能的方向，值得創作抒情性文體的人「勇於一試」（周慶華，2001a：137～141）。而就抒情性文體得靠意象的堆疊才能成形的情況來說，能朝向製造多義性（前面提及的李商隱詩約略可以歸在這裡）或反熟悉化（以反義語或矛盾語來成就）的效果去努力，也就算是特能進取而可以給予優評鼓勵了。其次是有關韻律的經營部分。韻律的經營是抒情性文體逼近音樂的旋律和節奏的唯一途徑；由於文學的語言是特別經過藝術般額外加工的（也就是運用比喻、象徵等表達技巧），而抒情性文體（特別是抒情詩部分）的語言又是所有文學的語言中最精鍊的，以至讓它具有音樂性也就可以使語言結構體的審美功能發揮到極致（至於它透過形式的錯雜排列還可以製造繪畫的效果，那又是「餘事」）。這一般是經由字詞的選擇、聲韻的搭配、音調的調節以及句式的變化

來成就（黃永武，1976；朱光潛，1981；渡也，1983；蕭蕭，1987）；但它卻很難有什麼特定的方向可以遵循（王夢鷗，1976；白靈，1998；翁文嫻，1998；焦桐，1998；孟樊，2003）。不過，抒情性文體的語言既然是最具藝術特徵的，那麼為了維持它這種特有的格調，還是得隨時留意讓它向音樂靠攏；以至講究音樂般的旋律和節奏，也就成了在意象的安置這種視覺美感外為再達聽覺美感的必要的要求了（周慶華，2001a：141～143）。而同樣的，抒情性文體相關的韻律的經營愈能貼近音樂的旋律和節奏的，也就愈能顯現出它的進取性而可以給予優評肯定了。

　　又比如說，敘事性文體所可以強調的「故事的構設和情節的安排」的普遍律，也可以有底下這種「存優去劣」的方案考慮：首先是有關故事的構設部分。故事可以限定為「一系列事件的組合體」（周慶華，2002：13）；這個組合體就象徵著特殊化的思想情感。而它在構設時，則不妨以能夠滿足「故事性」、「寫實性」和「藝術性」等為最高要求（這一點仍取自形式主義的說法）（高辛勇，1987：47～51）。換句話說，敘事性文體在構設故事上得要求它滿足動聽、貼切和不尋常等條件；而越能滿足這些條件的，也就越有進取性而可以給予優評推崇了。其次是有關情節的安排部分。情節可以限定為以故事為基礎而著重在因果關係上；所謂「『國王死了，然後王后也死了』是故事。『國王死了，王后也傷心而死』則是情節。在情節中時間順序仍然保有，但已經為因果關係所掩蓋。又『王后死了，原因不明，後來才發現她是死於對國王的死的悲傷過度』這也是情節，中間加了神祕氣氛，有再作發展的可能。這句話將時間順序懸而不提，在有限度的情形下跟故事分開。對於王后的死這件事，如果我們問：『然後？』這是故事；如果我們問：『為什麼？』這是情節」〔佛斯特（E. M. Forster），1993：75～76〕，這一分辨，正可以藉來定位情節和故事的身分。至於它們之間在進一步能夠認知的關聯性上，則是一個故事至少有一個情節而至多則無

限。當然，有人並不同意故事本身沒有因果關係，而所有的故事一定得含有情節〔羅鋼，1994：80；科恩（S. Cohan）等，1997：63〕。但這都是「限定」的問題，多爭辯無益。比較重要的是，在安排情節上可以運用全知觀點、限制觀點、旁知觀點等敘事觀點和採取順敘、倒敘、預敘、意識流等敘事方式以及營造語言結構、意義結構等敘事結構（周慶華，2002：99～214）；而愈能錯綜變化運用這些敘事成分的就愈可觀，也愈見進取力道而可以給予優評表揚了（周慶華，2004a：283～284）。

(三)尋找轉創作所需的資源

　　前面所說的高標的詮釋評價方案，最後得轉用來促成創作昇華（存優去劣）的志業實現，才能圓滿這類閱讀的行動。而本來文學創作的昇華可以是全面性的（也就是只要有創作能夠使力而促成作品「存優去劣」的機會的，它都可以「力拚到底」），但限於各別人能力的單薄，卻難以對可以無限衍變的文學創作的昇華途徑「自許厚望」。因此，就有「概念先行」和「擇易實踐」的權宜對策。所謂概念先行，是指具備像前面所說的種種昇華的方案概念，以便作為指導實踐的依據；而所謂擇易實踐，則是依自己能力所及選擇可以發揮的對象，去完成創作昇華的志業。雖然如此，這卻沒有說到從概念先行到擇易實踐之間的關鍵點是什麼。依論者個人的體驗，它不外是以「發現差異」和「製造差異」為轉進因緣的。換句話說，「發現差異」和「製造差異」是昇華致勝的不二法門；而它所能縮結概念和實踐的本事，也是超強且值得信賴的。

　　就以文學創作為了跟讀者對話（試圖引起讀者的共鳴或導至讀者行動、踐履的動機和立場，以便遂行作者的權力意志），而難免要使該對話的進行帶有「語言遊戲」的性質來說（這裡暫且不採前現代、現代和後現代等分期指稱方式），它在「形式」上就有前後幾個階段的差異可以比較尋思：首先是在轉用語言學的語言遊戲觀方面，普遍

把語言當作是一種交互影響的行為，是一種遊戲；在遊戲中，說者和聽者都直覺地領會到自己的語言團體的規則和雙方所使用的策略。因此，說者難免會利用語言遊戲來達成某些目的（如誘騙、說服、誇耀自己的才能、博取尊榮或敬重等）；而聽者也會尋覓可以遊戲的空間給予某些回應（如挖苦、諷刺、譴責說者的缺陷、瓦解對方的權威性或神聖性等），以至這種遊戲可以無止盡的進行下去〔法爾布（P. Farb），1990：1～4〕。其次是在形構主義的別為發展語言遊戲觀方面，它又經歷了結構主義、後結構主義和解構主義等三個階段的演變；而在整體上，這三種形構主義都把創作看作一種語言遊戲。它基本上是襲自維根斯坦（L. Wittgenstein）的講法：「『語言遊戲』一詞是為了強調一個事實，就是說語言是一種活動的組成部分，或者一種生活形式的組成部分」（維根斯坦，1990：14）。但它的理論基礎還在於作者（主體）失去了對作品／文本的主宰權：(1)一部作品固然是由某個作者執筆寫成，但在從事創作時，作者的意識形態和社會成分都會寫入作品中。那麼作者的個人性顯然遜於他的社會性。他的思想、信仰、價值觀等等都是屬於意識形態的範疇；而這些理念的表達也跟作者所處的社會架構和經濟狀況息息相關；(2)文學表現的風格和成規，進一步說明了作者並非信手拈來皆文章；事實上，文學成規主宰著作者觀念的表達模式。一個作家任他再怎麼前衛，總得依憑他的社群同僚所共知的成規，他的語言表現才可以了解；(3)就詮釋學的觀點來看，閱讀行為隱含著作者和讀者的對話，而讀者的詮釋權宜性很大；也就是說，任何讀者都不宜武斷地宣揚他的權威，因為作者原始的意義已經不可得知（蔡源煌，1988：249～250）。換句話說，「文本本身就具有多重空間、多重管道，並納入各式文體，它的繁瑣攻破了作品擁有作者單一聲音的說法。此外，一般文本由於受底層文化結構限制，無論是思想，或是遣詞用句，都是取決於預先依特定結構或思想意理編排好的文化大辭典。因此，每一篇『文章』不過是由無數引句堆砌而成罷了；作者也不過是剪貼匠或拼圖工，更不可能表達一

個有創意或一個特定絕對的信息。相反的，文章因為不是封閉完整單一的個體點，它的開放和多元性，為接受者提供了無窮盡的詮釋孔道」（呂正惠主編，1991：88～89）。更有甚者，「德希達堅持認為，寫（創）作是一種製造『蹤跡』的活動……寫作具有非復現性，它不是作者內在情思的語言表達。『寫作是撤退』，是作者透過寫作中『撤退』。它不斷使文本和作者自身的言語疏離，讓言語獨自說話，並從這裡獲得言說的全新生命」（王岳川，1993：105）。這樣創作就不只是「零度寫作」而已，它已經變成純粹的「意符追蹤遊戲」。而這又跟維根斯坦的講法有了天壤之別（維根斯坦所說的語言遊戲，是指雙方根據某些完善的規則相互作用的言語活動，少不了參與遊戲者的「意圖」；而這在德希達那裡幾乎全被否定掉了），也跟語言學家的觀念大異其趣（周慶華，1996b：157～259）。上述的（語言）遊戲觀，多少都帶有目的性或刻意性（也就是嘗試要改變人使用語言或文學創作的觀念），語言仍免除不了要有所「擔負」〔即使像形構主義可以否定作者對作品的「意圖」，但它仍無法否定作者對社會的「意圖」。因為形構主義的實踐處，就是要推翻政治上的權威宰制和解除形上的束縛，以恢復人的自由（廖炳惠，1985：15～16；李永熾，1993：282～284）；而它所承載的作者的權力意志也昭然明甚，不是隨便「岔開話題」就可以掩飾得了〕；只是在整個過程中彼此有形式上的難為並比而已。而不論這些理念的實際效應（也就是它們所能說服人的程度）如何，相關的「演變」歷程都是沿著「發現差異」和「製造差異」的軌跡而著成事實的；以至大家只要肯用心，難保不會再出新意而開啟另一次的語言遊戲熱潮（周慶華，2003：237～240）。而在每一次第文學創作的內在昇華要求上，就可以循著這樣的模式去自我激勵。即使所有的對話最終都要體現一個「自我辯證的戲劇性獨白」，也無妨於它的正當性：

　　「對話」是「傳播」典範最為人文性的表現形式，「傳播」

的一個主要涵義就是「溝通」……批判理論大師哈伯瑪斯提出「溝通行動理論」，就是以「對話」為模型，企圖為「傳播」主導的當代社會提供一個整全理性的人文判準。理想的對話情境預設了對話的兩造並立於對等的發言位置，在一個沒有扭曲壓迫的溝通脈絡中透過符號互動達到彼此的相互理解，進而形成「共識」。然而，詮釋學大師伽達瑪揭示出「對話」更深一層的「精神」，對話的「主體」不是兩造的對話者，而是對話本身所想展現的「主題」或「真理」，一個黑格爾式的「理念」。對話的重點不是對話雙方彼此的溝通交流、相互理解，而是一個黑格爾理念式的「主題」透過對話雙方的正反立場進行自我辯證的戲劇性獨白。這是從柏拉圖對話錄以降，主宰整個西方思考模式的「辯證法」。所有的「對話」都是一種「辯證」的獨白，透過相對差異的發言位置而到達普遍絕對的理念。法國科學哲學家瑟赫指出：「辯證法使得對話的雙方站在同一邊進行，他們共同戰鬥以產生他們所能同意的真理；那就是說，產生成功的溝通」。「這樣的溝通是兩個對話者所玩的一種遊戲，他們聯合起來抵制干擾和混淆，抵制那些貿然中斷溝通的個體」。凡是在溝通傳播的過程中造成干擾阻礙的現象，瑟赫稱它為「雜音」；中斷溝通傳播的個體，則稱為「第三者」。對話作為一種辯證的遊戲，它的最終旨趣就是要抵銷「雜音」，排除「第三者」；只有設置一個「第三者」作為共同敵人，兩造的對話者才能並立於同一陣線，成為秉持同一「共識」的「我們」。

（路況，1993：32）

　　像這種「自我辯證的戲劇性獨白」，也同樣可以自我提升「段數」而使得整個過程的戲劇性多一些可感或可觀成分。換句話說，對於「差異」構建的敏感和實踐，促使了文學創作的昇華自有一個「內在」的理則；而它的範式化後，則能夠一邊激勵著作者勤於體驗，又一邊召喚著讀者共鳴回應（周慶華，2004a：284～289）。以上兩大類語言

遊戲觀，分別「通貫」於前現代文學、現代文學和後現代文學。當中語用學式的語言遊戲觀為前現代文學和現代文學所共同內蘊；而形構主義式的語言遊戲觀則為後現代文學所專門標誌（當中結構主義和後結構主義的語言遊戲觀僅顯現在一般文學批評上，只有解構主義的語言遊戲觀在後現代文學創作上實踐；而所謂後現代文學的整體形象上的特徵，就因為它的顯性化而直接以「語言遊戲」命名），只要詳加比對分辨，仍然可以「知所分際」。

四、實際閱讀舉隅

　　閱讀臺灣現當代文學經典的最終目的既然是要轉創作能展現殊異色彩的文學作品，而這種閱讀又得從「掌握世代的脈動」、「發展詮釋評價的策略」和「尋找轉創作所需的資源」等三個層面來著手，那麼接下來「可有什麼憑據可以證明這是一條勢必要走的道路」？這總說是一個「實踐」的問題，分說則是「理論的自我檢證」和「理論的可信性籲請」。前者（指理論的自我檢證），是要自我證明理論是可以實踐的；後者（指理論的可信性籲請），是要舉證取信於他人。因此，這就有了「實踐閱讀舉隅」的必要性。

　　實際閱讀舉隅雖然只是「舉例」，但也得照顧到所該照顧的「世代性」，以及從發現差異中「取法乎上」的律則等面相。而這在本脈絡中已經有前現代、現代和後現代等三大特徵類型的框限，以至底下自然就得依這樣的劃分來展演閱讀的力度。因此，不妨說本實際閱讀舉隅是以世代區別為經，而以詩、散文和小說等次文類併立為緯（本脈絡只依便選取這三種次文類。詳見第二章），而貫串整個解讀過程的是對差異的敏感以及對經典性的揭發或塑造。

㈠前現代文學

　　前現代文學是二十世紀現代文學興起之前所有文學的總稱，它以模象／寫實為主要特色（見前）。而在理性認知上，所謂模象／寫實，是指文學在於模擬或反映現實；而現實則包括外在現實和內在現實等（按：外在現實，指行為、環境等等；而內在現實，則指心理、情緒等等。這類文學觀，在西方分別有寫實主義和浪漫主義在指稱）。至於模擬或反映，則有近於機械式的模擬或反映以及加入主體意識和價值觀的模擬或反映等相異主張（王夢鷗，1976b：55～56；姚一葦，1985：96）。不論如何，這類文學作品本身都得以模擬或反映現實得「逼真感人」為終極目標，才能克盡或充分展現所謂的模擬或反映的本事（周慶華，2004a：290～291）。現在就分別舉例來限定它的經典性：

1.詩

　　詩在這裡是指抒情詩（以有別於西方另有一體以詩的體裁來敘事而被歸入敘事性文體範疇的「史詩」），而抒情詩就是抒情性文體的大宗（或說抒情性文體就是以抒情詩為代表）。它總說是以評價性的語言來表達對事物的好惡，以便獲得讀者的同情（或共感）：「詩歌語文者，是用評判語句來表達一個人對於一些事物的欣賞或憎惡，而期望對方聽話的人，對於這種事物同樣的產生一種欣賞或憎惡的心理反應。譬如我真的欣賞一位女人，我就不免詩興大發，稱讚她是：『秋水為神玉為骨，芙蓉如面柳如眉』。這是我用高度的評判語句來描寫她的清俊美豔，而期待聽者同樣的看出她的清俊美豔。就是說，教你去注意她的神采，而尋找出它和秋水之清雋的相同的地方；教你去注意她的肢體，而追尋它和良玉之潔白細潤的相同的地方；教你細看她的顏面而去聯想到芙蓉的嬌豔；教你細看她的眉毛而去聯想到柳葉的曲媚」（徐道鄰，1980：183～184）。而它所能顯現的「意象的

安置和韻律的經營」等等的藝術性，也就可以用來定同類型作品的優劣高下（見前）。而這在臺灣現當代的新詩中，像鄭愁予的《鄭愁予詩集》、余光中的《余光中詩選》、葉珊的《傳說》、林宗源的《林宗源臺語詩選》、吳晟的《吾鄉印象》和向陽的《土地的歌》等等，普遍內含有這種「高標準」的作品，所以都可以把它們經典化。如《余光中詩選》中所收的〈迴旋曲〉和《林宗源臺語詩選》中所收的〈滴落去我心內的汗〉等兩首作品就是：

迴旋曲

琴聲疎疎，注不盈清冷的下午
雨中，我向你游泳
我是垂死的泳者，曳著長髮
向你游泳

……

在水中央，在水中央，我是負傷
的泳者，只為採一朵蓮
一朵蓮影，泅一整個夏天
仍在池上

……

你是那蓮，仍立在雨裡，仍立在霧裡
仍是恁近，恁遠，奇幻的蓮
仍展著去年仲夏的白艷
　　我已溺斃

我已溺斃，我已溺斃，我已忘記
自己是水鬼，忘記你
是一朵水神，這只是秋

　　蓮已凋盡
（余光中，1981：195～197）

滴落去我心內的汗

我的後生真乖
叫伊走東
伊m̄敢向西
叫伊食
叫伊睏
叫伊考大學
叫伊結婚
我的後生真聽話

想起隔壁彼個留過美國的囝仔
對伊的老父
講一句
辯一句
講 beh 分家
像即款的後生
生一個也真濟
……

乖子
掀開新聞紙
你看 m̄ 是倒閉
就是搶劫
m̄ 是車禍
就是兇殺

生在生命勿當投保

就是投保也無一定保險的時代
莊腳是最甜的蕃薯
種田是最好的運動

乖囝你無 beh 向我講一句歹聽的話
m̄ ～kú 我按你的目睭聽出你的哀怨
乖囝你為啥物無 beh 講話
是 m̄ 敢反抗
抑或是 m̄ 願反抗
講

（林宗源詩作、鄭良偉編著，1988：64～66）

這兩首作品都能夠逼真的模擬或反映現實中有的「迷戀」和「護子」
心情；而前一首所安置的象徵「純潔的情人」或「高遠的理想」的白
蓮意象和所經營的半頂真的歌詞式旋律以及後一首所安置的象徵「淚
水」的汗意象和所經營的自然旋律之餘另加的「莊腳是最甜的蕃
薯」、「我按你的目睭聽出你的哀怨」等反熟悉化的構句，也都能夠
帶動起整體情感的「鮮活表露」而頻頻扣人心絃！

2. 散文

散文作為一種文類，並不像詩和小說那樣「穩定」。它在中國傳
統上是指韻文、駢文以外的散行文體，不一定全都可以進入文學的範
圍。但從現代國人沿襲西方的分類觀念以來，散文一變而專指介於詩
和小說之間的雜文體（俞元桂主編，1984；鄭明娳，1987；陳柱，
1991；范培松，2000）。雖然這種雜文體在西方人的眼裡價值並不高
〔戴維斯（原名未詳）等編，1992：282；福勒（R. Fowler），
1987：213～214；韋勒克等，1987：380〕，但它在國人的品賞中所
加諸的讚譽卻始終「居高不下」。不過，這種文體劃分的困難度也是
最高的：「散文可以說是以現實生活感思為基礎，以切身體驗或閱歷

所得為素材，重新組織而成的『創作』，並且可以揉融詩、小說、戲劇等寫作技巧的一種獨特文類。當中既可以出自生活復回歸生活；也可以從生活出發，抵達幻想和虛構的時空；更能純粹進行理念上的論辯，單就觀念本身迴旋收放。因此，以獨特的藝術觀念或美學原則匯入散文的創作內涵，發掘日常生活所隱藏的各種隱喻及內在的物象，應該是促使散文內容深化的重要途徑」（鄭明娳主編，1995：134）。所謂「可以揉融詩、小說、戲劇等寫作技巧」，是否能使散文成就「一種獨特文類」，還有可以爭議的空間；但從美感的角度來看，散文這種「揉融」法，勢必不及詩或小說或戲劇所能帶給人的豐富或深刻的審美享受（周慶華，1997b：136～165）。而從這一點來看，實際上我們再怎麼努力也還是無法規模出一種可以有效的創作實踐的「純」散文來。因此，本脈絡只好針對它偏向「抒發情感」和偏向「自敘經歷或聽聞」的差異，而權且區分抒情性散文和敘事性散文（周慶華，2004a：99～103）；而在不強為分別抒情性散文和敘事性散文的情況下，就籠統的稱它為散文（介於詩和小說之間的「中間型文類」）。同樣的，它所能顯現的近於抒情性文體的「意象的安置和韻律的經營」等等的藝術性，也就可以用來定同類型作品的優劣高下（見前）。而這在臺灣現當代的散文中，像梁實秋的《雅舍小品》、琦君的《煙愁》、陳之藩的《劍河倒影》、王鼎鈞的《開放的人生》、子敏的《小太陽》、陳冠學的《田園之秋》、張曉風的《地毯的那一端》、張拓蕪的《代馬輸卒手記》、楊牧的《搜索者》、阿盛的《行過急水溪》、三毛的《撒哈拉的故事》、簡媜的《女兒紅》和夏曼‧藍波安的《冷海情深》等等，普遍分別內含有這種「高標準」的作品，所以都可以把它們經典化。如《田園之秋》中所收的〈仲秋篇‧十月十八日〉、《代馬輸卒手記》中所收的〈我的老師〉和《冷海情深》中所收的〈飛魚的呼喚〉等三篇作品就是：

仲秋篇・十月十八日

　　早讀方半，天色已經大明，聽見老楊桃樹上傳出低迷的暈鳴，像日月的光暈一般的一種聲暈，那是小斑鳩。「你這小東西，今早可晏起啊！」我的心上不由的又流出一派愛意。

　　……

　　中午又聽見小斑鳩在老楊桃樹上暈鳴。「你這小東西，真真愛這個家啊！」

　　……

　　打掃時，擦拭那僅有的一點兒落塵──這些落塵百分之百是我自己日日走動累積起來的，我只輕輕的一抹，書櫥面便及時放出新髹漆一般的光澤來。回頭看見窗外庭連田的草，綠油油的，它們正在根下替這大片田園釀造肥沃的新土壤，卻沒讓老土壤逸失一丁點兒；即使在旱季中，它們枯黃了，它們的根還是牢牢的將土壤整把抓住，死了依然不放鬆他們的天職，不放棄它們對人間的愛。我該怎樣來感謝這大片大片的草？

（陳冠學，1994：179～182）

我的老師

　　我七歲啟蒙，讀了半冊《三字經》和《百家經》，被送入縣立后山中心小學就讀，讀到四上，祖父坐轎子經過學校廣場，看見老師帶著孩子們蒙著眼睛做遊戲，認為太不像話，勒令退學，送到鄉儒「進」先生處讀私塾。進先生教書認真、嚴格，聞名於鄉里，動輒用戒尺打手心、捧屁股；罰站罰跪是最輕的處罰，一罰就是半天。我一聽就汗毛全體蕭立，滾在地上撒賴；那也不行，祖父的話，誰都不能違拗。那就認命吧……

　　老師諱文進，號暵初，族人統稱進先生而不名，外人才稱暵初先生。老師是個老童生，有一年去府城考秀才，中途得了絞腸痧，廢然而返，回家後埋頭苦讀，以期一考即中。那知準備充分

正待一顯身手的時候，武昌起義成功，宣統皇帝遜位了。

老師氣得直跺腳，因為這一革，把他的秀才希望也給革掉了。那以後的舉人翰林當然更別談啦！這一切希望全泡了湯，只有喝酒抽大煙了。

老師常說：「建立民國我舉雙手贊成，但我反對廢掉科舉；廢掉了科舉，那讀書還有什麼用呢！」

……

老師的學問真可是學問，詩、詞、歌、賦樣樣來得，一手字也寫得好，寫詩尤其拿手，時常和縣裡的猢猻王會文。筆筒子裡做幾十個籤，推舉一位做詩宗（鐘），拈出一個籤，詩宗唸出來，大家搖頭晃腦的在沉吟，以一炷香為準；香盡，詩尚未作完的便要受罰，先交卷的便受到恭賀。

老師的詩才敏捷，常常香尚未燃到一半，他便已寫好了……

……

輪到誰，雙手捧著書，往老師桌上一放，背轉身去便邊搖邊背起來，老師閉著眼睛假寐，裝著沒聽；但你可不能打馬虎眼，給察覺到準會有一頓戒尺好吃！

……

民國三十九年，我在《新生報》上讀到共匪在安徽的屠殺名單，駭然發現老師的大名張文進在內……我報告了班長，班長借了一塊錢給我，買了點紙錢在炮陣地焚了，恭恭敬敬向西方磕了三個頭。今天這篇短文，就算是紀念老師的禱文吧……

（張拓蕪，1976：179～188）

飛魚的呼喚

「零分先生」跑步出去，幫老師買一包檳榔和香菸後，才信步往回家的路上走去。

「雅瑪，帶我跟你一起出海抓飛魚，好嗎？」達卡安剛放學回家，喘著氣，面帶微笑地央求他的父親。

……

　　他從魚網裡緊緊握起喘著氣的飛魚，親吻著，然後脫下那紅黃綠黑的、白底藍條格的學校制服，包裹擦拭飛魚身上的海水，喃喃自語：「啊，『黑色翅膀』，你為什麼這麼久才出現？」這正是達卡安要看的，活的飛魚，而且是一條黑色翅鰭的飛魚之王！

　　此刻，他已如願以償了。學校裡給他戴上的「零分先生」的惡名，應換成「飛魚先生」，他想。

……

　　「董志豪，站起來！」

　　數學 0 分。

　　國語 12 分。

　　自然 8 分。

　　社會 32 分。

　　老師帶著毫不掩飾的嘲諷口氣說：「零分先生，去幫老師買一包檳榔和一包香菸，用跑的！」

……

　　「飛魚先生」的榮耀和「零分先生」的恥辱，在小達卡安的心中激盪。他在大石頭上望著一條條出海獵捕飛魚的船隻划遠時，紅彤彤的夕陽也已下海了。

　　路燈照著達卡安回家的路。愈走近家，路燈就顯得愈是幽暗。他斜背著並沒有裝書本和作業簿的書包裡，放著揉成一團的畫了一個大零蛋的考卷。

　　「飛魚……」

　　「零分……」

（夏曼・藍波安，1997：71～87）

這三篇作品都能夠逼真的模擬或反映現實中有的「田園生活」、「塾師事蹟」和「文明掙扎」情事；而前一篇所安置的象徵「愛家」的小斑鳩棲木意象和所經營的自然旋律以及後二篇在所安置的象徵「塾師

風範」的吟詩課徒意象及象徵「回返原生」的捕捉飛魚意象和各自所
經營的自然旋律外另增的故事性（按：〈飛魚的呼喚〉還利用小說所
擅長的第三人稱觀點來創作並稍事誇張情節的鋪排，儼然是小說體
了），也都能夠有效的隱含著「反璞歸真」、「感戴師恩」和「嚮往
原始生命力」等情思而令人低迴再三！

3. 小說

　　在所有敘事性文體中，小說一類因為內涵成分多和組構方式不定
而顯得複雜多變。而在整體的發展過程中，它已經逐漸成了敘事性文
體的代表。換句話說，大家在思考敘事性文體的種種時，幾乎都是以
小說為「模本」的。而小說總說是以指示性的語言來表達對事物的好
惡，以便獲得讀者的同情（或共感）。也就是說，小說「雖然用的是
指示語句，但它的使用的目的不是在『報導』而是在『評價』。雖然
它並沒有太高的『可信性』，可是它影響讀者的心理和態度（使讀者
對於某些事物作一種有利的或不利的評價），因此卻更為『有
效』」；於是小說語言「在表面上似乎是在『報導』某些事物，而事
實上卻是在作一種『評價』；雖然這些評價在讀者和讀者之間可能大
不相同。這就是因為它所使用的是指示語句而不是評價語句的緣故。
雖然它這個評價有時候不太明白而確定，但它可能正因為這個原因才
使讀者對它發生了更大的興趣」（徐道鄰，1980：171～172）。此
外，小說所呈現的故事或事件，已經不像敘事散文那樣偏重自歷或聽
聞經驗的再現，而是多含重組和添補以及新創等成分。因此，小說就
可以形成一個「組織龐大」的文體（周慶華，2001a：181～193）。
而它所能顯現的具有「故事性」、「寫實性」和「藝術性」等特徵的
「故事的構設和情節的安排」，也就可以用來定同類型作品的優劣高
下（見前）。而這在臺灣現當代的小說中，像賴和的《賴和小說
集》、吳濁流的《亞細亞的孤兒》、鍾肇政的《濁流三部曲》、呂赫
若的《呂赫若小說全集》、姜貴的《旋風》、王藍的《藍與黑》、鹿

橋的《未央歌》、鄧克保的《異域》、李喬的《寒夜三部曲》、陳若
曦的《尹縣長》、王禎和的《嫁粧一牛車》、黃春明的《鑼》、陳映
真的《將軍族》等等，普遍內含有這種「高標準」的作品，所以都可
以把它們經典化。如《賴和小說集》中所收的〈一桿稱仔〉和《嫁粧
一牛車》中所收的〈嫁粧一牛車〉等兩篇作品就是：

一桿稱仔

鎮南威麗村裡，住的人家，大都是勤儉、耐苦、平和、順從
的農民。村中除了包辦官業的幾家勢豪，從事公職的幾家下級官
吏，其餘都是窮苦的占多數。

……

一天早上，得參買一擔生菜回來，想吃過早飯，就到鎮上
去。這時候，他妻子才覺到缺少一桿「稱仔」。「怎麼好？」得
參想，「要買一桿，可是官廳的專賣品，不是便宜的東西，哪兒
來的錢？」他妻子趕快到隔壁去借一桿回來，幸鄰家的好意，把
一桿尚覺新新的借來。因為巡警們專在搜索小民的細故來做他們
的成績；犯罪的事件發現得多，他們的高升就快。所以無中生有
的事故，含冤莫訴的人們，向來是不勝枚舉。什麼通行取締、道
路規則、飲食物規則、行旅法規、度量衡規紀，舉凡日常生活中
的一舉一動，通在法的干涉、取締範圍中——他妻子為慮萬一，
就把新的「稱仔」借來。

……

這一天近午，一下級巡警巡視到他擔前，目光注視到他擔上
的生菜，他就殷勤地問：

「大人，要什麼不要？」

「汝的貨色比較新鮮。」巡警說。

……

「稱仔不好罷，兩斤就兩斤，何須打折？」巡警變色地說。

「不，還新新呢！」參泰然點頭回答。

「拿過來！」巡警赫怒了。

「稱花還很明瞭。」參從容地捧過去說。巡警接到手裡，約略考察一下說：

「不堪用了，拿到警署去。」

「什麼緣故？修理不可嗎？」參說。

「不去嗎？」巡警怒叱著。「不去？畜生！」撲的一聲，巡警把「稱仔」打斷擲棄，隨抽出胸前的小帳子，把參的名姓、住處記下，氣憤憤地回警署去。

……

「既然違犯了，總不能輕恕，只科罰汝三塊錢，就算是格外恩典。」官。

「可是沒有錢。」參。

「沒有錢，就坐監三天，有沒有？」官。

「沒有錢！」參說，在他心裡的打算：新春的閒時節，監禁三天，是不關係什麼；這是三塊錢的用處大，所以他就甘心去受監禁。

……

元旦，參的家裡，忽譁然發生一陣叫喊、哀鳴、啼哭。隨後又聽著說：「什麼都沒有嗎？」「只『銀紙』備辦在，別的什麼都沒有。」

同時，市上亦盛傳著，一個夜巡的警吏被殺在道上。

（賴和著作、施淑編，1994：23～34）

嫁粧一牛車

村上的人都在背後譏笑著萬發；當他底面也是一樣，就不畏他惱恣，也或許就因他底耳朵的失聰吧！

萬發並沒有聾得完全：刃銳的、有腐蝕性的一語半言仍還能夠穿進他堅防固禦的耳膜裡去。這實在是件遺憾得非常底事。

……

　　桌上這瓶簡底敬送他底酒給撬開了蓋，滿斟一杯，剛要啜飲的當口，萬發胸口突然緊迫得要嘔。幾乎都有這種感覺，每一次他飲啜姓簡底酒。

　　事情落到這個樣子，都是姓簡底一手作祟成底。

　　……

　　彷彿不過很久底以後，村上底人開始交口傳流這則笑話啦！說王哥柳哥映畫裡便看不到這般好笑透頂的。姓簡底衣販子和阿好凹凸上了啦！就有人遠視著他們倆在塋地附近，在人家養豬底地方底後邊，很不大好看起來。下雨時，滿天底水，滿地底泥濘，據說他們倆照舊泥裡倒、泥裡起得很精湛哩！有句俗話，鬥氣的不顧命，貪愛的不顧病。

　　……

　　到底姓簡底還是擇吉搬進萬發底寮裡住。萬發和阿好睡在後面；姓簡底和老五在門口底地方鋪草蓆宿夜；衣貨堆放在後面底間房。

　　村裡村外，又滿天飛揚起：「阿娘喂！萬發和姓簡底和阿好同舖歇臥了啦！阿娘喂……」

　　……

　　終於以前底牛車主又來找他拉車去。一週不滿就有那事故發生了。他拉的牛車，因為牛底發野性，撞碎了一個三歲底男孩底小頭。牛是怎麼撒野起來底？他概不知識。但他仍復給判了很有一段時間底獄刑。牛車主雖然不用賠命，但也賠錢得連叫著「天──天──天！」

　　……

　　出獄那日阿好和老五來接，老五還穿上新衣。到家來他也見不到姓簡底。晚上姓簡底回來，帶著兩瓶啤酒要給他壓驚。姓簡底向他說著話，咿咿哦哦，實在聽不分明。

　　阿好插身過來。「簡先生給你頂了一臺牛車，明天起你可以賺實在的啦！」

「頂給我。」萬發有些錯愕了，一生盼望著擁有底牛車竟在眼前實現！興高了很有一會，就很生氣起自己來——可悲的啊！真正可悲的啊！竟是用妻換來的！

……

萬發咕嚕咕嚕喝盡了酒，估量時間尚早，就拍著桌。「頭家，來一碗當歸鴨！」

不知悉為什麼剛才打桌圍底那些人又繞到料理店門口幾雙眼睛朝他瞪望，有說有笑，彷彿在講他的臀倒長在他底頭上。

（王禎和，1993：71～96）

這兩篇作品都能夠逼真的模擬或反映現實中有的「反壓迫」和「忍辱偷生」情事；而前一篇所構設的「殖民巡警欺壓百姓而遭反挫」的故事和所安排的「被欺壓百姓在忍無可忍的情況下殺了該巡警並自盡」的情節以及後一篇所構設的「牛車工迫於無奈而讓渡妻子以換取謀生工具」的故事和所安排的「牛車工歹運連連而在抗拒無效後『成全』了妻子和成衣販的好事，而自己也得到了『嫁粧』一臺牛車」的情節，雙雙精彩合理且略見反熟悉化手法（如前一篇為營造被壓迫百姓的反抗意識，有「漸進式」的心理刻劃，而結局只點出「一個夜巡的警吏被殺在道上」而不說被誰殺，更增添整個報復過程的「凌厲神祕」氣氛；而後一篇採倒敘手法敘寫牛車工「委屈求全」的經歷，功力尤為深厚），也都能夠有效的隱含著「反抗有理」和「屈辱有自」等情思，而不禁讓人心生悲憫惻怛！

(二)現代文學

現代文學，也稱現代主義文學。當中現代主義，主要是指二十世紀初以來的各種前衛派（如未來主義、表現主義、存在主義、超現實主義和魔幻寫實主義等等）。它們普遍表現對於語言功能的信賴和形式實驗的興趣。前者（指對於語言功能的信賴），表現在「真」和

「美」的追求：所謂真，是指作品所烘托的世界，而不是現實世界。現代主義作家服膺的不是寫實主義或模仿理論，而是文字能造象的功能。他們相信作家是藉著文字去創造一個想像的世界；這個世界的真實感是由作品的形構要素所構成，而不是依附於外在世界所產生。而所謂美，說明了一種超越論的創作觀。他們認為現實世界的感知現象瞬息萬變，只有文學作品上的美可以超越塵世的變幻無常。換句話說，美的事物在塵世中隨時會凋萎，只有透過文學來保存它們，將它們「凝固」在作品中，才不至於像塵世的生命那樣朝生暮死。這顯示了他們極度相信語言的堆砌就會構成意義：作家只要找到精確的語言符號，就可以教它們裝載滿盈的意義。後者（指對於形式實驗的興趣），表現在對小說敘事觀點、敘事方式的斟酌和詩歌形式美的創造：小說家運用細膩的技巧邀請讀者涉入小說中的世界，辨析真相的所在〔如福克納（W. Faulkner）在《亞卜瑟冷》一書中運用了四個敘事者以不同的觀點去捕捉故事的片面，而讀者必須整理出故事的來龍去脈以了解故事的真相〕；而詩人也同樣重視形式實驗，他們主張形式的美勝於意義〔如康明思（E. E. Cummings）詩中的空間形式設計可供佐證〕。這又根源於他們對自身角色的覺悟和期許（應該為現代人找到精神上的出路），儼然是時代的先知或預言家（蔡源煌，1988：75～78）。而現代主義作家對於語言功能的信賴，正是他們從事形式實驗所以可能的依據（即使講究形式美的詩歌，也不能忽略由語言「排列組合」所彰顯的意義），二者（指對語言功能的信賴和形式實驗的興趣）有密切的邏輯關聯（周慶華，1994：3～4）。不論如何，這類文學作品本身都得以創造新形象或新情境得「精彩迷人」為終極目標，才能克盡或充分展現所謂的創新的本事（周慶華，2004a：291～296）。現在就分別舉例來限定它的經典性：

1.詩

在現代派的詩作裡，意象的安置和韻律的經營仍被保留著，但整

體上已多為刻意造象的意圖所浸染，以至所呈現出來的「啟導未來」的理想特徵，不免使得詩「原有」的抒情味減低了不少。不過，倘若承認這是它的特色，那麼它所能顯現的「意象的安置和韻律的經營」等等以外別為凸出的各種造象的藝術性，也就可以用來定同類型作品的優劣高下（見前）。而這在臺灣現當代的新詩中，雖然難得一見純現代派的詩集，但像紀弦的《紀弦詩拔萃》、林亨泰的《林亨泰詩集》、洛夫的《石室之死亡》、瘂弦的《深淵》、商禽的《夢或者黎明及其他》、葉維廉的《葉維廉自選集》、管管的《荒蕪之臉》、詹冰的《詹冰詩選集》和瘂弦等編的《創世紀詩選》等等，普遍內含有這種「高標準」的作品，所以都可以把它們經典化。如《夢或者黎明及其他》中所收的〈籍貫〉、《創世紀詩選》中所收的〈沙包刑場〉和《詹冰詩選集》中所收的〈Affair〉等三首作品就是：

籍貫

　　火紅的太陽沉沒了，鎳白的月亮還沒有上升，雲在遊離，霧在氾濫……我聽見一個聲音，隱約地，在向我詢問：「你是那裡人？」我常怕說出自己生長的小地名令人困惑，所以我答說：「四川。」那曉得我如此精心的答案對他似乎成為一種負擔。我隨即附加了一個響亮的說明：「就是那個叫做天府之國的地方。」「天府之國？哈哈，難道你也相信天國麼？」這就太令人困惱了，連四川都不知道！那麼，我說：「中國。」這總不至於不知道了吧？「中國？」似乎連這都足以引起他的驚愕。我已經有些不耐煩了……「世界？請你不要再用那樣狹義的字眼好嗎？」「地球。」我說。「地球，這倒勉強像一個地方，你能再具體點嗎？」「太陽系！」我簡直生氣了。我大聲地反問道：「那麼，你的籍貫呢？」輕輕地，像虹的弓擦過陽光的大提琴的 E 弦一樣輕輕地，他說：「宇——宙。」

（商禽，2000：9～11）

沙包刑場

一顆顆頭顱從沙包上走了下來
俯耳地面
……
浮貼在木樁上的那張告示隨風而去
一副好看的臉
自鏡中消失
（瘂弦等編，1984：32）

Affair

1
男　女
2
男　女
3
男　女
……
6
女　男
7
男　女
（詹冰，1993：15）

這三首作品都能夠精彩的創造涉及「試煉才情在無限邊界」、「以死悼死而使死崇高化」和「周期變化男女關係為的當」等新形象或新情境；而前二首所別為凸出的規模去除自我設限理念的超現實手法和規模自寬方案的魔幻寫實手法以及後一首所別為凸出的規模新琴瑟和鳴圖的表現主義手法，也都能夠細密的曲繪藍圖，而使詩想深鑄人的心坎！

2. 散文

現代派的散文，很明顯有「現代詩」化的現象。也就是說，現代詩所會運用到的超現實、魔幻寫實、表現主義等手法，現代派的散文也不遑多讓；而由於字質的「稠密性」增加，所以原有的「散行」特性就不再特為彰顯而有所謂現代詩化的現象（當然，這也可以說彼此同時「現代派」化而不再區分誰主誰從）。而這在臺灣現當代的散文中，雖然不見純現代派的散文集，但像管管的《管管散文集》、王鼎鈞的《碎琉璃》《意識流》、林燿德的《迷宮零件》和林燿德編的《浪跡都市》等等，普遍內含有這種「高標準」的作品，所以都可以把它們經典化。如《意識流》中的第一節和《浪跡都市》中所收的林彧〈保險櫃裡的人〉等兩篇作品就是：

意識流（第一節）

哪個少男不鍾情　哪個少女不懷春　哥德名句傳萬口　哪個看了不動心　哪個不知道哥德　哪個不知道哥德寫過一部少年維特之煩惱……這一群孤獨悲苦的人忽然看見了哥德的名句　哥德替他們伸張戀愛的權利　哥德來洗刷他們的罪惡感親愛的訓育主任你比哥德總要矮一截吧……當年洋牧師到中國來傳教你猜最大的阻礙是什麼　洋牧師說人類的祖先是亞當夏娃　中國人一聽怎麼連祖宗血統都改了　洋牧師領導男女信眾高唱耶穌愛我我愛耶穌　牧師說信耶穌的人彼此相愛　中國人一看這不有點兒傷風敗俗嗎

（王鼎鈞，2003：25～26）

保險櫃裡的人

他們說，他躲在那只保險櫃中──是自己躲進去的；保險櫃的鑰匙和號碼只有他知道。

……

　　然而，他真的是不見了，翻遍了世界的每一個角落，再也找不到他——除了那只厚實沉甸的保險櫃。

　　……

　　是做了虧心事，因見不得人而躲起來；是懼怕受傷，為求保護因此躲起來。或是對這世界灰心了？或是背叛了這世界？每個人都多方揣測著，那個櫃子裡的人，為什麼要把自己關起來和這世界隔絕？是誰？誰逼他走進去那暗無天日的鐵皮之中呀！

　　……

　　想著想著，突然，我發現，四周的人都不見了，太陽消逝了，星星和月亮，所有的發光體全都不見了。我在黑黝黝的方盒裡，是我在冷冰冰的保險櫃中。

　　……

（林燿德編，1990：149～151）

這兩篇作品都能夠精彩的創造涉及「自由戀愛」和「規劃空間」等新形象或新情境；而前一篇所別為凸出的規模浪漫愛情理念的意識流手法以及後一篇所別為凸出的規模自創空間還得設法駕馭空間觀念的魔幻寫實手法，也都能夠善於取物象徵而使文情轉助人破睡醒夢！

3. 小說

　　現代派的小說在表現「現代性」上，比其他文類更為淋漓盡致；舉凡未來主義、表現主義、存在主義、超現實主義（包括意識流在內）和魔幻寫實主義等等，都可以見著它的踐履蹤跡〔甚至一種「雜揉式」的新寫未來應該有的事實而極力透過敘事技巧去營造的作品，也偶有所見（如前引的福克納的《亞卜瑟冷》和未及引的芥川龍之介的〈竹藪中〉等都是）〕。而這在臺灣現當代的小說中，雖然少見純現代的小說集，但像白先勇的《臺北人》、王文興的《背海的人》、七等生的《我愛黑眼珠》、張大春的《四喜憂國》、張啟疆的《小說・小說家和他的太太》等等，普遍內含有這種「高標準」的作品，

所以都可以把它們經典化。如《我愛黑眼珠》中所收的〈我愛黑眼珠〉和《四喜憂國》中所收的〈自莽林躍出〉等兩篇作品就是：

我愛黑眼珠

　　李龍第不告訴他的伯母，手臂掛著一件女用的綠色雨衣，撐著一支黑色雨傘出門，靜靜地走出眷屬區。站在大馬路旁的一座公路汽車的候車亭等候汽車準備到城裡去。這個時候是一天中的黃昏，但冬季裡的雨天尤其看不到黃昏光燦的色澤，只感覺四周圍在不知不覺之中漸層地黑暗下去……李龍第想著晴子黑色的眼睛，便由內心裡的一種感激勾起一陣絞心的哀愁……汽車雖然像橫掃萬軍一般地直衝前進，他的心還是處在相見是否就會快樂的疑問的境地。

　　……

　　李龍第重回到傾瀉著豪雨的街道來，天空彷彿決裂的堤奔騰出萬鈞的水量落在這個城市……他完全被那群無主四處奔逃擁擠的人們的神色和喚叫感染到共同面臨災禍的恐懼……李龍第看見此時的人們爭先恐後地攀上架設的梯子爬到屋頂上，以著無比自私和粗野的動作排擠和殘踏著別人……他暗自感傷著：在這個自然界，死亡一事是最不足道的；人類的痛楚於這冷酷的自然界何所傷害？面對這不能抗力的自然的破壞，人類自己堅信和依恃的價值如何恆在呢……這個人造的城市在這場大災禍中頓時失掉它的光華。

　　在他的眼前，一切變得黑漆混沌，災難漸漸在加重……他看見一個軟弱女子的影子趴在梯級的下面，仰著頭顱，掙扎著要上去，但她太虛弱了。李龍第涉過去攙扶著她，然後背負著她一級一級地爬到屋頂上……人們都憂慮地坐在高高的屋脊上面。

　　李龍第能夠看見對面屋脊上無數沉默坐在那裡的人們的影子……李龍第疑惑地接觸到隔著像一條河對岸的那屋脊上的一對十分熟識的眼睛……當隔著對岸那個女人猛然站起來喜悅地喚叫李

龍第時，李龍第低下他的頭，正迎著一對他熟識相似的黑色眼睛。他懷中的女人想掙脫他，可是他反而抱緊著她，他細聲嚴正地警告她說：

「你在生病，我們一起處在災難中，你要聽我的話！」

然後李龍第俯視著她，對她微笑。

……

李龍第懷抱中的女人突然抬高她的胸部，雙手捧著李龍第的頭吻他。他靜靜地讓她熱烈地吻著。突然一片驚呼在兩邊的屋頂上掀起來，一聲落水的音響使李龍第和他懷中的女人的親吻分開來，李龍第看到晴子面露極大的痛恨在水裡想泅過來，卻被迅速退走的水流帶走了，一艘救生舟應召緊緊隨著她追過去，然後人和舟都消失了。

「你為什麼流淚？」

「我對人會死亡憐憫。」

那個女人伸出了手臂，手指溫柔地把劃過李龍第面頰而不曾破壞他那英俊面孔的眼淚擦掉。

……

黑漆中，屋頂上的人們紛紛在蠢動，遠近到處喧嚷著聲音；原來水退走了……天明的時候，只剩李龍第還在屋頂上緊緊地抱著那個女人。他們從屋頂上下來，一齊走到火車站。

在月臺上，那個女子想把雨衣脫下來還給李龍第，李龍第囑她這樣穿回家去……火車開走了，他慢慢地走出火車站。

李龍第想念著他的妻子晴子，關心她的下落……

（七等生，2003：173～185）

自莽林躍出

暴雨在五月一日午後兩點罩頂落下，先把我的尼龍傘砸得百孔千瘡。當我將傘扔進波濤洶湧的馬拉尼翁河，任其迅速覆沒的剎那，才猛然發現：捶打在頭髮上的雨水已經浸透了我整個身體，

沁入肌肉和骨髓，並且從我的腳掌底部滲了出去。這是我進入南美熱帶雨林的第一天，亞馬桑河正肆無忌憚地展開神祕而狂暴的侵略。

我的嚮導卡瓦達這時微露巨齒，笑了。他兩天前就警告過我：傘沒有用……無論以待客之道或感物之情而言，這片原始森林都沒有理由像吞噬一把雨傘般吞噬我。

「我們不能找個地方避雨嗎？」我對卡瓦達和他那條擁有非洲土狼血統的癩子狗說。他們不約而同地衝我搖搖頭……或許是雨水灌進了腦子，使我的孤寂感更加汪洋一片……我甚至怎麼也想不起來：預付了一大筆稿費、讓我撰寫亞馬桑遊記的報社的名字。

……

「深呼吸！張。」卡瓦達一面嚷，一面從背包裡取出紅鼻大酋長的頭顱。

我試著照他的話做，一開始什麼也聞不著，反而覺得胸口窒悶，喉嚨忽冷忽熱……緊接著，奇怪的事情發生了：

我、卡瓦達還有癩子狗全飄了起來。

……

我們就這樣沉默著、飄升著。卡瓦達飄過我的左上方，非常溫柔而輕緩地把紅鼻大酋長的頭顱暫時放進一個樹洞裡。然後我們繼續上升，讓無香無臭的濃密枝葉從頭到腳擦拂過我們的每一吋皮膚，被擦拂過的肢體毛孔便完全張開了。我在經過那樹洞時瞥見紅鼻大酋長的鼻孔向前翻了起來。

不知道過了多久，我們終於穿出樹冠，俯臨馬納蒂河和亞馬桑河的交會口。這時，我閉起眼皮，又作了一次深呼吸，舒活一下手腳和脖頸，而另一件微妙的事發生了。

我閉著雙眼竟然看見西方五十哩處的伊基吐斯港，港邊的觀光商店櫥窗裡放著幾大箱臺南擔仔麵和美國菸酒……亞馬桑河終於吞噬了它的敵人，從此一路黃浪排空，急吼拍岸，奔往大西洋

而去。

……

（張大春，2000：57～89）

這兩篇作品都能夠精彩的創造涉及「存在的境遇性抉擇」和「幻境和真實相辯證」等新形象或新情境；而前一篇所別為凸出的規模存在的當下性理念的存在主義手法以及後一篇所別為凸出的規模幻境和真實的互轉理念的魔幻寫實主義手法，也都能夠善於設事徵候而使情思繞人胸臆！

(三)後現代文學

後現代文學，也稱後現代主義文學。它在形式實驗方面有更新的發展，原先作家的自覺演變成對創作行為本身的自覺：小說家不但在從事杜撰想像，還同時將這個過程呈現給讀者，連帶也交代小說中一個故事的多樣真相；而詩人除了使創作行為作為一個自身情境的反射，對於形式的創造更是不遺餘力。有人根據這一點，判斷後現代主義文學延續了現代主義文學所做的嘗試（因此稱後現代主義文學為「超前衛」），而解消了二者相對的一部分意義。然而，後現代主義文學所做的實驗，在「實質」上已經不同於現代主義文學，如何能說它們有相承的關係？何況現代主義作家所強調的語言功能，在後現代主義作家看來，無異於一種「迷思」而極力要否定它？可見後現代主義文學，完全站在現代主義文學相對的立場，獨自展現它的風貌。如果要說它是「超前衛」，也得就這一層意義來說。

由於後現代主義作家的出發點，在於對語言功能的不信賴（語言中的「意符」和「意指」搭連不上，無法達到描述事物、建構圖象的目的），而當創作不過是一場語言（文字）遊戲罷了，所以「反映」在作品上的，就是對傳統種種成規的質疑和排斥。如在小說方面，它們或凸顯作品創作的刻意性，展露對於創作行為的極端自覺和敏感；

或暴露創作的過程，強調一切尚在進行的「未完」特質；或一意談論
作品的角色、情節等。一則藉以「自省」（自省創作行為）；二則邀
請讀者介入作品跟作者一起玩語言遊戲。而在技巧上，「諧擬」和
「框架」的運用，也是一大特色。前者（兩種符號或聲音併存其中，
彼此抗衡）在藉由「逆轉」和「破壞」為人熟悉的文學傳統來達到批
判的目的；後者在指陳傳統所謂「開端」或「結尾」的武斷性，並藉
框架模糊以建立幻覺及持續暴露框架以破壞幻覺來達到解構的目的
（孟樊等編，1990：311～316）。又如在詩歌方面，除了後設語言
（就是對創作行為的說明）的大量嵌入及諧擬技巧的廣被使用，還有
「博議」（異質材料的組合排列）的拼貼和混合、意符的遊戲、事件
的即興演出　更新的圖像詩和字體的形式實驗等（孟樊，1995：
261～279），造成了文學作品的形式和意義空前的大開放，而這已經
不是前代文學所能比擬於萬一（周慶華，1994：4～6）。不論如何，
這類文學作品本身都得以玩語言遊戲玩得「盡興誘人」為終極目標
〔且幾乎都只出以詩和小說等兩種形式（後面就僅舉這兩類）〕，才
能克盡或充分展現所謂的語言遊戲的本事（周慶華，2004a：
296～298）。現在就分別舉例來限定它的經典性：

1. 詩

　　在後現代派的詩作裡，意象的安置和韻律的經營一樣被相當程度
的保留著，但整體上已多為刻意解構的意圖所浸染，以至所呈現出來
的「遊戲性」的諧擬特徵，不免使得詩「原有」的抒情味翻飛走樣。
不過，倘若承認這是它的特色，那麼它所能顯現的「意象的安置和韻
律的經營」等等以外別為凸出的各種語言遊戲的（反美學式的）藝術
性，也就可以用來定同類型作品的優劣高下（見前）。而這在臺灣現
當代的新詩中，雖然未見純後現代的詩集，但像羅青的《吃西瓜的方
法》、《錄影詩學》、林燿德的《都市終端機》、夏宇的《備忘
錄》、《腹語術》、陳克華的《欠砍頭詩》、黃智溶的《今夜，妳莫

要踏入我的夢境》、林群盛的《星舞絃獨角獸神憶》、鴻鴻的《黑暗中的音樂》、柯順隆等的《日出金色——四度空間五人集》等等，普遍內含有這種「高標準」的作品，所以都可以把它們經典化。如《吃西瓜的方法》中所收的〈吃西瓜的六種方法〉和《腹語術》中所收的〈記憶〉等兩首作品就是：

吃西瓜的六種方法

第五種西瓜的血統

沒人會誤認西瓜為隕石
西瓜星星，是完全不相干的
然我們卻不能否認地球是，星的一種
故也就難以否認，西瓜具有
星星的血統
……

第四種西瓜的籍貫

我們住在地球外面，顯然
顯然，他們住在西瓜裡面
我們東奔西走，死皮賴臉的
想住在外面，把光明消化成黑暗
包裹我們，包裹冰冷而渴求溫暖的我們

他們禪坐不動，專心一意的
在裡面，把黑暗塑成具體而冷靜的熱情
不斷求自我充實，自我發展
而我們終究免不了，要被趕入地球裡面
而他們遲早也會，衝刺到西瓜外面

第三種西瓜的哲學

西瓜的哲學史
比地球短，比我們長
非禮勿視勿聽勿言，勿為──
而治的西瓜與西瓜
老死不相往來
……

第二種西瓜的版圖

如果我們敲破一個西瓜
那純粹是為了，嫉妒
敲破西瓜就等於敲碎一個個圓圓的夜
就等於敲落了所有的，星，星
敲爛了一個完整的，宇宙

而其結果，卻總使我們更加
嫉妒，因為這樣一來
隕石和瓜子的關係，瓜子和宇宙的交情
又將會更清楚，更尖銳的
重新撞入我們的，版圖

第一種吃了再說
（羅青，2002：186～189）

記憶

忘了 兩個音節在
微微鼓起的兩頰
舌尖頂住上顎輕輕吐氣：

忘了。種一些金針花
煮湯　遺忘

……

風的方式大概最好
尤其是龍捲風降落你
在匪夷所思的谷底
聽見有人
吹一根短笛五個孔裝著
遲疑的口氣曲名叫做
「記憶」散在風裡

發明一種新的舞步如何左一步
右一步向前三步向後三步旋
轉旋轉旋轉啊音樂忽然
停了所有的鞋子飛走所有的門
砰然關起所有的人
忘記了你

……

忘記你。或者走一走橋
可不可以挽一個野餐籃
在意志的鋼的邊緣行走
單腳跳躍一步一步靠近了
靠近你和海用一整個海夠不夠
做三個空中滾翻
然後落下
然後死
（夏宇，2001：28～30）

這兩首作品都能夠盡興的玩「解構」和「拼貼」等遊戲；而前一首所別為凸出的標榜多重解構策略的戲仿手法以及後一首所別為凸出的標榜隨意拼貼的博議手法，也都能夠顯見巧思而使詩興引誘人心！

2.小說

後現代派的小說，也稱新小說、元小說、反（超）小說、自覺（自反、自省）小說、後設小說等。它在表現「後現代性」上，雖然自由度不及詩，但也極力的要展現它的解構主義式的遊戲特性。而這在臺灣現當代的小說中，雖然不見純後現代的小說集，但像黃凡的《曼娜舞蹈教室》、張大春《公寓導遊》、林燿德《惡地形》、葉姿麟《都市的霓》、瘂弦主編的《如何測量水溝的寬度》等等，普遍內含有這種「高標準」的作品，所以都可以把它們經典化。如《如何測量水溝的寬度》中所收的黃凡〈如何測量水溝的寬度〉和蔡源煌〈錯誤〉等兩篇作品就是：

如何測量水溝的寬度

不管怎麼說，測量水溝永遠不會是個有趣的話題。當我們用言語來娛樂朋友時，最常被提到的是：男女關係、經濟、醜聞、電影和笑話……這些聲音如果是有組織的、有意義的、或者有趣的，我們便稱它為話題。

……

至於本文的題目——如何測量水溝的寬度。這個問題一般人可以接受的答案是個反問句：你如何測量靈魂的寬度？

……

在這座城市，蛛網一樣遍布各式各樣的水溝，有圳、大排水溝、下水道，以及終年發散著臭味的小陰溝。我問過市府工務局本市到底有多少道水溝，他們答不上來。「你為什麼不去找環保局？」我於是打了四通電話，終於有一位小姐很客氣地說：「先生，你怎會想要知道水溝的數目？」我告訴她，這件事總得有人關心。水溝是城市的排泄管，就像你我的肛門，沒有人喜歡談論

它，但總得有人關心……總而言之，我們中間必得有人出來關心
這件事。

……

1960 年五月三十日，這一天我們打算去測量水溝的寬度。

我們有五個人。

……

當我思考著給這條大水溝一個完整的形象時，突然一個意念
浮上心頭：為什麼不把它畫出來？

……

我覺得很滿意，而且有助於「如何測量水溝的寬度」這件事。
於是我把圖片裝進一只封套，準備找個人來試驗一下它的功能。

※故事進行到這裡，可能有部分讀者感到不耐煩。那麼我有
如下的建議：

(1)你可以立刻放棄閱讀，再想辦法把前面讀的完全忘掉。

(2)你一定急著想知道作者如何測量水溝的寬度，那麼我現在
告訴你，我們當時帶了一把弓箭，把繩子綁在箭尾，射到緊靠溝
旁的樹幹上，把箭拉回後，再量繩子的長度，答案就出來了。

(3)假如你對上述兩種建議都不滿意，那麼我再給你一個建議，
暫時不要去想如何測量水溝的寬度，請耐心地繼續閱讀。

……

在經過這種小說和現實生活的波折之後，我想我們都會比較
有勇氣和智慧面對 1960 年五月三十日那一天真正發生的事。

真相：

1960 年五月三十日

當我們抵達大水溝邊時，我們共有四個人。

……

我們四個人坐在大溝邊，搖頭晃腦的，直到天黑，一點辦法
也想不出來。

（瘂弦主編，1987：3～19）

錯誤

一　信札

不管我怎麼稱你，我將帶走你平靜的語音。我會記住你的臉孔，還有你的溫馨。天曉得，我傻得連你的姓名都忘了問。老闆娘說你們只是同鄉，不知道你的名字，可是她說，可以幫我問到。
……

二　臺中仔

「喂，臺中仔，」老闆娘喊著我，神祕兮兮地招手要我到店裡去，「張小姐留了一封拉夫烈達給你。」
我接過彌封的信箋，驚愕著。
……

三　作家日記

昨天晚上寫到「我的歉疚刺痛著我的良知」，突然覺得很睏，很疲憊，就上床去睡了。可是入睡以前，腦子裡迷迷濛濛的還是在想著第二部分的結局如何交代。顯然，我把自己的感覺移植到那個沒有名字的「臺中仔」身上。這個部分拉裡拉雜的，也許較為詳實，我卻一直覺得不滿意。至於第一部分那封信雖然只寫了一千六百字，可是它卻交代了一個活得很痛苦，但卻活得很真實的年輕女子。真實是對自己的誠信，也是對別人的誠信。這樣的人，你所看到的就是她的真面貌，她的臉上未曾帶著假面具。
……

四

昨晚寫到最後一句是：

我的歉疚刺痛著我的良知。

……

五

　　親愛的讀者，這篇小說到此已結束了。不管是不是合你的意，我實在是被挫折感所困折了。一篇小說的結局難定，其實你們也有責任啊。要不是看在你們的期待，我才不會搞了這麼個飛機哩！儘管我希望鴛鴦成雙，可是，光寫到臺中仔去戶政事務所查詢玉綢的地址，我就沒輒了。我承認我是失敗了。

……

六

　　我最初定下的結局是這樣的：臺中仔和玉綢終究是要「你走你的陽關道，我過我的獨木橋」的。生命當中，萍水相逢的人不計其數，而平生只有一面之緣的人，最親近者也莫過於曾和我們有過肌膚之親的人了……我的一個朋友十幾年前出國的時候，隨身帶了新娘的禮服，結果，誰曉得，她的婚禮拖了五、六年才舉行，而且這一回對象不是上次的那一個男人。

……

　　你們怎麼說都行。我承認這種手法不是什麼創新……其實，玉綢的那封信是真的，而她也真的「走了」，其餘的細節我就不知道了。

（瘂弦主編，1987：147～162）

這兩篇作品都能夠盡興的玩「解構小說敘事」和「諧擬小說寫作」等遊戲；而前一篇所別為凸出的標榜小說和現實相互解構觀念的後設手法以及後一篇所別為凸出的標榜小說寫作沒有一定成規觀念的後設兼戲仿手法，也都能夠精於部勒而使情思兜人把玩！

五、結　語

　　臺灣現當代文學中可以經典化的作品，當然不只上述這些。像沿襲前現代的寫實主義傳統的「政治文學」、「女性文學」和「後殖民文學」等等，在臺灣現當代也所在多有（為了有別於先前偏重社會寫實一面的情況，不妨將它所顯現的「批判政治」、「批判女性受歧視」和「批判新殖民」等特徵稱為「後寫實主義」）；如黃凡的《賴索》、宋澤萊的《打牛湳村》、袁瓊瓊的《自己的天空》、李昂的《北港香爐人人插》、朱天心的《我記得……》、朱天文的《世紀末的華麗》、邱妙津的《蒙特馬遺書》和王禎和的《玫瑰玫瑰我愛你》等等，也都相當可看。此外，近年來興起的網路文學，所締造的數位創作的新紀元，也已經有所謂的「故事接龍」和「多媒體超連結」以及「互動作品」等多種成就（林淇瀁，2001；須文蔚，2003）；這些多少也可以看出臺灣文學日漸在「轉型」中。但不論如何，這類經典化都只是在臺灣內部為有效，而離它要在世界文壇取得經典地位還很遙遠。理由是：這些前現代、現代和後現代等類型，都是西方人所實踐過的，再也難以強顯什麼特色去跟人家競爭，以至所謂的臺灣現當代文學的「越級」經典化，就得等待未來努力去創作實現。

　　這整個方向，是要以創作「新形式類型」或「新技巧類型」或「新風格類型」來規模臺灣文學未來的面貌，但有關它所需要的資源，卻得從自己的傳統來汲取挖掘〔這個傳統不像某些人所說的只侷限在臺灣一地幾百年來的開拓史（何寄澎主編，2000），它更得上溯整個民族的文化淵源史〕。我們知道，現存世界三大文化體系，分別為西方的創造觀型文化和東方的氣化觀型文化及緣起觀型文化，而後二者已經不敵前者的強勢凌駕而快速地從世界舞臺隱沒光芒了；但它必須重新被發揚，才有可能預約人間的樂土（淨土）。因為創造觀型

文化所擅長的模仿或媲美上帝造物本事的各種表現（包括科技的發明和制度的設計、甚至對非我族類的強力操控等等），禍端層出不窮，早就無法保證人類還有所謂的「未來」；而氣化觀型文化和緣起觀型文化所講究的和諧自然、綰結人情和脫苦求自在等「萬物一體」或「死生與共」的志行，是唯一可以用來對治前者窮奢極慾的開發自然以及挽救日漸沉淪而走向能趨疲（entropy）臨界點的現實世界（周慶華，2001b；2004b）。所謂臺灣文學的未來道路，就是以這種自己原來所屬的文化傳統為內涵（當中緣起觀型文化源起於印度，東傳後因相近於中國的氣化觀型文化而被容受，現在二者幾乎已經相涵化為一體了），而後再別為尋思能夠引人注目的「新形式」或「新技巧」或「新風格」。這是現有華人地區所不曾發現的新文學思維，而無妨由臺灣人率先來全力創發實踐，以便有「扳回顏面」的一天可以期待（周慶華，2004c：24～26）。而所謂閱讀臺灣現當代文學經典的轉創作所得有的「發現差異」和「製造差異」的敏感性，也就是要寄望在這一由過去通向未來的道路上持續發揮作用而以見後效；此外，大概別無他途可以讓臺灣文學「起死回生」了。

建議優先閱讀書單

➤七等生（2003），《我愛黑眼珠》，臺北：遠景。

➤王禎和（1993），《嫁粧一牛車》，臺北：洪範。

➤王鼎鈞（2003），《意識流》，臺北：爾雅。

➤余光中（1981），《余光中詩選》，臺北：洪範。

➤林宗源詩作、鄭良偉編著（1988），《林宗源臺語詩選》，臺北：自立晚報社。

➤林燿德編（1990），《浪跡都市》，臺北：業強。

➤夏宇（2001），《腹語術》，臺北：現代詩季刊社。

➡夏曼‧藍波安（1997），《冷海情深》，臺北：聯合文學。

➡商禽（2000），《夢或者黎明及其他》，臺北：書林。

➡張大春（2002），《四喜憂國》，臺北：時報。

➡張拓蕪（1976），《代馬輸卒手記》，臺北：爾雅。

➡陳冠學（1994），《田園之秋》，臺北：草根。

➡詹冰（1993），《詹冰詩選集》，臺北：笠詩刊社。

➡瘂弦等編（1984），《創世紀詩選》，臺北：爾雅。

➡瘂弦主編（1987），《如何測量水溝的寬度》，臺北：聯合文學。

➡賴和著作、施淑編（1994），《賴和小說集》，臺北：洪範。

➡羅青（2002），《吃西瓜的方法》，臺北：麥田。

問題討論

一、臺灣現當代文學經典可以怎麼認定？

二、閱讀臺灣現當代文學經典有什麼意義？

三、臺灣現當代文學中的「前現代派」的經典作品有什麼特色？

四、臺灣現當代文學中的「現代派」的經典作品有什麼特色？

五、臺灣現當代文學中的「後現代派」的經典作品有什麼特色？

六、從閱讀臺灣現當代文學經典中如何轉為創作所需的資源？

七、還有什麼辦法可以用來重塑臺灣文學經典觀？

- 七等生（2003），《我愛黑眼珠》，臺北：遠景。
- 王岳川（1993），《後現代主義文化研究》，臺北：淑馨。
- 王晉民（1994），《臺灣當代文學史》，南寧：廣西人民。
- 王禎和（1993），《嫁粧一牛車》，臺北：洪範。
- 王夢鷗（1976a），《文學概論》，臺北：藝文。
- 王夢鷗（1976b），《文藝美學》，臺北：遠行。
- 王鼎鈞（2003），《意識流》，臺北：爾雅。
- 尹章義（1990），〈什麼是臺灣文學？臺灣文學往哪裡去？〉，於
  《臺灣文學觀察雜誌》第 1 期（19～24）。
- 文訊雜誌社編（1996），《五十年來臺灣文學研究會議論文集㈡：
  臺灣文學發展現象》，臺北：行政院文化建設委員會。
- 瓦歷斯‧諾幹（1992），《番刀出鞘》，臺北：稻鄉。
- 白靈（1998），《一首詩的誘惑》，臺北：河童。
- 白少帆等編（1987），《現代臺灣文學史》，瀋陽：遼寧大學。
- 田雅各（1987），《最後的獵人》，臺中：晨星。
- 向陽（1996），《喧嘩、吟哦與嘆息──臺灣文學散論》，臺北：
  駱駝。
- 朱光潛（1981），《詩論》，臺北：德華。
- 朱耀偉（1994），《後東方主義──中西文化批評論述策略》，臺
  北：駱駝。
- 李牧（1990），《疏離的文學》，臺北：黎明。
- 李喬（1991），〈寬廣的語言大道──對臺灣語文的思考〉，於
  《自立晚報》副刊（9.29）。

・李永熾（1993），《世紀末的思想與社會》，臺北：萬象。

・李瑞騰（1991），《臺灣文學風貌》，臺北：三民。

・呂正惠主編（1991），《文學的後設思考——當代文學理論家》，
　　臺北：正中。

・呂正惠（1992），《戰後臺灣文學經驗》，臺北：新地。

・余光中（1981），《余光中詩選》，臺北：洪範。

・余光中（1986），《掌上雨》，臺北：時報。

・沈清松（1986），《解除世界魔咒——科技對文化的衝擊與展
　　望》，臺北：時報。

・何寄澎主編（2000），《文化、認同、社會變遷：戰後五〇年臺灣
　　文學國際學術研討會論文集》，臺北：行政院文化建設委員
　　會。

・佛斯特著、李文彬譯（1993），《小說面面觀》，臺北：志文。

・孟樊等編（1990），《世紀末偏航——八〇年代臺灣文學論》，臺
　　北：時報。

・孟樊（1995），《當代臺灣新詩理論》，臺北：揚智。

・孟樊（2003），《臺灣後現代詩的理論與實際》，臺北：揚智。

・林文寶等（2001），《臺灣文學》，臺北：萬卷樓。

・林央敏（1996），《臺語文學運動史論》，臺北：前衛。

・林宗源詩作・鄭良偉編著（1988），《林宗源臺語詩選》，臺北：
　　自立晚報社。

・林淇瀁（2001），《書寫與拼圖——臺灣文學傳播現象研究》，臺
　　北：麥田。

・林錦賢（1991），〈愛用筆寫出咱家自的尊嚴〉，於《自立晚報》
　　副刊（11.7）。

・林燿德編（1990），《浪跡都市》，臺北：業強。

・林燿德主編（1993），《當代臺灣文學評論大系・文學現象卷》，
　　臺北：正中。

· 法爾布著、龔淑芳譯（1990），《語言遊戲》，臺北：遠流。

· 周慶華（1994），《秩序的探索──當代文學論述的省察》，臺北：東大。

· 周慶華（1996a），《文學圖繪》，臺北：東大。

· 周慶華（1996b），《臺灣當代文學理論》，臺北：揚智。

· 周慶華（1997a），《語言文化學》，臺北：生智。

· 周慶華（1997b），《臺灣文學與「臺灣文學」》，臺北：生智。

· 周慶華（1999），《新時代的宗教》，臺北：揚智。

· 周慶華（2000），《文苑馳走》，臺北：文史哲。

· 周慶華（2001a），《作文指導》，臺北：五南。

· 周慶華（2001b），《後宗教學》，臺北：五南。

· 周慶華（2002），《故事學》，臺北：五南。

· 周慶華（2003），《閱讀社會學》，臺北：揚智。

· 周慶華（2004a），《文學理論》，臺北：五南。

· 周慶華（2004b），《後佛學》，臺北：里仁。

· 周慶華（2004c），《後臺灣文學》，臺北：秀威。

· 岡崎郁子（1996），《臺灣文學──異端的系譜》（葉笛等譯），臺北：前衛。

· 科恩等（1997），《講故事──對敘事虛構作品的理論分析》（張方譯），臺北：駱駝。

· 馬森（1993），〈臺灣文學的地位〉，於《當代》第89期（61）。

· 姚一葦（1974），《文學論集》，臺北：書評書目。

· 姚一葦（1985），《藝術的奧祕》，臺北：開明。

· 俞元桂主編（1984），《中國現代散文理論》，桂林：廣西人民。

· 韋勒克等著、梁伯傑譯（1987），《文學理論》，臺北：水牛。

· 范培松（2000），《中國散文批評史》，南京：江蘇教育。

· 查普曼著、王晶培審譯（1989），《語言學與文學》，臺北：結構群。

- 夏宇（2001），《腹語術》，臺北：現代詩季刊社。
- 夏曼・藍波安（1997），《冷海情深》，臺北：聯合文學。
- 孫大川（1991），《久久酒一次》，臺北：張老師。
- 翁文嫻（1998），《創作的契機》，臺北：唐山。
- 高辛勇（1987），《形名學與敘事理論——結構主義的小說分析法》，臺北：聯經。
- 徐道鄰（1980），《語意學概要》，香港：友聯。
- 陳柱（1991），《中國散文史》，臺北：商務。
- 陳少廷（1981），《臺灣新文學運動簡史》，臺北：聯經。
- 陳冠學（1994），《田園之秋》，臺北：草根。
- 陳義芝主編（1999），《臺灣文學經典研討會論文集》，臺北：聯經。
- 陳鵬翔等編（1992），《從影響研究到中國文學》，臺北：書林。
- 商禽（2000），《夢或者黎明及其他》，臺北：書林。
- 張大春（2002），《四喜憂國》，臺北：時報。
- 張拓蕪（1976），《代馬輸卒手記》，臺北：爾雅。
- 張茂桂等（1994），《族群關係與國家認同》，臺北：業強。
- 張家銘（1987），《社會學理論的歷史反思——韋伯、布勞岱與米德》，臺北：圓神。
- 莫那能（1989），《美麗的稻穗》，臺中：晨星。
- 麥克唐納（1990），《言說的理論》（陳墇津譯），臺北：遠流。
- 渡也（1983），《渡也論新詩》，臺北：黎明。
- 焦桐（1998），《臺灣文學的街頭運動（1977～世紀末）》，臺北：時報。
- 寒哲著、胡亞非譯（2001），《西方思想抒寫》，臺北：立緒。
- 須文蔚（2003），《臺灣數位文學論》，臺北：二魚。
- 黃永武（1976），《中國詩學：設計篇》，臺北：巨流。
- 黃重添等（1991），《臺灣新文學概觀》，廈門：鷺江。

- 黃國昌（1995），《中國意識與臺灣意識》，臺北：五南。
- 彭瑞金（1991a），《臺灣新文學運動四十年》，臺北：自立晚報社。
- 彭瑞金（1991b），〈請勿點燃語言炸彈〉，於《自立晚報》副刊（10.7）。
- 彭瑞金（1995），《臺灣文學探索》，臺北：前衛。
- 詹冰（1993），《詹冰詩選集》，臺北：笠詩刊社。
- 路況（1993），《虛無主義書簡──歷史終結的遊牧思考》，臺北：唐山。
- 瘂弦等編（1984），《創世紀詩選》，臺北：爾雅。
- 瘂弦主編（1987），《如何測量水溝的寬度》，臺北：聯合文學。
- 福勒（1987），《現代西方文學批評術語》（袁德成譯），成都：四川人民。
- 楊大春（1994），《解構理論》，臺北：揚智。
- 楊宗翰主編（2002），《文學經典與臺灣文學》，臺北：富春。
- 葉石濤（1987），《臺灣文學史綱》，高雄：文學界雜誌社。
- 廖咸浩（1995），《愛與解構──當代臺灣文學評論與文化觀察》，臺北：聯合文學。
- 廖炳惠（1985），《解構批評論集》，臺北：東大。
- 趙遐秋等主編（2002），《臺灣新文學思潮史綱》，臺北：人間。
- 維根斯坦著、范光棣等譯（1990），《哲學探討》，臺北：水牛。
- 臺灣文學研究會主編（1989），《先人之血・土地之花──臺灣文學研究論文精選集》，臺北：前衛。
- 鄭明娳（1987），《現代散文類型論》，臺北：大安。
- 鄭明娳主編（1995），《當代臺灣都市文學論》，臺北：時報。
- 鄭泰丞（2000），《科技、理性與自由──現代及後現代狀況》，臺北：桂冠。
- 蔡源煌（1988），《從浪漫主義到後現代主義》，臺北：雅典。

・劉登翰等編（1991），《臺灣文學史》，福州：海峽文藝。

・賴和著作・施淑編（1994），《賴和小說集》，臺北：洪範。

・蕭蕭（1987），《現代詩學》，臺北：東大。

・諾利斯著、劉自荃譯（1995），《解構批評理論與應用》，臺北：
　　　駱駝。

・戴維斯等編著、馬曉光等譯（1992），《沒門》，北京：中國社會
　　　科學。

・羅青（2002），《吃西瓜的方法》，臺北：麥田。

・羅鋼（1994），《敘事學導論》，昆明：雲南人民。

・龔鵬程（1997），《臺灣文學在臺灣》，臺北：駱駝。

國家圖書館出版品預行編目資料

閱讀文學經典／周慶華，王萬象，董恕明 著.
--初版.--臺北市：五南，2004〔民93〕
面；　公分
含參考書目
ISBN 978-957-11-3729-2（平裝）
1.中國文學 - 歷史　2.中國文學 - 作品評論
820.9　　　　　　　　　　93015675

1XV4
閱讀文學經典

作　　者 ─ 周慶華(114.2)　王萬象　董恕明

發 行 人 ─ 楊榮川

總 編 輯 ─ 王翠華

主　　編 ─ 黃惠娟

責任編輯 ─ 盧羿珊　謝麗恩

出 版 者 ─ 五南圖書出版股份有限公司

地　　址：106台北市大安區和平東路二段339號4樓

電　　話：(02)2705-5066　傳　　真：(02)2706-6100

網　　址：http://www.wunan.com.tw

電子郵件：wunan@wunan.com.tw

劃撥帳號：01068953

戶　　名：五南圖書出版股份有限公司

台中市駐區辦公室/台中市中區中山路6號

電　　話：(04)2223-0891　傳　　真：(04)2223-3549

高雄市駐區辦公室/高雄市新興區中山一路290號

電　　話：(07)2358-702　傳　　真：(07)2350-236

法律顧問　元貞聯合法律事務所　張澤平律師

出版日期　2004年9月初版一刷
　　　　　2013年2月初版五刷

定　　價　新臺幣300元